C000221068

1936

FOLIO POLICIER

Georges Simenon

Le testament
Donadieu

Gallimard

Georges Simenon publie son premier roman à dix-huit ans. Quatre cents suivront en cinquante ans... Écrivain prolifique et génial, la publication de ses œuvres complètes comprend soixante-douze volumes!

J'ai pensé qu'il était peut-être encore temps, en juillet 1936, d'écrire l'histoire des Donadieu.

Georges SIMENON.

PREMIÈRE PARTIE

LES DIMANCHES DE LA ROCHELLE

I

Une ouvreuse traversa le hall, ouvrit à deux battants les portes vitrées, tendit la main pour s'assurer qu'il ne pleuvait plus et rentra en serrant son tricot noir, à boutons, sur sa poitrine. Comme à un signal, la marchande de berlingots, de cacahuètes et de nougats quitta, de son côté, l'abri d'un seuil et s'approcha de son éventaire dressé au bord du trottoir.

Au coin de la rue du Palais, l'agent... Car tout était rites, tout s'enchaînait paisiblement, selon des lois rassurantes. Parce qu'on était à La Rochelle, il suffisait de la bande jaune « Changement de Programme » sur les affiches du cinéma pour savoir qu'on était mercredi, alors qu'ailleurs le changement de programme a lieu le vendredi, ou le samedi, ou le lundi.

Un parapluie était ouvert au-dessus de la charrette de la marchande, car il avait plu, et les spectateurs, qui sortaient enfin de la salle, esquissaient tous le geste de l'ouvreuse. Cinquante, cent personnes peut-être, disaient en arrivant au même point du trottoir, qui à sa femme, qui à son mari :

— Tiens ! Il ne pleut plus...

Mais il faisait frais. On n'avait pour ainsi dire pas eu d'été. Le Casino du Mail avait fermé quinze jours plus tôt que d'habitude et à la fin septembre on se serait cru en plein hiver, avec, cette nuit, un ciel trop clair, aux étoiles pâles, sous lequel passaient des nuages vites et bas.

Dix autos, quinze autos ? On entendait tourner les démarreurs. Les phares s'allumaient et toutes les voitures se faufilaient dans la même direction, sans klaxonner, à cause de l'agent, s'emballaient enfin une fois hors de la foule.

Un mercredi comme les autres, un mercredi de fin de septembre. Deux signes encore attestaient qu'on était à La Rochelle et non ailleurs. Au coin de la rue, les gens levaient la tête, rituellement, vers le sommet de la Tour de l'Horloge, pour regarder l'heure : minuit moins cinq. L'Alhambra ne finissait jamais son spectacle à onze heures, comme les autres cinémas, à cause du numéro de music-hall intercalé dans le programme.

L'autre signe, c'était le bruit, qu'on n'entendait plus parce qu'on y était habitué, une rumeur sourde, derrière les maisons, avec, aigu, le criaillement des poulies des barques de pêche. Sans y aller voir, chacun savait que les eaux du bassin, gonflées par une marée d'équinoxe, affleuraient les quais et que les bateaux semblaient naître à même les pavés.

Pendant ce temps-là, comme dans tous les cinémas du monde, le directeur entrait dans la cage de verre de la caisse où une vieille femme, déjà chapeautée, lui remettait l'enveloppe jaune avec la recette et les additions crayonnées au revers. Ils échangeaient quelques mots, qu'on n'entendait pas du dehors. Le préposé au bar partait l'un des derniers.

Le propriétaire n'avait plus qu'à fermer les portes

et à monter se coucher dans le cagibi qu'il s'était réservé là-haut, près de la cabine de projection. La salle était vide. Une seule veilleuse permettait encore d'en mesurer les proportions et la froideur.

— Bonsoir, madame Michat.

— Bonsoir, monsieur Dargens.

Et Mme Michat, la caissière, qui était peureuse, s'éloignait en courant, en se retournant à chaque coin de rue, comme toutes les nuits. Au coin de la rue du Palais, elle faillit heurter un jeune homme qui attendait au bord du trottoir en fumant une cigarette.

— Oh! Pardon, monsieur Philippe... Je ne vous avais pas reconnu...

— Il y avait du monde? questionna le jeune homme.

— Six cent cinquante de recette.

C'était Philippe Dargens, le fils du patron ; il jeta sa cigarette, en alluma une autre, regarda l'horloge avec ennui et s'engagea lentement dans une ruelle qui, après des détours, conduisait au parc municipal.

Maintenant, on entendait les gens rentrer chez eux dans tous les coins, dans tous les quartiers, les pas qui s'arrêtaient net, les portes qui s'ouvraient et se refermaient, et même des voix de gens qui n'imaginaient pas que le son, la nuit, dans une ville vide, se répercute au loin.

Un air humide, d'une humidité salée qui collait à la peau, venait du port travaillé par la marée, et Philippe releva le col de son imperméable, regarda l'heure à sa montre qu'il éclaira de sa cigarette.

Une dernière auto, — deux phares au loin — sortit du parc où les arbres s'égouttaient et le jeune homme tourna enfin à droite et longea des murs de jardins.

Ces jardins-là, c'étaient ceux des maisons de la rue Réaumur, dont les façades se dressent de l'autre

13

côté, maisons cossues, hôtels particuliers pour la plupart.

Comme il approchait, une petite porte s'ouvrit, une forme parut ou plutôt se laissa deviner et le jeune homme pénétra dans le noir d'un des parcs, jeta sa cigarette par terre et l'écrasa.

— Pourquoi n'êtes-vous pas venu hier ? balbutia une voix. Il se contenta de hausser les épaules, ce que son interlocutrice ne pouvait voir mais, pour se faire comprendre, il lui pinça le bras.

Des platanes et des marronniers rendaient le jardin plus obscur que la nuit. Les allées étaient déjà jonchées de feuilles mortes. La maison, dans le fond, n'était qu'une tache d'encre avec, cependant, le toit d'ardoises éclairé par un halo venu de quelque point du ciel.

— Restez une minute... supplia une voix de femme.

— Chut !... Tout à l'heure...

— Écoutez, Philippe...

— Chut !...

— Jurez-moi...

C'était le moment le plus désagréable à passer : vingt mètres de jardin à franchir avant d'atteindre une autre porte basse qui ouvrait sur le parc voisin. A peine une minute. Mais une minute pendant laquelle la forme menue de Charlotte s'accrochait, suppliante et menaçante à la fois, une minute périlleuse et gênante, à l'arrière-goût de catastrophe.

— Tout à l'heure...

— Lundi, vous avez dit la même chose et pourtant vous êtes parti sans...

Il lui saisit les deux épaules, des épaules chétives, vêtues de laine rêche, et il eut le courage de poser un baiser au hasard, au coin d'un œil.

14

— Chut!... Je viendrai, je le jure, ma petite Charlotte...

Elle reniflait. Il savait bien que pendant une heure, pendant deux heures, tout le temps qu'il serait absent, elle allait pleurer, trembler de froid, là, à cette même place, derrière la porte.

Tant pis! Une fois seul dans l'autre jardin, il n'y pensait déjà plus et il marchait d'un pas plus souple et plus allègre.

Tant pis, oui! C'était le seul mot qui convenait. Il n'avait pas eu le choix des moyens et il valait mieux ne pas songer au retour, à l'étreinte mouillée de Charlotte, tout à l'heure, à ses questions haletantes.

Il frôla des chaises de fer, une table de jardin, marcha sur une bordure de pelouse pour éviter le gravier crissant et il n'était pas à quatre mètres d'une fenêtre qu'il voyait déjà bouger un reflet sur la vitre.

Pas de lumière dans la maison. La fenêtre s'ouvrait lentement, d'elle-même, comme un peu plus tôt la porte donnant sur le parc s'était ouverte. Sans s'occuper de la forme blanche qu'il devinait dans la chambre, Philippe écarta une branche de rosier qu'il connaissait comme on connaît le commutateur électrique de sa chambre, posa le pied sur un rebord de pierre, le genou sur l'appui de fenêtre et se trouva à l'intérieur.

La fenêtre, à demi fermée seulement, laissait passer un courant d'air frais et des rideaux frémissaient dans la chambre, un lit, qui avait été occupé, se refroidissait tandis que Philippe s'inquiétait de rencontrer sous ses lèvres des lèvres plus tendues que d'habitude.

15

Il s'étonna aussi que, sous sa chemise de nuit, Martine eût gardé son linge de jour et que son corps raidi se refusât à l'étreinte.

— Qu'est-ce que tu as? souffla-t-il, si bas qu'il fallait une longue habitude pour le comprendre.

Une autre habitude lui permettait maintenant, à lui, de distinguer dans l'obscurité un visage très blanc, des yeux fiévreux et il savait — il était sûr ! — qu'il se passait quelque chose d'anormal.

Il avait voulu s'avancer vers le lit avec Martine mais elle, autoritaire, par des gestes qui dénotaient une idée préconçue, le forçait à revenir près de la fenêtre, où elle pouvait mieux voir ses traits.

— Regarde-moi, prononça-t-elle alors, tout bas, elle aussi, en lui tenant les poignets pour l'empêcher de l'enlacer.

— Qu'as-tu, Martine?

Et, rien que parce qu'elle le lui avait demandé, il n'osait pas la regarder, comme s'il eût eu quelque chose à lui cacher.

— Montre-moi tes yeux, Philippe...

Il y avait du drame dans l'attitude de Martine et l'angoisse montait, dans cette maison pleine d'êtres endormis. Un craquement, une syllabe prononcée un peu plus fort que les autres et quelqu'un se réveillerait.

Qui? Le frère de Martine, un gamin de quinze ans, têtu et soupçonneux, qui occupait la chambre voisine? Sa mère, qui dormait deux chambres plus loin?

La maison, du haut en bas, était peuplée de Donadieu, des vieux et des jeunes, des frères, des fils, des belles-filles, et lui était là, debout près de la fenêtre, avec la plus jeune, Martine, à peine âgée de dix-sept ans.

Ce n'était pas la première fois, mais soudain, sans

16

savoir pourquoi, il eut peur, peut-être à cause de ces yeux fixes où il ne trouvait pas de tendresse.

— Regarde-moi !

Toujours ce recul du corps, qui avait l'habitude de s'abandonner...

— Réponds-moi franchement, Philippe...

A l'inverse des autres fois, c'était elle qui élevait la voix, au risque de déclencher une catastrophe, et il ne savait comment la faire taire.

— Où est mon père ? Qu'est-ce qui est arrivé ?

— Ton père ?

Il ne savait pas ! Ses doigts se crispaient. Peut-être ailleurs cette histoire eût-elle été toute simple : un malentendu, sans doute, ou bien une lubie de Martine, qui avait les nerfs trop sensibles.

— Réponds !

— Je ne sais pas.

Comment dire « je ne sais pas » avec force quand on doit parler dans un souffle ? Et comment prouver sa bonne foi quand on a le visage à peine éclairé par un reflet de nuit ?

— Tu vas prendre froid, risqua-t-il en voyant la chemise frémir au passage de la brise.

— Je veux savoir, Philippe ! Ne détourne pas la tête. Tu as fait quelque chose, dis ?

— Je te jure que je ne comprends pas.

— Tu mens !... Je sais que tu es capable de mentir... Philippe !

C'était un appel quasi désespéré. Il voyait toujours cette tache blême du lit, ces pans d'ombre et, tout près de lui, trop près, ces yeux insistants...

— Philippe !...

— J'arrive de Bordeaux, comme je te l'ai annoncé samedi... Je ne comprends rien...

Elle se raidissait toujours. Elle s'impatientait, elle

17

aussi, prête, eût-on dit, à pleurer ou à s'emporter.

— Tu n'as pas vu ton père ?

— Cinq minutes, tout à l'heure, au cinéma.

— Il ne t'a rien dit ?

— Mais non ! cria-t-il presque.

Maintenant, elle regardait par terre, toujours lointaine, pas encore convaincue.

— Je ne sais plus… balbutia-t-elle. Si c'était vrai… Pourtant, j'ai eu comme le pressentiment que c'était toi…

Et voilà qu'elle se tordait les bras dans un mouvement presque hystérique.

— Martine…

— Non… Lâche-moi… Pas maintenant…

— Que se passe-t-il ?

Encore un regard qui essayait de deviner, de scruter le visage lunaire du jeune homme, et enfin un geste découragé.

— Je ne sais plus… J'ai cru… Tu en es peut-être capable… Oui ! Tu dois être capable de tout…

— Martine !

Le plus terrible, c'est qu'ils ne pouvaient pas oublier un instant la maison endormie !

Ce fut la jeune fille qui céda, lasse, sans force pour lutter davantage.

— Mon père a disparu depuis samedi.

Et elle souligna ce mot, qu'ils avaient déjà prononcé au cours de leur entretien incohérent :

— Samedi !

La dernière fois qu'il était venu… Puis il était parti pour Bordeaux… Et elle… N'avait-elle pas cru qu'il ne viendrait pas ce soir, qu'il ne viendrait plus jamais ?…

Il répéta, hagard :

— … samedi ?…

18

C'était Charlotte, comme par hasard, qui avait, la première, flairé quelque chose d'anormal. Mais ce n'était pas un hasard, car Charlotte était effrayante à force de sentir le moindre grincement, où que ce fût.

Le dimanche matin, à dix heures moins le quart, Mme Brun s'habillait pour la grand-messe dans ce vieil hôtel seigneurial à trois ailes voisin de l'hôtel moins ancien des Donadieu. Autour des deux femmes, c'était, comme toujours, une paix et un silence de musée, des jeux d'ombre et de lumière orchestrés par les fenêtres à petits carreaux, la vie immobile de mille bibelots d'argent ou de porcelaine, de nacre ou de corail et, aux murs, des sourires figés sur des toiles aux sombres embus, des multitudes de petits points d'or posés par le temps sur les lithographies.

Charlotte, elle, allait à la messe de sept heures. Elle avait déjà communié et fait son marché. Elle avait changé de robe et, dans sa tenue de tous les jours, elle aidait Mme Brun à revêtir sa robe de soie noire, à agrafer le large ruban de moire qui lui faisait le cou aussi droit et aussi long que celui des cygnes du parc municipal.

— Les Donadieu partent pour la messe sans l'Armateur ! remarqua-t-elle soudain, malgré les épingles qu'elle tenait entre les lèvres.

Et Mme Brun faillit se piquer, tant la nouvelle était étonnante. Oscar Donadieu, qu'on appelait plus souvent l'Armateur, n'allant pas à la messe en tête de toute sa famille !

— Tu es sûre ?

— Que Madame regarde...

C'était une coquetterie de Charlotte, qui était

davantage dame de compagnie que domestique, d'employer de temps en temps la troisième personne.

Ce dimanche-là, il y avait du soleil, aigrelet, il est vrai, annonçant que l'été était terminé. Dans la calme rue Réaumur, la porte verte, à deux battants, à gros marteau de cuivre, des Donadieu, venait de s'ouvrir.

Et une sorte de procession s'organisait le long du trottoir, une procession à laquelle eût manqué le bon Dieu.

D'abord Martine Donadieu, en blanc (la robe qu'elle avait mise tous les dimanches d'été), son livre de messe à la main, marchant avec son frère Oscar qui, à quinze ans, venait d'arborer ses premiers pantalons longs.

Maintes fois, tandis que les deux femmes cousaient ou brodaient dans quelque coin de leur musée, Mᵐᵉ Brun avait parlé de Martine et de ses dix-sept ans.

— Je suis sûre que c'est la plus intelligente de la famille, disait-elle. Elle a le regard de son père...

Et elle ne remarquait pas, sur le visage disgracieux et fané de Charlotte, un sourire amer.

— Le gamin, lui, n'a pas été favorisé à la distribution. Il paraît un peu simple.

Ce dimanche-là, comme les autres dimanches, derrière Martine et Oscar, venaient les petits-enfants, Jean et Maurice, qui portaient un costume marin identique.

Puis *les grands,* Michel Donadieu et sa femme Eva, plus excentrique que les autres, naturellement. Le beau-fils, Jean Olsen, et sa femme Marthe, née Donadieu.

Enfin la reine mère, comme disait Charlotte, Mᵐᵉ Donadieu en personne, importante, impotente, s'aidant d'une canne pour faire avancer ses grosses jambes.

— C'est vrai que l'Armateur n'est pas là...

Mais ce n'était pas encore très grave !

Tout de suite après la messe, le même dimanche, on sortit la grande voiture bleue, une limousine qui datait de dix ans, avec ses phares de cuivre, ses coussins pour dix personnes, ses porte-fleurs en cristal. Michel Donadieu seul, le fils aîné, y prit place et partit avec le chauffeur tandis qu'à la fenêtre du vieil hôtel voisin Mme Brun et Charlotte commentaient l'événement.

— Il se passe sûrement quelque chose !

Car jamais les Donadieu n'avaient donné le spectacle d'un geste imprévu. Leurs allées et venues étaient si strictement organisées que La Rochelle aurait pu se régler sur eux avec autant de sécurité que sur les aiguilles de la Grosse Horloge.

Oscar Donadieu, c'était l'Armateur, avec une majuscule. C'était le Patron, avec une majuscule aussi, le chef de la famille, ou plutôt du clan. La preuve en est que quand, quinze ans plus tôt, lui, protestant, s'était converti au catholicisme, cinq autres familles protestantes (cinq autres armateurs !) avaient fait comme lui.

C'était aussi une cariatide : un bloc d'un mètre quatre-vingts, tout droit, inébranlable malgré ses soixante-douze ans, inébranlable dans ses convictions et dans sa morale, si bien qu'il était appelé à arbitrer tous les conflits.

La forteresse Donadieu n'était pas rue Réaumur, où vivait la famille. Elle se dressait quai Vallin, devant le port : un immeuble sévère de quatre étages, avec à peine assez de soleil pour y voir, où chacun des trente bureaux était une sacristie.

En face, les tas de charbon : le charbon Donadieu. Des navires charbonniers en déchargement : les charbonniers Donadieu. Des chalutiers amarrés devant des wagons et des frigorifiques : chalutiers, wagons et frigorifiques Donadieu !

A huit heures moins dix, chaque matin, trois hommes sortaient de la maison de la rue Réaumur : l'Armateur, son fils Michel, qui avait trente-sept ans et suivait comme un écolier intimidé ; son beau-fils Olsen, devenu un véritable Donadieu, ponctuel et respectueux.

Chacun, là-bas, quai Vallin, prenait possession d'un étage, d'un service, d'un bureau à porte matelassée.

Chacun aussi, dans la maison, habitait un étage : l'Armateur au rez-de-chaussée, avec sa femme et ses deux jeunes enfants, Martine et Oscar ; Michel, le fils aîné, au premier, avec sa femme et ses deux enfants ; Olsen et sa femme, née Donadieu, au second, avec leur fils de sept ans.

Mme Brun et Charlotte connaissaient heure par heure, minute par minute, les rites de la maison. Or, voilà que le dimanche soir l'Armateur n'était pas rentré, que le lundi le fils et le beau-fils ne partaient pas pour les bureaux à l'heure habituelle mais discutaient longuement dans le parc.

— Tu crois qu'il est en voyage ? demandait Mme Brun à Charlotte.

Et Charlotte, pointue, inspirée :

— Ils ne seraient pas aussi bouleversés !

— Alors, qu'est-ce que tu penses ?

— Sait-on jamais ?

22

C'était son mot. Un drôle de corps, Charlotte ! Un corps de naine, une figure chiffonnée aux traits aigus. Jusqu'à l'âge de trente ans, elle avait été servante dans un couvent, puis il y avait eu un drame dont elle ne parlait jamais, une opération dans le ventre, et Mme Brun l'avait recueillie, comme vide de substance, insexuée, attentive uniquement à la servir, à broder les heures les unes après les autres dans cette vaste maison vide que gardaient comme des chiens de berger un jardinier et sa femme installés dans le pavillon de la cour.

Mardi midi. Charlotte appelle :

— Venez vite voir !

Elle a oublié la troisième personne, car elle est émue. Il y a de quoi, en effet ! Michel Donadieu revient de la ville en compagnie de M. Jeannet, le procureur de la République, et on devine un grand conseil de guerre dans le salon du rez-de-chaussée où filles et belle-fille, fils et mère se sont réunis.

— Il y aurait eu un malheur que cela ne m'étonnerait pas...

Est-ce que Charlotte avait vraiment le don de seconde vue ? D'un malheur, on n'était pas encore sûr. N'empêche qu'Oscar Donadieu, l'Armateur, le roc, avait disparu, tout soudain !

Le samedi soir, comme d'habitude, il s'était rendu au Cercle Rochellais, place d'Armes. Le samedi, et seulement ce jour-là, parce qu'il ne travaillait pas le dimanche, il avait le droit d'y rester jusqu'à minuit et d'y faire un bridge à un demi-centime le point.

Or, le dimanche matin, il n'était pas rentré. On n'avait pas osé manquer la messe. Mais aussitôt après, Michel, l'aîné, était allé en auto jusqu'au petit château que la famille possédait à Esnandes, car on avait demandé en vain la communication téléphonique.

— Rien ! avait-il annoncé en rentrant.

C'était l'unique jour de la semaine où les trois ménages fussent réunis au rez-de-chaussée, *par ordre*. On avait envisagé la situation. La belle-fille avait proposé d'avertir la police, mais ce n'était qu'une belle-fille qui devait mal connaître l'Armateur, sinon elle n'eût pas parlé de la sorte.

Avant tout, pas de scandale. Oscar Donadieu était le Maître. Seul, il était juge de ce qu'il avait à faire. Or, il n'était pas là...

Le lundi, Charlotte, de ses multiples observatoires de l'hôtel voisin, avait noté des allées et venues entre les étages, ce qui n'arrivait jamais en semaine.

Enfin, la visite du procureur...

— ...recherches discrètes... pas un mot dans les journaux...

Et ce mercredi-là, à une heure du matin, Martine Donadieu, en chemise de nuit, oubliait l'amour, le lit aux draps glacés, pour questionner Philippe d'une voix qu'elle avait peine à assourdir.

— Tu es sûr que ton père ne t'a rien dit ?

— J'en suis sûr.

— C'est le dernier à avoir vu mon père... Ils sont sortis du Cercle ensemble...

Que de soupçons de la famille Donadieu ces mots ne trahissaient-ils pas ! Philippe lui-même n'était plus aussi naturel. Son front se plissait.

— On a ouvert une enquête ? questionnait-il.

— Discrète... On les a vus partir tous les deux... Depuis...

Ils en oubliaient la maison pleine de gens endormis et les voix, à leur insu, devenaient plus fortes.

— Mon père est incapable...

— Philippe ! Regarde-moi encore...

Trop de choses, trop vite, en un trop court instant ! Ils étaient là, l'un devant l'autre, presque comme des ennemis. Il aurait fallu de longues explications, des effusions, la liberté de parler tout à l'aise, de montrer son visage, ses yeux.

— Martine !...

Elle commençait, pourtant, à fléchir. Elle ne pouvait pas rester debout davantage, pieds nus, les nerfs tendus, et il sentait qu'elle allait se couler enfin dans ses bras.

— Je jure sur la tête de ma mère... commença-t-il.

Il s'arrêta net. Elle se figea, elle aussi. Une lumière venait de briller, longue et étroite, sous une porte. Puis la lumière s'allongeait encore, formait un angle, deux angles aigus, dessinait le battant de cette porte.

Martine, d'instinct, s'accrocha au bras de Philippe, qui n'eut pas la présence d'esprit de faire un geste pour se cacher derrière le rideau.

— Qu'est-ce que c'est ?

Hallucinante, cette voix calme et anormale, cette voix de rêve qu'on entendait, cette silhouette d'un grand gamin en pyjama qui essayait, sortant de la lumière de sa chambre, d'y voir dans l'obscurité de la chambre de sa sœur.

— Martine ! appela-t-il.

— Chut !... Je suis ici...

Les amants n'osaient pas bouger. Kiki s'avançait, pieds nus, encore mal réveillé, venait regarder Philippe sous le nez.

— Kiki !...

Car c'est ainsi que dans la maison on appelait le gamin, comme si le prénom de son père eût été trop lourd pour lui.

— Kiki !... Je t'en supplie...

Et lui, soudain, éclatait en sanglots, se mettait la main sur la bouche pour ne pas être entendu, tandis que sa sœur le prenait dans ses bras.

— Silence !... Attention à maman... Kiki !...

Il hoquetait. Dans son désespoir, il se laissa même glisser sur le parquet et sa sœur s'y coucha avec lui en balbutiant à l'adresse de Philippe :

— Va-t'en... Je m'en charge...

— Mais...

— Non !... Tu vois bien...

Chaque fois que le gamin regardait l'intrus, en effet, il était pris de véritables convulsions.

— Va-t'en !...

Philippe enjamba la barre d'appui, prit contact avec le sol mouillé, avec les feuilles mortes et molles.

Il avait eu une peur atroce mais, une fois dehors, il devenait fataliste.

— Qu'elle s'arrange !

Du jardin, il devinait encore l'étrange découpe lumineuse de la porte. Il marchait vite. Il poussa le portillon qui se referma derrière lui sans qu'il y touchât.

Et c'était une nouvelle voix qui prononçait déjà :

— Philippe !

— Oui...

— Viens !

Cela lui parut d'abord impossible, odieux. Il avait l'impression qu'il laissait derrière lui une bombe qui allait éclater d'une seconde à l'autre. Il s'attendait à voir la maison s'éclairer du haut en bas, se remplir d'allées et venues affolées.

Mais non! Il percevait à nouveau la puissante respiration de la mer à marée haute et le grincement des poulies qui ressemble au cri des goélands.

Il ne se rendait pas compte de ce qu'il faisait. Il ne savait pas où il allait. Il avait peur. Il réalisait la signification d'un mot qui s'imposait à son esprit comme un résumé de tout ce qu'il vivait à cet instant : odieux...

Odieux d'avoir dû, depuis plusieurs mois, pour arriver jusqu'à Martine, acheter la complicité de Charlotte! Et l'acheter comment? Pas avec de l'argent! Avec une fausse tendresse! Même pas...

En réveillant consciemment, de parti pris, salement en somme, les sens de la servante, son besoin d'effusions...

Elle l'entraînait, comme les autres fois, vers un kiosque dressé au milieu du parc et couvert de rosiers grimpants. Les rosiers avaient perdu feuilles et fleurs et le kiosque ressemblait à un parapluie sans sa toile. La brise humide s'y engouffrait. Le canapé d'osier était couvert d'une mince couche d'eau.

— Écoute, Philippe...

Comme l'autre! Qu'est-ce qu'elles voulaient toutes deux lui faire entendre?

— Je suis trop malheureuse... Je ne peux plus... Philippe!...

Elle disait ça chaque fois. Heureusement qu'il ne la voyait pas! Les autres nuits, il avait le courage de lui parler, bouche à bouche, de serrer son corps maigre contre lui, de raconter des choses invraisemblables :

— Tu ne comprends donc pas que c'est ma situation que...

Non! Cette fois, il attendait l'explosion et la

27

maison d'à côté restait obscure. Contrairement à son attente, les fenêtres ne s'éclairaient pas les unes après les autres...

Qu'est-ce que, par terre où elle était couchée avec lui, Martine disait à son frère Oscar ? Ils devaient, tous les deux, mêler aux mots larmes et sanglots. Elle devait supplier, balbutier de ces phrases dont on a honte et lui, le gamin, se débattre dans un cauchemar comme il en faisait quand il était somnambule, ce qui avait amené ses parents à munir sa fenêtre de barreaux.

La reine-mère dormait !

— Philippe !... Je sens bien que vous l'aimez... que vous vous servez de moi...

— Mais non, répétait-il machinalement.

— Je ne sais pas de quoi je suis capable... Qu'est-ce qu'elle vous a dit ?... Qu'est-ce que vous avez fait, tous les deux ?...

— Tais-toi !

— J'ai pensé... M. Donadieu n'est pas revenu... Philippe !...

Dans sa voix, il perçut le même soupçon que chez Martine et il resta un bon moment hébété, dans toute cette obscurité humide, sous ces nuages malsains qui couraient trop vite sous un ciel presque pur.

— Laisse-moi...

— J'ai beaucoup réfléchi... Je vais vous dire...

Cela lui fit peur. Non ! Il ne fallait pas laisser à Charlotte le loisir de réfléchir et, pour obtenir la paix, il vécut, en attendant toujours les lumières qui ne s'allumaient pas aux fenêtres voisines, une des heures les plus honteuses de sa vie.

II

Le corps d'Oscar Donadieu fut retrouvé le jeudi à neuf heures du matin par un charretier. Il pleuvait, mais le ciel était blanc, d'une luminosité suffisante pour faire mal aux yeux et pour dessiner durement le contour des objets. Blanches aussi la plupart des façades de La Rochelle, tandis que la mer, hérissée par un vent de nord-ouest, étalait jusqu'au pied des tours le gris alterné de blanc de ses houles.

La ville, ce matin-là, ressemblait à La Rochelle de certaines gravures anciennes de Mme Brun. La marée était basse, le bassin presque vide de son eau. Les barques de pêche s'étaient peu à peu couchées dans la vase qu'on voyait épaisse, sillonnée de minces ruisseaux.

Dans une vitrine, une vendeuse en tablier noir rangeait des chaussures. Depuis huit heures du matin Michel Donadieu était à son poste, au premier étage des bureaux du quai Vallin. Deux ou trois fois il avait regardé l'heure, guettant le moment convenable pour téléphoner au procureur et lui demander des nouvelles.

Seulement, depuis quelques minutes, il n'y pensait plus, car Benoît, le caissier, venait d'arriver avec des bons de caisse à signer. Benoît, qui était dans la maison depuis trente ans ou plus, sentait mauvais. Quand Michel Donadieu était assis, comme maintenant, à son bureau, le caissier se penchait sur lui afin de lui glisser l'une après l'autre sous la main les pièces à signer. Or, on n'avait jamais rien osé dire à Benoît à ce sujet et c'est à cela que Donadieu pensait à neuf

29

heures précises, tandis que sa main traçait de larges paraphes.

Jean Olsen, son beau-frère, qui dirigeait le département pêche, venait d'être appelé à la gare, où on avait des difficultés avec un wagon frigorifique.

Bigois, le charretier, sortait d'un petit bistrot, en face de la Halle aux Poissons. Le fouet sur l'épaule, il marchait en avant de son cheval, un peu à droite et c'est ainsi que, pour cracher, machinalement, il se pencha, alors qu'il longeait le bord du quai.

Il aperçut quelque chose de jaunâtre, dans la vase. C'était un pardessus de demi-saison et Bigois, en regardant plus attentivement, fut persuadé qu'il distinguait une main.

— Tiens ! Un macchabée !... grommela-t-il sans s'émouvoir.

Et c'est dans les mêmes termes qu'il annonça la nouvelle à l'agent du coin, alors que le vin blanc n'était pas encore tout à fait sec dans ses moustaches.

L'endroit était aussi mal choisi que possible. Il y avait peut-être un mètre épais de vase noirâtre. L'agent regarda d'un air embarrassé, se tourna vers deux pêcheurs qui s'étaient arrêtés près de lui.

— Faudrait un pousse-pied, dit l'un d'eux.

L'agent ne savait pas ce que c'était, mais il approuva, demanda au pêcheur s'il en avait un.

— Sûr que non !

— Qui est-ce qui a un pousse-pied ?

Il y avait déjà dix personnes autour d'eux, qui regardaient sans trop se rendre compte cette masse jaune qui paraissait flasque. Comme nul ne prenait l'initiative des opérations, les choses n'avançaient pas. Ce fut encore un pêcheur qui déclara :

— Si on le laisse là, la marée qui monte va l'emporter...

30

Alors l'agent se décida à entrer dans un café pour téléphoner au commissariat. Quand il revint, on avait déniché un pousse-pied, sorte de barquette très plate faite pour glisser sur la vase. Un vieux, en suroît, qui le manœuvrait, arrivait près du corps mais, quand il voulut le soulever, il ne put y arriver, car Oscar Donadieu collait à la vase.

Cela dura un bon quart d'heure, bêtement, sous la pluie, et le conducteur de l'autobus de Rochefort pestait de devoir partir avant d'avoir vu la fin. Le commissaire eut le temps d'arriver et, comme les autres, il fut forcé de rester sur le quai tandis qu'en bas, dans la vase, des marins passaient un filin autour du corps pour le hisser.

A ce moment on reconnut enfin Oscar Donadieu et le commissaire, prenant conscience de ses responsabilités, s'affola, surtout qu'en halant le cadavre le long du mur du quai on l'avait abîmé.

Pour ne pas le laisser par terre, on l'avait mis sur la charrette de Bigois et on avait trouvé, pour le recouvrir, une bâche qui sentait le poisson. Puis le commissaire s'était précipité vers les bureaux du quai Vallin, ralentissant le pas à mesure qu'il approchait, prenant de l'importance et de la dignité. Il fut reçu par Michel Donadieu, qui signait toujours des bons, aidé de son caissier, et qui mit quelques instants à comprendre.

— J'ai le pénible devoir de vous annoncer...

Les murs étaient tendus de papier gaufré imitant le cuir de Cordoue. Des aquarelles, dans des cadres, représentaient les bateaux des Donadieu. Et Michel, dont les tempes commençaient à se dégarnir, dont la

31

main était ornée d'une lourde bague armoriée, se levait, aussi embarrassé que le commissaire, car il ne savait pas ce que l'on fait dans ces cas-là.

— Téléphonez à la gare qu'on avertisse M. Jean ! dit-il à son caissier.

Il préférait que son beau-frère fût présent aussi. Il faillit même téléphoner à sa mère, puis il pensa que cela ne devait pas être correct.

— Où croyez-vous qu'il faille le transporter ?

— Où est-il, maintenant ?

Et le commissaire, honteux de sa réponse :

— Sur la charrette !

— Où est la charrette ?

— Là-bas... fit-il en tendant le bras vers l'autre bout du quai.

Ils voulurent regarder par la fenêtre et ils virent la charrette de Bigois juste devant la maison car le charretier, pendant ce temps-là, avait préféré faire un bout de chemin. Michel Donadieu se passa son mouchoir sur le visage, à tout hasard. Il aurait bien pleuré. En toute autre circonstance, il aurait certainement pleuré, mais c'était l'atmosphère trop crue, la vulgarité des détails qui ne s'y prêtaient pas.

— Si ce n'était pas Monsieur votre père, je l'aurais fait transporter à la morgue, mais...

Non ! Ce n'était pas possible ! D'autre part, on n'avait peut-être pas le droit de le mener directement à la maison.

— M. Jean arrive tout de suite, annonça le caissier, qui avait eu le chef de gare au bout du fil.

— Demandez-moi le procureur à l'appareil...

Les employés, du haut en bas de l'immeuble, ne travaillaient plus. Une femme, qui était venue pour commander du charbon, attendait en vain qu'on s'occupât d'elle. Dehors, les gens, par respect, ne s'approchaient pas trop de la charrette et on en voyait qui avaient jugé décent de se découvrir sous leur parapluie.

— Allô !... Oui... Évidemment... C'est fort possible, oui...

Michel Donadieu se tourna vers le commissaire.

— Le procureur me dit que nous pouvons l'installer ici en attendant le médecin légiste... Étant donné les circonstances...

Et c'est ainsi que, porté par deux employés et par Bigois, qui était plus adroit, Oscar Donadieu fut déposé dans son bureau. Bigois, instinctivement, avait voulu étendre le corps sur le bureau d'acajou mais, comme il était sale et mouillé, il n'avait pas osé et il l'avait mis par terre. Jean Olsen arrivait de la gare, se découvrait, lui aussi, questionnait :

— On a prévenu maman ?

— Pas encore.

Une matinée comme on n'en vit pas souvent, heureusement. Personne n'y étant préparé, on ne savait que faire et il était toujours impossible de pleurer. Les employés eux-mêmes ne savaient comment présenter leurs condoléances. Quant aux bureaux, il fallut que le concierge proposât de mettre sur la porte un avis de deuil.

— C'est cela, oui ! approuva Michel. On ferme, n'est-ce pas, Jean ?

Et les employés ? Est-ce qu'on les renvoyait chez eux ou continuaient-ils à travailler derrière les volets clos ?

— J'ai ma fin de mois à préparer, expliquait le caissier.

— Alors, restez ! Que les autres s'en aillent ! Ceux qui ne sont pas strictement nécessaires... Bonjour, monsieur Jeannet...

C'était enfin le procureur, accompagné d'un énorme personnage au teint fleuri qui devait être le médecin légiste.

— Croyez que je partage...

On partageait surtout l'embarras créé par cette situation imprévue.

— On ne pourrait pas l'installer sur une table ? risquait le médecin en retirant son pardessus.

Et Bigois, le charretier, restait là, attendant peut-être un pourboire. Est-ce qu'on donne un pourboire, dans ces cas-là ? Michel ne savait pas, préférait ne rien faire.

— Il vaut peut-être mieux que vous n'assistiez pas...

Les trois hommes, Michel, son beau-frère Jean Olsen et le procureur se retirèrent dans le bureau de Michel, qui offrit à tout hasard des cigarettes. La conversation devenait plus facile.

— Croyez-vous que le corps soit dans l'eau depuis samedi ?

— L'étrange, c'est que les courants ne l'aient pas emporté vers la haute mer...

Non ! Ce n'était pas étrange. La passe du port de La Rochelle, entre ses deux tours, est très étroite et le vieux Donadieu avait dû être poussé par les marées d'un quai à l'autre, entre deux eaux, jusqu'à ce qu'un hasard le fît, à marée basse, échouer sur la vase.

Michel Donadieu était gros et mou, fort soigné de sa personne. Il s'épongeait sans cesse, car il avait facilement des vapeurs, à cause de son cœur qui fonctionnait mal.

— Il faudra que je prévienne ma mère...

On ne pouvait pas le dire, pas même le penser mais, malgré tout, c'était presque un soulagement de savoir enfin ce qu'Oscar Donadieu était devenu.

34

Encore quelques minutes de patience : quand le médecin légiste aurait fini, on serait tout à fait tranquille.

Il appela, d'en bas, mais appela seulement le procureur, qui s'enferma avec lui dans la pièce au cadavre. Olsen, qui n'avait que trente-deux ans, marchait de long en large. Michel grimaçait et aurait bien voulu pleurer enfin, ne fût-ce que par acquit de conscience.

Quand le procureur revint, accompagné du docteur géant, il avait sa mine la plus professionnelle.

— Je m'excuse de cet aparté, murmura-t-il. La situation est délicate. Le docteur tenait à ce que je jette moi-même un coup d'œil sur le cadavre — je vous demande pardon de parler si brutalement...

— Je vous en prie...

— Il est difficile, dans l'état de décomposition... vous m'excusez, n'est-ce pas ?... il est difficile, dis-je, de se faire une opinion précise... L'autopsie est nécessaire et je manquerais à mon devoir si je n'insistais pas... Toutefois, à première vue, il ne semble pas qu'on soit en présence d'un crime...

La période de flottement était finie. On entrait dans la phase officielle, beaucoup plus facile, grâce aux précédents. Un fourgon de l'hôpital vint chercher le corps. Michel Donadieu et Olsen regagnèrent la maison de la rue Réaumur, à onze heures moins le quart exactement.

D'habitude, chacun montait tout droit à son appartement, mais cette fois ils restèrent au rez-de-chaussée, où ils trouvèrent le valet de chambre, Augustin, occupé à encaustiquer le salon.

— Madame n'est pas ici ?

— Madame est dans sa chambre.

— Fais-lui dire que nous désirons lui parler.

Mais ce fut Martine qui entra la première, un cahier de musique à la main.

— On a retrouvé le corps de papa! annonça simplement Michel.

Elle n'eut pas le temps de s'informer davantage. Mme Donadieu entrait à son tour, vêtue d'un peignoir bleu ciel, un bonnet de dentelle sur ses cheveux. Elle regarda les trois personnages réunis, respira plus fort, porta les mains à sa poitrine.

— Dites vite!... Je l'ai rêvé cette nuit... Votre père?...

Ce fut enfin comme pour une vraie mort. Michel se jeta dans les bras de sa mère. Puis celle-ci s'évanouit et Martine alla chercher du vinaigre dans la cuisine. Eva, la femme de Michel, vint voir ce qui se passait, pleura, elle aussi, cria :

— Il faut qu'on empêche les enfants de descendre.

La cuisinière pleurait. Personne n'était à sa place. On se bousculait, puis on se retrouvait tous dans un coin du salon dont le tapis était roulé à cause de l'encaustique.

— Et Kiki qui ne sait rien... gémissait Mme Donadieu. Au fait, où est-il?

On apprit qu'il était parti depuis le matin, sans rien dire, contre son habitude.

Quand il revint, pâle, les chaussures boueuses, les cheveux mouillés — car il n'avait même pas mis sa casquette — il trouva la maison plongée dans une épaisse atmosphère de deuil.

— Mangez un peu... Il faut vous soutenir... récitait la cuisinière.

Personne ne mangeait, sauf Michel, qui avait toujours faim et qui grignotait du bœuf froid, sans pain, comme ça, debout.

— Quand est-ce qu'on l'amène?

— Dès qu'on aura fini le... la...

Nul n'osait prononcer le mot autopsie. Eva Donadieu, la femme de Michel, montait de temps en temps chez elle pour s'occuper de sa fille, âgée de deux ans. Quant au gamin, Jean, et au fils d'Olsen, Maurice, ils avaient fini par se glisser parmi les grandes personnes et ils augmentaient le désordre.

Les plus impressionnants à voir étaient Martine et son frère, Kiki, qui avaient l'un comme l'autre une expression hagarde. Puis Martine disparut et ce fut longtemps après qu'on la retrouva sur son lit, serrant un bout d'oreiller entre les dents.

Le *Courrier Rochelais* écrivait :

« ... *En quittant le Cercle de la place d'Armes, M. Oscar Donadieu avait l'habitude, au lieu de rentrer directement chez lui par la rue Réaumur, de faire le tour par les quais et de passer devant ses entrepôts... Trompé par l'obscurité, il est probable...* »

C'était vrai. L'armateur avait des habitudes, voire des manies. Celle-ci en était une et sans doute cela le réconfortait-il, avant d'aller se coucher, d'apercevoir, quai Vallin, la masse imposante de ses bureaux, les toits de ses entrepôts, les cheminées de ses bateaux.

Au Cercle, on en parla peu. N'y fréquentaient que des hommes de cinquante ans et plus, surtout des hommes de l'âge de Donadieu, qui ne venaient même pas place d'Armes pour se réunir, mais pour retrouver leur fauteuil, leurs journaux, une certaine qualité d'atmosphère différente de celle de la famille.

C'étaient des personnages importants et cela se

sentait à leur calme, à leur solennité, à la prudence avec laquelle ils abordaient les moindres sujets.

Au surplus, ils se connaissaient trop pour se perdre en bavardages. La plupart s'étaient connus enfants et, par le fait des mariages, ils en arrivaient à être tous plus ou moins cousins.

Comme Oscar Donadieu était le président du Cercle, à sa réunion du jeudi à cinq heures, le Comité décida qu'il serait fermé pendant une semaine en signe de deuil. Puis, avec la même sérénité, on vota une dépense de cinq cents francs pour une couronne.

Frédéric Dargens était présent et vota comme les autres. Tout se passa si simplement qu'un étranger n'eût pas soupçonné qu'il y avait quelque chose d'anormal et que Dargens, en particulier, sortait une heure plus tôt du cabinet du procureur.

Quelques nuances, peut-être ? Une certaine précipitation à la sortie, pour éviter de lui tendre la main ? Des regards furtifs à son visage régulier, à ses tempes grisonnantes, à ses lèvres sinueuses et spirituelles ?

— Excusez-moi de vous avoir fait mander, mais on m'a affirmé que, samedi, à la sortie du Cercle, vous aviez accompagné Oscar Donadieu...

Le procureur y mettait des formes, lui aussi. Certes, toute la ville, tout ce qu'elle comptait de grave et de solide, déplorait de voir Dargens à la tête d'un cinéma. Et encore : d'un cinéma qui, entre les deux films, exhibait des danseuses ou des prestidigitateurs !

Il était regrettable aussi qu'il vécût en bohème, nichant dans son établissement, sans s'inquiéter de son fils Philippe.

Il y avait bien d'autres choses regrettables. Dargens ne s'affichait-il pas dans les rues et au café avec des chanteuses et des girls ? Ne les emmenait-il pas en auto dans les casinos voisins ? Jusqu'à sa façon de s'habiller, trop parisienne, qui jurait avec les mœurs de la société rochellaise.

N'empêche qu'il faisait partie de cette société, que son père, avant Donadieu, était président du Cercle et l'un de ses fondateurs. N'empêche aussi que, jusqu'à l'année précédente, la banque Dargens était la plus respectable des banques privées et que les grandes familles du pays la préféraient aux établissements parisiens.

La banque avait sauté, soit ! Mais c'était un malheur. Les experts avaient été obligés de reconnaître la bonne foi de Dargens, qui avait vendu de lui-même tout ce qu'il possédait, ses autos, ses chevaux, son château de Marsilly et la villa moderne qu'il s'était fait construire dans le quartier neuf.

Ce que l'on pouvait lui reprocher, c'était cette idée de monter un cinéma...

— Je suis sorti avec Donadieu, en effet, monsieur le procureur. Nous avons marché ensemble jusqu'au coin de la rue Gargoulleau. Là, il a tourné à gauche et il m'a dit bonsoir...

— Vous rentriez chez vous ?

— Au cinéma, oui !

Pourquoi rappeler ce détail gênant ?

— Votre chemin n'était-il pas aussi par la rue Gargoulleau ?

— C'est exact. Mais vous connaissiez Oscar Donadieu. J'ai compris qu'il désirait faire seul sa promenade et j'ai obliqué par la rue du Palais.

— Oscar Donadieu a-t-il perdu beaucoup d'argent, lors de votre krach ?

— Il a été remboursé à quatre-vingts pour cent, comme tous les créanciers.

C'était pénible de le questionner, parce qu'il était

trop fin, trop racé. Malgré soi, on subissait son charme, un charme qui provenait peut-être de ce qu'il y avait de désordonné en lui, d'étranger à la vie rochellaise. Vingt ans auparavant sa femme, qui était d'une excellente famille du pays, l'avait quitté pour suivre un dentiste et c'était difficile à comprendre car, depuis lors, peu de femmes résistaient à la séduction de Dargens.

— Je vous demande encore pardon de vous poser ces questions. Je veux éviter, par la suite, la moindre insinuation malveillante...

Frédéric, en sortant du Cercle, se dirigea avec la même désinvolture vers la rue Réaumur et se fit annoncer chez les Donadieu. C'était peut-être, de la journée, l'heure la plus difficile. Un coup de téléphone du procureur venait d'annoncer que le médecin légiste concluait à une mort accidentelle, aucune blessure pré-mortem n'ayant été relevée sur le corps.

L'événement entrait donc enfin dans le cadre des événements normaux et, du coup, des préoccupations plus normales assaillaient la famille.

Précisément, quand Dargens pénétra dans le vaste corridor, la porte du salon était ouverte et Michel téléphonait, d'une voix aiguë :

— Oui, il faudrait venir tout de suite avec des échantillons de cheviote noire... Il y a... attendez... deux, trois... trois complets d'homme et deux pour les enfants... Pour demain soir, oui...

Sur un canapé, une robe noire était étalée et Mme Donadieu l'examinait avec sa belle-fille.

— Je vous assure, maman, disait Eva, que je ne peux plus la mettre.

Le premier regard que Dargens rencontra fut le regard de Martine et celle-ci fit, aussitôt, volte-face, alla s'enfermer dans sa chambre.

— Je suis venu... commença le visiteur.

Il y eut une hésitation, un flottement.

— Mon pauvre Frédéric!... fit cependant Mme Donadieu, qui commençait à perdre la tête.

Michel, lui, demandait un autre numéro, tandis qu'Olsen compulsait l'annuaire des téléphones.

— Je suis venu me mettre à votre disposition... N'hésitez pas à me charger de toutes les commissions qu'il vous plaira...

Mais on ne s'occupait déjà plus de lui, ou bien on feignait de ne plus s'en occuper. Il resta encore près d'un quart d'heure puis, sans marquer le moindre embarras, il prit congé, cependant qu'on introduisait l'entrepreneur des pompes funèbres.

Dans l'hôtel voisin, Mme Brun s'habillait de noir pour venir présenter ses condoléances.

Il pleuvait toujours. Un infirmier rafistolait tant bien que mal le corps d'Oscar Donadieu avant de le rendre à la famille.

Les fenêtres étaient garnies de vitraux verts, qui donnaient aux visages un relief saisissant. Chacun semblait figé là, dans le cadre de l'étude de Me Goussard, pour l'éternité.

Est-ce que Martine, avec ses yeux rouges, son cou trop blanc et trop frêle émergeant d'un manteau noir, serait jamais autre chose que cette jeune fille nerveuse aux doigts crispés?

Et son frère, plus maigre dans son complet noir, le nez, semblait-il, un peu de travers, deviendrait-il un homme comme les autres?

Ces deux-là étaient les plus émouvants. On eût dit que c'était sur eux que retombait tout le poids de la mort de Donadieu, qu'ils étaient les seuls orphelins, les seules victimes.

Derrière eux, leur oncle de Cognac, Batillat, qu'on avait choisi comme subrogé-tuteur, croyait devoir se montrer lugubre.

Mme Donadieu était la plus naturelle. Elle regardait sans vergogne le notaire, qui mettait une lenteur calculée à ouvrir le testament, tandis que Michel Donadieu et Olsen, que le noir rendait plus élégants, faisaient leur possible pour paraître indifférents.

— Ce testament m'a été remis voilà deux ans par le défunt et tout laisse supposer qu'il n'y a pas eu de testament postérieur…

Le notaire attendit et Mme Donadieu fit signe qu'il en était bien ainsi.

La lecture se déroula sur un ton monotone, comme il se doit, les syllabes succédant aux syllabes sans signification apparente, jusqu'au moment où…

— Pardon ! intervint Mme Donadieu, malgré elle.

— Je répète : « … *lègue la totalité de ma fortune à mes enfants Michel, Marthe, épouse Olsen, Martine et Oscar…* »

Michel fit un violent effort pour ne pas se tourner vers sa mère, dont on devinait la respiration coupée.

« *… Les biens meubles et immeubles ne pourront être vendus partiellement avant la majorité légale de tous les enfants…* »

Michel fronça les sourcils, comme pour mieux comprendre, et Mme Donadieu s'appuya davantage sur sa canne.

« *… au cas où des circonstances impérieuses exigeraient la liquidation d'une partie des biens avant la majorité du dernier des héritiers, cette vente serait totale et porterait sur les affaires commerciales autant que sur les divers immeubles et propriétés du…* »

Martine, soudain, s'avisa de quelque chose d'anormal, regarda sa mère, fit un effort pour saisir le sens des paroles du notaire.

« ... *toute sa vie durant, ma femme jouira du quart de l'usufruit des...* »

Lentement, alors, Mme Donadieu porta la main à son front, se cacha les yeux et resta immobile, tandis que le notaire, gêné, achevait en bredouillant la lecture des formules rituelles.

Michel se leva le premier, balbutia gauchement :

— Maman...

Mais elle ne relevait pas la tête et cachait toujours son visage.

— On pourrait peut-être donner de l'air, dit le notaire.

Et Martine, qui s'était levée, questionnait :

— Qu'est-ce que cela veut dire au juste ?

Olsen lui fit signe de se taire, mais elle poursuivit :

— Maman est déshéritée ?

Alors enfin Mme Donadieu montra son visage qui ne portait pas trace de larmes, mais qui était d'un calme anormal.

— Oui ! dit-elle simplement.

— Maman... intervint Michel avec embarras. Il ne s'agit pas de cela. Tu as le quart de l'usufruit et...

Le notaire, debout, ne savait où se mettre. Olsen, en sa qualité de beau-fils, n'osait pas intervenir.

— Allons, viens maman ! Nous parlerons de cela à la maison...

— Parler de quoi ?

— Nous nous arrangerons... poursuivit Michel.

L'oncle était sidéré et le gamin, Kiki, regardait tout le monde d'un œil soupçonneux.

Comment Mme Donadieu parvint-elle à sourire ?

Elle se leva avec effort, en s'aidant de sa canne, et murmura :

— Le quart de l'usufruit !...

Elle ne s'occupait plus de personne. Elle se dirigeait vers la porte et jamais elle n'avait paru aussi grande, aussi imposante.

— Maman !... cria Martine en éclatant en sanglots.

— Maman !... répéta Kiki que toute cette solennité affolait.

Elle hésita à se tourner vers eux et, quand elle le fit, ce fut pour les regarder froidement, presque durement.

— Qu'est-ce que vous avez ?

— Maman !...

Martine pleurait convulsivement tandis que son oncle essayait de la calmer. Michel s'impatientait.

— Allons, Martine ! Pas d'enfantillages ! Nous parlerons de cela tout à l'heure...

On entendait, dans le bureau voisin, le cliquetis des machines à écrire. Il fallait traverser ce bureau où travaillaient quatre clercs et une dactylo.

La porte ouverte, Mme Donadieu, tournée vers sa fille, prononça :

— Un peu de dignité, voulez-vous ?

Elle vouvoyait rarement ses enfants, et seulement dans les grandes circonstances, ou quand elle était en colère. La voiture, conduite par Augustin, qui servait à la fois de valet de chambre et de chauffeur, attendait au bord du trottoir. Il était cinq heures de l'après-midi. Un manège de chevaux de bois, un tout petit manège pour enfants, était dressé sur la place la plus proche et tournait à vide.

Martine traversa l'étude en courant, les mains devant son visage pour cacher ses larmes. Et, en

44

rentrant à la maison, elle eut soudain une crise de nerfs. Ce n'était pas la première. Tout son corps tremblait. Elle serrait les dents si fort qu'on pouvait craindre de les voir se briser. Puis son corps avait des sursauts convulsifs et elle essayait de s'enfoncer les ongles dans la chair.

— Assez de comédie, voulez-vous, dit simplement sa mère.

Alors elle hurla, se traîna par terre, essayant d'attraper la robe de Mme Donadieu. Michel lança à Olsen :

— Appelle ta femme, je t'en prie!

Car seule Marthe avait quelque autorité sur sa sœur. Le gamin, lui, était allé s'asseoir dans un coin, où il restait comme hébété.

Olsen courait dans l'escalier, criait :

— Marthe!... descends vite...

L'air sentait encore les cierges et les chrysanthèmes de la veille. Mais tout avait été remis en ordre dans la maison. Mme Donadieu retirait son chapeau noir, ses gants, regardait autour d'elle avec calme.

— Je voudrais être un peu tranquille, dit-elle d'une voix qu'on ne lui connaissait pas.

Au mur du salon, un grand portrait à l'huile la représentait à côté de son mari. Elle tenait à la main un bouquet de roses et ce portrait lui avait été offert par les enfants pour le vingt-cinquième anniversaire de son mariage.

Il y avait dix ans de cela, mais Oscar Donadieu, en complet noir, la rosette de la Légion d'honneur au revers du veston, était déjà le même qu'à la veille de sa mort, froid et massif, avec un regard que personne, peut-être, n'avait jamais compris.

Martine, couchée par terre, criait encore :

— Je ne veux pas!... Je ne veux pas...

Et sa sœur Marthe, qui ressemblait au père, dont elle avait la placidité, essayait de la relever en questionnant :

— Qu'est-ce qu'elle a ?

— Rien... On t'expliquera...

Cela traînait en longueur. Assise, sous le portrait, sa canne toujours à la main, Mme Donadieu s'impatientait.

— Puis-je encore être chez moi, oui ou non ?

Martine entendit, se releva d'une détente, regarda sa mère, le portrait, tout le décor de ce salon où elle avait vécu jusque-là.

— Maman... commença-t-elle, haletante.

— Je demande qu'on me laisse.

Trop de choses s'étaient passées, en trop peu de temps. Chacun avait la fièvre. Les pommettes étaient roses. On ne savait plus.

— Viens, dit prudemment Olsen à sa femme, en l'entraînant vers le hall, puis vers l'escalier.

— Qu'est-ce qu'elle a ?

— Je vais t'expliquer...

Michel, lui, avait déjà disparu. L'oncle se dirigeait vers la salle à manger où il n'y avait rien à faire.

Martine, après un dernier regard à sa mère, un regard où tremblait une dernière espérance, mais qui s'éteignit aussitôt, se précipita chez elle et il ne resta plus dans le salon que Mme Donadieu, sous le portrait et, à l'autre bout, dans un fauteuil, le gamin grelottant, peut-être de peur, qui contemplait sa mère avec des prunelles agrandies.

— Toi aussi... dit-elle avec impatience.

Et, comme il ne comprenait pas, elle s'emporta :

— Mais pars !... Pars donc...

Personne ne dîna, ce soir-là, sauf les Olsen, au

46

second étage, qui avaient couché leur fils pour parler
librement.

Car, au premier, Michel avait ses palpitations, qui
le prenaient rarement mais qui l'impressionnaient et
le faisaient geindre.

III

Avant même d'entendre s'ouvrir la petite porte
coincée entre l'Alhambra et la pâtisserie voisine,
Frédéric Dargens avait perçu des pas, d'abord dans le
lointain de la rue, puis de plus en plus proches et, dès
cet instant, il savait que c'était son fils.

Il savait ainsi beaucoup de choses, uniquement
parce qu'il dormait peu, très tard, quand les gens
s'éveillaient. On ne s'en doutait pas, car il rentrait
chez lui comme tout le monde. Sur le divan qui lui
servait de lit, il se mettait à lire et les moindres bruits
de la ville frappaient son attention.

Mais c'était plus tard, quand il se couchait, toutes
lumières éteintes, et qu'il attendait le sommeil, que
sa sensibilité était multipliée à un point inouï. Il ne
prenait pas de drogues. Il n'était pas de ceux qui
luttent contre l'insomnie et qui en parlent, ou qui
montrent le matin des yeux las ou fiévreux.

Il ne dormait pas, voilà tout. Il attendait, immobile
sur sa couche, les yeux souvent ouverts. Quand le flot
montait, il entendait partir les barques de pêche et il
reconnaissait les diverses sirènes des chalutiers à
vapeur.

Puis, dès que naissaient les premiers bruits de la
ville, il s'assoupissait enfin, comme une sentinelle

47

qu'on relève de sa garde. Il se levait vers dix heures et chacun pensait qu'il s'offrait du bon temps, même son fils, qui n'était pas au courant de ces insomnies.

C'était maintenant le cinquième jour, la cinquième nuit plutôt, que Philippe rentrait vers une heure du matin. Il avait pris cette habitude, car c'en était déjà une, deux jours après l'enterrement d'Oscar Donadieu, et Frédéric, couché dans l'obscurité, essayait de comprendre.

Cette fois, le retour ne ressembla pas tout à fait aux précédents car, à peine dans la maison, Philippe oublia de mettre la chaîne de sûreté et il fut un bon moment, comme un homme surexcité, à chercher le commutateur électrique.

Sans bouger, son père le suivait pas à pas. Le corridor était étroit, encombré de caisses et de pans de décors, car l'Alhambra, bâti à l'emplacement d'anciens immeubles, n'était pas entièrement fini et il subsistait des morceaux des vieilles bâtisses.

Philippe, d'ordinaire, marchait sur la pointe des pieds, mais cette fois il ne s'en donna pas la peine et il heurta un tas de planches, s'engagea dans l'escalier sans précaution, poussa du pied la première porte, celle qui ouvrait sur la galerie du cinéma.

« Il a oublié d'éteindre ! » pensa Frédéric, inconsciemment.

Il fallait traverser une partie de la salle de spectacle, gravir des gradins, rentrer en coulisse, en quelque sorte, près de la cabine de projection. Puis Philippe était obligé de traverser le réduit où dormait son père avant d'atteindre un autre cagibi dont on avait fait sa chambre à coucher.

Il ne se douta pas que Frédéric avait les yeux ouverts. Il passa, referma sa porte, continua à se comporter différemment des autres jours puisque, sans se déshabiller, il se jeta sur son lit. Il se ravisa pourtant quelques secondes plus tard s'assit pour retirer ses chaussures qui tombèrent bruyamment sur le plancher.

A ce moment, Frédéric tendit l'oreille, car il entendait son fils parler tout seul, gronder des mots qui ressemblaient à des menaces. Enfin, au moment où on s'y attendait le moins, le jeune homme éclata en sanglots rauques, donna un grand coup de poing dans son oreiller et continua de pleurer.

Les rôles, cette fois, étaient renversés. C'était le père qui se dressait sans bruit et s'asseyait au bord du lit, anxieux comme un animal qui, la nuit, entend au loin la plainte d'un de sa race.

Il n'avait jamais vu, ni entendu pleurer Philippe. Il n'avait jamais pensé que cela pût arriver. Cela lui faisait un effet étrange et, dans son émotion, il y avait peut-être une part de contentement.

Le jeune homme parlait toujours, entre ses sanglots, mais on ne pouvait comprendre ce qu'il disait. Il avait allumé, car on voyait un trait de lumière sous la porte et Frédéric acheva de se lever, comme malgré lui, attiré par cette peine inattendue.

Une dernière pudeur le retenait. De même qu'il ne s'était jamais plaint de ses insomnies, jamais il n'avait parlé de choses intimes à quiconque et il avait horreur de ces scènes où les larmes se mêlent à des mots incohérents et à des sentiments momentanément grossis.

Il restait encore là, la main sur le bouton de la porte, puis enfin il poussait celle-ci, intimidé, regardait le lit de fer sur lequel son fils était couché tout habillé, un Philippe qui se dressait déjà, l'œil mauvais, le visage plaqué de mouillé, la cravate arrachée.

— Qu'est-ce que tu veux? clamait le jeune homme.

Et son père, par contenance, allumait une cigarette. Il avait beau s'être relevé dans l'obscurité, il avait eu le temps d'endosser une robe de chambre sur son pyjama de soie unie, car la tenue faisait partie, elle aussi, du domaine de ses pudeurs.

Le contraste était inattendu entre cet homme en déshabillé trop élégant, un véritable déshabillé pour chambre à coucher de théâtre, et les deux pièces sordides où s'entassaient des boîtes de pellicules, des annuaires, des paperasses de toutes sortes, certaines à même le sol.

— Qu'est-ce que tu veux?

Dargens, comme pour montrer qu'il voulait rester, débarrassa une chaise et s'assit, cherchant le point d'attaque, tandis que le jeune homme serrait les dents.

— Elle n'a pas ouvert? finit-il par questionner, comme à regret.

Depuis vingt ans que sa femme était partie, on pouvait dire qu'il n'avait parlé à quiconque de questions sentimentales. Non pas qu'il se montrât aigri. Au contraire! Si son sourire était un peu ironique, comme celui des « viveurs » du répertoire, il contenait encore plus d'indulgence, et même une certaine qualité de tendresse qui allait à tout le monde, aux petites danseuses en robe élimée comme à ses ouvreuses et aux mendiants de la rue.

Cette fois, c'était son fils qu'il regardait et, pour la première fois, il le regardait avec une inquiétude non dissimulée.

— Tu savais? sursauta le jeune homme, déjà sur la défensive. Qui te l'a dit? Qu'est-ce qu'on t'a raconté?

50

— Cela n'a pas d'importance.

— Je veux savoir qui t'a mis au courant...

— Personne, mon petit !

— Alors, tu m'as espionné ?

Quel drôle de mot ! Et quelle situation gênante pour Dargens, qui n'avait pour ainsi dire jamais eu une conversation en tête à tête avec son fils ! Il l'avait regardé pousser, l'avait regardé vivre, sans se reconnaître le droit d'intervenir dans un sens ou dans l'autre. Cela aussi faisait partie de ses pudeurs et voilà que Philippe lui criait, rageur et méprisant :

— Tu m'as espionné !

— Mais non... C'est un hasard...

— Qu'est-ce que tu sais au juste ?

Le père eut presque un sourire, parce que ce mot-là, c'était tout Philippe. L'instant d'avant il était en larmes. On pouvait croire au plus violent désespoir et, dès qu'on l'effleurait, il se repliait sur lui-même, posait une question précise, voulait connaître les cartes de l'adversaire avant d'aller plus loin ! Le sourire de Dargens était un peu triste, un peu désabusé.

— Tout, mon petit ! Ne t'inquiète pas ! Voilà cinq jours, n'est-ce pas, que la fenêtre reste close ?

— Tu étais là ?

— Mais non ! Seulement, je sais...

C'était vrai ! Depuis cinq jours, Philippe pénétrait à l'heure habituelle dans le parc de Mme Brun et subissait la moite tendresse de Charlotte ; depuis cinq jours il s'approchait sans bruit de la fenêtre et il trouvait celle-ci fermée. Cette nuit encore, il avait frappé contre la vitre, presque décidé, par moments, à déclencher un scandale.

Le plus atroce, c'était de retrouver Charlotte embusquée derrière la petite porte, de savoir qu'elle savait et que son cœur étriqué se gonflait d'espoir !

Des heures durant, en plein jour, Philippe avait fait le guet au coin de la rue, mais Martine n'était pas sortie. Il avait failli, le matin même, se présenter dans la maison, comme un visiteur ordinaire. Mais il se souvenait de la colère d'Oscar Donadieu, des paroles qu'il avait prononcées un jour devant toute la famille :

— *Si ce galapiat a le malheur de remettre les pieds chez moi, il en sortira par la fenêtre !*

Tout cela parce que, alors qu'il fréquentait chez les Donadieu, Philippe, une fois, avait tapé Oscar Donadieu dans des conditions assez vilaines. Il s'était servi d'une excuse inadmissible, parlant de sa mère qui lui avait écrit de l'étranger et qui était dans la misère ; puis, montant un étage, il avait tapé à son tour Michel Donadieu...

Son père l'ignorait, heureusement. Donadieu s'était contenté de lui dire :

— Si tu ne fais pas attention à ton gamin, il tournera mal.

Maintenant, le jeune homme était assis au bord de son lit, les yeux luisants, le visage trop rouge, les cheveux en désordre, et son père, plus gêné que lui, cherchait ses mots.

— Vous vous êtes disputés ? demandait-il, choisissant ainsi les termes les plus vagues, les moins romantiques.

— Non !

— Qu'est-ce qu'il y a eu entre vous ?

Alors Philippe éprouva le besoin de monter d'un

cran le ton de cette scène, de gagner pour lui-même un peu de prestige.

— Peut-être est-ce à cause de toi ! dit-il rageusement.

Frédéric Dargens ne comprit pas tout de suite, fronça les sourcils.

— Tu ne sais pas que, dans la maison, ils trouvent étrange que tu aies été le dernier à voir Oscar Donadieu vivant ? Tout le monde est au courant de tes besoins d'argent. Tu n'étais guère mieux reçu que moi rue Réaumur, sinon par la vieille Donadieu et par sa belle-fille, à qui tu fais la cour...

— Philippe ! dit doucement le père, sans reproche.

— Est-ce ma faute, à moi ? Martine ne sait plus que penser. Elle a été jusqu'à me demander si ce n'était pas moi qui...

Et soudain la crise le reprit. Il gronda, pleura, frappa le mur de son poing.

— Saloperie de saloperie ! hurla-t-il.

Ce qui ne l'empêchait pas de surveiller son père du coin de l'œil. Or Frédéric, qui était entré tout ému, ému comme Philippe ne l'avait jamais vu, était de plus en plus calme, de plus en plus froid. Son regard, maintenant, était plus curieux qu'apitoyé, tandis qu'il continuait à fixer le jeune homme échevelé.

— Je croyais que tu l'aimais, prononça-t-il soudain en allumant une nouvelle cigarette.

Et Philippe sursauta une fois de plus.

— Qui est-ce qui te dit le contraire ?

A quoi bon ? Frédéric se leva en soupirant et dressa dans cette pièce en désordre sa silhouette raffinée, cette robe de chambre comme il n'y en avait pas d'autre à La Rochelle, son pyjama somptueux dont rêvaient les bourgeoises.

— Tu es furieux, tu enrages, mais tu ne l'aimes pas.

Comme il regrettait d'être entré, attiré par cette plainte qui lui avait fait croire un instant à la douleur de son fils ! Il ne voulait plus l'entendre parler ! Il venait de recevoir un coup d'autant plus dur qu'il avait eu, bêtement, dans l'obscurité de sa chambre, un véritable espoir.

— Écoute !... cria le jeune homme en se levant d'une détente et en barrant la route à son père.

Frédéric s'immobilisa sans mot dire, attendit.

— Je suis majeur. J'ai le droit de faire ce qu'il me plaît... Jure-moi que tu ne diras rien à personne, que tu n'essayeras pas...

Son père fut bien forcé de rire, de murmurer, les yeux humides, malgré tout :

— Imbécile !

Mais l'autre n'était pas rassuré, insistait :

— Jure-moi !... Je sais que tu es bien avec la vieille Donadieu... Si tu dis quelque chose...

C'était assez, c'était même trop. Dargens écarta son fils d'un mouvement brusque, puissant, qui révélait, sous sa sveltesse, des muscles insoupçonnés. Il rentra chez lui et referma la porte avec soin, donnant même, pour la première fois, un tour de clef.

Voilà où ils en étaient arrivés, tous les deux, peut-être par sa faute à lui, à cause de cette étrange pudeur qui l'avait toujours empêché de s'occuper de son fils. Il y avait dans son attitude une raison plus obscure. En regardant grandir le gamin, il croyait sentir en lui une force supérieure à la sienne et il avait peur, par une intervention maladroite, d'émousser un caractère, ou de dresser contre lui un être déjà volontaire et méfiant.

— Jure-moi...

Jurer à Philippe de ne rien dire !

Dargens avait fait de la lumière et s'était assis sur le bureau clair, un bureau fabriqué en série, comme on en trouve partout, flanqué d'un petit meuble et d'une machine à écrire, encombré de factures et d'exploits d'huissier.

Car il n'en avait pas fini avec les embarras financiers. Il dansait sur la corde raide, payant les créanciers par acomptes, tirant des plans compliqués pour obtenir des fournitures, obligé à des expédients pour recevoir des films.

Des gens qui ne le connaissaient pas disaient de lui :

— Attention ! Ce n'est pas un honnête homme...

Et d'autres :

— Il reste aussi fier que quand il avait château, chevaux et autos...

Parbleu ! Qu'est-ce qu'il y avait de changé ? Il avait été l'arbitre des élégances de la ville, l'homme le plus recherché, le plus fêté, celui qui comptait le plus de bonnes fortunes à son actif. Il avait su vivre et il savait le faire encore, puisque aussi bien il ne souffrait nullement de dormir dans ce bureau délabré, ni de recevoir la visite des huissiers. N'étaient-ce pas ceux-ci, en fin de compte, qui se confondaient en excuses ?

Mais Philippe... Ce Philippe rageur, tendu, dressé contre tout le monde qui, maintenant, se promenait de long en large derrière la porte et recommençait à parler tout seul...

Il était quatre heures de l'après-midi, le lendemain, quand Frédéric Dargens sonna à la lourde porte de la rue Réaumur. Augustin, le valet de chambre, déclencha un mécanisme, de l'intérieur de la maison, et Dargens traversa la cour pavée où on venait de laver l'auto, gravit les marches du perron et pénétra dans le corridor.

— Madame n'est pas ici, commença le domestique.

— Je sais ! Je vais là-haut.

Et Augustin se renfrogna, montra, par son attitude, qu'il s'en lavait les mains. Imbécile d'Augustin ! Ne sont-ce pas les honnêtes gens dans son genre qui amorcent les drames ?

Du temps d'Oscar Donadieu, Frédéric, qui était un ami d'enfance de Mme Donadieu, venait souvent, l'après-midi, lui rendre visite. C'était elle qui l'en suppliait. Recluse dans cette grande maison, par la volonté de son mari, elle adorait entendre Dargens lui raconter les potins de la ville et il était le seul être à qui elle pût faire des confidences.

De bien pauvres confidences, d'une femme pleine de vitalité qui aurait voulu recevoir, voyager, aller souvent à Paris et qui se plaignait d'être condamnée à de mesquins soucis de maîtresse de maison.

— Mes enfants ne me comprennent pas ! disait-elle. Ils sont comme leur père. Michel surtout ! A quinze ans, il faisait avec ses camarades le commerce de timbres-poste. Puis il a eu la passion des bateaux en bouteilles...

Michel, maintenant, en était à sa quatrième manie. C'était un besoin chez lui de se créer un monde secret de voluptés paisibles et, après les bateaux en bouteilles, il s'était jeté avec acharnement dans les études généalogiques. Son salon, là-haut, était tapissé de blasons, qu'il lisait comme un élève de l'École des

Chartes, et il connaissait les ancêtres de toutes les grandes familles du pays.

Depuis trois mois, c'était le bilboquet! Il avait lu que le prince de Galles se passionnait à ce jeu et il avait fait venir de Paris une collection de bilboquets dont il jouait des heures durant, le soir, après avoir couché ses deux enfants.

Vers cinq heures, Mme Donadieu soupirait :

— Allez dire bonsoir à Eva, qui doit vous attendre.

Et voilà pourquoi Augustin avait une mine réprobatrice! Dargens était l'ami des deux femmes, de la mère et de la belle-fille. Ses visites avaient le plus souvent lieu quand les maris étaient à leur bureau. Lui seul, à cinq heures, était libre, prenait le thé en bas et trouvait, au premier, son whisky préparé.

Si, à cette heure-là, Marthe, l'aînée des Donadieu, la femme d'Olsen, avait à faire chez sa mère, elle demandait à Augustin :

— *Il* n'est pas là ?

Car, s'*il* était là, elle préférait attendre que se rencontrer avec lui.

Mais cet après-midi-là, Dargens ne s'arrêta pas au rez-de-chaussée, sachant que, depuis trois jours, Mme Donadieu avait pris, dans les bureaux du quai Vallin, la place de son mari. Il frappa à une porte du premier étage, trouva Eva à sa place, dans le boudoir qu'elle avait obtenu péniblement d'aménager pour elle seule.

— Entrez, Frédéric! Asseyez-vous ici! Je suis trop lasse pour aller au-devant de vous. Quelles nouvelles apportez-vous, ami ?

Celle-ci n'était pas une Donadieu, mais une Grazielli, aussi souple et languide que les Donadieu étaient massifs, une femme sans force, eût-on dit,

57

souvent souffrante mais cependant tyrannisée par des appétits excessifs. Très brune, elle faisait penser à une créole et elle avait, sur les conseils de Frédéric, aménagé son petit coin avec la préciosité d'une coquette vénitienne.

Il s'assit sur un coussin, à ses pieds, après lui avoir baisé la main, questionna :

— Et Kiki ?

— Il doit se lever demain ou après.

Car le gamin, au retour de l'enterrement, qui avait eu lieu sous une pluie battante, avait été pris de frissons et il avait fallu le coucher. Il n'était pas fort, lui non plus. Dernier né, alors que sa mère avait passé la quarantaine et que son père avait près de soixante ans, il était étrange, peu intelligent, prétendait Michel, — ombrageux et renfermé, jugeait Olsen, — en pleine crise de croissance, disait simplement sa mère.

Toujours est-il qu'il était au lit avec un commencement de congestion pulmonaire et que Martine le veillait.

— Vous n'avez pas vu ma belle-mère ?

— Non. On m'a annoncé qu'elle travaillait chaque jour au bureau.

— Depuis trois jours, oui ! Je ne sais pas comment tout cela va finir. Michel affirme que c'est une catastrophe, car elle veut tout régenter, exige que les moindres pièces lui passent par les mains, prend elle-même les communications téléphoniques. Elle prétend que, comme tutrice de Martine et de Kiki, elle ne fait que son devoir. Savez-vous que l'atmosphère de la maison devient de plus en plus irrespirable, Frédéric ?

Dire que ce vieil imbécile d'Augustin s'effarouchait de ce tête-à-tête ! Entre Eva et Dargens, il n'y avait même pas de coquetterie. Elle était jolie, certes, mais trop frêle pour lui, trop molle, trop romantique. Comme Michel s'enfermait dans un cercle de joies très restreint, timbres-poste ou bilboquet, elle n'avait guère que cette heure-là, la lumière tamisée de son boudoir, les cigarettes qu'elle fumait avec affectation et qui la faisaient tousser, le whisky qu'elle servait à Dargens et cet homme, l'homme à femmes par excellence, respectueusement accroupi à ses pieds.

— Je ne sais pas ce qui se passe au bureau. Vous n'ignorez pas qu'on m'en interdit l'accès. Encore une idée de Michel, qui est le portrait de son père, en plus mou ! Hier, je lui ai dit que je voulais ma voiture à moi, ce qui est assez naturel. Il m'a répondu qu'au lieu de faire des folies nous allions, au contraire, être obligés de nous restreindre...

D'ici, on n'entendait pas les bruits de la ville et la seule fenêtre de la pièce était tendue de lourds rideaux noirs, comme noirs étaient les divans et les poufs.

— Donnez-moi une cigarette, ami. Il paraît qu'il y a autre chose de plus grave. Personne ne veut croire à un accident. Vous me comprenez ?... Mon beau-père connaissait trop bien chaque pierre des quais pour buter sur une amarre ou sur un anneau et ce n'était pas l'homme à être victime d'un étourdissement. Ma belle-mère en a parlé à mots couverts...

— Ah !...

— Depuis quatre jours, une autre question se pose...

Dargens restait impassible, comme la nuit, quand il attendait patiemment le sommeil.

— Kiki a recommencé à être somnambule. Il

paraît qu'il se relève, pénètre dans la chambre de sa sœur. Maman l'a entendu qui disait :

« — Où est-il ?... »

La cigarette ne bougea pas aux lèvres de Frédéric.

— On a essayé de le questionner. Il n'a pas voulu répondre. Deux fois, on est entré dans sa chambre quand il était seul avec Martine. Les deux fois il pleurait à chaudes larmes, mais il a refusé de donner une explication quelconque. Qu'est-ce que vous en pensez, Frédéric ?

— Moi ? s'écria-t-il si drôlement qu'elle ne put s'empêcher de rire.

— Oui, vous ! Qu'avez-vous ? Vous ne m'écoutiez pas, avouez-le ! Répétez ce que j'ai dit.

— Qu'il pleurait...

— Et après ?

— Rien... Je suppose que c'est la fièvre...

— Ce n'est pas tout, soupira la jeune femme en baissant la voix. Je ne vous ennuie pas avec mes histoires ? Vous savez qu'il n'y a qu'à vous que je peux raconter ces choses... Ce que je vais vous dire, c'est la nounou qui me l'a confié...

Car Eva Donadieu avait deux enfants, Jean, qui avait cinq ans, et Evette, un bébé de deux ans, que soignait une nounou des environs de Luçon. Encore un sujet de scènes, car Mme Donadieu n'avait jamais voulu de nourrice pour ses enfants et elle gardait rancune à sa belle-fille de n'être pas assez forte pour allaiter.

— C'était avant-hier, le jour de la lessive... On fait le linge dans la buanderie, qui est derrière le garage, pour les trois ménages... Il vient deux laveuses et nous payons chacune notre part... Je vous demande pardon d'entrer dans ces détails... Vous devez me trouver bien popote, Frédéric !...

Il protesta du geste, tandis qu'un rayon de soleil, se glissant entre les rideaux noirs, atteignait le pied d'Eva nu dans une mule de satin.

— Moi, je n'ai jamais vu ces filles que de loin... Je sais par ma belle-mère qu'il est de plus en plus difficile d'en trouver de convenables... Pour le linge de la petite, la nounou descend elle-même, car je ne veux pas qu'il soit lavé avec le reste...

Elle hésitait, tant elle avait peur d'un sourire ironique de son compagnon.

— Vous allez voir que c'est plus important qu'on ne pourrait le penser... Nounou, donc, passait son après-midi en bas... A un certain moment, ma belle-mère est entrée dans la buanderie et a fait une scène à propos de savon... Je ne connais pas au juste l'histoire... J'ai cru comprendre que les femmes ne se servaient pas du savon qu'on leur donnait, mais d'un savon de mauvaise qualité... Ma belle-mère s'est emportée, a traité les filles de voleuses et je ne sais laquelle a grommelé entre ses dents, assez haut pour être entendue :

« — En tout cas, dans notre famille, il n'y a pas d'assassins ! »

Vous imaginez la fureur de maman ! Il paraît qu'elle en a laissé tomber sa canne et qu'elle a secoué la fille de toutes ses forces, en exigeant des explications...

Frédéric alluma une cigarette, but une gorgée de whisky, peut-être par contenance.

— Je vous ennuie ?

— Continuez.

— C'est à peu près tout. La laveuse, qui est la fille, m'a-t-on dit, d'une marchande de légumes, s'est contentée de crier :

« — Si on questionnait certains voisins et certai-

nes voisines, peut-être que la mort de M. Donadieu
ne paraîtrait plus si naturelle... »

Puis elle est partie sans se faire payer, en sabots,
laissant là ses souliers que son amie lui a rapportés le
soir.

Qu'est-ce qu'elle a voulu dire ?

Geste vague de Frédéric, qui fumait nerveusement.

— Nounou avait peur de me raconter ça. Je
croyais que ma belle-mère nous en parlerait, tout au
moins à Michel. Si elle l'a fait, il ne m'en a rien dit.
Vous croyez qu'on l'a assassiné, vous, Frédéric ?

— Mais...

— Je sais que votre position est délicate, puisque
vous êtes aussi l'ami de ma belle-mère. Moi, dans la
maison, je suis pour ainsi dire moins que rien. On ne
me met pas au courant de ce qui se passe. N'empêche
que, depuis quelques jours, il y a quelque chose de
changé. C'est à peine si Marthe m'adresse la parole.
Avant, il arrivait encore qu'en passant on se dît
bonsoir et mon beau-père manquait rarement de
venir, au moins une fois par jour, embrasser ses
petits-enfants. Il ne parlait pas beaucoup, c'est vrai,
mais il était là ! Maintenant, la maison ressemble à
n'importe quel immeuble dont les locataires ne se
connaîtraient pas...

Elle gémit, en guise de conclusion :

— Je m'ennuie, Frédéric ! Quand je pense que ma
mère est maintenant à Colombo avec un jeune mari
de trente-cinq ans !

Car Mme Grazielli, la mère, qui venait de se
remarier et faisait son voyage de noces, adressait des
cartes postales à sa fille !

— S'il vient encore, je dirai tout ! Et je dirai qu'il a tué papa...

— Ce n'est pas vrai, Kiki !

Kiki ne répondit pas. Il avait la fièvre. Est-ce qu'il pensait vraiment ce qu'il disait ? Est-ce qu'il se livrait vis-à-vis de sa sœur à quelque étrange chantage ?

Elle n'arrivait pas à le savoir. C'était elle qui passait toute la journée dans la chambre surchauffée, à faire d'écœurantes compresses et à verser goutte à goutte des médicaments. Des heures durant, Kiki somnolait, ou bien, s'il ouvrait les yeux, il regardait le plafond, de cet air morne qu'il avait depuis son enfance, depuis, plutôt, qu'il avait dû être mis dans le plâtre pendant un an à cause d'une faiblesse de la colonne vertébrale.

On avait d'abord dit de lui :

— Il est en retard ! Il rattrapera les autres...

Mais il n'était en retard qu'à certains égards. Il poussait en longueur et, à quinze ans, il avait déjà des poils follets au-dessus des lèvres. A l'école, où on le ménageait, à cause de cette faiblesse osseuse, on ne le laissait passer de classe qu'à cause d'Oscar Donadieu.

Par contre, il lisait tout ce qui lui tombait sous la main, jusqu'à en avoir les yeux si fatigués que, le soir, il devait porter lunettes.

— Écoute-moi, Kiki... Tu ne peux pas comprendre... Je te jure qu'il n'y a rien de mal, que Philippe n'a rien fait...

Le déroutant, c'est qu'il ne répondait pas et, à ces moments-là, on pouvait vraiment croire que, comme certains le prétendaient, il était un peu simple.

— Tu m'aimes bien, Kiki, n'est-ce pas ? Eh bien !

si tu disais quelque chose, je me tuerais tout de suite...

Cette fois, il eut une réponse d'enfant. Calmement, en effet, il prononça :

— Tu n'as pas de revolver !

Et elle, qui n'avait que dix-sept ans, d'inventer aussitôt :

— Je monterais sur le toit. Je passerais par la lucarne du grenier. Je me jetterais dans la cour... Pourquoi es-tu méchant avec moi, Kiki ?

— Je ne veux plus qu'il vienne !

— Mais puisqu'il ne viendra plus !

— Il est venu et papa est mort.

Que répondre à cela ? Comment deviner les méandres des pensées du gamin, comment en remonter le cours pour le délivrer de ce cauchemar ?

— Il venait tous les soirs, je le sais !

— Ce n'est pas vrai... Seulement une ou deux fois par semaine...

— Tu vois !

— Quoi ?

— Il est venu samedi !

Elle mentit.

— Non ! Je le jure, Kiki...

Et ils devaient parler bas, car il ne fallait pas qu'on les surprît. Il leur fallait aussi interrompre tout net la conversation quand des pas approchaient, quand le bouton doré tournait sur la porte. Alors, Martine, suppliante, mettait un doigt sur ses lèvres, mais Kiki ne daignait même pas lui répondre par un battement prometteur des paupières.

C'était la mère qui entrait, bruyante, méfiante, bouleversant tout autour d'elle, ou Michel, qui ne faisait cette visite que par devoir et qui parlait de pneumocoques et de degrés centigrades, ou encore

Olsen, le plus calme, le plus froid, un vrai Norvégien comme son grand-père, qui était parti de Bergen à vingt ans.

— Ça va, petit ?

Il s'en allait comme il était venu, soucieux, la tête pleine de tonnes de charbon, de poisson frigorifié, de contrats et de commissions paritaires.

— Je t'en supplie, Kiki... Je suis ta sœur... Nous ne sommes que nous deux...

Elle se comprenait. Ils n'étaient qu'eux deux dans cette grande maison peuplée à tous les étages. Mais c'était Kiki qui ne comprenait pas ou qui comprenait autrement, à sa manière :

— Nous trois, rectifiait-il... S'il vient encore, je dis tout... Je dis !... Je dis !...

Et, essayant de s'emporter, il était repris par la fièvre, retombait, laqué de sueur, sur son oreiller, s'obstinait à poursuivre :

— Je dis que papa...

— Chut !... On vient...

Martine attrapait une compresse, au hasard, cachait ses yeux, son visage.

IV

Chaque jour, les lampes s'allumaient un peu plus tôt et la seconde vie de la ville commençait, celle des bonnes femmes de la campagne ou de La Rochelle allant, silhouettes noires, se heurter comme des phalènes aux vitrines illuminées, celle des bureaux silencieux où, de la rue, on voyait des employés courbés sous des abat-jour verts, vie d'hiver plus animée dans les rues commerçantes, plus mystérieuse dans les ruelles où les becs de gaz servent de point de rendez-vous et où l'on s'étreint sous les porches. Dans le port, l'eau sentait plus fort, les bateaux se soulevaient davantage au rythme de la marée, les poulies grinçaient et tous les petits bistrots d'alentour étaient saturés de l'odeur du rhum chaud et de la laine mouillée.

Quatre étages de lumières, quai Vallin, y compris les fenêtres grillagées du rez-de-chaussée. Du port, de la vergue d'une goélette, on aurait pu distinguer les silhouettes dans le bureau qui avait été celui d'Oscar Donadieu et qui était devenu celui de sa femme.

Elle présidait, un coude sur la table, un énorme crayon bleu dans la main droite, et Michel était assis à côté d'elle, Olsen se tenait debout, trois autres messieurs lui faisaient vis-à-vis, chacun ayant un dossier déployé en face de lui.

A ceux qui demandaient à voir un des Donadieu, le garçon de bureau répondait avec une importance lourde de mystère :

— Ces messieurs sont en conférence.

— Cela durera longtemps ?

Un geste vague, signifiant qu'une conférence, évidemment, est une chose de durée plus vague encore. Si bien que les gens, dans l'antichambre aux banquettes bourrées de crin, aux crachoirs soigneusement alignés contre les murs, à la lumière parcimonieuse, les gens croisaient et décroisaient les jambes, regardaient avec respect un homme qui attendait comme les autres et qui avait enfin l'audace de se lever, de marcher de long en large, d'aller contempler de près les photographies de bateaux garnissant les murailles.

Une porte matelassée s'ouvrait, puis une porte de chêne. On voyait des gens se faire des politesses et une voix enjouée de femme disait :

— C'est entendu ! Vous déjeunez tous demain à la maison. Nous achèverons cette conversation à table...

Ceux des messieurs qui n'étaient pas des Donadieu se faisaient encore des politesses dans l'escalier, puis sur le trottoir :

— Vous avez votre voiture ?

— Merci... Il faut que je passe au bureau...

— Mme Mortier va mieux ?

— Et votre beau-fils ?

Les cols de pardessus se relevaient, car il tombait une pluie fine. Les trois hommes ne pensaient pas à ce qu'ils disaient, mais jetaient des regards significatifs aux fenêtres du premier étage.

— Bonsoir !... on verra bien ce que ça donnera... fit Camboulives, très bas.

Michel Donadieu avait refermé la porte du bureau et les visiteurs, qui avaient espéré être reçus aussitôt après la conférence, ne pouvaient que se rasseoir dans la salle d'attente. Michel allait s'accouder à la cheminée garnie d'une pendule de marbre noir, écartait un peu les jambes, à cause du poêle. Quant à Olsen, qui n'était quand même que beau-fils, il restait dans un coin, les bras croisés.

— Qu'est-ce que vous avez, tous les deux ? feignait de s'étonner Mme Donadieu en reprenant place à son bureau.

— Je me demande simplement ce qu'ils vont penser ! déclara Michel. Cela ne s'est jamais vu à La Rochelle. Déjà le fait qu'une femme préside la conférence...

C'était la conférence mensuelle des principaux

armateurs et importateurs de charbon, les Camboulives, les Varin, Mortier enfin, concurrent le plus direct des Donadieu. On s'y mettait d'accord sur certains points, surtout en ce qui concernait les pouvoirs publics, les contingentements et les Compagnies de chemin de fer.

— Nous n'avons pas l'habitude, ici, des déjeuners d'affaires...

— On la prendra ! répliqua-t-elle.

— Cela n'avancera à rien !

— On verra !

Michel n'eut plus qu'un argument :

— Qui paiera les frais du déjeuner ?

— Moi !

Il faillit lui dire qu'avec son quart d'usufruit, sa mère ne pouvait s'offrir des fantaisies pareilles, mais il était déjà allé très loin et il préféra sortir en grognant, après avoir fait signe à Olsen de le suivre.

Ce n'était pas seulement un bouleversement des coutumes rochellaises, une transformation complète dans la façon de traiter les affaires. C'était une révolution aussi dans la maison de la rue Réaumur, où des gens comme Camboulives et Varin n'avaient jamais mis les pieds.

Mme Donadieu allait plus loin : elle téléphonait à Augustin de lui amener l'auto et elle y prenait place avant que six heures eussent sonné. Bientôt la longue limousine bleue s'arrêtait devant le magasin du traiteur et Mme Donadieu, qui marchait difficilement, restait dans la voiture, faisait appeler le patron qui, en veste blanche, se tenait respectueusement sur le trottoir, dans le crachin.

— Pouvez-vous me faire des barquettes de poisson pour... attendez... pour douze personnes...

Elle discutait le menu, le discutait encore, en

rentrant, avec la cuisinière, après en avoir parlé tout le long du chemin à Augustin qui conduisait, criant dans le tube acoustique :

— N'oubliez pas, demain matin, d'aller au marché chercher des fleurs. Vous mettrez le service à notre chiffre, avec le bateau...

Michel, en rentrant chez lui, où il trouva Frédéric Dargens dans le boudoir de sa femme, — ou plutôt il vit le chapeau de Frédéric dans l'antichambre, — attendit tout d'abord que le visiteur fût sorti.

Il n'avait rien contre Dargens. Il n'était pas jaloux. Mais il n'aimait pas les gens et il préféra lire son journal dans un coin, sans même aller embrasser son fils dans la salle de jeux. Un autre jour, il eût attendu des heures sans se lasser. Peut-être eût-il essayé son nouveau bilboquet à six trous numérotés. Mais il avait une nouvelle à annoncer et il donna des signes d'impatience, se leva avec soulagement quand il entendit s'ouvrir et se refermer la porte d'entrée.

— Devinez ce que ma mère a fait...

Il ne tutoyait pas sa femme, par souci d'élégance. Eva, qui venait de boire deux verres de porto, était un peu étourdie.

— Eh bien ! à la conférence, elle a invité tous ces messieurs à venir déjeuner demain ici.

— Chez nous ?

— Non ! En bas... Ils doivent se demander ce qui nous arrive. Je lui ai donné à entendre que nous n'entrerions pas dans ces frais-là...

Il ne comprenait pas qu'Eva pût rester indifférente à une question aussi grave. Olsen, l'étage au-dessus, annonçait lui aussi la nouvelle à sa femme.

— Nous allons nous couvrir de ridicule ! disait-il. Un déjeuner d'affaires ! Pour discuter une question de charbon !

— C'est une idée de ma mère? Nous sommes invitées?

— Je ne sais pas...

Elle ne descendit pas pour le demander. Un peu pâle, elle attendait que sa mère voulût bien lui faire dire si elle était invitée, oui ou non. Or, la soirée se passa sans que le moindre échange eût lieu entre les étages de la maison.

Kiki, fatigué et farouche, lisait dans un coin, les pieds sur le radiateur. Martine achevait un chemin de table qui traînait depuis bien avant la mort de son père et Mme Donadieu s'occupait toujours de son déjeuner avec Augustin et la cuisinière.

— Pour les vins...

Au second étage, Marthe parcourait des revues de mode, car elle était férue d'élégance, mais d'élégance sobre et hautaine, tandis qu'en dessous Michel, en manches de chemise, essayait enfin son bilboquet à six trous, et que la nounou repassait du linge dans la lingerie.

On entendait le bruit du fer, à intervalles réguliers : boum... boum... Et la voix de Michel qui comptait :

— ...sept... huit... neuf... Pipe !

Pipe, c'était son juron à lui, car il était trop bien élevé pour jurer grossièrement, mais néanmoins il avait besoin, parfois, de traduire son dépit ou sa colère.

— Quatorze... quinze... Pipe !...

Eva jouait des tangos au phonographe, tandis qu'Olsen, le plus fort bridgeur de La Rochelle, était à quelque réunion où il n'emmenait jamais sa femme.

Il fallait bien laisser les heures couler une à une. Parfois une sirène, du côté du port : un bateau qui s'en allait dans le noir, dans les houles, dans la pluie...

Un film quelconque se déroulait sur l'écran de l'Alhambra et, dans le vieil hôtel voisin, Mme Brun cessait brusquement d'écrire à sa fille pour s'écrier :

— Charlotte ! Si nous nous offrions un punch ?

Elle était gourmande en diable, la vieille Mme Brun. Gourmande d'un tas de choses. Comme d'écrire à sa fille unique, qui avait épousé un duc et qu'elle voyait à peine une fois par an.

Il était nécessaire que le secrétaire fût joli, le papier de belle qualité et de format congru, que Mme Brun eût des bagues aux doigts, que les lumières, derrière elle, dans le salon, fussent tamisées, et il fallait encore que Charlotte, dans un coin, fût occupée à quelque ouvrage.

Ma très chère fille,

Je sais que tout ce que je vais vous mander ne vous intéresse en rien, mais votre vieille femme de mère, qui échappe à la bousculade de notre temps, éprouve parfois le besoin de...

Quatre pages, six pages, qu'elle aurait pu ne pas envoyer, car sa fille ne les lisait certainement pas.

...Charlotte m'annonce ce soir que notre voisine, la reine-mère, donne demain un grand déjeuner d'affaires, ce qui va bouleverser notre ville...

Allons ! Elles allaient se préparer un punch, à elles deux, comme des pensionnaires. Parfois Mme Brun s'écriait :

— Charlotte ! Si nous faisions des crêpes ?

Elle était folle des crêpes flambées et elle tenait à

71

les préparer elle-même, en robe de soie, le cou serré dans son ruban, avec tous ses bijoux.

— Je me réjouis de voir ce déjeuner-là...

Un déjeuner qui allait, à cause d'un incident, marquer un tournant dans plusieurs existences.

Fut-ce prémédité ou non? Certes, Mme Donadieu n'aimait pas sa belle-fille Eva. Et, à l'égard de Marthe, qui avait une vie relativement plus mondaine que la sienne, elle entretenait peut-être une certaine jalousie.

Elle ne leur dit pas de ne pas descendre. Elle ne leur parla de rien, ce qui revenait au même.

Quant aux deux plus jeunes, elle hésita à les faire manger dans leur chambre, décida, en fin de compte, qu'ils seraient du repas.

Contrairement à ce qu'on aurait pu attendre d'elle, elle ne sacrifia pas le bureau, s'y rendit à huit heures, comme d'habitude, mais téléphona deux fois pour s'assurer que tout était en ordre, que la robe de Martine était prête, que le caviar était arrivé.

Camboulives était un Méridional aux traits épais, à la voix sonore, qui faisait tache parmi les Rochellais comptant déjà deux générations d'armateurs. C'était le seul à aller au café et à jouer à la belote avec ses propres capitaines, avec n'importe qui, et à rentrer chez lui ivre mort.

Mortier, en plus petit, en plus sec, c'était Oscar Donadieu, mais un Donadieu qui serait resté protestant et qui aurait encore renchéri sur la rigueur calviniste.

Ils arrivaient, hésitants et curieux, si hésitants que,

72

pour faire bonne contenance, ils s'étaient réunis afin d'entrer ensemble.

— Excusez ma maison d'être si triste, mais une maison de veuve ne peut être bien gaie...

Elle était gaie, elle ! N'avait-elle pas rêvé pendant plus de trente ans de jouer à la maîtresse de maison ?

— Je vous présente ma fille cadette. Veux-tu nous servir le porto, Martine ?...

Kiki avait revêtu le costume de l'enterrement, qu'il n'avait plus mis depuis et qui était devenu trop large. Les armateurs lui serraient la main comme à une grande personne mais, après quelques mots, se décourageaient devant son silence buté.

Michel était mal à l'aise, affectait d'être un invité comme les autres, tandis qu'Olsen poursuivait une grande conversation d'affaires avec Varin, à qui il voulait depuis longtemps racheter un bateau.

— Messieurs, si vous le voulez bien, nous parlerons sérieusement au café... Prenez place à ma droite, monsieur Mortier...

Le mal vint de Camboulives, incapable de supporter un silence un peu prolongé. Comme on n'entendait que le bruit des fourchettes, comme d'autre part il avait pour voisin Kiki, il crut de bon goût de s'adresser à celui-ci.

— Vous êtes au lycée ? questionna-t-il comme il aurait dit n'importe quoi.

Et le gamin, farouche :

— Non !

— Il y est sans y être, corrigea sa mère. Il devait rentrer au début du mois, mais il était au lit à ce moment et il n'est pas encore tout à fait rétabli...

Camboulives insista lourdement :

— Vous êtes en troisième ?

73

Et ça, c'était la gaffe magistrale car Kiki, malgré ses quinze ans, n'était encore qu'en cinquième.

— Il a trois ans de retard dans sa formation, expliquait le proviseur. Je devine que cela doit être pénible pour lui de se trouver en classe avec des enfants de douze ans, mais je n'y peux rien...

C'était même pénible pour les professeurs de voir au milieu des enfants turbulents dont il ne pouvait pas suivre les études ce jeune homme aux lèvres déjà duvetées ! La plupart, par égard pour sa famille plus encore que pour son âge, disaient :

— Monsieur Donadieu...

Et ils espéraient qu'on se déciderait enfin à lui donner un précepteur.

Maintenant, Mme Donadieu discourait, volubile :

— Mon fils n'a pas eu de chance. Il a été très malade en pleine période de formation, ce qui lui vaut un certain retard, qu'il aura d'ailleurs vite fait de rattraper. La semaine prochaine, il retournera au lycée et...

On pouvait s'attendre à tout, sauf à entendre le gamin, toujours muet et renfermé, déclarer soudain :

— Non !

— Qu'est-ce que vous dites, Oscar ?

— Je dis que je ne retournerai pas au lycée.

C'était ridicule. Cette conversation aurait pu avoir lieu à n'importe quel autre moment et sa consé- quence la plus grave eût sans doute été une gifle.

Hélas ! Camboulives, qui voulait réparer sa gaffe, insistait, de plus en plus maladroit :

— Si vous ne voulez plus étudier, dites-moi ce que vous voulez faire...

A croire que le gamin avait attendu son heure avec perversité. Sa sœur, de l'autre bout de la table, lui adressait un regard suppliant. Mais lui, qui puisait

74

des forces dans cette assemblée, dans le fait qu'enfin il n'était pas prisonnier du cercle de la famille, déclarait catégoriquement :

— Je veux partir à bord d'un bateau.

— Ne l'écoutez pas, interrompit Mme Donadieu, affectant la bonne humeur. Il est fatigué...

— Je veux partir ! répéta le gosse.

Et Camboulives, stupidement :

— Comme quoi, jeune homme ?

— Comme n'importe quoi, comme mousse s'il le faut !

— Maman ! appela Michel, qui fit signe à sa mère d'ordonner à Kiki de sortir.

Et elle allait le faire. Seulement elle était loin. On mangeait du faisan et les têtes étaient penchées sur les assiettes. Mortier se tournait vers l'enfant.

— Tu crois que tu es assez solide et assez résistant pour faire un mousse ?

— Laissez-le ! intervint Mme Donadieu. Il ne sait pas ce qu'il dit.

Son regard foudroyait le gamin aux oreilles décollées qui était devenu pâle et dont les lèvres tremblaient.

— Je partirai ! répéta-t-il.

— Oscar !

Elle le rappela à l'ordre.

Et cette fois on le traitait en enfant désobéissant, devant tout le monde, sans ménagements. Camboulives ne voulait plus se mêler à cette pénible histoire. Olsen commença :

— A propos de notre affaire de rogues...

Et Mme Donadieu, voyant que Kiki se levait :

— Assieds-toi !

— Non !

Il voulait fuir la salle à manger pour aller pleurer

tout à son aise dans un coin, mais on le retenait, on ordonnait :

— Assieds-toi !... Mange !...

Et lui, désespéré, talonné peut-être par la sensation que cette occasion de parler ne se représenterait jamais, de s'écrier d'une voix changée :

— Je partirai sur un bateau !

C'était crispant. Martine était dans l'angoisse, car elle se demandait jusqu'où son frère irait dans sa crise et ce qu'il allait dire encore.

— Va te coucher immédiatement, commanda la mère.

— Je veux bien aller me coucher, mais je partirai. Personne ne peut m'en empêcher !

Il était debout. Il marchait vers la porte et il lançait encore, d'une voix brouillée, mais dont chacun perçut les moindres syllabes :

— D'abord, les bateaux sont plus à moi qu'à toi !

Fourchettes. Silence profond.

Le maître d'hôtel, par bonheur, renversait de la sauce sur l'épaule de M. Mortier.

— Vous êtes fou, Augustin ? put éclater Mᵐᵉ Donadieu. Vous ne savez plus servir à table, à présent ?...

Plus un mot, au sujet de Martine, entre Philippe et son père. Philippe, maintenant, rentrait chaque jour à une heure du matin, ce qui prouvait qu'il n'avait pas renoncé à s'assurer quotidiennement que la fenêtre était fermée.

Il avait maigri et le plus souvent, le soir, son haleine sentait l'alcool. Il travaillait comme sous-directeur dans un garage, aux portes de La Rochelle,

76

et là tout le monde s'était aperçu de quelque chose.

— Il n'y a rien à lui dire pour le moment, soupirait le directeur, qui préférait voir Philippe disparaître la plus grande partie de la journée que supporter son regard fiévreux, ses phrases acerbes, son ricanement désagréable.

Et Philippe, des heures durant, sous la pluie d'octobre, puis des premiers jours de novembre, dans le vent de plus en plus frais, dans la grisaille de l'automne, errait aux alentours de la rue Réaumur.

Il avait même remis une lettre à Charlotte en la suppliant de la donner à la jeune fille et Charlotte avait accepté, mais n'en avait jamais eu l'occasion.

— Elle ne sort presque pas... affirmait-elle. Quand elle se promène, c'est avec son frère...

Il les avait rencontrés deux fois. Martine avait détourné la tête, mais Kiki, lui, avait supporté le regard de Philippe, l'avait défié, et malgré cela le jeune homme, chaque nuit, pénétrait par la petite porte, retrouvait Charlotte qui mendiait un peu de tendresse.

— Je sais bien que vous l'aimez ! pleurnichait-elle. Si vous aviez ce que vous voulez, vous ne vous occuperiez même plus de moi...

— Mais non ! disait-il mollement. Je vous aime bien aussi, Charlotte...

— Taisez-vous...

Elle le voyait revenir désespéré, furieux, de son incursion dans le jardin voisin. Une fois qu'elle pleurait pour de bon, il déclara, les dents serrées :

— Tu ne comprends donc rien, imbécile ? Tu ne comprends pas que c'est mon avenir que je joue ?

— Ce n'est pas vrai !

— Ils nous ont assez humiliés, mon père et moi,

pour que je me venge. Est-ce que tu connais seulement le testament ?

— Madame m'en a parlé...

— Eh ! bien, un jour, je serai le maître de cette maison-là, comprends-tu ? Et un jour, c'est moi qui en ferai passer certains habitants par la fenêtre...

Ce soir-là il était ivre, comme cela lui arrivait de plus en plus souvent, tellement ivre que Charlotte avait peur, car alors il élevait la voix et il aurait pu réveiller Mme Brun, qui avait le sommeil léger des vieilles femmes.

Enfin, elle put lui annoncer :

— Ils vont partir...

— Qui ?

— Je ne sais pas... Ils ont fait des malles toute la journée...

C'était la conséquence de l'incartade de Kiki. Contrairement à toute attente, Mme Donadieu ne lui fit pas de scène, pas un reproche, évita d'en parler à ses autres enfants mais, par contre, elle resta deux jours sans paraître soupçonner l'existence de son fils.

Ils mangeaient à la même table, ou plutôt le gamin mangeait à peine, mais le repas se poursuivait dans le silence, — jusqu'au soir où Mme Donadieu, regardant Martine avec attention, déclara :

— Il me semble que tu es bien pâle...

C'était vrai. Martine, qui n'avait jamais eu une santé florissante, paraissait plus mal portante que jamais et ses lèvres étaient sans couleur.

Seule Mme Donadieu dévorait les plats qu'on lui servait, se levait de bon matin, partait au bureau dans un vacarme d'ordres et de recommandations aux domestiques, donnant nettement l'impression, à part sa canne et ses mauvaises jambes, d'une jeunesse retrouvée.

— Je me demande si l'air de la campagne ne te ferait pas du bien.

Rien de plus ce soir-là. Le lendemain, au déjeuner, elle annonça simplement :

— J'ai téléphoné à Baptiste. Il a allumé le calorifère et demain le château sera prêt...

Ni Martine, ni son frère, ne savaient encore au juste ce qui les attendait. Michel, qui allait chasser chaque dimanche au château d'Esnandes, n'en savait guère davantage, bien qu'il eût entendu le coup de téléphone de sa mère.

Comme la fin du repas approchait, on fut enfin renseigné.

— Cela vous fera du bien à tous les deux, dit Mme Donadieu. Augustin vous conduira demain matin...

Et, ayant bu son café, elle repartit au bureau où elle attendait un délégué du ministère de la marine marchande pour qui elle avait fait apporter du whisky. Encore une chose qui ne s'était jamais vue quai Vallin, ni dans un bureau d'armateur de La Rochelle !

Le départ eut lieu à huit heures moins le quart, pour que Mme Donadieu pût y assister. L'auto attendait dans la cour, les bagages déjà en place sur le toit de la voiture. Le ciel était gris, dramatique, mais il ne pleuvait pas et on entendait de loin la rumeur de la mer.

Eva n'était pas levée et, au second étage, Marthe,

en peignoir, se contenta de regarder de sa fenêtre qu'elle n'ouvrit pas, car c'était l'heure où elle assistait au bain du gamin.

— Nous irons peut-être tous demain avec Michel... Faites surtout attention à ne pas prendre froid...

Kiki portait un pantalon de golf noir mais, comme il n'avait pas de bas noirs, il en avait mis des gris, ce qui ne faisait plus grand deuil.

— Veille sur ton frère, Martine !

Philippe était au coin de la rue, dans une auto neuve qu'il rodait pour le garage. Mme Brun, de son cabinet de toilette, où elle passait deux heures chaque matin comme une grande coquette, commentait le départ.

— Ils n'ont l'air gai ni les uns, ni les autres...

— Pourquoi voudriez-vous qu'ils soient gais ? répliquait Charlotte. Ils n'ont rien fait pour ça...

Car Charlotte se payait le luxe d'idées avancées, presque anarchistes, qui faisaient rire Mme Brun. Ce qui ne l'empêchait pas d'être aux ordres de l'autre du matin au soir, grognant parfois, certes, mais se pliant à toutes ses fantaisies.

Mme Brun, depuis que son mari était interné — on avait hésité, mais il était vraiment fou — et depuis que sa fille était mariée, avait essayé de fréquenter des amies de son âge.

— Elles sont trop bêtes ! avait-elle finalement déclaré à Charlotte. Elles bavardent comme de vieilles perruches...

La vérité, c'est que Mme Brun, qui était une de Marsan et qui appartenait à une des plus vieilles familles du pays — un aïeul avait été Connétable — ne supportait pas la contradiction.

Ou plutôt elle ne la supportait que de Charlotte,

qui en avait littéralement le vice et qui savait qu'elle pouvait tout se permettre.

— S'il y avait une révolution... disait la domestique en regardant la maison d'à côté.

— Eh bien ?

— Je serais au premier rang ! Car ce serait bien fait pour ces gens-là...

Mme Brun était peut-être de son avis. Elle avait épousé, elle aussi, un homme dans le genre de Donadieu, un des plus importants distillateurs du pays, qui, pendant vingt ans, lui avait fait mener la vie de la maison d'à côté.

Or, il était devenu fou, bêtement — bêtement, oui, car il se prenait maintenant pour un chien de berger ! — et lui avait laissé une fortune considérable.

— Tenez ! continuait Charlotte. Ce gamin me fait pitié. On collecte pour envoyer les enfants de pauvres à la mer. Eh bien ! lui, qui y vit toute l'année, n'a seulement jamais pris un bain ! Je sais par la cuisinière qu'il a pleuré pour avoir une bicyclette. Savez-vous ce qu'on lui a répondu ? Que, dans sa situation, on ne roule pas à bicyclette, comme les ouvriers et les paysans. Vous pouvez être sûre qu'il ne mange pas des bonbons tous les jours !

Elles en mangeaient, elles, pas tant des bonbons que des petits plats au rhum, au kirsch, à l'alcool de framboise, car elles avaient un penchant pour une douce ivrognerie.

— Si on faisait des crêpes Suzette, Charlotte ?

Les deux autos roulaient l'une derrière l'autre, dans la région plate qui s'étend au nord de La Rochelle, traversant Nieul, Marsilly, des villages blancs, aux maisons basses qui reflétaient les lueurs glauques du ciel.

— Tu as eu tort, Kiki !

Martine avait posé une couverture sur leurs jambes, car les vitres de l'auto fermaient mal. D'habitude, ils n'avaient droit qu'à des strapontins, les sièges étant réservés aux grandes personnes mais, cette fois, ils étaient tous deux au fond de la voiture.

— Tort de quoi ?

— De tout !

— Et si je veux partir en mer ?

— Il ne fallait pas le dire.

Il ne savait pas encore ce qu'est la diplomatie féminine. Il se révolta :

— D'abord, toi, je ne veux plus t'écouter !

— Pourquoi ?

— Parce que !

Des marais aux deux côtés de la route et la mer qu'on devinait toujours à l'ouest, dont on sentait le souffle, mais qu'on ne voyait pas.

Après un silence, Kiki eut une question qui laissa sa sœur sans voix :

— Qu'est-ce qu'il faisait dans ta chambre ?

— Qui ? parvint-elle à articuler pour gagner du temps.

— Tu le sais bien. Qu'est-ce qu'il faisait ?

Et elle ne savait que penser. Est-ce que, comme le prétendaient ses professeurs, il avait dans un corps de grand gamin de quinze ans une âme d'enfant de douze ?

— Tu ne réponds pas !

— C'est mon fiancé ! prononça-t-elle enfin en regardant dehors. Tu ne peux pas comprendre, Kiki.

— Pourquoi a-t-il tué papa ?

— Mais ce n'est pas vrai ! Je te jure que ce n'est pas vrai ! Qui a pu te mettre en tête une idée aussi monstrueuse ?

82

On apercevait Esnandes et, à droite, émergeant du marais, une tour carrée, celle du château, entourée de quelques arbres sans feuilles.

Devant, le dos d'Augustin. Et la voix de Kiki insistait :

— Pourquoi jures-tu, puisque tu ne sais pas ?

— Et toi, est-ce que tu sais ? s'écria-t-elle, à bout d'arguments.

V

Vêtue d'un ciré, chaussée de bottes en caoutchouc, coiffée d'un vieux feutre marron, Martine sortit vivement, alors que son frère en était encore à ouvrir les valises dans sa chambre. En venant de La Rochelle, elle avait remarqué qu'une voiture les suivait, une voiture neuve de la marque que Philippe représentait, mais elle n'avait pas osé se retourner assez longtemps pour s'assurer qu'il était au volant.

Les mains dans les poches, quelques mèches humides sortant du chapeau, elle foulait les feuilles mortes à pas qui voulaient être mesurés, sans pouvoir empêcher son regard d'épier anxieusement le paysage.

La propriété des Donadieu s'appelait le Château, à cause de son importance et de son ancienneté. Néanmoins, c'était plutôt ce que les honnêtes gens de jadis nommaient leur maison des champs.

Alors qu'à perte de vue le pays était plat, planté, non d'arbres, mais de loin en loin de clochers, il y avait là, autour du bâtiment de pierre grise et de la tour coiffée d'ardoises, une allée de marronniers, un

83

petit parc puis, serré, touffu, humide, coincé entre de vieux murs, un bois en miniature, deux hectares de chênes, de tilleuls, de lierre surtout, de plantes sauvages, domaine des araignées et des serpents.

Dans la cour du château se dressait la ferme, une vraie ferme, avec des poules, des vaches, un cochon, des oies et des pintades, du fumier et des charrettes au repos, leurs bras tendus vers le ciel.

De loin, Martine devina la silhouette de l'unique valet des Maclou qui tenaient la ferme et gardaient le château : elle passa vite, car elle ne voulait parler à personne, par crainte de manquer son but.

Elle se trouva enfin sur le chemin rejoignant la grand-route et alors elle se retourna comme quelqu'un qui craint d'être pris en faute, accéléra encore son allure.

On la salua, d'une bicoque qu'elle dépassait, et elle s'en rendit à peine compte. Sur la route, elle ne vit pas d'auto et elle descendit vers le village, déroutée à l'idée que son intuition pouvait l'avoir trompée.

Chacun la saluait. Des commères la trouvaient pâle. D'autres disaient qu'elle était devenue une vraie jeune fille et elle allait toujours, les traits tirés, les mains dans les poches, contre le vent humide qui venait de la mer.

Une auto stationnait à droite. Quand elle l'atteignit, elle la trouva pleine de ces petites mallettes dont se servent les voyageurs de commerce.

Elle passa devant la branche de pin d'une première auberge et elle commençait à perdre son sang-froid, à regarder en tous sens avec plus de vivacité quand, à gauche, sur le chemin de la mer, elle vit enfin l'auto neuve, arrêtée en face de l'unique restaurant du pays.

Elle n'hésita pas, entra dans la salle sombre où des

paysans jouaient au billard russe, s'approcha du comptoir en s'efforçant de paraître assurée.

— Vous voulez me donner un grog?

— Fernand! cria l'hôtesse. Fais vite chauffer un grog pour Mlle Martine.

Philippe était là, près de la fenêtre, aussi pâle, aussi tendu que la jeune fille, qui devait écouter le bavardage de la femme.

— Ainsi vous voilà revenue pour quelque temps? Quand je pense au malheur qui est arrivé...

On cherchait un verre moins épais que les autres pour lui servir un grog. Et elle, indifférente à ces prévenances, laissait tomber, avec son mouchoir, un bout de papier plié menu.

Philippe n'aurait-il pas dû comprendre? Sans doute pensait-il à autre chose, car il ne se précipita pas et Martine ramassa elle-même les deux objets, puis but le grog brûlant, chercha de la monnaie dans ses poches.

— Je viendrai vous payer un autre jour...

— Mais oui, mademoiselle. Ça ne presse pas.

En sortant, elle avait les larmes aux yeux de dépit et, d'un geste nerveux, elle lança le bout de papier vers Philippe, sur la table ou sur la banquette, elle ne le sut pas au juste, traversa à nouveau le village sans regarder les gens, ce qui fit dire à des bonnes femmes qu'elle était plus fière que sa mère.

Sur le papier, elle avait écrit : « Ce soir huit heures à la vieille grille. »

Une grille rouillée qui ne fermait plus depuis des lustres, au fond du petit bois.

Il n'y avait pas de domestiques au château. La

mère Maclou et sa fille, qui avait seize ans et qui boitait, faisaient la cuisine et le service, tandis que Baptiste Maclou s'occupait de la chaufferie.

Les pièces étaient vastes, assombries par les arbres. Comme toute la famille devait y vivre l'été, on avait divisé les chambres à l'aide de cloisons. Maintenant, tout cela était vide et les meubles prenaient un visage plus maussade que d'habitude, certains, changés de place, laissaient voir des taches de soleil et d'humidité sur les papiers de tenture.

Oscar avait lu tout l'après-midi. On avait mangé à six heures, comme c'était la coutume à la campagne. Et, à huit heures moins le quart déjà, Martine s'impatientait, bousculait la mère Maclou qui s'obstinait à laver la vaisselle.

— Il sera bien temps demain... Laissez tout ça...

— Mais, mademoiselle...

Elle se sentait maladroite, prête à éclater à la moindre contrariété.

— Qu'est-ce que je vous ai dit, Sophie ?

— Bien, bien !... Bonsoir, mademoiselle... Est-ce que je vous éveille, demain matin ?

— Non... Bonsoir...

Martine savait que son frère n'était pas couché, qu'il le faisait exprès, qu'il avait flairé quelque chose. Tandis que, dans le hall, elle endossait à nouveau son imperméable, elle le vit paraître et elle attendit le choc.

— Tu vas le retrouver, n'est-ce pas ?

— Écoute, Kiki...

— Réponds ! Je sais qu'il est ici.

— Kiki, sois raisonnable. J'ai besoin de lui parler, oui. Je le ferai, même si tu ameutes toute la maison. Écoute-moi : si tu y tiens, je te l'amènerai et tu le questionneras toi-même...

— Je ne veux pas le voir !

86

— Promets-moi que tu ne diras rien, Kiki !

— Je ne sais pas... Laisse-moi...

Et il monta dans sa chambre sans dire bonsoir à sa sœur. Elle se sentait soulagée. Le gamin commençait à s'humaniser. Elle ouvrit la porte, marcha vite le long de l'allée et, à mesure qu'elle avançait, elle oubliait ses angoisses, oubliait même de penser : elle allait vers lui ! Il était là, quelque part dans l'obscurité ! Elle n'avait pas besoin de le voir. Elle le sentait. Une forme bougeait. Elle croyait balbutier :

— Philippe !...

Mais elle ne disait rien, elle se jetait contre lui et elle restait immobile, oppressée, les yeux clos, prise de vertige. Des lèvres glissaient d'abord sur ses cheveux, sur ses joues, frôlaient la paupière en passant, atteignaient enfin, brûlantes et sèches, les lèvres inertes de Martine.

Philippe aurait pu croire qu'elle était évanouie. A cause de l'imperméable, le baiser avait un goût de caoutchouc et l'imperméable encore rendait le corps tout froid dans ses bras.

— Martine...

Il ne la voyait pas. Rien qu'un peu de pâle tout près de lui, un œil fermé. Un chien aboyait quelque part, mais il ne s'en inquiétait pas. Une branche remuait.

Il n'aurait pas pu préciser le temps qu'elle resta ainsi figée, comme sans vie. Quand elle bougea, elle semblait revenir à elle et, plus pâle que jamais, elle le repoussa un peu, pour pouvoir parler. Elle dit, en glissant sa main glacée dans la sienne :

— Viens...

Elle esquissait un mouvement pour l'emmener vers le château où, à travers les arbres, on voyait une fenêtre éclairée à l'étage.

— Ton frère ?... protesta-t-il.

— Viens...

Elle essaya de lui sourire, comme quelqu'un de très las, qui revient de loin ou qui a été gravement malade. Quand elle parla, chemin faisant, ce fut pourtant au sujet d'un détail matériel et saugrenu.

— Tu as laissé l'auto au village ?

Elle lui faisait gravir le perron, ouvrait la porte avec sa clef, balbutiait encore :

— Attends...

En tâtonnant, elle traversait le corridor obscur, poussait une porte, allumait les lampes du salon et, comme si cela eût été tout naturel, prononçait :

— Entre...

C'était lui, cette fois, qui avait peur de cette simplicité, de cette facilité. On eût dit qu'elle ne craignait plus personne, ou qu'elle oubliait son frère qui était là-haut, encore debout, les Maclou qui, de la ferme, avaient certainement vu de la lumière jaillir derrière les persiennes.

— Laisse-moi te regarder, murmura-t-elle. Oui... tu as maigri aussi... Assieds-toi...

Ils avaient tellement l'habitude de se rencontrer dans le mystère d'une maison endormie que, malgré eux, ils avaient des mouvements prudents, des voix feutrées.

— Je n'en pouvais plus, avoua enfin Martine en se laissant tomber dans un fauteuil.

De temps en temps, on entendait Kiki qui marchait, juste au-dessus de leurs têtes et chaque fois, malgré le calme de sa compagne, Philippe avait un sursaut.

Il avait voulu s'asseoir dans le même fauteuil que Martine, la prendre dans ses bras. Il avait écarté l'imperméable pour sentir la chaleur de sa poitrine mais, simplement, elle s'était dégagée.

— Non... Pas maintenant... Assieds-toi... J'aime mieux te voir...

Et c'était un regard gênant que le sien, un regard plein de pensées que Philippe ne connaissait pas. Elle semblait réfléchir, chercher à comprendre quelque chose, peut-être lui, et elle répéta machinalement :

— Tu as maigri...

Il dit nerveusement :

— Voilà plus d'un mois que je passe à t'attendre à tous les coins de rue ! Chaque nuit je suis venu et...

— Je sais.

Il avait peur. Elle lui semblait très loin de lui. Il craignait surtout ce regard trop calme qui ne le quittait pas, ce silence, ces mots qui tombaient soudain avec une gravité dangereuse.

— Pourquoi n'as-tu pas...

— Je ne voulais plus te revoir. Je crois même que je t'ai détesté. Non ! Ne bouge pas... Ce soir, il faut que nous parlions. J'ai beaucoup réfléchi. Dis-moi, Philippe, dis-moi franchement : qu'est-ce que tu as pensé quand tu m'as prise ?

C'était très proche et déjà lointain. Qu'est-ce que Philippe avait pu penser ? Jusqu'alors, il la connaissait comme on connaît les petites filles d'une même société, la fille des amis de son père, et il n'avait jamais fait attention à elle.

Au printemps, il y avait eu, à La Rochelle, une grande journée de la Croix-Rouge, organisée par un comité de jeunes gens et de jeunes filles.

Il les détestait, jeunes gens et jeunes filles de ce monde-là, leurs manières, leur façon de parler, leurs amusements, leur esprit. Il se sentait un peu comme un fauve lâché au milieu d'animaux domestiques et il avait une façon à la fois condescendante et cruelle de traiter ses compagnes.

Martine n'était pas la plus belle. Elle était maigre et pâle, à peine formée, maladroite et farouche et, pendant les réunions préparatoires du comité, il ne s'était pas une seule fois intéressé à elle.

C'était elle, en réalité, qui avait commencé. Il se souvenait d'un détail. Lors de la dernière séance, qui se tenait à l'Hôtel de Ville, le soir, il avait, dans l'escalier obscur, pris dans ses bras Mlle Varin, qui avait l'habitude de passer d'un jeune homme à un autre et dont les formes étaient rebondies.

Martine les avait surpris. Il n'y avait pas attaché d'importance mais le lendemain, comme il lui prenait le bras, en camarade, avant la vente de fleurs dans les rues, elle avait prononcé durement :

— Ne me touchez pas !... Vous me dégoûtez...

C'était tellement inattendu qu'il y avait pensé toute la journée, qu'il s'était arrangé pour la rencontrer sans cesse au cours de la fête et que le soir enfin, au bal de clôture, il avait compris : Martine était amoureuse.

Le bal avait lieu, lui aussi, dans les salons de l'Hôtel de Ville. Philippe connaissait tous les recoins du bâtiment municipal. A certain moment, il s'était approché de Martine.

— Venez ! J'ai quelque chose d'important à vous dire...

Elle était en bleu pâle, comme une vraie jeune fille qu'elle était et par surcroît sa robe était en taffetas angélique. Elle avait hésité. Il l'avait regardée dans les yeux, la poussant du bras avec autorité.

— Où allons-nous ?

Ils traversaient un palier éclairé. Philippe ouvrait une porte qu'il refermait derrière lui et ils se trouvaient tous deux dans l'obscurité qui sentait l'encre et le buvard. Mais Martine n'avait pas le temps de s'en rendre compte. Elle était serrée dans les bras de son compagnon et deux lèvres se collaient aux siennes, si longuement que, quand Philippe lâcha prise, la jeune fille avait perdu haleine.

— Voilà ! dit-il simplement. Maintenant, criez, faites ce que vous voudrez. Je vous aime !

Elle se contenta de s'enfuir, quitta le bal bien avant les autres. Il fut une semaine sans la revoir, quoiqu'il la guettât dans les rues de la ville.

Une nuit, Martine vit bouger le battant de sa fenêtre. Elle faillit crier. Une voix feutrée prononça son nom, tandis qu'une silhouette enjambait l'appui, qu'un homme s'avançait vers elle, dans sa chambre.

Il avait quand même rapproché sa chaise du fauteuil, car il avait besoin d'un contact, et sa main était posée sur la main de Martine. Mais elle gardait son sang-froid. Elle l'écoutait. Elle voulait comprendre.

Le difficile, c'était de prononcer les premières phrases, dans ce salon trop grand, trop éclairé, surtout pour eux qui avaient l'habitude des mots balbutiés peureusement dans l'obscurité.

— ...J'ai pensé qu'au milieu d'un monde que je méprise je découvrais soudain quelqu'un de différent...

Elle secoua la tête. Elle sentait que ce n'était pas vrai et lui-même n'y mettait pas la conviction voulue. Il l'avait prise parce qu'il était fier de voir une jeune fille s'offrir à lui, simplement, et surtout une Donadieu, une jeune fille appartenant à cette forteresse hautaine où on ne l'admettait, et rarement, qu'avec condescendance.

Mais après ?

Il ne savait pas, et surtout il ne savait que lui dire.

— Vous ne pouvez pas comprendre, Martine…

Il se troubla. A cause de la lumière, il venait de lui dire vous et il tentait de se rattraper en se rapprochant encore, en se penchant pour l'embrasser.

— Non… Pas maintenant… Je veux comprendre, parce qu'il faut que nous prenions une décision… Je n'en peux plus… J'étouffe…

— Tu vois ?

— Qu'est-ce que je vois ?

Il avait saisi la balle au bond. L'éloquence lui venait enfin.

— Tu viens de tout expliquer d'un mot !… Tu étouffes… Tu étouffes parce que tu vis dans un monde qui ne sait pas vivre, qui tourne en rond entre des murs sans même apercevoir les fenêtres… Et que si un rayon de soleil pénètre par ces fenêtres, on se hâte de fermer les rideaux, par crainte d'être tenté de s'évader… Écoute-moi, Martine !… Les mots abîment tout, mais tu veux qu'on les prononce…

« Il y a au monde quelque chose que je déteste, une certaine façon d'être, certaines maisons, certaines gens qui y sont enfermés et ce n'est pas de ma part, je te le jure, une envie provoquée par la richesse…

« Je hais la maison Donadieu comme je hais la maison Mortier ou la maison Varin, comme je hais ce Cercle où une douzaine de vieux messieurs attendent, pleins de dignité, le caveau de famille qui ne changera pas grand-chose à leur état…

« Je hais ta sœur et son mari… Je hais Michel… Je hais… Je les hais parce qu'ils gâchent de belles possibilités et qu'ils finiraient par me faire croire à la laideur du monde…

« Tu étais toute seule là-dedans, avec tes yeux fiévreux, ta faiblesse et ta volonté de vivre… »

Elle secoua la tête. Elle sentait encore, dans ce discours, comme une note discordante.

— Et si tu m'as aimé, c'est que tu as senti que je suis d'une autre race, qu'avec moi il n'y aura plus de murs, plus de volets clos…

« Jamais je n'ai parlé de t'épouser parce que jamais l'idée ne m'a effleuré d'entrer dans votre maison de pierre de taille où je risquerais de devenir pareil aux autres…

« Je n'ai pas de fortune… J'en aurai quand je le voudrai… Oui, je sais, je sens depuis toujours que je ferai ce qu'il me plaira dans la vie, de la vie !

« Si tu me crois, si je ne me suis pas trompé, je te dis simplement :

« — Partons… Quand tu voudras… Où tu voudras… »

Elle aurait mieux aimé que ce fût plus simple. Il le comprit au regard qu'elle laissait peser sur lui, un regard qui signifiait clairement :

— Est-ce qu'il ment ? Est-ce qu'il joue la comédie ?

Dans l'obscurité de sa chambre, rue Réaumur, du moins n'avait-elle pas le temps d'y penser. Mais elle le pensait le lendemain, depuis des mois. Et les lendemains étaient amers, souvent révoltés.

Jusqu'au moment où, malgré ses résolutions, elle laissait malgré tout sa fenêtre entrouverte !

Elle n'était pas sensuelle : ses sens n'étaient pas éveillés. Ce dont elle avait besoin…

Elle n'aurait pu le dire et maintenant elle le regardait presque comme elle l'eût regardé au lendemain des rendez-vous.

— Pourquoi ne veux-tu pas m'épouser ? prononça-t-elle lentement.

— Parce qu'on m'accuserait de t'épouser pour ton argent ! Parce que tu es une Donadieu, une héritière Donadieu et que, si j'entrais dans ta famille, ce serait pour tout bouleverser !

Il était beau. Elle le trouvait beau. Presque aussi beau que son père, les yeux brillants, les narines frémissantes, les tempes un peu creuses sous les lourds cheveux bruns.

— Souviens-toi de la question que tu m'as posée à notre dernier rendez-vous...

Elle détourna la tête. Elle eût préféré qu'il ne fût pas question de cela. Était-ce sa faute si elle avait été troublée par l'atmosphère qui avait régné dans la maison après la disparition de son père ? Par le fait qu'elle-même se sentait coupable, elle avait pensé un moment...

— J'aurais dû partir, poursuivait-il, ne pas te revoir... Malgré toi, tu as, à certains moments, une parcelle de l'esprit Donadieu... Comprends-tu, Martine ?... J'ai sangloté, dans mon lit, au point que mon père s'en est inquiété... J'étais décidé à m'en aller...

— Pourquoi es-tu resté ?

On eût juré qu'elle était parfaitement calme.

Voilà ce qui le déroutait chez elle, ce mélange de froid bon sens et de soumission, d'exaltation. Le gamin marchait de long en large, là-haut ! Et elle ne recevait pas Philippe dans sa chambre, mais dans le salon, ce qui donnait une solennité gênante à cette entrevue.

Une fois de plus, il venait d'échafauder une

comédie nouvelle, car c'en était une, puisqu'il n'y pensait pas un instant auparavant.

— Je ne suis pas parti parce que...

— Parce que quoi ?

— Non ! Ne me questionne pas là-dessus...

Elle tombait dans le panneau, c'était fatal ! Elle se redressait dans son fauteuil pour articuler :

— J'exige que tu t'expliques !

— Tu m'en voudras... Enfin !... C'est quand j'ai appris les termes du testament... Toute la ville en a parlé...

— Je ne comprends pas.

— Souviens-toi de la question que tu m'as posée... Tu m'as demandé si je n'étais pas un assassin... N'ai-je pas le droit, moi aussi, de me poser une question du même genre ?... Ne fût-ce que pour écarter de moi tout soupçon ?... Je me suis souvenu d'un détail...

— Lequel ?

Et elle se penchait, anxieuse.

— Martine !

Il eut l'air de supplier :

— Parle !

— Notre avant-dernier rendez-vous, le samedi...

— Oui... fit-elle avec impatience.

— Tu ne te souviens pas ?

Elle faisait un effort et elle ne rougissait pas des scènes évoquées.

— Je ne sais pas à quoi tu fais allusion.

— A un certain moment... Rappelle-toi... Nous avons entendu...

Elle resta immobile, la bouche entrouverte. C'était vrai ! Ils étaient couchés quand ils avaient entendu le bruit d'une clef dans la serrure de la porte d'entrée, celle de la rue Réaumur. Puis des pas dans le couloir...

— Je ne savais pas que quelqu'un était sorti, avait soufflé Martine.

Ils étaient restés immobiles, l'oreille tendue, tandis qu'on montait l'escalier. Ils avaient essayé de savoir si les pas s'arrêtaient au premier ou au second, mais le vacarme d'un train de marchandises les en avait empêchés.

— Tu comprends, maintenant? disait Philippe en baissant la tête.

— Ce n'est pas possible...

Son frère? Son beau-frère?

— Pourquoi m'as-tu parlé de cela?

— Tu l'as voulu, exigé... Je te demande pardon, Martine, mais il faut que je me défende, pour toi, pour nous...

Elle répéta :

— Je n'en peux plus!

Puis elle eut un regard d'impatience vers le plafond, car Kiki ne se couchait toujours pas, ne lisait pas, marchait de long en large dans sa chambre.

— Il sait que je suis ici?

Elle fit signe que oui. Elle était vraiment à bout. Elle ne savait que faire, que penser.

— Qu'est-ce que ton père a dit? questionna-t-elle sans conviction.

— De quoi?

— Quand il t'a vu pleurer.

— Il n'a pas su pourquoi, crut-il adroit de mentir.

Mais il comprit à sa moue qu'il avait eu tort. Martine n'avait aucune honte de sa conduite. Dans son désarroi, elle aurait accepté toutes les complicités, l'aide du premier confident venu.

Elle dit encore, comme en rêve :

— Qu'est-ce que nous allons faire?

Puis soudain, avec rage :

— Je ne veux plus retourner à la maison... C'est trop terrible !... Il faut que nous fassions quelque chose, Philippe...

Elle restait assez lucide pour sentir qu'il hésitait. Elle remarquait pour la première fois l'étrange pli de ses lèvres qui, par moments, exprimait une sorte de cruauté.

C'était le cas maintenant. Pourquoi? A qui en avait-il? Il fixait le tapis à fleurs couvrant le plancher, apercevait le pied tourné d'une table. Une vache meugla dans l'étable.

— Partons! dit-il en se levant soudain d'une détente et en la regardant enfin dans les yeux.

Mais pourquoi avait-il dit cela comme une menace? Elle avait presque peur. Elle hésitait à se lever à son tour.

— Tu es prête à tout, n'est-ce pas? demanda-t-il encore.

— A tout quoi?

— On te traitera comme une fille perdue. Peut-être, pendant quelque temps, connaîtras-tu la misère.

Il rougit en l'entendant répliquer :

— Tu as peur de m'emmener?

Car c'était presque vrai. Le moment venu, il hésitait.

— Peur pour toi...

Toujours trop de lumière autour d'eux et des choses trop banales, le vaste fauteuil en tapisserie de Mme Donadieu et une de ses cannes oubliée dans un coin, une pendule Empire sur la cheminée, une glace piquée par l'humidité...

— L'auto est restée au village?

Elle oubliait qu'elle avait déjà posé cette question et qu'il y avait répondu.

— Philippe !

— Chérie...

Encore un tort de dire chérie ! Il le dit mal.

— Je vais l'annoncer à Kiki...

Il s'effraya.

— Pourquoi ? Il nous empêchera de partir, réveillera les fermiers...

— Non ! Je suis sûre que non ! Kiki est comme nous...

Qu'est-ce que cela voulait dire au juste ? Il n'eut pas le temps d'y réfléchir. Elle avait ouvert la porte. Elle appelait dans la cage d'escalier :

— Kiki !

Et il y avait du bruit, là-haut. La porte s'ouvrait après une longue hésitation. Le gamin demandait :

— Qu'est-ce que tu veux ?

— Descends !

— Tu es seule ?

— Descends toujours !

Il descendait, cependant qu'on sentait son désarroi à chaque craquement des marches. Martine, fébrile, regardait partout et nulle part. Elle alla prendre son frère par la main.

— Ne sois pas méchant, Kiki... Je ne peux plus vivre à la maison... Tu dois comprendre... Je pars avec Philippe... Un jour, tout cela s'arrangera et tu l'aimeras bien aussi...

Elle vit le visage de son frère non directement mais dans la glace et celle-ci faisait paraître le nez encore plus de travers. Elle se hâta de détourner la tête.

— Explique-lui, Philippe...

— Ce n'est pas la peine, souffla le gamin dont la pomme d'Adam s'agitait.

98

Puis, piteux :

— Et moi ?

— Tu restes... Demain, tu diras à Sophie que je suis partie. On n'a pas besoin de savoir que tu nous as vus...

Il se tenait sur le pas de la porte, adressait des signes à sa sœur pour qu'elle s'approchât de lui. Quand elle comprit, il murmura :

— Tu es sûre ?

Il voulait dire :

— Tu es sûre qu'il n'a pas tué papa ?

Mais elle, au lieu de répondre, embrassa son frère, essuya deux larmes.

Elle ne savait plus. Il fallait faire vite. Ses nerfs étaient trop tendus.

— Est-ce que je dois emporter quelque chose, Philippe ?

Il dit non, pour en finir plus vite. Ce fut le gamin qui prononça :

— Ta médaille...

— Où est-elle ?

Une simple médaille de la Vierge, en or, que Sophie Maclou, justement, donnait à la première communion de chaque enfant de ses maîtres et qui, dans la famille, était considérée comme un porte-bonheur.

Déjà Kiki bondissait dans l'escalier, peut-être pour échapper à cette scène.

— Tu ne regrettes rien ? demanda-t-elle à Philippe.

Il préféra l'embrasser. Elle n'avait jamais su embrasser. Elle écartait un peu les lèvres, qui restaient immobiles. Elle avait envie de pleurer, mais elle se contenait.

— Tiens...

Kiki revenait avec la médaille, qu'elle attacha à son cou. Elle étreignit le gamin. Il fit tout bas :

— Tu reviendras me chercher ?

Une branche craqua et Philippe prononça :

— Il vaudrait mieux partir...

— Oui... Me voici...

Peut-être aurait-elle souhaité un événement qui empêchât ce départ ? Elle n'osait pas regarder Kiki, surtout dans la glace, qui accusait l'asymétrie de son visage.

— Ton chapeau... lui rappela le gamin.

Le grand air les enveloppa quand ils ouvrirent la porte. Il y avait du vent, des nuages rapides devant une lune presque pleine.

Ils couraient, la main dans la main, vers la vieille grille. Un chien courait derrière eux, celui de la ferme, qui connaissait Martine.

Il n'y avait plus aucune lumière.

— Tu m'as dit que la voiture... haleta la jeune fille.

— Par ici... Au coin du chemin...

— Pourvu que...

Ils n'entendirent pas une voix qui clamait :

— Martine !... Martine !...

Sophie Maclou l'entendit, se retourna sous le gros édredon de plumes, murmura pour son mari qui n'en sut rien, car il dormait profondément :

— Il est encore somnambule !

Il fallut tirer plusieurs fois le bouton de démarrage avant de mettre le moteur en marche. La lumière gicla, blafarde, des deux phares. Martine sursauta au premier choc, mais ce fut d'une voix presque calme qu'elle demanda :

— Où allons-nous ?

VI

Quelqu'un, tout près, essayait de mettre en marche une auto, elle en eut conscience avant d'ouvrir les yeux. Elle eut conscience aussi qu'il y avait du soleil et même — sans savoir au juste pourquoi — qu'elle était à la campagne.

A ce moment seulement elle se réveilla en sursaut et regarda le lit à côté d'elle. Philippe n'était plus là. Elle porta les mains à sa poitrine et s'aperçut qu'elle était nue. Alors, sans quitter l'abri des draps, elle se pencha pour ramasser son linge étalé par terre, sur une carpette bon marché.

Toujours le bruit de l'auto qu'on tentait de mettre en route, dehors et, sans avoir besoin d'y aller voir, on imaginait une antique voiture, haute sur roues, qui se mettrait à grelotter à la première explosion.

Martine, qui percevait un léger tic-tac, trouva la montre de Philippe sur le marbre de la table de nuit. Il était dix heures dix. Pourquoi, en regardant l'heure, avait-elle l'impression, la certitude qu'on était dimanche et pensait-elle à la grand-messe qui venait de commencer ?

Elle était lasse, de corps et d'esprit. Physiquement c'était comme si on l'eût rouée de coups. Moralement, c'était autre chose, c'était plutôt un vide, oui, une étrange indifférence, une absence totale d'émotion, voire de curiosité.

Par exemple c'est d'un regard parfaitement lucide qu'assise sur son lit, la poitrine enfin couverte de sa chemise — elle n'avait jamais pu, même seule, rester

101

les seins nus — c'est d'un regard lucide qu'elle examinait la chambre autour d'elle.

Quelle chambre pourtant! Cela ne ressemblait à rien de ce qu'elle connaissait. Des meubles étriqués en bois trop clair, mal d'aplomb, fabriqués en série. Elle se voyait dans l'armoire à glace qui s'appuyait d'un côté à la cheminée. Ce qui frappait surtout, c'étaient les dimensions des meubles en proportion avec les dimensions de la pièce, car celle-ci était vaste, éclairée par deux hautes fenêtres et le plafond était lourd de moulures.

Elle se trouvait dans un château plus grand que celui d'Esnandes. La chambre était située au rez-de-chaussée. Il y avait du soleil dans le parc et quelqu'un s'obstinait à mettre en marche une vieille bagnole. Il devait y avoir un chien quelque part, car on entendait parfois un crissement de gravier qui semblait produit par les pattes d'un animal.

A côté des meubles de bazar, des meubles de salle de ventes : un immense divan de velours vert, une coiffeuse Empire puis, sur la cheminée, une Vénus en plâtre et sur les murs des chromos représentant des nudités ou des scènes galantes.

Jusqu'à l'odeur qui était vulgaire, équivoque, Martine n'aurait pas pu dire pourquoi, l'odeur, sans doute, des gens qui vivaient au-delà de cette porte et que parfois elle entendait bouger.

— Où allons-nous, Philippe ?

Quand elle disait cela, dans l'auto, la veille au soir, elle ne réagissait déjà plus. Elle avait pris son parti. Tout au plus une certaine fièvre physique l'agitait-elle encore, mais c'était à cause de l'obscurité, des nuages biscornus, du vent qui venait de la mer par rafales et qui ébranlait la voiture.

Philippe avait d'abord regagné La Rochelle et laissé l'auto non loin du cinéma de son père.

— Attends-moi ici !

Elle avait attendu, comme si son sort n'eût pas dépendu des moindres détails de cette nuit. C'était sans doute l'effet de la fatigue. Elle attendait ainsi qu'elle eût attendu quelqu'un qui va faire une commission, acheter, par exemple, des gâteaux dans une pâtisserie. Et quand Philippe revint, quelques minutes plus tard, elle ne lui demanda pas ce qu'il était allé faire, ni pourquoi il était plus sombre.

Il était monté dans le bureau de son père, espérant l'y trouver. Frédéric Dargens n'était pas là et c'est en vain que Philippe avait cherché de l'argent dans les tiroirs.

Dargens avait une nouvelle amie, depuis quelques jours, une danseuse maigre, qui était venue faire un numéro et qu'il gardait autant par charité que parce qu'elle avait un visage amusant. Si Philippe avait pris par les quais, il aurait vu de la lumière au Café de Paris, la salle vide, avec les chaises entassées sur les tables et tout au fond, près du comptoir, son père qui attendait que la petite eût mangé son sandwich.

L'auto repartit, conduite par un Philippe de plus en plus soucieux. Il n'avait pas tout à fait cent francs en poche. La gare était fermée et le premier train ne partait que le lendemain, à cinq heures sept. Au surplus, il ne fallait pas compter prendre un train, car tout le monde connaissait Martine Donadieu et sa piste serait aussitôt découverte.

La voiture ? Elle n'était pas à lui, mais au garage. On le rechercherait pour vol...

Il constatait avec stupeur que Martine s'endormait sur son épaule. Après deux ou trois tours dans la ville, il en sortait par l'est et suivait un canal bordé de grands arbres. Là-bas, à deux kilomètres, il connaissait une guinguette appelée *Mabille* et que tenait un nègre à cheveux blancs. On y louait des chambres. C'est là qu'on conduisait à l'occasion ses petites amies.

Il arrêta l'auto et sonna. Mais, ou le nègre n'entendit pas ou il était absent, ou encore il eut peur d'ouvrir en pleine nuit.

Le temps passait. Quand la voiture traversa à nouveau La Rochelle, par les quais cette fois, le Café de Paris était fermé et on entendait les derniers pas au loin, du côté de l'Hôtel de Ville.

Martine geignit, parce qu'elle était mal assise et Philippe se décida enfin pour le château de Rivedoux, à dix kilomètres de la ville.

La jeune fille dormait-elle ? Avait-elle conscience de ce qui se passait ? La grille était ouverte. Philippe se dirigeait en familier dans les allées du parc, contournait une vaste construction, arrêtait sa voiture et donnait de petits coups de klaxon. Quand il descendit, un gros chien jaunâtre le suivit sans grogner, mais en le flairant d'une façon peu rassurante.

Philippe frappa contre la porte, lança en désespoir de cause un petit caillou sur une des fenêtres du premier étage et ce fut la fenêtre voisine qui s'ouvrit enfin. On distingua une forme. Une voix questionnait :

— Qu'est-ce que c'est ?

— C'est Philippe... Philippe Dargens... Ouvrez...

On n'alluma pas. Quand la porte fut ouverte, ce fut encore dans le noir que Philippe discuta avec une femme.

Martine se souvenait d'être descendue de voiture,

soutenue par son compagnon, d'avoir traversé un vaste couloir obscur.

— Il y a des serviettes et tout ce qu'il faut dans l'armoire à glace, avait chuchoté en dernier lieu la voix de femme.

Elle avait sombré dans un sommeil sans rêves.

Ce n'était pas un détail qui grinçait. C'était un ensemble de choses tellement incohérentes que cela formait un monde à part, où Martine n'essayait même pas de se repérer.

Elle était bien dans un château. En sortant de sa chambre, elle se trouvait dans un vaste couloir dallé de gris, dont les fenêtres donnaient sur une cour d'honneur.

Mais cette cour d'honneur, qui eût pu n'être que délabrée, était marquée déjà du signe de l'incohérence. En effet, dans un rayon de soleil, près d'une pelouse où se dressait un groupe de nymphes, une vieille femme était assise dans un fauteuil.

Et la vieille femme n'était pas une vieille femme comme une autre, le fauteuil n'était pas un fauteuil comme il peut s'en trouver dans la cour d'honneur d'un château.

C'était un vieux fauteuil Voltaire, qui perdait ses crins. La vieille, aux cheveux blancs non peignés, aux épaules affaissées, avait un visage vulgaire et portait une robe de chambre à ramages rouges, une affreuse robe de chambre en pilou sous laquelle elle essayait de ramener ses pieds.

Mais que dire du hall que Martine découvrait au bout du couloir? Sous un plafond aux poutres sculptées, elle se trouvait face à face avec un piano mécanique !

La porte d'entrée (qu'elle avait dû franchir la veille) était flanquée d'un petit comptoir, avec des bouteilles d'alcool et d'apéritifs. Quelques tables de bistrot, quelques chaises et, par terre, un enfant de deux ans environ qui jouait avec des loques.

— Je vous sers votre petit déjeuner ici ?

Martine se retourna, vit une femme moins vieille que celle du jardin, mais plus sale, pieds nus dans des savates, le peignoir échancré sur des seins fatigués, un balai à la main.

— Vous prenez du café au lait ?

— Non... Pas maintenant...

Elle préférait sortir et, dehors, elle se trouvait nez à nez avec l'homme de l'auto, un homme sans âge, qui pouvait avoir trente ans ou cinquante, blondasse, l'œil fuyant, chaussé de pantoufles.

Il tenait une manivelle de la main droite, s'épongeait de l'autre et, désignant la voiture au capot levé, soupirait :

— Je ne sais pas ce qu'elle a... Quand Philippe reviendra, tout à l'heure...

— Il y a longtemps qu'il est parti ?

— Un peu après huit heures. Il m'a prié de vous dire de ne pas vous inquiéter.

Le parc n'était pas soigné, mais il était vaste. La grille ouverte était flanquée d'énormes lions de pierre. Au-delà s'étalaient des champs et on apercevait le clocher d'un village.

— Vous avez déjeuné ?

— Pas encore.

— Il ne faut pas faire attention au désordre. Dans un mois ou deux, tout sera arrangé...

Tout quoi ? Quel désordre ? La vieille femme en

pilou ou l'autre au balai ? Comment Martine eût-elle compris ? Elle n'avait jamais entendu parler de M. Papelet. C'est à peine si elle soupçonnait qu'au bout de la ville, non loin de la caserne, il existe une rue par laquelle ne passent pas les honnêtes gens, des maisons aux volets clos, des portes toujours entre-bâillées.

M. Papelet était le propriétaire de deux des maisons les plus importantes de cette rue. Ou plutôt c'était sa mère, la vieille en pilou à ramages, qui était la vraie propriétaire.

L'été précédent, le château de Rivedoux avait été mis en vente publique et personne ne s'était présenté, car tout le monde était rebuté par l'importance des réparations nécessaires.

M. Papelet l'avait acheté, lui, comme il avait acheté une vieille voiture, pour le plaisir de bricoler. Car c'était sa seule joie !

C'est lui qui avait repeint le hall d'entrée en vert pâle — à l'huile ! — avec une frise au pochoir représentant des tulipes. S'il avait installé le piano mécanique, c'était surtout parce qu'il en avait un de trop à La Rochelle, où on avait acheté des *pick-up.*

Un soir une bande de clients était venue avec des femmes et on leur avait servi à boire.

Si bien que, de fil en aiguille, M. Papelet avait décidé d'avoir toujours une chambre ou deux de libres, pour les couples de La Rochelle désireux de ne pas être vus.

Mais c'était accidentel, et plutôt pour ne rien perdre.

— Ma femme ne vous a pas fait visiter le château ? demandait-il à Martine.

Sa femme, c'était celle au balai ! Le gamin, par terre, c'était son fils !

On était bien dimanche et Philippe avait traversé des rues désertes, hantées seulement par la clientèle des messes basses, avant d'arriver à l'Alhambra, où il entra avec sa clef.

Ses gestes brusques trahissaient son état d'esprit et il fit du vacarme en traversant la première galerie, puis en ouvrant la porte de son père.

Peu lui importait que des cheveux de femme dépassassent des draps.

— J'ai besoin de te parler ! dit-il sans regarder Frédéric, qui se mettait sur son séant.

— Ah ! C'est toi...

Frédéric regarda l'heure à sa montre, sortit du lit et recouvrit son amie qui ouvrit un œil puis, rassurée, le referma.

— Viens chez toi.

Ils entrèrent dans la pièce voisine et le père vit du premier coup d'œil que le lit de Philippe n'était pas défait.

— Dépêche-toi. J'ai encore sommeil. Je te préviens tout de suite que, si c'est pour de l'argent...

— C'est plus grave que ça !

Frédéric, qui avait passé sa robe de chambre, s'assit sur le bord d'une table et alluma une cigarette.

— J'ai enlevé Martine !

Il s'attendait à un sursaut, à des protestations, à une scène à tout casser. Au lieu de cela, Frédéric grommela simplement :

— Ben mon vieux... !

Et il regarda son fils avec curiosité, comme s'il ne se fût pas attendu à pareille audace de sa part.

— Peu importe la façon dont ça s'est passé. Le fait

est là : Martine a quitté ses parents et, dès maintenant, j'en suis responsable.

— Dis donc ! Tu sais ce que tu risques ?

— Je sais ! Elle n'est pas majeure.

— Alors ?

— Je suis venu te demander de quoi filer à Paris. Après on verra. Je me débrouillerai toujours...

Frédéric Dargens sortit de la pièce et un instant Philippe se demanda ce que cela voulait dire. Puis son père revint et jeta vers lui son portefeuille.

— Tiens !

Le portefeuille contenait cent cinquante francs !

— C'est tout ? Et la recette d'hier ?

— Un huissier se dérange exprès chaque soir pour la saisir.

— Qu'est-ce que je vais faire ?

Mal réveillé, Frédéric Dargens devenait seulement peu à peu lui-même, lançait de brefs regards à Philippe, qui avait un visage fatigué.

— Tu ne peux pas me trouver de l'argent pour midi ? En t'adressant à tes amis du Cercle...

Un haussement d'épaules suffit à lui répondre.

— Mais qu'est-ce que tu veux que je fasse ? s'écria Philippe en proie à une panique subite.

— Est-ce que je sais, moi ? L'aimes-tu, seulement ?

— Cela me regarde. Ce qui importe, c'est de partir tout de suite. Pour le moment, elle est chez...

— Chut ! Je ne veux pas savoir où elle est. D'ailleurs, je préfère t'avertir d'une chose : tout à l'heure, dès que tu seras sorti, j'irai rue Réaumur et j'avertirai ma vieille amie Donadieu de ce qui se passe...

La danseuse s'était complètement réveillée, dans

la chambre voisine, et elle entrouvrait la porte, questionnait d'une voix pâteuse :

— Qu'est-ce qu'il y a ?

— Rien, mon petit...

— Qu'est-ce que Philippe a encore fait ?

— Des bêtises, comme toujours !... ou bien une petite saleté...

— Papa ! appela Philippe, comme son père rentrait chez lui.

— Quoi ?

Et, dans la voix de Dargens, il y avait une hésitation. Il sentait le jeune homme tendu, désespéré, prêt à tout.

— Tu veux que je te donne un conseil ?

— Non !

— Alors ?

— Rien...

Il prit son chapeau, traversa le bureau, se précipita dans la salle de spectacle pour gagner la rue par la petite porte de service. Un quart d'heure plus tard, il entrait dans le garage, avec l'auto.

— Denis n'est pas arrivé ? demanda-t-il au préposé à l'essence.

— Il doit être au bureau.

C'était le propriétaire du garage, un homme encore jeune, qui s'étonna de la fièvre de son sous-directeur.

— Il faut que je vous parle... C'est très grave... C'est même une question de vie ou de mort...

Denis était en tenue de chasse, car il devait partir un peu plus tard pour la campagne.

— J'ai enlevé une jeune fille... Oui, Mlle Donadieu... Il me faut de l'argent tout de suite... Je vous jure de le rendre plus tard...

— Qu'èst-ce que tu racontes ?

110

— La vérité...

— Mais, mon vieux, je n'ai pas d'argent, moi !

Tout en parlant, il ouvrait machinalement le tiroir-caisse, en tirait trois cent cinquante francs.

— C'est tout ce que je peux te...

— Écoutez... J'emmène l'auto... Avant huit jours, je vous la rendrai...

Cela s'était passé si vite que le garagiste n'y avait rien compris. Il appelait :

— Philippe !... Hé ! Philippe...

Mais Philippe, au volant de sa voiture, traversait le parc et s'élançait vers la campagne.

Michel Donadieu s'était levé à six heures du matin, avait réchauffé lui-même du café de la veille, puis était allé réveiller son beau-frère Olsen et tous deux, chargés de fusils et de cartouchières, avaient pris place dans la voiture bleue, comme ils le faisaient chaque dimanche d'hiver, sans éveiller la maisonnée.

A Esnandes, ils avaient trouvé, à la grille, le vieux Baptiste qui fumait sa première pipe, fusil à la bretelle, les chiens courant autour de lui.

— On y va ?

— On y va !

On entendait déjà des coups de feu dans le lointain. Le soleil se levait et de la fumée montait de la maison des Maclou.

— Ma sœur est installée ?

— Ma foi, elle est arrivée hier avec M. Oscar. A l'heure qu'il est, ils doivent encore dormir... Tenez, par là, dans les chaumes, il y a sûrement trois lièvres...

Ils s'écartèrent l'un de l'autre, tandis que les chiens

111

tournaient, le nez au sol. Ce fut Michel qui tira le premier coup de fusil et un lièvre boula harcelé par un chien, tandis que Baptiste, tranquillement, allait l'achever et lui vider la vessie.

A la lisière des champs, on aperçut d'autres chasseurs, d'autres chiens, mais on se contenta de se saluer de loin et il était neuf heures quand Olsen tira un lièvre à son tour.

On voyait la plaine s'étendre à des lieues à la ronde, plantée de clochers et partout, dans les champs, dans les marais, des groupes d'hommes armés de fusils gravitaient.

Parfois Donadieu et ses compagnons se rapprochaient du château, qui restait silencieux, fenêtres et volets clos.

Rue Réaumur, Mme Brun avait commencé sa toilette pour la grand-messe et Charlotte montrait des yeux fatigués, comme si elle n'eût pas dormi.

Frédéric Dargens sonnait à la porte voisine, disait à Augustin :

— Annonce-moi à Mme Donadieu !

Il entrait au salon, de lui-même, entendait une voix qui disait :

— Prie-le d'attendre un instant, Augustin... Je viens tout de suite...

Il attendit un bon quart d'heure, percevant des voix d'enfants au-dessus de sa tête, des gens qui s'habillaient à tous les étages de la maison.

Quand Mme Donadieu entra, elle ne le vit pas tout d'abord, s'étonna, l'aperçut, assis dans un coin, l'air absent.

— Frédéric !... Je te demande pardon... Je n'étais pas prête...

Il ne savait plus comment s'y prendre. Il murmura tout d'abord :

— Tu n'as pas de nouvelles d'Esnandes?

— Mais...

— Écoute... Assieds-toi... Surtout, essaie de rester calme!... Ne commence pas à crier, sinon je m'en vais... Mon fils est une petite crapule... Cette nuit, il a enlevé ta fille...

— Martine?

— Oui! Il couche avec elle depuis je ne sais combien de mois. Voilà! Tu te rends compte si c'est gai de venir t'annoncer ça...

— Ce n'est pas vrai! protesta-t-elle d'abord.

Puis :

— Ce n'est pas possible... Martine!

Et elle prononçait Martine avec un sourire qui proclamait sa confiance en sa fille.

— Qui est-ce qui te l'a dit? s'écria-t-elle enfin. Mais remue donc! Dis quelque chose! Explique-toi...

Elle ne lui laissa pas le temps de parler, se précipita sur le téléphone, appela :

— Allô! Le 1 à Esnandes... Oui, mademoiselle, il est relié le dimanche... Vite, n'est-ce pas?

Elle marchait. Elle allait, venait, faisait des gestes qui ne correspondaient à rien.

— Où sont-ils?

— Je l'ignore. Philippe est venu ce matin me demander de l'argent.

— Et tu lui en as donné?

— Tout ce que j'avais : cent cinquante francs!

— Mais qu'est-ce qu'ils veulent faire?... Allô, oui!... Allô... On ne répond pas?... Mais si, mademoiselle, il y a quelqu'un... Sonnez encore... Sonnez... Je vous dis qu'il y a quelqu'un!...

Et elle répétait à mi-voix, en attendant :

— Allô!... Ne coupez pas... Ne coupez pas...

Enfin :

— Qui est à l'appareil?... Allô! C'est vous, Sophie?... Ne criez pas si fort... Tenez-vous plus loin de l'appareil...

La vieille Maclou n'avait jamais su téléphoner.

— Allô, Sophie... Ici, c'est Madame... Est-ce que Mademoiselle est levée?... Vous dites?... Ni Mademoiselle, ni M. Oscar?... Mais non! Ne coupez pas!... Sophie!... Cherchez bien... Voyez dans le parc... Il n'est pas possible que M. Oscar ne soit pas là...

Elle imaginait la vieille paysanne, dans le corridor du château, près de la cuisine, où se trouvait l'appareil mural.

— Allô!...

Et, se tournant vers Frédéric :

— Tu as ta voiture?

— Je n'ai plus de voiture.

Elle regarda par la fenêtre, vers le garage.

— Ils sont partis avec... Le plus fort, c'est qu'ils chassent au château et qu'ils ne savent rien!... Va vite chercher une auto...

Elle n'avait pas pleuré, ni même, à proprement parler, perdu son sang-froid. Sans sortir de la maison, Dargens téléphona au garage voisin, tandis que Mme Donadieu demandait en montrant le plafond :

— Je *les* préviens?

Non! Elle préférait ne pas *les* prévenir. Martine lui appartenait encore, Kiki aussi, et cette histoire ne regardait personne.

Une auto, déjà, s'arrêtait devant la porte. Mme Donadieu et Frédéric s'y installèrent :

— Au château d'Esnandes... En vitesse... Non, pas trop vite...

Car elle avait toujours eu peur de l'automobile.

114

— Comment cela a-t-il pu arriver ?

— Comme ces choses-là arrivent ! dit-il simplement.

— Mais enfin... Qu'est-ce que nous allons faire ?...

— Est-ce que je sais, moi ?

— Ils n'ont tout de même pas emmené le gamin !

On dépassa des gens qui allaient à la messe, on sortit de la ville et on vit des chasseurs embusqués derrière chaque haie.

Le château d'Esnandes, dix minutes plus tard, se profilait parmi ses arbres. Trois chasseurs allaient justement traverser la route et Mme Donadieu les héla.

— Michel !... Jean !... Qu'est-ce que vous faites ?... Vous ne savez donc rien ?... Martine est partie... Avec Philippe... Et Kiki...

On voyait de loin la mère Maclou qui accourait, qui depuis un quart d'heure s'époumonait sans parvenir à se faire entendre des trois hommes.

— Je le tuerai ! déclarait Michel en serrant les poings et en lançant un mauvais regard à Frédéric.

— Ne dis donc pas de bêtises ! soupirait Mme Donadieu. Tu ne tueras rien du tout...

De tous, c'était encore elle qui gardait le plus de raison et qui prenait la chose le plus simplement. Surtout en ce qui concernait Martine ! Pour ce qui était de Kiki, elle se montrait plus alarmée et elle avait téléphoné elle-même à toutes les gendarmeries de la région.

— Il faut donner aussi le signalement de Martine et celui de Philippe, insistait Michel.

115

— Ne fais pas l'imbécile ! répliquait-elle.

Et c'était Frédéric, que les autres regardaient avec méfiance, sinon avec haine, qu'elle prenait à témoin.

— Le petit a dû s'affoler... Comme je le connais, il est à rôder quelque part ou à pleurer dans un coin... Il n'a même pas mis son bon costume...

Sophie Maclou avait préparé du café pour tout le monde et Michel, qui avait toujours faim, mangeait des sandwiches d'un air tragique.

— Je téléphone à la maison ? avait-il proposé.

— Pour quoi faire ? Nous ne sommes déjà pas assez nombreux ainsi ?

Et elle haussait rageusement les épaules à l'idée des fille, belle-fille et petits-enfants pleurant de concert ou proférant des menaces.

— Comment s'y prenait-il pour la voir ? demandat-elle à mi-voix à Frédéric.

— Sans doute la rejoignait-il dans sa chambre !

Elle en était presque admirative.

— Et on n'a jamais rien entendu ! s'étonnait-elle. En somme, nous allons être obligés de les marier...

— Donner Martine à Philippe, à cette crapule ? s'indigna Michel qui avait entendu.

Elle leva les yeux au ciel, comme pour faire comprendre à Frédéric qu'il ne fallait pas faire attention aux colères de son fils aîné.

Elle ne flancha que vers onze heures, quand elle réalisa que le gamin avait vraiment disparu et que les gendarmeries téléphonèrent les unes après les autres qu'elles n'avaient rien trouvé.

— Mais qu'est-ce que vous attendez, vous autres, pour aller à sa recherche ? s'écria-t-elle tandis que Michel mangeait à nouveau. Prenez l'auto... Partez... Courez les routes... Renseignez-vous dans les villages, dans les gares... Non! Reste! ajouta-t-elle à l'adresse de Frédéric qui se levait.

Quand ils furent seuls, elle soupira :

— Celui qui m'aurait prédit tout cela, quand j'avais seize ans...

Elle n'insista pas, ne précisa pas, mais il resta rêveur, car il se souvenait d'elle à cet âge, d'une fille bien en chair, qui riait toujours, organisait les jeux, se montrait agressive vis-à-vis des jeunes gens...

La sonnerie du téléphone retentit. C'était Éva.

— C'est vous maman? Vous ne savez pas si Michel rentre pour déjeuner? On a téléphoné tout à l'heure, pour demander si Frédéric était ici et on a raccroché aussitôt...

— Bon... Merci...

C'était sans doute Philippe. Mme Donadieu était lasse. Cette lassitude, en même temps que le désordre des événements, nuisait à l'émotion.

— Je me demande ce que l'on va faire, soupira-t-elle. Tout était déjà tellement compliqué! Je n'ose pas penser à ce qui arriverait si Oscar était encore vivant...

Sophie avait mis la table comme si rien ne s'était passé. Elle avait fait rôtir trois perdreaux tués le matin, mais la salle à manger restait vide.

— Qu'est-ce que tu penses de Kiki, toi qui peux le regarder en étranger? Tout le monde à la maison, prétend qu'il n'est pas comme les autres...

— Je pense qu'il est trop sensible...

On ne pouvait pas s'empêcher d'épier le téléphone. De temps en temps, des coups de feu éclataient encore dans les champs, mais c'était de plus en plus rare, car la plupart des chasseurs étaient à casser la croûte.

— Il est né tellement après les autres! murmura-

117

t-elle comme pour s'excuser. Michel pourrait être son père !

Vers trois heures, malgré elle, elle s'assoupit dans son fauteuil et parfois, dans son sommeil, ses lèvres remuaient.

Il était cinq heures et le soir tombait quand la sonnerie du téléphone retentit enfin. Frédéric fronça les sourcils en entendant annoncer la gendarmerie de Luçon.

C'était là, pourtant, à quarante kilomètres d'Esnandes, qu'on venait de trouver Kiki, qui dormait au bord de la route, à proximité de la ville. Il était épuisé. Il avait essayé de fuir. Interrogé longuement, il avait avoué qu'il tentait de rejoindre le premier port venu, sans doute les Sables-d'Olonne, pour s'embarquer sur un bateau.

Mme Donadieu écoutait, hébétée, le récit que lui faisait Frédéric, qui avait pris la communication.

— Comment a-t-il pu parcourir quarante kilomètres ?

Et ce fut ce chiffre qui la fit fondre en larmes.

— Allons vite ! Est-ce que seulement nous avons encore une auto ?

Car la voiture des Donadieu n'était pas rentrée. Michel et son beau-frère Olsen cherchaient toujours dans les campagnes.

Mais il restait le taxi du matin, dont le chauffeur lisait le journal dans la cuisine des Maclou.

— Kiki est retrouvé ! triompha Mme Donadieu. Sophie ! Si Michel rentre, dis-lui qu'il peut retourner à La Rochelle. Nous allons à Luçon...

Elle s'avisa en montant dans la voiture qu'elle ne s'était pas servie de sa canne de toute la journée.

VII

Ce fut simple et inattendu. Comme un conte de fées. Philippe roulait vers le château, dont il ne voyait que les tourelles et le nid de verdure. Il venait de quitter la grand-route. Malgré l'heure, de la rosée tremblait encore sur les herbes du talus et le soleil était voilé par l'haleine humide de la terre.

Le chemin faisant un coude, à gauche, était masqué par un énorme bouquet de ronces. Or, voilà que l'auto dépassait ces ronces, que Philippe découvrait l'entrée du château, la grille ouverte, les deux lions de pierre. Ceci n'était que le fond car, au premier plan, Martine s'avançait, vêtue de noir, les cheveux libres. Elle s'avançait simplement, comme si elle eût été chez elle, comme si elle eût marché à sa rencontre et le gros chien, qui ne la connaissait pas la veille, la suivait pas à pas.

Quand elle aperçut la voiture, elle mit une main en visière sur ses yeux puis, ayant reconnu son compagnon, agita un bras en l'air.

C'était peu de chose : une attitude, une impression passagère, mais cela se produisait à un moment précis où le moindre geste pouvait être décisif.

La vitre droite de l'auto était ouverte. Quand la voiture fut à sa hauteur, la jeune fille monta sur le marchepied et fit signe de continuer, tandis qu'elle restait debout à cette place.

— Tu as trouvé ? demanda-t-elle.

119

Il fit oui de la tête.

— Nous partons?

Elle n'avait pas eu peur, non! Elle avait été brave.
Elle s'était réveillée toute seule dans ce château
saugrenu et, au lieu de s'effrayer, elle en riait,
appelait déjà le chien jaunâtre par son nom —
Castor! — et cherchait des yeux, en rentrant, la
vieille femme à ramages rouges.

Un détail aidait encore à la mettre de bonne
humeur, ou plutôt à la rendre légère, à lui faire croire
qu'elle vivait une féerie : dans le fond de l'auto, elle
apercevait une valise qui n'y était pas la veille : la
valise de Philippe.

— Nous partons tout de suite?

Si vite qu'il n'arrêta pas le moteur! Elle le vit
s'approcher de M. Papelet et elle crut bien entendre
celui-ci questionner familièrement :

— Ça a marché?

Ensuite, ils parlèrent bas. Il sembla à Martine que
Philippe faisait une démarche difficile. En tout cas,
les deux hommes entrèrent ensemble dans le hall au
piano mécanique et y restèrent de longues minutes.

— En route! s'écria Philippe à son retour.

— Vous avez tort de ne pas prendre quelque
chose, mademoiselle, murmura Papelet. Voulez-
vous que je vous apporte un verre de porto?

— Merci!

Elle souriait à l'idée qu'elle aurait pu boire dans
cette drôle de maison. Elle notait que Papelet criait :

— Au revoir, Philippe!

On traversait le parc, on franchissait la grille et il
fallait fermer à demi les yeux parce qu'on fonçait
droit sur le soleil.

— Que font ces gens dans le château? murmura

alors Martine en se penchant vers l'épaule de son compagnon.

Au lieu de répondre, il soupira :

— C'est un bon type... Il est très riche...

Elle faillit lui en vouloir un tout petit peu. Certes, elle n'était pas assez avertie pour deviner la profession exacte de M. Papelet, ni la destination du château. Mais elle ne pouvait pas ne pas sentir que le bonhomme était douteux et la maison borgne.

Bah ! Pourquoi en vouloir à Philippe de l'avoir amenée là ? C'était tout son caractère, au contraire ! Peut-être même était-ce pour cela qu'elle l'aimait ? Il ne s'embarrassait d'aucune considération. Il allait droit au but, comme maintenant il roulait sur la route nationale aussi vite que le permettait sa voiture de série.

— Où allons-nous ? demanda-t-elle.

Il tourna légèrement la tête vers elle et eut le même sourire que quand il l'avait aperçue sur le chemin où elle marchait à sa rencontre. Elle ne pleurait pas ! Elle était plutôt moins pâle que les autres jours ! Elle n'avait pas peur !

Et elle demandait gentiment :

— Où allons-nous ?

Comme s'il eût été question d'une promenade dominicale ! Elle dut comprendre son sourire. En tout cas, elle sourit aussi.

— A Paris ! répondit-il.

— J'ai soif !

— Nous nous arrêterons quand nous serons hors de la région.

Elle n'avait jamais pu l'observer aussi à l'aise. Elle le voyait de profil et petit à petit, sans s'en rendre compte, elle le détaillait. Il s'en apercevait, gardait docilement la pose. Ce qu'elle cherchait à démêler, c'est ce qu'il y avait de semblable et de dissemblable chez Philippe et chez son père. Par moments, par exemple, Philippe paraissait plus affiné que Frédéric, peut-être parce qu'il avait le visage plus long, le nez plus arqué.

Par contre, ses sourcils étaient épais, le front, quand on regardait bien, un peu fuyant.

— A quoi penses-tu ?

Elle oublia de répondre.

— Tu ne regrettes rien ?

— Et toi ?

Non ! Philippe, désormais, acceptait le destin, s'y accoutumait déjà.

— J'ai d'abord voulu prendre une autre route, expliqua-t-il, pour le cas où on nous ferait poursuivre. Mais j'ai réfléchi. Je ne crois pas que ta famille provoque un scandale.

Une seconde, elle pensa à sa famille, à la maison de la rue Réaumur, puis ce fut tout. Elle venait d'apercevoir un petit bistrot de campagne, au bord de la route, avec un banc peint en vert devant la façade blanche, une poule sur le seuil.

— Arrête, Philippe !

Il regarda derrière lui, malgré tout, et ce détail n'échappa pas à Martine. Elle entra dans l'auberge où cela sentait bon les pommes de pins et les oignons. Une commère sortit de la cuisine en s'essuyant les mains.

— Qu'est-ce que tu prends ? questionna Philippe.

— Du vin blanc !

Et ce fut une date dans sa vie, une minute que plus jamais elle n'oublierait. Le bistrot était en même temps une épicerie.

— Achète-moi des petits-beurre.

Or, toujours, malgré tout, elle gardait assez de

122

présence d'esprit, pour observer Philippe. Cette fois-ci, par exemple, comme il ouvrait son portefeuille, elle eut le temps de voir qu'il contenait plusieurs billets de cent francs.

L'auberge au vin blanc ne fut pas la seule étape, la seule minute rare. Elle devait se souvenir aussi d'une côte assez raide, au-delà de Niort — sur la grand-place de Niort, un tir à la carabine était installé ! Comme on arrivait à mi-côte, Philippe corna pour dépasser une auto toute petite qui roulait au beau milieu de la route. L'auto ne se rangea pas. Philippe corna de plus belle tandis que Martine, à travers le mica arrière, voyait un couple, un jeune homme au volant et une jeune fille qui se blottissait contre lui.

Plus Philippe s'impatientait et plus la petite voiture semblait s'obstiner à lui barrer le passage, jusqu'au moment où soudain la jeune fille se retourna, ébouriffée, dit quelque chose à son compagnon, qui fit un brusque écart.

Martine, en les dépassant, se pencha, pour les voir en face. Le garçon était un paysan à cheveux drus qui lui souriait malicieusement tandis que sa compagne s'arrangeait les cheveux en riant de toutes ses dents.

Il y eut encore... Mais c'était beaucoup plus loin, peut-être au-delà de Poitiers. On longeait un mur qui n'en finissait pas, qui avait peut-être cinq kilomètres et, derrière ce mur, on devinait un parc immense. Martine, malgré elle, guettait la grille, curieuse de voir le château qu'entourait un tel domaine.

— Nous serons plus riches que cela ! prononça tout à coup Philippe qui avait deviné. Je parie que ce château est aussi morne, aussi délabré que celui de tes parents !

Quand même ! Elle se retourna pour revoir le mur,

mais ils n'avaient pas vu le manoir qui devait se cacher au fond du parc.

Elle ne voulut pas déjeuner. Elle n'avait pas faim. Elle avait hâte d'arriver. Avec l'obscurité, la fraîcheur tomba et ce fut, pendant plus d'une heure, la petite guerre des phares et des codes.

— Il faut que je prenne de l'essence, annonça Philippe.

Il vint la rechercher, car il s'était arrêté devant un relais confortable, séduisant, et il voulait lui faire boire quelque chose. Ce n'était plus le bistrot au vin blanc mais c'était quelque chose d'aussi mémorable : dans un cadre d'opérette, un haut bar américain, des fauteuils profonds, des tabourets, un barman en veste blanche, des cocktails...

— C'est encore loin ? questionna Martine que son cocktail engourdissait et qui avait envie d'en boire un autre.

— Dans une heure, nous serons à la porte d'Orléans.

— Où allons-nous coucher ?

Et il rit, en remettant sa voiture en route.

Ce regard de Philippe !... Désormais, elle aurait de la peine à le voir autrement.

C'était... voyons... le troisième, oui, le troisième jour, et elle avait encore dormi nue, faute de linge de nuit. Il est vrai que la chambre était aussi nette et aussi gaie qu'un jouet.

Ils habitaient tout au bout du boulevard Raspail, à Montparnasse, une grande bâtisse neuve et blanche, très moderne, où devaient vivre des quantités de petits ménages comme le leur. Pour sa part, Martine en avait repéré trois ou quatre, soit en prenant l'ascenseur, soit en rentrant de faire son marché.

C'était vraiment un hôtel pour jeunes couples. Les chambres, quand le lit était fait, ressemblaient à des salons et chacune avait son balcon particulier, sa salle de bains puis, minuscule mais pratique, une sorte de cuisine munie d'un réchaud électrique.

Juste ce qu'il fallait pour jouer à la dînette ! Les murs étaient peints de couleurs vives, les meubles ultra-modernes, l'éclairage indirect.

Le hall, en bas, avait de l'allure, avec son portier galonné et son ascenseur silencieux. Enfin, à la tête de chaque lit, il y avait le téléphone.

Mais c'était surtout le balcon qui comptait. Dès le premier jour, Philippe était allé acheter dans le quartier un peignoir de bain en tissu-éponge et Martine s'en servait comme robe de chambre, en attendant mieux, au saut du lit.

Chaque matin, il y avait du soleil. C'était à peine croyable : un soleil très gai, très clair, dans lequel pétillait la poussière bleuâtre de l'aube.

Les autobus, les autos, les tramways déferlaient en bas, très bas, à six étages au-dessous du balcon.

Et, sur ce balcon, il faisait frais. Martine devait se serrer dans le peignoir. En se retournant, elle apercevait, par la porte entrouverte de la salle de bains, Philippe qui se rasait.

Des gens se levaient dans les logements voisins, venaient, eux aussi, goûter le matin sapide sur leur balcon. Un jeune homme, à côté, faisait un quart d'heure de culture physique avec une gravité pleine de satisfaction.

Mais le regard en question... Le troisième matin, donc, il était parti comme les autres jours, avec sa voiture, qu'il garait dans le quartier. Martine, sans se

125

presser, avait mis de l'ordre dans la chambre, puis elle avait vaqué à sa toilette. Elle allait sortir pour faire son marché quand, du balcon, elle avait vu une voiture s'arrêter devant la maison et Philippe en sortir. Elle n'avait pas fait attention à l'auto. Elle était allée attendre son compagnon à la porte de l'ascenseur.

— Viens... lui avait-il dit.

Il était essoufflé. Il l'entraînait dans la chambre, l'attirait dans une tache de soleil, tirait son porte-feuille de sa poche.

— Après-midi, tu iras t'acheter du linge et tout ce dont tu as besoin, y compris une robe claire car, ici, il n'y a pas de raison pour porter le deuil...

Du portefeuille, il sortait de grands billets de mille francs, plusieurs — elle ne les compta pas — et il lui en remit un en questionnant d'un ton détaché :

— Tu auras assez ?

Elle ne comprenait pas. Elle était émue, inquiète. Elle voyait ce fameux regard, plein d'orgueil, un regard qui semblait vouloir se venger de quelque chose.

— Qu'as-tu fait, Philippe ?

Il l'emmena jusqu'au balcon, montra l'auto.

— Tu ne la reconnais pas ? Ce n'est pas la mienne, en effet ! J'ai fait un échange contre une vieille voiture, qui est suffisante pour nous. J'ai touché huit mille francs de différence.

— Mais...

Elle le dit, en souriant malgré elle.

— Mais l'auto n'était pas à toi !

— Qu'est-ce que cela peut faire ? Je rembourserai Denis au centuple si cela me plaît !

Il lui en voulait un peu de cette douche inutile et elle tenta d'effacer cette mauvaise impression.

— Du moment que tu as confiance...

Haussant les épaules, il laissa tomber :

— Je gagnerai autant d'argent que je voudrai !

— Mais oui, Philippe !

— Maintenant que nous avons quelques semaines pour nous retourner...

— Mais oui !

A quoi bon lui en vouloir ? Il était ainsi et il fallait l'accepter tel quel. Il ne se rendait sans doute pas compte. De même avait-il conduit Martine dans l'étrange château de Rivedoux et n'avait-elle pas eu le courage de lui en tenir rigueur.

Peut-être était-ce justement là sa force ?

Il fallut aller à Bordeaux. Le médecin de la famille, qui n'était pas sûr de lui, ne voulait prendre aucune responsabilité et c'est lui qui donna l'adresse d'un confrère à qui il écrivit longuement.

Mme Donadieu devait normalement partir seule avec le gamin mais, la veille au soir, Olsen était descendu et avait annoncé :

— Marthe me prie de vous dire qu'elle vous accompagnera. Elle a diverses courses à faire à Bordeaux.

Ce n'était pas vrai. Mais Marthe avait eu une conversation sérieuse avec son mari, puis elle était descendue chez Michel.

— Je peux te parler cinq minutes ?

— Je t'écoute.

D'un regard, elle lui désigna Éva et la nounou et Michel se décida à emmener sa sœur dans son bureau.

— Tu laisses maman aller seule à Bordeaux avec Kiki ?

Michel, machinalement, avait saisi un bilboquet.

— Que voudrais-tu que je fasse ?

Sa sœur haussa les épaules avec impatience.

— Tu crois qu'elle nous dira la vérité ? Et s'il y avait des mesures à prendre ?

Il la regarda avec étonnement, puis avec un certain effroi.

— J'ai lu hier tout ce que le livre de médecine dit sur son cas...

— Et tu crois que ?...

— Je ne sais pas. Il vaudrait mieux, à mon sens, que l'un de nous soit présent quand le professeur fera son diagnostic.

— Qui est-ce qui irait ? Maman va deviner...

— Moi j'irai ! décida-t-elle.

Et elle poussa un léger soupir, regarda autour d'elle d'un œil désolé comme si, désormais, elle eût eu à porter sur ses épaules tout le poids de la maison.

On ne prit pas l'auto, mais le train. Depuis que les gendarmes l'avaient rendu à sa famille, Kiki vivait replié sur lui-même au point qu'il avait vraiment l'air d'un malade. On l'entourait d'ailleurs de soins exagérés.

— Tu n'as pas froid, Kiki ?... Tu n'as pas trop chaud ?... Ne mange pas tant... Prends des forces...

On avait emporté un plaid pour le couvrir dans le train où la chaleur était étouffante !

Marthe, elle, s'était munie d'un livre et elle lut tout le long du chemin.

— Nous avons juste le temps d'aller au rendez-vous, annonça-t-elle enfin.

— Tu nous accompagnes ? Je croyais que tu avais des courses...

— Je les ferai après.

Mme Donadieu ne dit rien, mais comprit. Depuis le départ de Martine, il y avait à son égard un changement d'attitude plus prononcé. On semblait faire peser sur elle seule la responsabilité de l'événement. Et Marthe avait été plus loin que les autres.

Comme son fils avait sept ans, Mme Donadieu lui avait dit :

— Tu devrais le laisser descendre de temps en temps, qu'il tienne compagnie à Kiki.

Marthe avait réfléchi, puis avait murmuré :

— Je crois qu'il vaut mieux pas !

— Pourquoi ?

— Je crois qu'il vaut mieux pas ! N'insiste pas, maman, veux-tu ?

— Vous tenez à assister à la consultation ? avait questionné le professeur.

Et, un quart d'heure durant, il palpa la poitrine maigre et nue du gamin, qui se laissait faire avec résignation.

— Je te fais mal ?

— Non !

— Tu n'as jamais mal ici ?

— Non !

— Respire...

Il respirait docilement.

— Tu as bon appétit ?

— Oui !

— Pourquoi es-tu parti, l'autre nuit ?

Mais le professeur vit les visages de Mme Donadieu et de sa fille, soupira, se leva.

— Si vous voulez me donner quelques chances de

succès, je vous demanderai de me laisser seul avec l'enfant, car vous l'intimidez.

Elles se retirèrent dans un salon voisin et le docteur changea de ton, eut l'air de rire, dit à l'enfant :

— Remets ta chemise, fiston !

Puis, à brûle-pourpoint :

— Dis donc, elle n'est pas drôle, ta sœur !

Mais le regard de Kiki restait soupçonneux.

— Raconte-moi à quoi tu joues, quand tu ne travailles pas.

— Je ne joue pas !

— Avec qui parles-tu ?

— Je ne parle pas.

— Cela doit être gai ! Qu'est-ce que tu fais, alors ?

— Je lis.

— Tu sais nager ?

— Non !

— Comment ! Tu habites au bord de la mer, tu es fils d'armateur et tu ne sais pas nager ? Est-ce que seulement tu sais monter à cheval ?

— Non !

— Vous n'avez pas de chevaux ?

— Mon frère et mon beau-frère en avaient, mais on les a revendus l'année dernière, pour donner l'exemple des restrictions, quand on a diminué le personnel de dix pour cent.

— Pourquoi avais-tu choisi les Sables-d'Olonne ? Tu y es déjà allé ?

— Non ! J'ai vu sur la carte que c'était le port le plus proche, sauf Rochefort, où on nous connaît.

— Tu es déjà allé à Paris ?

— Non !

— Où es-tu allé ?

— A Berck, dans une clinique, pendant six mois.

— Quelle est celle de tes sœurs que tu préfères?
— Martine!
— Quel âge a-t-elle?
— Dix-sept ans.
— Pourquoi n'est-elle pas venue avec vous?
— Parce qu'elle est partie.

Il se ravisa.

— N'en parlez pas à maman. Elle est partie avec Philippe. Je suis sûr maintenant qu'il n'a pas tué papa.
— Qu'est-ce que tu racontes?
— Rien... Laissez-moi... C'est vrai, que je ne suis pas malade?... Je pourrais partir en mer?...
— Pas tout de suite... Cela dépendra...
— De quoi?
— De la vie que tu mèneras. Il faut que tu te fasses des muscles, que tu élargisses ta poitrine, que tu apprennes à respirer et à te servir de tes membres...

L'enfant ne le quittait pas des yeux. Il était grave, concentré.

— C'est tout?
— Quand tu auras gagné six kilos, tu seras à peu près un homme.

Et le gamin répéta :

— Six kilos!

Seul avec Mme Donadieu et Marthe, le professeur n'exprima pas un avis très différent.

— Je ne suis pas tout à fait d'accord avec mon confrère de La Rochelle en ce qui concerne la disposition de l'enfant à la fugue. Cela ne m'étonnerait nullement qu'il n'en fasse plus. Par contre, il lui faudrait une vie saine, du mouvement, de la gaieté, le moins de lecture possible...

— Vous ne croyez pas, docteur...

C'était Marthe, et sa voix n'annonçait rien de bon.

131

— Vous ne croyez pas que le fait que ma mère l'a eu après quarante ans et que mon père en avait cinquante-sept ait son importance ?

— Pas nécessairement ! répliqua le médecin avec un bref regard à Mme Donadieu.

— Si je vous demande cela, c'est que ma sœur, qui a seulement deux ans de plus que lui, lui ressemble à certains égards. Il y a des choses que je n'ai pas le droit de dire. Ce que je voudrais savoir, c'est si ces enfants sont normaux.

Il la désarçonna en articulant d'un air innocent :

— Qu'appelez-vous normal ?

— Est-ce que, par exemple, ils sont pleinement responsables de leurs actes ?

Et lui, qui avait compris bien des choses, de répliquer :

— Connaissez-vous beaucoup de gens qui soient pleinement responsables, comme vous dites ?

— Vous ne voulez pas me comprendre, docteur, fit-elle en se dressant, furieuse et pâle.

— Mais si ! Mais si ! je vous comprends très bien ! Excusez-moi, mais il faut que je vous rédige, non pas une ordonnance, mais une sorte de recueil de conseils. Je crois que nous pourrions laisser rentrer l'enfant...

Le soir, elle expliquait à son mari :

— Il ne l'a même pas examiné au point de vue des tares qu'il pourrait avoir !

Et elle ajoutait plus bas :

— Papa, après nous avoir eus, a pu être malade. Dans mon livre, on attribue à cela plus de la moitié des cas...

— Des cas de quoi ?

— De fugue... N'oublie pas que Kiki a eu une

maladie des os... Quand je l'ai dit au docteur, il ne
m'a même pas écoutée...

— Vous savez comment il s'appelle, son tuteur ?
questionnait Charlotte.

Son regard était si aigu, sa voix si agressive que
Mme Brun éclata de rire.

— Riez ! N'empêche qu'elle est partie avec Philippe !

— Non !

— Je le jure. Vous pouvez vous renseigner. Ils ont
raconté à tout le monde qu'elle était allée chez son
tuteur, à Cognac. Mais les domestiques ont dit la
vérité à la crémière. Elle s'est fait enlever, voilà !

A la grande indignation de Charlotte, Mme Brun se
montrait amusée par cette nouvelle.

— C'est du fils Dargens que tu parles ?

— Qui est-ce que ce serait ?

Quand Charlotte se mettait à être hargneuse, elle
semblait vraiment vouloir mordre.

— Où ont-ils pu aller, dites-moi ?

— Qu'est-ce que cela peut faire ? Où que cette
petite aille, elle sera toujours mieux que chez elle !

— Vous trouvez ça ?

— Pardi !

Tant pis pour elle ! Charlotte tenait à avoir le
dernier mot, et elle devait l'avoir, en effet.

— Eh bien ! si vous trouvez ça, vous ferez mieux
de ne pas le dire. Parce qu'alors, il n'y a pas de raison
pour que des pauvres filles comme moi restent
honnêtes...

Et Charlotte, comme elle le faisait dans ses mauvais jours, quand son ventre la tourmentait, sortit en

133

claquant la porte, alla s'enfermer dans la lingerie où on l'entendit parler toute seule.

N'y avait-il pas, chez Marthe, un peu du même sentiment vis-à-vis de sa mère ?

Marthe, elle, avait été une jeune fille modèle. Son père, d'ailleurs, aurait bien su l'empêcher d'être autrement. Jamais, comme Martine, elle ne serait allée seule à un bal, fût-il de charité, et la cuisinière la conduisait toujours au lycée.

Comment expliquer, dès lors, cette façon nouvelle de prendre les choses ? Martine était partie avec un homme. C'était toute la famille qui s'en trouvait déshonorée et on aurait dit que Mme Donadieu évitait ce sujet, non parce qu'il lui était trop pénible, mais parce que les autres avaient tendance à pousser le tableau au noir.

Elle avait été jusqu'à murmurer, un jour qu'on l'excédait :

— Après tout, Philippe est peut-être un brave garçon. Son père dit qu'il est intelligent...

Mais ne se rendait-elle donc pas compte que si, deux mois plus tôt, du vivant d'Oscar Donadieu, quelqu'un, dans la maison, eût pris la défense d'une fille perdue comme Martine, l'immeuble en eût tremblé ?

Rien que le cas de Kiki... Marthe connaissait son père, personne ne pouvait le mettre en doute. Elle était sa préférée et, s'il se confiait peu, ce n'était guère qu'à elle.

Eh bien ! elle aurait juré qu'après la fugue de Kiki, son père n'aurait même pas eu l'idée de consulter un docteur, mais qu'il aurait envoyé le gamin en pension dans un établissement sévère, sans doute à l'étranger.

Donadieu était à peine mort que tout changeait,

qu'on trouvait presque naturel de voir un gamin provoquer un premier scandale au cours d'un déjeuner, puis s'en aller à pied pour fuir sa famille tandis que sa sœur...

— Ça, c'est l'influence de ma mère, disait Marthe à son mari. C'est gênant d'en parler, mais, à son âge, tout à coup, il lui vient comme un souffle de folie. Déjà elle a parlé de passer un mois cet hiver sur la Côte d'Azur avec Kiki...

— C'est impossible ! trancha-t-il.

— Elle l'envisage sérieusement.

— Et où trouvera-t-elle l'argent ? Avant un mois, nous aurons au moins cinq bateaux désarmés.

— Vous le lui avez dit ?

« Vous », c'était les deux beaux-frères, Michel et Olsen.

— Pas encore... Mais on le lui dira...

— Les employés ne soupçonnent pas la vérité ?

— La vérité sur quoi ?

— Sur le départ de Martine.

— C'est difficile à savoir.

— Hier, en tout cas, j'étais chez le coiffeur en même temps que Mme Brun. Je suis sûre qu'elle m'a regardée avec un sourire ironique.

« En voilà une qui n'a même pas pleuré quand son mari est devenu fou et qu'il a fallu l'interner ! Au point que pendant tout un temps les gens l'appelaient la Veuve Joyeuse...

« Tu as entendu ?

— Quoi ?

— Quelqu'un monte... Regarde !

Il entrouvrit la porte et, se penchant sur la rampe, aperçut Frédéric sur le palier d'en dessous.

Il allait voir Eva ! Ils allaient chuchoter tous les

135

deux, boire des liqueurs et fumer des cigarettes dans le boudoir aux tentures de velours noir !

— Il devrait faire attention !

— Qui ?

— Mon frère ! Un jour ou l'autre, il lui arrivera malheur. Eva ne porte même pas le grand deuil, sous prétexte que le voile lui fait pleurer les yeux...

Marthe était grande, sculpturale, et sa robe noire la rendait comme plus inaccessible. Plus petit et plus mince qu'elle, Jean Olsen, qui était son benjamin de trois ans, avait déjà repris trois fois son livre, mais avait été chaque fois interrompu.

— Les inscrits ne parlent plus de se mettre en grève ? questionna-t-elle, sautant d'un sujet à un autre.

— Il en est question. Certains prétendent que c'est un coup monté contre nous.

— Un coup de qui ?

— De Camboulives, qui se présenterait aux élections. Il répète à qui veut l'entendre que son père était un simple pêcheur, que lui-même a débuté comme second à bord d'un chalutier...

— Pourquoi Michel ne se présente-t-il pas contre lui ?

Des abat-jour épais rendaient la lumière rare et plus chaude. Olsen aurait bien voulu lire enfin, mais sa femme revenait à la charge.

— Qu'est-ce que ma mère en dit ?

— Elle a encore invité Camboulives à déjeuner.

— Et, naturellement, vous deux, vous la laissez faire ! gronda Marthe. Si cela continue, il faudra que j'aille quai Vallin, moi aussi. Autrement, je me demande...

Chez elle, comme en bas, au mur, trônait un

portrait d'Oscar Donadieu, mais ce n'était qu'un agrandissement photographique.

Ce soir-là, Martine et Philippe étaient au cinéma, comme si la rue Réaumur n'eût pas existé, comme si chaque jour, du rez-de-chaussée à l'étage des Olsen et même dans les bureaux du quai Vallin, il n'eût pas été question d'eux, Michel parlant d'aller les chercher à Paris, — parmi quatre millions d'habitants ! — Olsen conseillant de porter plainte, Marthe gémissant sur l'indulgence de sa mère, Mᵐᵉ Donadieu affirmant sa confiance dans le temps, tous, néanmoins, réunis dans un même sentiment qui était la peur du scandale et qui permettait que les jours succédassent aux jours sans qu'une décision fût prise.

Quand passèrent les dessins animés, la poitrine de Martine se gonfla comme elle s'était gonflée dans la petite auberge au vin blanc, puis ailleurs, devant le long mur, ailleurs encore, à son balcon, certain matin, comme elle souhaitait qu'elle se gonflât souvent en des moments de plénitude immatérielle.

Sa main, machinalement, serrait le bras de Philippe et quelqu'un se mouchait devant eux.

VIII

« ... que je suis très heureuse et je t'adresse mes vœux les plus sincères pour la nouvelle année... »

Le mois de décembre n'avait été que pluies et bourrasques avec, comme point d'orgue, la *Marie-Françoise*, une grande barque qui en avait pourtant vu d'autres, à Terre-Neuve, perdue corps et biens au large d'Oléron.

Le premier jour de l'an ne valait pas mieux. Il ne pleuvait pas, mais un vent glacé s'engouffrait dans les rues et s'infiltrait dans les maisons par le dessous des portes et l'encadrement des fenêtres.

— Je ne sais pas si tu es comme moi, disait Mme Donadieu. Je suis gelée...

A ce point que, pour rester dans le salon, elle se couvrit d'un manteau. Il est vrai que le chauffage central fonctionnait mal. Kiki, dans sa chambre, était assis le dos au radiateur. Les gens qu'on voyait passer dans la rue avaient le col du pardessus relevé. Quant à Olsen, il souffrait d'un tel rhume de cerveau que son visage, orné maintenant d'un nez rouge, était méconnaissable.

— J'ai toujours dit que cette maison est impossible à chauffer, constatait Mme Donadieu, qui répétait cela chaque hiver depuis plus de vingt ans.

C'était exact. Les pièces étaient trop grandes, les fenêtres aussi, et les dégagements. Au surplus, il y avait le jardin qui, l'hiver, gardant son humidité sous des amas de feuilles mortes, exhalait une haleine glacée.

Pour le cérémonial du premier janvier, il avait fallu improviser puisque, par le fait de l'absence d'Oscar Donadieu, tout était changé.

Car tout était changé dans la maison, de plus en plus. A se demander comment le portrait du salon pouvait garder son expression ! Mme Donadieu elle-même, sous prétexte qu'il faisait trop froid et que ce n'était pas fête d'obligation, n'alla pas à la messe, comme toute la famille avait coutume de le faire pour commencer l'année.

On vit les domestiques se rendre à la messe basse de sept heures. A huit heures seulement, Mme Donadieu sortit de sa chambre, dans une robe de tous les jours. Comme elle passait devant le salon, elle entendit un léger bruit, poussa la porte, aperçut Kiki qui attendait en compagnie d'Edmond.

Kiki était endimanché. Edmond aussi. C'est tout juste, tant ils se tenaient cérémonieusement, si on ne leur imaginait pas des gants aux mains.

Mme Donadieu faillit passer outre. Elle avait le même soupir chaque fois qu'elle rencontrait le jeune précepteur ou qu'elle était en présence d'une de ses manifestations.

Car c'était une idée de Michel ! Il avait fait insérer une annonce dans un journal d'étudiants, et Edmond était arrivé, timide à heurter les chambranles des portes en marchant à reculons, respectueux de la maison Donadieu jusqu'à saluer les portraits au passage.

Il préparait sa licence en philosophie et on lui avait donné une chambre tout là-haut, près des domestiques.

C'était Edmond, évidemment, qui avait conseillé à Kiki de s'endimancher et qui, maintenant, le poussait du coude.

— Maman, je peux profiter de ce jour pour te promettre...

Est-ce que l'autre n'allait pas lui souffler la suite ?

— ... que, cette année, je ferai mon possible pour te donner toutes les satisfactions qu'une mère peut... attendre...

— Mais oui ! Mais oui ! dit-elle en l'embrassant. Je te souhaite une bonne année aussi, mon petit Kiki, et surtout une bonne santé. Bonne année, Edmond !

— Je présente à Madame mes vœux les plus sincères et les...

Et voilà pour le début de la journée ! Ensuite, au tour d'Augustin, qui débita son boniment en servant le petit déjeuner, puis de la cuisinière, qui resta dans l'entrebâillement de la porte.

— Bonne année, mes enfants, bonne année !

On entendait, aux étages, des allées et venues de gens qui s'habillaient et, en effet, sur le coup de neuf heures, la famille Olsen parut, sans un grain de poussière, sans un faux pli. Marthe poussa le gamin, Maurice, qui avait sept ans, devant elle et Maurice, un papier à la main, récita son compliment, en s'interrompant parfois pour lever les yeux vers sa mère. En tout cas, cela finissait par « ... mon petit cœur qui vous aime... ».

— Bonne année, maman, dit Marthe.

— Je ne vous embrasse pas, soupira Olsen. J'ai peur de vous donner mon rhume.

Ils partirent, car ils devaient rendre leurs devoirs à un oncle d'Olsen qui habitait La Rochelle, où il était consul de Norvège.

Restaient seulement ceux du premier, Michel et sa femme, qui n'étaient pas encore descendus. Quant au personnel, employés, marins et ouvriers, on les avait liquidés la veille au soir avec, pour chacun, un verre de porto — en réalité c'était du banyuls — et un cigare.

La sonnerie retentit. Augustin alla ouvrir et Frédéric entra dans le salon sans être annoncé, embrassa simplement Mme Donadieu sur les deux joues.

— Ma bonne vieille, plaisanta-t-il.

Car il était ému. Il remarqua qu'un plateau était préparé avec du porto, des biscuits et des cigares, pour les visiteurs éventuels. Augustin, faute d'ordres, avait fait comme les autres années, du vivant d'Oscar Donadieu.

— Cela va à peu près comme tu veux ?

— J'ai déjà reçu un ménage. J'attends l'autre, dit-elle avec une pointe d'ironie. Kiki m'a récité un vrai discours...

— Et moi, je t'apporte quelque chose aussi.

Il avait tiré de sa poche une enveloppe dont on avait décollé le timbre, comme le font les collectionneurs. Mme Donadieu avait aussitôt noté ce détail. De l'enveloppe, Frédéric avait sorti deux feuilles de papier et il en avait tendu une à son amie.

Maman,

Je veux que tu saches que je suis très heureuse et je t'adresse mes vœux les plus sincères pour la nouvelle année. Je t'embrasse.

Martine.

C'était tout. Mme Donadieu, surprise, émue, regardait Dargens comme pour lui demander ce que cela signifiait, puis fixait avec insistance l'autre feuille de papier qui, elle, était couverte d'une écriture serrée.

— C'est de Philippe, dit-il. Je crois que tu peux lire aussi.

Père,

Reçois d'abord mes meilleurs vœux et ceux de Martine pour l'année qui vient. Dans ma dernière lettre...

Mme Donadieu leva les yeux vers son compagnon qui comprit, dit précipitamment .

— Il m'a écrit deux fois... Il ne disait pas grand-chose... Qu'il se portait bien... Qu'il se débrouillait...

Et il se leva, alla se verser un verre de porto, alluma une cigarette.

141

Dans ma dernière lettre, je te demandais des nouvelles de là-bas et surtout de me dire franchement ce que l'on pense...

Elle s'arrêta de lire. On entendait des pas dans l'escalier. Michel entrait, tenant par la main son gamin de cinq ans tandis qu'Eva, à qui cela arrivait rarement, portait le bébé dans ses bras.

Trois baisers à chacun, sur la joue gauche, puis sur la droite, puis encore sur la gauche. C'était une tradition. Le gamin, qui était plus jeune que celui de Marthe, n'avait pas de compliment.

— Il fait froid, ici ! remarqua Michel.

Il découvrit aussitôt le porto et se servit à boire, après un vague salut à Frédéric, tandis que sa femme embrassait celui-ci.

— Meilleurs vœux...

— Santé, bonheur...

Michel n'était pas dans son assiette. Depuis quelques jours, il avait le regard fuyant, le teint gris et il sortait plus souvent que d'habitude.

— Encore ce comité, éprouvait-il le besoin d'annoncer à sa femme qui ne lui demandait rien.

On était venu lui offrir la présidence d'un comité pour l'érection, devant la tour de la Vieille-Horloge, d'un monument à Gérard Dampierre.

Avec le porto, il croqua un, deux, trois gâteaux. Il ne pouvait pas voir de la nourriture sans avoir faim.

— Pourquoi n'allumez-vous pas de feu ? questionnait Eva. Chez nous, il fait doux...

— Tu sais bien que la cheminée n'a jamais tiré !

— Marthe est déjà descendue ?

— Elle est sortie avec son mari et Maurice.

— Il est vrai qu'elle n'a qu'un enfant à habiller ! Allons ! Que cela aille vite, au moins ! Mme Donadieu avait encore les deux lettres en main et, naturellement, Eva fit la gaffe.

— Ce n'est pas l'écriture de Martine ?

— C'est un vieux papier que j'ai retrouvé.

— Ah ! bon... Je croyais qu'elle avait écrit...

— Il ne manquerait plus que ça ! grommela Michel, la bouche pleine.

— Je m'excuse de remonter, mais la petite...

— Mais oui ! Mais oui !

— Vous passerez me dire bonjour, Frédéric ?

Michel, lui, alla en ville et maintenant il régnait dans le salon une odeur de porto, de biscuits sucrés et de cigare, ce qui était spécifiquement l'odeur du premier de l'an, telle qu'elle emplissait la pièce ce jour-là depuis des années et des années.

— Tu ne trouves pas que Michel a changé ? questionna Mme Donadieu, une fois seule avec Frédéric. On dirait que c'est le foie...

Il se détourna pour sourire. Il savait pourquoi Michel changeait ainsi. Il avait même dans sa poche le journal qui avait mis l'aîné des Donadieu dans cet état.

C'était une petite feuille imprimée en trop grands caractères, sur un papier trop lisse : *La Lessive*, dont le premier numéro avait paru l'avant-veille.

En dessous du titre, cette mention : « Journal des honnêtes gens qui en ont assez ! »

Car les élections étaient pour le printemps. Tout s'enchaînait. L'histoire du monument à Dampierre était une première escarmouche, car, sous prétexte de fêter un grand citoyen rochellais, on groupait, dans le comité, les éléments les plus réactionnaires, dont Michel Donadieu avait accepté d'être le candidat.

Huit jours après, la réplique arrivait, cinglante,

sous la forme de *La Lessive* qu'on trouvait dans toutes les boîtes aux lettres et que certains avaient même collée dans les urinoirs.

QUELQUES QUESTIONS
A M. DONADIEU-LE-FILS

Nous ne voulons pas, dès notre premier numéro, écraser définitivement le personnage qui vient publiquement d'annoncer son intention de représenter la population rochellaise au Parlement.

Que M. Donadieu-le-fils se rassure donc et attende patiemment que, chaque semaine, nous nous permettions d'éclaircir ici certains mystères que beaucoup pressentent mais dont peu de nos concitoyens osent parler à voix haute.

En guise de hors-d'œuvre à un repas qui sera pantagruélique, demandons aujourd'hui ceci :

Est-il vrai que, le 23 décembre, Mlle Odette B..., âgée de 23 ans, sténo-dactylo à la maison Donadieu, la forteresse du quai Vallin, ait pris le train pour Bordeaux en compagnie d'une femme vêtue de noir qui habite à quelques kilomètres de notre ville et dont la maison, plus que discrète, est surtout fréquentée par des jeunes filles qui ont été, mettons, imprudentes ?

Est-il vrai qu'avant le départ des deux femmes, Mlle Odette B... ait eu, dans le bureau de son patron, Michel Donadieu, que nous préférons appeler Donadieu-le-fils, une longue crise de larmes qui s'est terminée par un évanouissement ?

Est-il vrai qu'un employé, frappant à la porte à ce moment, se soit entendu répondre à travers l'huis que le patron n'y était pour personne ?

Est-il vrai qu'un personnage plus que louche, qui a

144

acheté récemment un château aux environs de La Ro-
chelle — sans doute pour le transformer en succursale
de ses « maisons » — pourrait nous renseigner sur
certaines entrevues qui, avant celle dont nous parlons,
et plus gaies que celle-ci, ont eu lieu entre Donadieu-le-
fils et la jeune secrétaire ?

... que ces entrevues ont eu des suites...

... qu'il fut fait appel aux trop bons soins de la dame
en noir...

... et que ce fut insuffisant ?

Est-il vrai que le brusque départ des deux femmes
pour Bordeaux est expliqué par le besoin urgent de voir
un spécialiste et de procéder à une opération qui
s'impose ?

Que Donadieu-le-fils, effrayé, en a oublié son
avarice congénitale et a poussé la générosité jusqu'au
chiffre fantastique pour lui de deux mille francs ?

Que depuis lors il tremble en attendant des nouvelles
de la clinique où il n'ose pas téléphoner ?

Nous aurions aimé une réponse à ces questions qui
n'en font qu'une mais, comme on préférera sans doute
le silence, nous poserons prochainement d'autres ques-
tions.

Il n'y a pas si longtemps, en somme, qu'Oscar
Donadieu, grand chef de la tribu, est enterré, pour
qu'une autopsie soit devenue impossible.

Signé : *Spartakus.*

Michel était parvenu à éviter qu'un exemplaire du
journal tombât entre les mains des femmes de la
maison. Olsen, un matin, était entré dans son
bureau, *La Lessive* à la main.

— C'est vrai, cette histoire ?

Il n'y avait pas besoin d'insister. C'était vrai. Cela se voyait au visage défait de Michel, qui cherchait à s'expliquer.

— Elle a été malade, c'est un fait... Mais je n'y suis pour rien... Et d'abord, je jure qu'elle n'était pas vierge... Donc !...

— Qu'est-ce que tu vas faire ?

Il ne savait pas. Il grommelait :

— Si je connaissais le type qui a écrit cela !

Frédéric, lui, le connaissait. Il connaissait La Rochelle mieux que quiconque et rien de ce qui se passait dans la ville ne lui échappait.

Spartakus, c'était le Dr Lamb, qui révélait soudain sa personnalité.

Et c'était assez extraordinaire, en somme. Depuis cinq ans qu'il s'était installé dans la ville, il n'avait jamais fait parler de lui. Il n'était pas riche. C'était un bonhomme maigre, mal portant, entre deux âges, qui n'avait pas de bonne, mais une femme de ménage, et qui, après six heures du soir, ouvrait lui-même sa porte.

Il habitait une petite maison non loin de la fameuse rue proche de la caserne et, comme ses consultations étaient très bon marché, il avait surtout la clientèle des paysans des environs.

Quinze jours avant encore, on ne lui eût attribué aucune importance. Il n'était pas membre du Cercle, ne fréquentait aucun des notables de la ville et on ne le rencontrait pas dans les cafés.

Or, voilà que tout d'un coup il publiait un journal qui trahissait de sa part des visées politiques. Comptait-il s'appuyer sur sa clientèle de fermiers ?

On ne savait rien. On attendait. Certains prétendaient que Donadieu allait porter plainte et obtenir gain de cause, d'autres que *La Lessive* ne paraîtrait plus, car l'armateur saurait faire le nécessaire, argent sonnant.

Frédéric avait un numéro du journal dans sa poche, mais il préférait rapprocher sa chaise du canapé où Mme Donadieu était assise.

— Qu'est-ce qu'il fait ? demandait celle-ci.

Il était question d'autres personnages, d'un autre drame, de Martine et de Philippe.

— Je ne sais pas. Il dit qu'il se débrouille, c'est tout.

— Je peux lire ?

Dans ma dernière lettre, je te demandais de m'écrire poste restante à Neuilly. Je te demandais surtout des détails sur ce que l'on dit là-bas mais tu m'as simplement répondu qu'il ne se passait rien d'extraordinaire.

Mme Donadieu leva la tête vers son compagnon, qui avait un pâle sourire.

Ce n'est pas chic de ta part, car je t'ai toujours traité en copain et j'espérais que tu en ferais autant. D'ailleurs, si je tiens à être au courant, c'est davantage pour Martine que pour moi.

Est-ce que tu vois toujours les Donadieu ? Si oui, je voudrais que tu leur expliques ce qui s'est passé.

Je n'oublie pas que, dans la maison, on m'a traité un jour de petit voyou et qu'Oscar Donadieu a promis de me faire sortir par la fenêtre.

Je ne suis pas sorti par la fenêtre, mais par la porte. Et, si Martine m'a suivi, c'est, je le jure, de son plein gré.

Depuis longtemps nous nous aimions. Sans les menaces du père, je me serais honnêtement adressé à lui et nous nous serions fiancés comme tout le monde.

Lui mort, j'aurais encore agi ainsi, si Martine

147

*n'avait été excédée par l'atmosphère de la maison et ne
m'avait supplié de l'emmener.*

*Ce sont des choses que je veux que tu saches, car,
quand nous nous sommes vus,* après, *j'ai bien senti
que tu ne m'approuvais pas.*

Frédéric lisait à l'envers cette lettre qu'il connaissait par cœur. De temps en temps, sa compagne lui
lançait un coup d'œil. Il haussait les épaules.

— C'est vrai ? demanda-t-elle.

— C'est vrai !

*Rends-toi compte toi-même... J'ai vingt-cinq ans...
Je suis ce qu'on appelle un jeune homme sans situation
parce que,* moi, *je n'ai pas trouvé un héritage tout
préparé, ni un siège confortable dans un bureau du
quai Vallin...*

*Je ne te fais pas de reproches, mais ce sont des vérités
qu'il faut que je rappelle.*

*Je me suis débrouillé quand même et je me débrouil-
lerai toujours, mieux sans doute que ceux qui ont eu
des débuts plus faciles.*

*Si j'avais demandé la main de Martine, on m'aurait
accusé d'en vouloir à sa dot et on m'aurait mis dehors.*

*Aujourd'hui, je peux déclarer simplement, la tête
haute :*

— *Martine et moi, nous nous aimons. Rien ne nous
séparera. Nous n'avons besoin de personne. Nous
vivons honnêtement, simplement, du fruit de mon
travail.*

*Cela, tu peux le dire à Mme Donadieu, qui est peut-
être capable de le comprendre. Mais si tu en parles aux
Michel et aux Olsen, tu les verras verdir.*

*Martine est très heureuse. Un moment, j'ai été
inquiet, parce que je la voyais mal portante. Elle m'a
juré qu'elle avait toujours été ainsi et que, chez elle, on
ne s'en préoccupait pas.*

Nous avons consulté un spécialiste. Il nous a demandé des détails sur la famille. Il a fait plusieurs radios. Cela l'a particulièrement intéressé de savoir que Kiki avait eu une maladie des os et il a ordonné à Martine un régime sévère.

Elle doit manger deux fois plus qu'elle ne mangeait auparavant et faire jusqu'à trois heures de promenade par jour. Elle dort maintenant la fenêtre grande ouverte et, dès le printemps, nous partirons au bord de la mer, qui lui est recommandé.

Mais pas la mer à la façon des Rochelais de luxe qui ne la voient jamais que du quai Vallin ! Tu me comprends...

Maintenant, fais comme il te plaira. Je ne plaide pas pour mon saint. Et je sais que, si je parlais à Martine de rentrer à La Rochelle, elle protesterait de toutes ses forces.

Si je t'écris ces choses — et je te demande de ne rien y voir de plus que ce que j'y mets — c'est que je pense à une éventualité possible. Tu me comprends ? Nous ne pouvons nous marier sans le consentement des tuteurs. Or, d'ici là, il pourrait y avoir un événement...

Encore une fois, nous sommes parfaitement heureux et Martine ne sait pas que je t'écris tout ceci. Que dis-je ? C'est moi qui viens d'insister pour qu'elle écrive trois mots à sa mère à l'occasion du nouvel an, sinon elle n'y aurait pas pensé.

Quant aux questions d'argent, elles s'arrangent. Je me suis associé avec un ami et nous faisons de bonnes affaires, qui pourraient devenir un jour de très grandes affaires. Qu'il me suffise de signaler que nous avons l'option pour les travaux d'agrandissement d'un grand port nord-africain. Dans quelques semaines, il est possible que je sois appelé là-bas et que nous y résidions un certain temps.

149

Réponds-moi ou ne me réponds pas. Je te laisse juge. Je sais qu'il y a toujours un abîme entre deux générations et que l'homme intelligent que tu es ne m'a jamais compris.

Je t'embrasse.

Philippe.

— Qu'est-ce qu'il veut dire ? questionna-t-elle.

Oui, qu'est-ce qu'il *voulait* dire ? Il y avait beaucoup de choses dans sa lettre. Il y avait même un post-scriptum, qui n'était pas la partie la moins révélatrice.

Si tu montres cette lettre, je te demande de déchirer l'enveloppe, à cause du cachet de la poste. Remarque que je prends des précautions et que nous n'habitons pas Neuilly. Au surplus, je ne crois pas qu'on nous fasse rechercher par la police. Néanmoins, avec un coco comme Michel, on ne sait jamais et deux précautions valent mieux qu'une.

— Que penses-tu de ton fils, Frédéric ?

Il se leva, sourit, alla boire une gorgée de porto avant de répondre :

— Quand j'avais son âge, mon père m'a prédit la prison parce que j'avais acheté un cheval de selle moitié au comptant et moitié à crédit. Plus tard, j'ai signé une traite, honnêtement, une traite que j'ai payée à son échéance, et mon père, qui n'en avait jamais signé de sa vie, même pour les plus grosses affaires, m'a déclaré que je déshonorais sa maison...

Elle comprenait sans comprendre. Elle aurait préféré une réponse plus catégorique.

— Mais Philippe ?

— Il faudrait poser la question à quelqu'un de sa génération.

Il refusait de se prononcer. Maintes choses le choquaient chez son fils et certaines attitudes allaient jusqu'à l'indigner. Mais laquelle des deux générations avait raison ?

La lettre était froide. Il n'y avait jamais eu d'effusions entre Philippe et son père. Mais n'était-ce pas la faute du père, qui poussait à l'extrême la pudeur de ses sentiments ?

Philippe n'était pas fort délicat sur les questions d'argent et Frédéric était au courant de l'histoire de l'auto qu'il n'avait ni renvoyée, ni payée à son patron. Mais Philippe n'avait-il pas vécu dans le désordre financier, traversé une faillite, rencontré des huissiers ou des créanciers chaque fois qu'il rentrait chez son père ?

Il n'avait pas le respect de la jeune fille, de la femme. Mais leur dernier entretien encore n'avait-il pas eu lieu devant un lit dans lequel s'étirait une petite danseuse ?

Frédéric se refusait à juger. Il se disait que ce qui pouvait passer pour des abîmes n'était peut-être que des nuances.

Cette lettre...

Mme Donadieu était aussi perplexe que lui. Si Frédéric eût été tout à fait sincère, il eût déclaré que c'était une petite saleté. Pour lui, maints détails grinçaient, sonnaient faux. Il lui semblait déceler des buts tortueux, des feintes, des réticences, pour tout dire une sorte de chantage pas très propre.

Cette façon de parler de Martine, de sa santé, de la visite au spécialiste, puis d'un événement possible... Un enfant, évidemment !

Cette insistance à proclamer qu'ils étaient heu-

151

reux, qu'il gagnait bien sa vie, qu'ils n'avaient aucun désir de rentrer au bercail...

Au fond, si Frédéric n'osait rien dire, c'est qu'il avait un peu honte et qu'il se demandait si, devant les phrases de Philippe, son amie avait les mêmes réactions que lui.

Elle tenait toujours le papier à la main et elle réfléchissait.

— Après tout... murmura-t-elle.

Cela ne signifiait rien. Elle réfléchissait encore, jetait un coup d'œil à la lettre.

— Sais-tu, Frédéric, qu'il a peut-être raison ?

Il la regarda interrogativement.

— Je connais mal Martine. Mais, maintenant que j'ai observé son frère, je pense qu'il ne doit pas mentir. Elle est capable d'avoir voulu partir coûte que coûte.

— C'est possible ! céda-t-il.

— Dans ce cas-là, il a été assez courageux, le gosse ! Car, enfin, se mettre une jeune fille sur les bras, dans ces conditions-là...

Il avait envie de lui dire :

— Attention ! Maintenant, tu le fais trop beau...

Mais, malgré lui, il acceptait cette consolation.

— En somme, il n'a rien eu pour l'aider dans la vie...

Il détourna la tête. Une pensée odieuse lui venait. Ou plutôt c'était moins qu'une pensée. C'était un rapprochement. Il venait de regarder Mme Donadieu et de la sentir émue. Il avait évoqué Philippe, avec ses vingt-cinq ans nerveux, impatients...

Comment la femme sur le retour qu'elle était n'eût-elle pas été pleine d'indulgence pour... ?

Même pour Martine, dont elle avait dû connaître les ardeurs !

152

Pendant trente-huit ans, elle avait été frustrée de toutes les joies qui n'étaient pas les joies graves de la famille. Et, maintenant, elle ne pouvait se détacher de cette lettre qui réveillait sans doute en elle des échos que Frédéric était incapable de percevoir.

— Je sais bien que Michel se montrera intransigeant, dit-elle. Il croit que, comme chef de famille, il doit hériter automatiquement de la sévérité de son père. Il exagère même. Et mon gendre fait chorus, comme si l'honneur des Donadieu était entre leurs mains à eux deux ! Tu ne sais pas ce que Marthe m'a dit ?

— Non !

— C'est au sujet d'Edmond... Je ne l'ai même pas choisi... Michel a rédigé l'annonce et a reçu les réponses... Il arrive, le soir, qu'il reste au salon assez tard... Une ou deux fois, Kiki est allé se coucher et nous avons joué aux dames tous les deux... Eh bien ! ma fille a trouvé que ce n'était pas convenable et que les gens seraient capables de jaser... Un gamin qui pourrait être mon fils et qui ne sait comment s'excuser quand il gagne !... Il mange avec nous, naturellement... Cela encore, c'est trop pour Marthe, qui voudrait qu'on le serve à part... Va voir ce qu'ils font...

— Qui ? questionna Frédéric, surpris.

— Kiki et Edmond.

Il obéit, frappa à la porte du jeune homme.

— Entrez !

Il surprit un geste, celui de Kiki qui cachait une cigarette derrière son dos. Collé au radiateur, les pieds sur une chaise, Kiki lisait. La journée était sombre, cette chambre l'était particulièrement, à cause des arbres du parc. Accoudé à la table, Edmond, tout seul, jouait une partie d'échecs, la joue appuyée sur la main. Il tressaillit, se leva précipitamment.

— Ne vous dérangez pas!

— Je vous demande pardon... J'essayais le coup du berger... Il n'y a que deux mois que j'étudie les échecs...

De la fumée s'étirait dans l'air, alors que le jeune homme ne fumait pas. On sentait qu'ils étaient là chez eux, dans une atmosphère débraillée de chambre d'étudiant.

— Bonne année, mon petit Kiki!

— Bonne année! répliqua le gamin sans enthousiasme.

Car il avait toujours pris Frédéric pour un allié de sa mère et des autres.

— Une cigarette? proposa Dargens en tendant son étui.

— Merci.

— Mais si! A ton âge, on doit commencer à fumer. Qu'est-ce que tu lis? *Le Vicomte de Bragelonne?* Cela me fait penser que j'ai une collection des œuvres complètes d'Alexandre Dumas qui ne sert à rien. Je t'en fais cadeau pour ton nouvel an. Vous voulez venir la prendre chez moi cet après-midi, monsieur Edmond?

— Mais... volontiers...

Aucun détail de la chambre ne lui avait échappé et il sentait l'affection confiante qui unissait déjà Kiki à son jeune professeur. Cette pièce n'était plus la même. Elle vivait, maintenant. Il y faisait plus chaud, l'air était plus moelleux.

— Ne disiez-vous pas que vous cherchiez le coup du berger?

— Oui.

— Vous êtes parti du mauvais pion... Tenez!... **Si**
vous ne dégagez pas la dame...

Et, en cinq coups, Frédéric mit échec et mat, fit un
petit signe de la main.

— N'oubliez pas de venir chercher les Dumas,
recommanda-t-il en sortant.

Quand il revint au salon, il y trouva Mme Brun,
vêtue de soie froufroutante, selon son habitude. Il
alla lui baiser la main et lui présenter ses vœux.

— Quelles nouvelles, monsieur le courtisan?
plaisanta-t-elle.

Et, comme il la regardait, interrogateur :

— Mais oui! Vous êtes notre dernier homme de
cour, un véritable abbé de jadis. Ne fréquentez-vous
pas la ruelle de notre amie Donadieu? Et ne vous
trouve-t-on pas aussi au thé de cette charmante Eva?

— S'il en est ainsi, rétorqua-t-il, c'est faute d'avoir
eu l'audace de sonner à votre porte.

Elle rit, conquise, reprit la conversation en cours.

— Vous disiez, chère amie, que notre petite
Martine...

— Est à Paris, chez un de nos cousins. La maison
n'était pas gaie pour elle. C'est, dans une famille, le
sort des derniers nés. Leurs frères et sœurs sont
mariés et ont des enfants quand ils commencent
seulement à vivre. Les voilà cloîtrés avec de vieux
parents qui ne les comprennent plus. Frédéric me
disait justement tout à l'heure...

Il haussa les épaules, grognon, sentant qu'on
voulait lui repasser le poids de la conversation, mais
il préféra se verser à boire.

— Vous me donnerez un porto aussi, dit
Mme Brun. Et un gâteau au miel. Si vous saviez
comme j'adore le miel!

C'était une femme qui adorait tout. Elle n'aimait

rien. Elle *adorait*. Et, vraiment, elle faisait autant de cas d'un petit gâteau sec que du plus prestigieux des cadeaux.

— Merci, don Juan...

Et lui, avec un effort :

— Un bien piètre don Juan, puisqu'il ne vous a pas encore conquise !

Il fallait le prendre ainsi. Avec Mme Brun, l'atmosphère avait changé et à l'odeur de nouvel an s'était mêlé son parfum.

— Votre fils Michel n'est pas ici ?

« Toi, ma vieille, pensa Frédéric, tu as *La Lessive* dans ton sac ou dans ton corsage ! »

— Cela doit être terrible, à son âge, de supporter la responsabilité d'une affaire aussi importante !

Idiot ! Pourquoi à son âge, puisqu'il avait trente-sept ans bien sonnés ? Et en quoi la responsabilité ?...

Mais Mme Brun était venue pour dire certaines choses et elle les disait.

— Heureusement qu'il a une femme qui le seconde et qui le comprend. Moi, qui suis votre voisine et qui connais toutes les allées et venues de la maison, je sais à quel point la vie de famille...

— Encore un gâteau ? proposa Frédéric.

— Merci. Au fait, vous, qu'est devenu votre mauvais sujet de fils ?

Elle avait juré à Charlotte qu'elle en parlerait et elle tenait parole. Elle avait même juré qu'elle dirait :

— ...S'il continue, il va changer la démographie de La Rochelle... Combien de jeunes citoyens lui devons-nous déjà ?...

Et elle le dit aussi. Puis, inquiète malgré tout, elle prétexta, pour se lever précipitamment, la nécessité d'une visite au maire de la ville.

IX

Chaque bureau avait sa petite lampe à réflecteur vert, si bien que, dans un monde obscur, des hommes isolés se penchaient chacun sur un cercle de lumière. Encore certains, les vieux, qui avaient connu le gaz et le pétrole, ajoutaient-ils un épais papier à leur abat-jour.

Sur les vitres noires, des gouttes de pluie scintillaient, accrochant quelques rayons d'un réverbère du quai.

« *Direction générale. Pêcheries.* » C'était maintenant le rayon de Mme Donadieu qui était prisonnière, elle aussi, de l'étroit cercle de lumière d'une lampe posée sur son bureau. Un crayon à la main, elle discutait avec un avocat presque noyé dans l'ombre d'un fauteuil. Il s'agissait d'une question de contingentement avec la Hollande, portant principalement sur la sole et le merlan.

« *Frigorifiques. Vente.* » La vérité c'est que, sous sa lampe, Jean Olsen, pour le moment, ne faisait rien. Mieux encore : il lisait, dans un magazine, un article illustré sur le golf et crayonnait des bonshommes en marge.

Le coup de feu, pour lui, était le matin, à la marée. En outre, depuis trois jours, les bateaux n'étaient pas sortis, à cause du mauvais temps.

« *Anthracites. Boulets.* » C'était, au premier étage, le domaine plus animé de Michel Donadieu qui, parfois, quand il avait une discussion avec son beau-frère, grommelait :

— Sans mes boulets...

157

Ce qui était vrai. Les boulets, qu'on fabriquait comme des gaufres, avec de la poussière de charbon, rapportaient deux fois plus que les pêcheries. Dans toutes les campagnes du département et des départements voisins on voyait des calendriers représentant un boulet si joliment modelé, avec des creux formant un si gracieux motif décoratif que c'en était une œuvre d'art.

« BRÛLEZ LES BOULETS DONADIEU. »

Michel était dans son bureau avec son dépositaire de Jonzac, un type à gros souliers qui avait déjà laissé ses empreintes sur le tapis rouge. Joseph, le garçon de bureau, était venu deux fois se pencher sur lui.

— Vous ne lui avez pas dit que je suis absent ?

— Je le lui ai affirmé.

— Alors ?

— Il prétend qu'il a entendu votre voix.

— Il paraît excité ?

— Je ne sais pas.

Michel s'emporta sur le garçon de bureau dont l'impassibilité était célèbre depuis quarante ans.

— Mais enfin, comment est-il ?

— Il est assis.

— C'est tout ? Vous ne pouvez pas me dire s'il est calme ?

— Il s'est levé trois fois pour regarder l'heure à ma montre, qui est posée sur mon bureau.

— Dites-lui que je suis en conférence, que je ne serai libre que dans une heure, peut-être deux...

Et à son visiteur :

— Vous m'excusez... Entendu comme cela. Je passerai vous voir moi-même la semaine prochaine. Non ! Sortez par ici...

Et il lui fit traverser un autre bureau, afin d'éviter l'antichambre. Il resta debout, tout seul, la tête hors

158

de la zone de lumière. Brusquement il se décida, pressa un timbre électrique, se tourna vers la porte matelassée qui s'ouvrait déjà.

— Il est toujours là ?

— Oui, mais il m'a déclaré qu'il n'avait plus que vingt minutes, car il conduit le 912.

— Le 912 quoi ?

— Je suppose que c'est un train. Il a une casquette de cheminot sur la tête.

— Sur la tête ?

Malgré lui, Michel tiquait à cette image d'un visiteur attendant dans son antichambre la casquette sur la tête.

— Je veux dire qu'il l'avait en arrivant et qu'il l'a retirée.

— Allez demander à M. Olsen de monter un instant.

Et Michel marcha jusqu'à la fenêtre, regarda le quai obscur, un parapluie qui passait, de larges reflets sur l'eau du bassin qui affleurait le trottoir. Il sursauta en entendant la porte s'ouvrir, balbutia :

— Ah ! c'est toi...

C'était Olsen, en effet, vêtu d'un complet gris, le visage presque souriant, en tout cas frais et reposé, comme si de rien n'était.

— Ferme la porte... Tu n'as rien vu ?...

— Où ?

— Dans l'antichambre...

— Il y a cinq ou six personnes.

— Il y en a surtout une... Écoute... Baillet est là...

— Aïe ! Tu vas le recevoir ?

— Qu'est-ce que tu voudrais que je fasse ?

— Il fallait lui faire dire que tu étais absent.

— On le lui a dit.

— Ou que tu étais en conférence.

159

— Il attend !

— Comment est-il ?

— C'est ce que j'ai demandé à Joseph. Il s'est déjà levé trois fois pour regarder l'heure...

Tout en parlant, Michel avait ouvert le tiroir de gauche de son bureau et y avait pris un revolver, qu'il ne touchait qu'avec méfiance.

— Écoute, tu devrais le voir, toi ! Il ne peut rien te faire, puisque tu n'as rien fait ! Tu lui expliqueras...

— Mais non ! C'est idiot !

— Pourquoi ?

C'était idiot, voilà tout. Olsen n'arrivait pas à prendre cette histoire au sérieux et l'effroi de son beau-frère, le revolver posé sur le bureau, tout cela ne l'impressionnait pas.

— Ma mère est en bas ?

— Oui !

Juste en dessous ! On entendait tous les pas, les éclats de voix, si nettement que, du vivant d'Oscar Donadieu, Michel devait marcher sur la pointe des pieds quand il arrivait cinq minutes après l'heure.

— Il va faire un scandale, tu comprends ?

— Vois-le toujours !

— Tu resteras ici ?

— Si tu y tiens ! Mais cela aura l'air bête.

— Et s'il est armé ?

Joseph frappa, vint annoncer que le monsieur était pressé, à cause du 912.

— Introduisez-le !

La gorge de Michel se serra, mais, néanmoins, il remit le revolver dans le tiroir, qu'il se contenta de laisser entrouvert. Olsen était allé s'asseoir dans un coin d'ombre. Des secondes s'écoulaient, puis la porte s'ouvrait et un homme entrait, un homme qui

160

n'arrivait qu'aux épaules de Michel et qui avait une petite tête chafouine sur un corps mal proportionné.

— Monsieur Baillet ?

— Moi-même ! répondit l'homme qui restait debout, sa casquette à la main.

— Donnez-vous la peine de vous asseoir. Je m'excuse de vous avoir fait attendre, mais je suis terriblement occupé. Je dois encore recevoir un envoyé du ministre de la Marine marchande et...

— Je n'en ai pas pour longtemps. Il faut que je conduise le 912, dans trois quarts d'heure.

— Vous êtes mécanicien au chemin de fer ?

— Depuis trente ans. Odette ne vous l'a jamais dit ?

Tout en fouillant dans sa poche, il regarda autour de lui, dans la pénombre de la pièce, et il vit seulement Olsen qui fumait une cigarette en silence. Cela ne lui plut pas. Il semblait flairer un piège et il n'osait pas s'asseoir à fond dans le fauteuil qu'on lui avait désigné.

C'était un homme du genre triste, inquiet, cela se sentait à son front profondément creusé de rides. Il tressaillait au moindre mouvement, tirait un journal de sa poche et le poussait sur le bureau.

— Je suppose que vous avez lu ça...

C'était *La Lessive,* naturellement !

— Nous sommes entre hommes, n'est-ce pas ? Car je suppose que vous êtes un homme. Votre père, en tout cas, en était un...

Et Michel, dans son auréole de lumière, approuvait gravement de la tête, étonné que l'entretien se déroulât si paisiblement.

— Je me suis dit : François, il faut que tu ailles voir toi-même M. Donadieu. Si c'est un homme, il te dira la vérité, entre quatre yeux.

161

Il avait parlé la tête basse et il la leva enfin pour déclarer :

— Voilà ! Je suis venu.

— Cette feuille est une ordure, commença Michel après avoir toussoté.

— Je l'ai trouvée dans ma boîte aux lettres. Je ne me doutais pas qu'il y était question de ma fille...

Au fond, ils étaient aussi intimidés l'un que l'autre et, par contenance, le cheminot tira un gros oignon d'argent de sa poche pour regarder l'heure.

— C'est vrai qu'Odette est dans une clinique ?

Michel aurait bien voulu voir son beau-frère, mais celui-ci se trouvait juste derrière le visiteur.

— C'est absolument faux !

— Et tout ce qu'on raconte sur le journal est faux aussi ? Elle n'a pas vu la faiseuse d'anges ? Moi, je n'ai rien remarqué, quoiqu'on vive ensemble. Mais on vit ensemble sans vivre ensemble, vu que je fais la plupart du temps les trains de nuit. Sans compter qu'Odette tient de sa défunte mère, qui ne disait pas un mot de plus qu'il était nécessaire...

— Odette est une excellente employée...

— Ça, je veux le croire aussi. La directrice de Pigier m'a toujours affirmé que c'était la plus capable de son année.

A croire que c'était déjà fini, que l'entrevue allait se passer ainsi jusqu'au bout en banalités et en congratulations. Seulement Baillet, soudain, au moment où Michel se croyait délivré, posait sur lui son regard soupçonneux et répétait avec le même calme :

— Comme ça, vous prétendez que tout ce qui est écrit sur le journal est faux ? Vous êtes sûr que ma fille n'est pas dans une maison de santé ? Alors, où est-elle, à cette heure ?

— Elle ne vous l'a pas dit ?

— Elle m'a raconté que vous lui aviez donné mille francs de plus pour un travail, à Bordeaux.

— C'est cela !

— Sur le moment, je n'ai pas réfléchi. Je venais de conduire le 434 et il gelait sur les trois quarts de la ligne. Pourquoi est-ce elle que vous avez envoyée à Bordeaux ?

— Parce que c'est mon employée de confiance.

— Elle travaille dans ce bureau-ci ?

Et il regardait à nouveau autour de lui. Michel lui désignait une porte.

— Non ! A côté...

— Toute seule ?

— Oui.

On aurait dit que le père essayait de se rendre compte, d'imaginer les rapports entre Odette et Michel Donadieu.

— Si c'est ainsi, déclara-t-il soudain, je vais aller la voir.

— Qui ?

— Ma fille.

— Vous allez à Bordeaux ?

— Pas tout de suite. Il faut d'abord que je conduise le 912 à Paris. Après, j'ai quarante-huit heures de repos. J'irai à Bordeaux. Mais dites donc, vous savez où elle est descendue, vous ? Elle ne m'a même pas donné son adresse.

— A... à l'hôtel de la Poste... dit-il vivement, en se souvenant vaguement d'un hôtel de ce nom, où il était descendu une fois alors qu'il faisait son service militaire.

— C'est bon !... Je verrai bien si vous m'avez eu ou si vous êtes un homme... Après, je m'occuperai du docteur...

163

Et il reprenait son journal sur la table, le mettait soigneusement dans sa poche.

— Vous comprenez? Je ne me fais pas meilleur qu'un autre. Une jeune fille peut avoir un amoureux et il peut arriver un accident. Seulement, il y a des choses...

Sa casquette d'une main, il hésita, tendit l'autre, d'un geste timide, et Michel fut encore plus gêné de la serrer.

— Je viendrai vous donner des nouvelles...

La porte s'ouvrait, se refermait. Michel attendait un bon moment, immobile, sonnait Joseph.

— Il est parti?

— Oui, monsieur.

— Vous êtes sûr qu'il a quitté la maison?

— Je l'ai vu descendre l'escalier.

— Quel air avait-il?

— L'air de quelqu'un qui s'en va, monsieur.

— Laissez-nous. Je ne suis là pour personne.

— Il y a l'inspecteur de l'usine à gaz qui a rendez-vous.

— Dites-lui que je m'excuse, que je ne suis pas bien, qu'il revienne demain à la même heure...

Michel put enfin se tourner vers Olsen.

— Qu'est-ce que tu en penses? Ou bien c'est un imbécile...

— Oui!

— Que veux-tu dire?

— La même chose : ou bien c'est un imbécile, ou bien il nous a joué la comédie.

— Tu as l'impression qu'il m'a cru?

— Il préfère aller à Bordeaux.

— Ah! oui... A ce propos... Écoute, Jean!... Si je pars, moi, cela pourrait paraître étrange... Il faut que tu ailles à Bordeaux, cette nuit... Odette doit être

164

transportable... Tu l'emmèneras à l'hôtel de la Poste et tu feras le nécessaire... Tu comprends?... Elle n'aura qu'à raconter que je l'ai chargée de recherches au bureau des statistiques maritimes.

Olsen ne manifestait aucun enthousiasme.

— Et si le docteur dit qu'on ne peut pas la transporter?

— On peut toujours transporter quelqu'un pour quelques heures... Dès que son père l'aura vue, elle n'aura qu'à...

Il marchait de long en large, oubliant sa mère qui était en dessous. Machinalement, il tourna le commutateur de la pièce voisine, qui était le bureau d'Odette, et il lui sembla qu'il y faisait plus froid que chez lui.

Ce n'était pas une pièce à proprement parler, mais un réduit et sa topographie même était coupable de tout. Car il n'y avait qu'une porte, celle qui donnait dans le bureau de Michel. En face, un vasistas plutôt qu'une fenêtre, et depuis toujours, à cause des maisons d'en face qui distrayaient les employés dans leur travail, les châssis avaient été garnis de vitres dépolies.

Oscar Donadieu avait eu cette idée trente ans plus tôt, sans se douter...

Une petite table de dactylo, une chaise, un classeur et quelques rayons voilés d'un rideau vert : c'était tout. Près de la machine à écrire, il y avait encore le bloc-notes dont Odette s'était servie le dernier jour.

Elle n'était pas belle, même pas jolie! A l'encontre de son père, dont la petitesse avait dérouté Michel, elle était trop grande, du type sévère qu'on n'imagine pas capable de fournir autre chose que des honnêtes femmes.

A vingt-deux ans, elle commençait à se faner

comme une femme de trente et, peut-être à cause de la vitre dépolie, elle avait le teint décoloré.

C'était arrivé quand même... Il avait fallu des mois, à croire qu'une conclusion n'interviendrait jamais... Et c'était justement l'heure, cinq heures, quand les lampes étaient allumées, quand l'humanité du quai Vallin se réfugiait dans les cercles de lumière...

— Mademoiselle Odette ! appelait Michel.

Il dictait le courrier. Elle le prenait en sténographie, debout, car elle n'avait jamais voulu s'asseoir dans le bureau de son patron. Encore une cause indirecte !

— ... « et que dans un avenir prochain nous entreprendrons la fabrication et la mise en vente de... de... » Attendez !... Relisez...

Il marchait, venait se camper derrière elle, comme pour lire sur son bloc, bien qu'il ne connût pas la sténo. C'est ainsi qu'il commença par lui frôler la croupe.

Chaque stade dura des semaines. Au second stade, il restait assis, mais rapprochait son fauteuil et sa main caressait la hanche de la secrétaire, qui travaillait comme si elle ne s'en fût pas aperçue.

— Non !... Je vous en prie... balbutia-t-elle le jour où la main, du genou, glissa sur la nudité des cuisses.

De toute la journée, il n'en avait pas envie, ne pensait jamais à elle. Puis l'heure arrivait et c'était soudain un besoin.

— Mademoiselle Odette ! Voulez-vous venir ?

Joseph, une fois, faillit les surprendre, mais Michel eut le temps de reculer son fauteuil.

La grande audace, ce fut, un soir, alors qu'elle tapait ses lettres dans le cagibi d'à côté, d'y pénétrer, avec une excuse.

166

— Attendez que je relise la troisième phrase...

Et, comme elle était assise à sa machine, qu'il était debout derrière elle, il n'eut qu'à se pencher pour la prendre dans ses bras.

— Attention !

— Pourquoi ?

Elle lui désigna la vitre dépolie où ils devaient se dessiner en ombres chinoises. Donc, elle acceptait ! Donc...

Alors, le jour suivant, il plaça la lampe de l'autre côté, entre eux et la fenêtre, si bien qu'il n'y avait plus d'ombre portée.

— Chut ! Laissez-moi faire...

— Ce n'est pas bien !

— Pourquoi ?

— Si votre femme...

Voilà ! C'était tout ! Après, il rentrait dans son bureau à lui, allait se planter devant la fenêtre embuée, le temps de se calmer, de passer un peigne de poche dans ses cheveux. A partir de ce moment-là, et jusqu'au lendemain soir, il la détestait, l'évitait, lui répondait avec une sécheresse involontaire.

Une fois, une seule, le rite avait été changé. Il y avait une vente de jute à Niort, à la suite d'une faillite. La maison utilisait de grandes quantités de jute pour les sacs de charbon. Michel eut l'idée d'emmener Odette dans sa voiture, sous prétexte de l'aider.

Au retour, dans l'obscurité, il conduisait d'une main, la caressait de l'autre et il fit soudain un détour jusqu'au château de Papelet. L'envie venait de le prendre d'avoir la jeune fille nue dans ses bras. Elle était inquiète. Elle faillit pleurer. Il commanda du porto et deux verres la rendirent à peu près ivre.

L'accident remontait-il à cette fois-là ?

167

— Qu'est-ce que je vais dire à ma femme ?

— Trouve quelque chose. Je ne sais pas, moi...

— Et si Odette ne veut pas me suivre ?

— Elle sait qui tu es. Elle te suivra...

— Je dois lui donner de l'argent ?

— C'est préférable... Mais pas trop... Sinon, ce serait s'avouer coupable...

— Combien ?

— Donne-lui deux mille...

— Je les prends à la caisse ? Je fais un bon de quoi ?... Chut ! Ta mère.

Du moins ne pouvait-elle entrer quelque part sans s'annoncer par le bruit de sa canne sur le plancher.

— Qu'est-ce que vous avez à faire tant de bruit, ici dedans ?

— Rien... Nous discutions affaires...

Instinct ? Sans doute ! Elle les regardait avec méfiance, semblait vouloir renifler dans les coins.

— Il faut que je te parle, Michel...

— C'est que, aujourd'hui, justement...

— Je sais ! Quand je veux te parler, tu as toujours du travail par-dessus la tête. Frédéric vient de passer.

— Ici ?

— Pourquoi pas ici ? Il a encore reçu une lettre de Philippe. Celui-ci se débrouille très bien, à Paris, et il a même envoyé mille francs à son père pour les remettre à son ancien patron, en compte sur la voiture. Je trouve ça édifiant !

— Je trouverais encore mieux qu'il n'eût pas pris la voiture.

— Tu n'y comprends rien.

Et lui, à Olsen :

— Alors, tu files ? Je peux compter sur toi ?

— Puisque c'est nécessaire !

Michel vint se rasseoir en face de sa mère, l'air ennuyé.

— Il faudra bien que tôt ou tard, nous prenions une décision, dit Mme Donadieu. Il est évident que les gens commencent à s'étonner de ne pas voir Martine. On a beau raconter qu'elle fait des études d'histoire de l'art à Paris... Hum ! Pour ce que cela ressemble à la famille Donadieu !

Elle disait la famille Donadieu comme si elle n'en eût pas fait partie. Encore y avait-il des nuances. La famille Donadieu, pour elle, c'étaient Michel — lui surtout ! — et sa sœur Marthe, encore plus Donadieu, puis Olsen, qui était pourtant un étranger, mais qui méritait la grande naturalisation Donadieu.

Eva, non ! Elle était en dehors. Mme Donadieu ne l'aimait peut-être pas beaucoup, mais elle la plaçait dans une sphère différente. Eva était un hasard, un accident ; elle s'associait intimement à son boudoir chinois, aux tentures de velours noir...

Kiki, oui ! Ou plutôt on ne pouvait pas encore le savoir. Il avait des périodes Donadieu et d'autres, des regards Donadieu et d'autres regards qui troublaient sa mère.

— Je demande en tout cas, conclut celle-ci, qu'on en discute une fois pour toutes. S'il le faut, je ferai venir son tuteur et nous nous réunirons en conseil de famille.

— Cela ne presse pas.

— Au contraire ! Je ne t'ai pas encore tout dit. Je suis mieux au courant de leurs affaires que n'importe qui, car Philippe écrit à son père deux ou trois fois par semaine et Frédéric, honnêtement, me laisse lire ces lettres.

— Qui sont écrites exprès ! ricana Michel.

— Cela m'est égal. Mais je ne le crois pas. Aucun

169

de vous ne connaît Philippe. Il est parti pour Paris, sans un sou, avec une jeune fille sur les bras, et il s'en est tiré sans l'aide de personne. Il n'a pas besoin de nous, lui !

— Et nous ?

Michel en oubliait presque Odette et la mission dont Olsen était chargé. Il sursauta seulement en entendant partir la voiture et il faillit intervenir, car il aurait préféré que Jean prît le train.

— Qu'est-ce que tu as ?

— Rien !

— Où va Jean ?

— À Bordeaux. Il doit rencontrer un importateur italien...

Elle haussa les épaules, enchaîna :

— Je disais que nous, nous ne pouvons supprimer définitivement Martine de la famille. Et plus nous attendrons, plus il y aura de chances de scandale. Dans sa dernière lettre, Philippe annonce nettement qu'autant qu'on peut en juger aussi tôt, elle est enceinte...

Michel se passa la main sur le front. A croire que ce mot-là, soudain, l'écrasait définitivement. Il était fatigué, incapable de penser et même de répondre à sa mère. Il aurait voulu que Jean Olsen revînt déjà avec une réponse.

— Écoute, maman...

— C'est bien simple, déclara-t-elle en se levant. Demain, j'écris à son tuteur. Nous verrons bien ce qu'il dira.

— Demain, oui !

Il referma la porte derrière elle, mais la porte se rouvrit. C'était Joseph.

— Il y a encore trois personnes...

— Qu'est-ce qu'elles veulent ?

— Deux cherchent une place de représentant, pour les boulets. L'autre...

— Eh bien ! Plus vite !

— L'autre est un agent d'assurances qui...

— Dites que je suis parti.

— Mais ils viennent de vous apercevoir.

— Dites que je suis parti par une autre porte !

Il y avait des moments, comme ça, où son désarroi était tellement douloureux qu'il aurait bien pleuré. Seulement les larmes ne venaient pas. Il se sentait las, las, las !

Il attendit que l'antichambre fût vide avant de se glisser dehors et il rentra chez lui, aperçut à travers les fenêtres du rez-de-chaussée Kiki et son précepteur qui jouaient au ping-pong, dans la salle à manger, dont ils avaient muni la table d'un filet.

L'escalier était obscur. Un enfant vagissait : sa fille Evette. Il poussa une porte, renifla avec mauvaise humeur de la fumée de cigarette et faillit passer sans s'arrêter devant une porte ouverte, celle du boudoir de sa femme.

Il avait vu le chapeau et la pelisse de Frédéric au portemanteau.

— Michel !

— Quoi ?

— Viens un moment.

Il entra, les trouva installés par terre, sur des coussins, selon leur habitude.

— Bonsoir !

— Assieds-toi ! J'ai téléphoné à Frédéric de venir me voir pour lui demander ce qu'il ferait à ta place.

Comme sa mère, il avait des intuitions et, avant d'entrer, déjà, il savait que quelque chose de désagréable l'attendait.

— Pourquoi, *à ma place ?*

171

— Tu le sais bien, dit-elle en poussant du pied un journal plié en quatre.

Elle avait les orteils nus dans des sandales, les ongles passés au carmin. Elle fumait, comme toujours. Une nappe de fumée formait plafond au-dessus des têtes et on y voyait encore moins clair qu'au quai Vallin. Dans un coin, un hideux bouddha de cuivre devant lequel Eva s'amusait à déposer des offrandes...

— Ne fais pas cette tête-là ! Je n'ai pas envie de t'adresser des reproches. Seulement, c'est une histoire qui pourrait t'entraîner loin. Qu'est-ce que tu as décidé ?

Rien, bien sûr ! Et il regardait durement Frédéric parce qu'on éprouvait le besoin de le mêler à toutes les affaires de la maison.

— Ma sœur est au courant ? demanda-t-il.

— Qui ? Marthe ? C'est elle qui m'a apporté le journal. Elle ne veut pas que maman le lise. Elle m'a dit de l'appeler quand tu rentrerais.

— Qu'est-ce qu'elle veut ?

— Il faudra quand même décider d'une somme... Qu'est-ce que vous en pensez, Frédéric ?

— Je pense que, ce qu'il faudrait surtout, c'est que la petite n'y passe pas !

Michel en eut froid jusqu'à la moelle. C'était juste le mot qu'il ne fallait pas dire. Il fut sur le point de fondre en larmes, mais, comme toujours, à la dernière minute, il y eut en lui quelque chose qui se referma.

— Les choses n'en sont pas là, dit-il.

— J'appelle Marthe ? proposa sa femme. Elle a dû t'entendre rentrer...

La façon d'appeler était particulière. Il suffisait de frapper avec un objet sur le tuyau du radiateur, qui

172

communiquait avec l'étage au-dessus. Marthe entendit, descendit, s'arrêta sur le seuil.

— Comment pouvez-vous vivre dans une atmosphère pareille ? questionna-t-elle. Si on montait chez moi ?

Chez elle où c'était clair et net !

— Mais non... Viens... fit Eva qui, à six heures du soir, était à moitié nue dans un kimono.

Marthe entra à regret, mais alla chercher une chaise, une vraie chaise, dans la salle à manger.

— Qu'est-ce que tu as décidé, Michel ?

Elle feignit de ne pas voir Frédéric, qu'elle n'aimait pas. Tout ce qu'il y avait de Donadieu en elle se révoltait contre la présence d'un étranger à ce moment.

— Où est Jean ?

— Il est parti pour Bordeaux. C'est trop long à vous expliquer. Le père d'Odette est venu au bureau...

— Tu l'as reçu ?

— Oui ! Il veut aller voir sa fille demain. Je lui ai dit qu'elle se trouve à l'hôtel de la Poste et qu'elle travaille pour moi...

— C'est un Breton ! intervint Frédéric.

— Qu'est-ce que cela veut dire ?

— Rien ! Je le connais ! C'est un Breton, c'est tout !

Marthe haussa les épaules. Michel, lui, cherchait quelque sens profond à l'interruption de Frédéric.

— Il conduit les trains la nuit. Il en veut surtout au Dr Lamb...

— Mais Lamb lui prouvera qu'il n'a pas à lui en vouloir ! fit encore la voix discordante de Dargens.

— Taisez-vous donc, *vous !* s'écria Marthe avec impatience.

173

— Je me tairai quand je vous aurai encore dit que quelqu'un parmi nous, est à un doigt de la cour d'assises.

Alors Marthe, n'y tenant plus :

— Il y a aussi quelqu'un qui est depuis longtemps à un doigt de la correctionnelle !

— Merci pour lui, fit Frédéric en saluant ironiquement.

Il se leva.

— Ne partez pas ! supplia Eva.

Et, se tournant vers les autres :

— Vous ne comprenez pas qu'il est le seul à pouvoir nous donner un conseil ? C'est Marthe, avec ses manières...

— Je dois m'en aller ? questionna Marthe, pincée.

Et Michel, dans tout ça, nageait éperdument, cherchait une bouée.

— Laissez-moi parler. Je crois que j'ai fait tout ce que j'ai pu. Cet après-midi, j'ai envoyé ma démission au comité pour le monument. C'est ce que Lamb voulait, n'est-ce pas ? Je ne me présenterai pas aux élections, malgré mes chances. Quant à cette fille...

Aucune jalousie chez Eva. Au contraire ! Elle regardait curieusement son mari, qui avait au moins été capable d'une aventure.

— Je débattrai la somme avec elle...

— A moins qu'elle meure ! trancha Frédéric.

— Et alors ?

— Il y aura une enquête.

— Mais qu'est-ce que j'y peux, moi ? Et d'abord, c'est elle qui a voulu...

— Qui a voulu quoi ? interrogea Marthe.

— « Le » faire partir... Elle m'a juré qu'elle s'occupait de tout, qu'elle savait où s'adresser...

On avait, un bon moment auparavant, entendu la

porte d'entrée qui s'ouvrait et se refermait. Maintenant, c'était le pilon de Mme Donadieu, dans l'escalier, puis sa voix, que son mari avait toujours jugée criarde.

— Enfin ! Je vois que vous devenez raisonnables. Qu'est-ce que vous avez décidé ? Donne-moi un fauteuil, Frédéric...

Un silence. Elle était essoufflée, se laissant tomber dans le fauteuil.

— Moi, je prétends que, plus tôt nous les marierons, et moins nous aurons d'ennuis. Remarquez que Frédéric n'a rien fait pour m'influencer dans ce sens. Au contraire ! N'est-ce pas vrai, Eva ?

— C'est vrai, dit Eva qui pensait à autre chose.

— Alors ?

Et Mme Donadieu se demandait, en les regardant l'un après l'autre, pourquoi ils avaient des mines aussi lugubres.

— Puisque vous le prenez ainsi, je vais vous dire une bonne chose. Allez chercher en bas notre livret de mariage. Regardez l'acte de naissance de Michel...

— Tais-toi, maman ! trancha celui-ci en se levant.

— Alors, qu'est-ce que...

— Tais-toi ! répéta-t-il. Ou alors, attends au moins que nous soyons entre nous.

— Si tu crois que Frédéric ne le sait pas !

— Tais-toi ! répéta-t-il en frappant du pied.

Et il était à deux doigts de la crise de nerfs.

Qui aurait pu se vanter de savoir comment cela s'était passé ? Chacun possédait un lambeau plus ou moins grand de vérité. Mais certains le cachaient ; d'autres le défendaient jalousement ; il y en avait enfin qui ne se connaissaient pas les uns les autres.

Jusqu'au temps qui n'était pas le même pour tout le monde, si bien que, questionnés, les uns auraient répondu :

— Il pleuvait à torrents !

Et d'autres :

— La gelée a commencé avec la lune...

C'était toujours le vendredi de la visite de Baillet au quai Vallin et, vers sept heures du soir, le crachin, qui durait depuis le matin, se transforma en déluge ; l'eau crépitait sur les trottoirs et les gens attardés dans les rues couraient en tous sens.

Or, au même moment, pour Baillet, il ne pleuvait plus. Le train avait à peine dépassé Niort qu'une lune énorme nageait dans le ciel et que, sur les vitres, se dessinaient des fleurs de givre.

Le mécanicien était à sa place, derrière la locomotive, à gauche, un bras appuyé sur le rebord, cherchant, par sa petite lucarne, à distinguer les feux, tandis que le chauffeur faisait son vacarme habituel avec le charbon.

Des kilomètres et des kilomètres de rail, des mers claires qui étaient des prés, des masses sombres qui étaient des bois, un fracas de poutrelles en traversant la Loire, les petits chefs de gare qui se font valoir en galopant le long du train...

À dix heures du soir, seulement, Jean Olsen arrivait à la clinique des environs de Bordeaux et, s'il n'avait vu de la lumière, il aurait probablement remis sa visite au lendemain. Il n'avait pas voulu emmener le chauffeur. Il avait néanmoins pris la grande limousine bleue, si bien qu'il avait voyagé sur le siège, à peine protégé de la pluie par un taud de cuir. N'empêche que son bras droit et son épaule étaient détrempés.

Ici, il pleuvait de plus belle, comme à La Rochelle. Un chien aboya. Une simple grille le séparait d'Olsen, qui n'était pas rassuré et qu'on laissa attendre de longues minutes.

Ce n'était pas une vraie clinique avec des lits alignés dans des salles ripolinées, des infirmières en uniforme et des chariots pour conduire les malades dans la salle d'opération. C'était plutôt une maison de repos, pour le genre de repos dont avait besoin Odette.

Un monsieur barbu vint ouvrir, fit entrer Olsen dans un corridor d'où il aperçut, dans un salon poussiéreux, trois personnes autour d'une table de bridge. Deux étaient des jeunes femmes et il se demanda si Odette était l'une d'elles.

— Voulez-vous passer par ici ?

Le barbu était le docteur. Il fit passer Olsen dans son cabinet et, comme il avait traversé le jardin, il avait des gouttes d'eau dans la barbe.

Ils parlèrent bas. Les trois, dans le salon, faute d'un quatrième, avaient dû interrompre la partie.

— Vous comprenez ? Il faut que demain, quand le père arrivera à Bordeaux..

Le docteur ne disait ni oui ni non, pour se donner de l'importance, feignant de réfléchir, d'hésiter. Il tripotait sa barbe grisâtre et il finit par se lever en disant :

— Je suppose que vous préférez que je lui parle ?

— Ce serait plus facile, étant donné que vous avez l'habitude.

Le docteur sortit, revint aussitôt, plus grave que jamais.

— Nous n'avons pas pensé à une chose. Si, pour une raison ou pour une autre, elle ne revenait pas ?

Olsen ne comprenait pas.

— Il vaudrait mieux que tout soit réglé entre nous. Je vais établir ma note...

Et il le fit, lentement, dans ce même bureau, se demandant visiblement ce qu'il compterait pour ceci ou pour cela, tandis que les trois femmes attendaient toujours et qu'Olsen pensait que la jeune fille était peut-être couchée.

— Je suppose que ce n'est pas la peine de mettre un timbre-quittance ?

Encore heureux qu'Olsen eût assez d'argent sur lui, car il n'aurait pas aimé donner un chèque à ce drôle de docteur qui le quittait enfin pour aller chercher Odette.

Il fut plus d'un quart d'heure absent. Il est vrai qu'il faisait tout avec une lenteur exaspérante et qu'il était bien capable d'avoir, en passant, joué un coup de bridge. Enfin la porte s'ouvrit. Le corridor était mal éclairé.

— Voici Mademoiselle, qui est prête à vous suivre, dit le médecin en se frottant les mains.

Et, dans le clair-obscur, on devinait une grande fille enveloppée d'un manteau noir, un visage pâle, des yeux calmes. Odette saluait, intimidée.

— Excusez-moi, mademoiselle, mais...

— Elle est au courant, trancha le docteur qui

178

ouvrit la porte, pressé de reprendre sa partie de cartes.

Dehors, Olsen demandait encore :

— Voulez-vous vous installer à l'intérieur ou vous asseoir à côté de moi ?

Elle se mit à côté. Pour dire quelque chose, elle murmura :

— Il y a longtemps qu'il pleut comme ça ?

Et lui, comme si sa réponse avait un sens :

— Depuis La Rochelle... Vous étiez couchée ?

— Je ne dormais pas tout à fait.

— Vous ne jouez pas au bridge ?

— Non.

Bordeaux, enfin ! Il connaissait la ville, mais il se perdait toujours à l'entrée et se retrouvait ensuite. L'hôtel de la Poste n'était pas du tout près de la poste, mais près du théâtre, dans une rue où, à minuit, on voyait des bars éclairés en rougeâtre, avec des photographies de danseuses contre les vitres.

— Michel (oui, il pouvait bien lui dire Michel et non M. Donadieu) a dit à votre père que vous étiez ici pour faire des recherches au bureau des statistiques...

Et elle de répondre :

— C'est facile. Mon père ne sait pas ce que c'est.

— Vous ne vous sentez pas trop lasse ?

Il avait toujours la crainte qu'elle s'évanouît soudain.

— Non ! Je vais mieux. Est-ce qu'il faudra que je reste longtemps ?

— Jusqu'à ce qu'on vous fasse signe...

— Et si mon père demande à l'hôtel depuis combien de temps j'y suis ?

Il haussa les épaules. Tant pis ! Il avait fait tout ce qu'il pouvait faire. Il fallut sonner, car ce n'était pas un hôtel avec bureau ouvert toute la nuit. Odette parlementa avec un portier mal réveillé et cela dut s'arranger, car la porte se referma sur eux.

Olsen n'avait pas le courage de faire encore deux cents kilomètres en sens inverse. Il avait faim. Il alla d'abord manger dans une brasserie, puis chercha un hôtel pour lui-même et s'endormit.

Arrivé à Paris à minuit, Baillet, après avoir erré sous les lumières blêmes de la gare, avec sa casquette d'uniforme, dénichait enfin un train de messageries pour Bordeaux. Le conducteur lui offrit une cigarette et l'aida à s'installer dans un wagon de marée.

C'était à Montparnasse. Et, à Montparnasse aussi, dans une boîte de nuit à moitié vide, Martine était assise en face d'un jeune homme blond tandis que Philippe, à côté d'elle, conversait avec une jeune femme anémique.

Ils buvaient du champagne. Martine avait dansé deux fois avec leur ami, car M. Grindorge, que Philippe appelait déjà Albert, était leur ami. Quant à Philippe, il avait fait danser Mme Grindorge, qui n'avait pas l'habitude de sortir le soir et qui portait une drôle de robe en lamé.

Tout cela aussi était un aboutissement et personne n'aurait pu dire comment c'était arrivé.

Martine aurait pu parler des premiers temps, des magasins qu'elle découvrait dans le quartier, de l'un d'eux en particulier, où l'on trouvait des mets tout préparés qui la ravissaient. Mais, la plupart du temps, alors qu'elle avait arrangé la dînette dans leur chambre, le téléphone résonnait au dernier moment.

— C'est toi ? Prends un taxi et viens me rejoindre à l'Étoile...

Parfois ce n'était pas Philippe qui téléphonait.

— Allô ! M. Dargens vous prie de le rejoindre à la « Chope » de la rue Montmartre...

Elle y allait, le trouvait avec des gens qu'elle ne connaissait pas.

— Ma femme... présentait-il.

Et on mangeait. Les hommes parlaient d'affaires toujours différentes. L'après-midi, Philippe l'envoyait au cinéma et allait la retrouver. Elle devait dire à la caisse dans quel coin de la salle elle s'installait.

Ils rentraient bras dessus, bras dessous, le long des vitrines éclairées. Ils rentraient le plus tard possible, car Philippe avait horreur d'être chez lui et il trouvait toujours des prétextes pour s'éterniser dehors. Ou bien il avait soif. Ou bien il avait faim. Ou bien, dans tel café, il espérait rencontrer un type qui pourrait lui être utile...

Elle était contente. C'était une vie amusante. C'était comme si on eût joué à la vie. Leurs faits et gestes ne semblaient pas avoir d'importance et Martine ne savait pas que le dernier mois d'hôtel n'était pas payé.

Un jour, il lui dit :

— Il faut que tu t'achètes une très jolie robe. J'ai un ami qui est dans la confection et qui te prêtera un manteau de fourrure. Nous avons un déjeuner important, demain...

C'était le premier déjeuner avec les Grindorge. Elle était gênée, à cause du manteau de petit-gris qui ne lui appartenait pas et que Mme Grindorge enviait.

Un couple pâlot, falot. Lui écoutait Philippe bouche bée et l'aurait suivi partout. Elle admirait de confiance tout ce que portait Martine et tout ce qu'elle faisait.

Et pourtant Grindorge était le fils d'un ancien industriel de Paris qui s'était retiré des affaires avec des dizaines de millions.

Philippe avait surgi, comme par miracle, alors qu'Albert Grindorge venait de toucher l'héritage de sa mère. Vingt-quatre heures après, une affaire était montée et le jeune Grindorge versait les premiers cent mille francs. Au début de janvier, il existait des ateliers, quatre ou cinq employés, des dactylos et surtout des femmes en tablier blanc qui faisaient des paquets toute la journée.

Cela s'appelait la P.E.M.

— Qu'est-ce que cela veut dire ? avait demandé Martine à Philippe.

— Rien. Il faut que cela ne veuille rien dire.

La P.E.M. achetait en Tchécoslovaquie des moteurs de phonographe. Elle faisait fabriquer, rue Saint-Antoine, des caisses en faux acajou.

On s'était assuré les services d'un jeune Russe qu'on appelait M. Yvan, ou encore l'ingénieur, sous la direction de qui les filles en tablier blanc montaient, en cinq sec, les appareils qui, arrivés au bout de la table, étaient emballés pour la livraison.

Et on livrait.

« *Magnifique phonographe de précision, nouvelle marque, cédé pendant la période de lancement, à titre publicitaire, au prix incroyable de deux cent vingt-cinq francs...* »

Ils revenaient environ à 82 francs pièce. Albert Grindorge qui, jusque-là, avait toujours placé son argent dans des affaires déficitaires, venait en personne au bureau, chaque matin, et s'émerveillait du tas de mandats qu'apportait le facteur

— Vous êtes sûr que les appareils marcheront ? demanda-t-il un jour à Philippe.

— Dans un mois, ils seront tous détraqués. Cela n'a pas d'importance. Quand nous en aurons vendu dix mille, nous passerons à un autre exercice.

Et les deux couples sortaient ensemble. Grindorge faisait un peu la cour à Martine, mais discrètement, car il était timide. Tout en dansant, il lui demandait, les joues roses :

— Vous n'êtes pas trop lasse ?

— Non. Pourquoi ?

— Parce que... Vous me comprenez, n'est-ce pas ?... Dans votre état...

Philippe l'avait déjà raconté à tout le monde, alors que rien n'était moins sûr. A peine une indication...

— Ma femme, la première fois, était tellement malade...

Ils avaient deux enfants, dans un joli appartement de Neuilly.

Philippe, sur le premier argent qui rentrait, avait adressé mille francs à son ancien patron, comme acompte sur le prix de l'auto. Il l'avait écrit à son père. Mais, même à celui-ci, il ne donnait pas encore son adresse.

« Si tu avais besoin de communiquer avec moi d'urgence, insère une annonce dans le *Petit Parisien*. Il suffira de mettre : *Frédéric attend Philippe*. Je comprendrai. Pour l'instant, j'ai une affaire qui me prend quinze heures par jour, car je ne trouve personne pour me seconder... »

Baillet, le mécanicien, dormait dans un wagon, qui sentait le poisson. Un courant d'air l'atteignait juste à la nuque et parfois, dans son sommeil, il faisait un geste comme pour chasser une mouche qui s'y serait posée. Il reconnaissait les gares au passage, rien qu'au bruit, ne s'éveillait qu'à moitié, se rendormait pesamment.

Ils s'éveillèrent tous le samedi à des heures différentes. Philippe, bien que rentré tard, partit à huit heures du matin pour l'atelier, alors que Martine n'ouvrait qu'un œil et se rendormait. Le temps était sec et froid. Il y avait du soleil. Au garage, la voiture eut du mal à partir et Philippe ne trouva rien dans son *Petit Parisien,* sur lequel il jetait chaque matin un coup d'œil.

A La Rochelle, il pleuvait toujours et le ciel était si glauque que Michel pouvait à peine se raser devant son miroir accroché à l'espagnolette de la fenêtre, ce qui lui fit penser une fois de plus à un miroir garni d'une lampe électrique comme il en avait vu, mais qu'il n'avait jamais acheté.

Il nouait sa cravate quand la sonnerie du téléphone retentit. C'était Olsen, encore à Bordeaux, qui annonçait que tout allait bien et qu'il repartait.

Eva entra tandis que son mari téléphonait encore, questionna sans curiosité :

— Qu'est-ce que c'est ?

— C'est Jean... Tout va bien...

Et elle, mal réveillée, le front luisant, les jambes lasses, de soupirer en remontant ses cheveux bruns :

— Vous êtes des dégoûtants.

Il ne pouvait rien lui répondre, puisque c'était vrai. Cela ne l'empêcha pas de manger deux œufs et de la confiture d'orange, car il avait fait ses études en Angleterre et il affectait de respecter les usages anglais. On entendait crier Evette dans la nursery. Le gamin prenait son bain tout seul.

184

Michel endossa son imperméable, choisit un de ses vieux chapeaux et marcha, les mains dans les poches, jusqu'au quai Vallin, passa, comme toujours, dans le premier bureau à gauche où on triait le courrier.

Mme Donadieu arriva un peu en retard, parce qu'elle s'était fâchée après Edmond, le précepteur de Kiki. Elle les avait encore trouvés, dans l'ancien salon, à faire des exercices impossibles.

— Je ne veux pas d'acrobaties pareilles dans la maison ! avait-elle tranché. Vous entendez ? J'ai engagé un précepteur et non un clown...

Pauvre Edmond ! Il était tellement fier de faire le bras de fer et maints autres exercices ! D'autant plus fier qu'il ne paraissait pas fort et que, comme on le lui disait quand il était petit, il avait l'air d'un tuberculeux.

— Regardez... disait-il au gamin.

Et il faisait vraiment des choses extraordinaires.

— Maintenant, supposez que vous soyez attaqué, même par un homme plus grand et plus fort que vous... Voyez ma position... C'est un coup de jiu-jitsu...

Et Kiki ne rêvait plus que de jiu-jitsu, de centimètres de tour de poitrine, de grand soleil aux barres fixes. Il se mettait en nage, devenait pâle sous l'effort, serrait les dents, obstiné à réussir coûte que coûte.

— Si nous scellions une barre de fer dans ce mur ?

Ils tiraient des plans pour aménager un véritable gymnase et la colère de Mme Donadieu n'eut qu'un résultat : celui de leur faire faire leur culture physique dans l'humidité du jardin au lieu de l'ancien salon désaffecté.

Quatre mille merlues. Justement quand Olsen, dont c'était le rayon, n'était pas là ! Sur le quai, les hommes, chaussés de bottes de caoutchouc, pataugeaient dans la saumure et dans le poisson, chargeaient des caisses et des caisses d'où la glace s'égouttait.

La mer n'était ni bonne ni mauvaise. Du gris frangé de blanc, sous un ciel toujours bas.

Le train de messageries s'arrêta près d'une heure à Poitiers et Baillet, réveillé, eut le temps de sauter dans le rapide de Bordeaux et il se glissa, mouillé et sentant le poisson, dans un coupé de première classe.

A Bordeaux, Odette prenait ses soins quotidiens, ce qui était difficile dans un hôtel, surtout sans attirer l'attention. Elle descendit vers neuf heures, se promena dans le hall jusqu'à ce que la patronne fût seule au bureau.

— Je vous demande, madame, au cas où mon père viendrait s'informer, de dire que je suis ici depuis plusieurs jours...

Elle était si dolente que la femme haut corsetée n'osa pas refuser.

— Vous restez longtemps ?

— C'est probable. Votre hôtel est très propre, très bien tenu...

Elle chercha une papeterie dans les environs, acheta des crayons, des blocs, des chemises bulle. Toujours lente et morne, elle arrangea sa chambre pour faire croire qu'elle y travaillait et elle allait se mettre à table pour déjeuner quand son père arriva.

Qu'est-ce qu'ils se seraient dit, tous les deux ? Ils ne se connaissaient pas beaucoup. Ce qui les rapprochait le plus c'était encore d'habiter la même maison sans étage, sur la route de Lhoumeau, avec un bout

186

de jardin, une grille verte, un massif de marguerites et une bordure de soucis.

A part ça, il y avait quinze ans que Mme Baillet était morte, bêtement, d'une pneumonie attrapée à l'enterrement d'un voisin.

Baillet, le plus souvent, roulait quand les autres dormaient et dormait quand les autres commençaient à vivre, si bien que les moments de contact étaient rares, quasi miraculeux. Il voyait sa fille s'habiller pour partir au bureau, ou rentrer et faire de la copie à la machine pour un avocat qui écrivait l'histoire de La Rochelle.

Elle ne l'impressionnait pas, non ! Ce n'était pas tout à fait cela. Mais elle était propre, gentiment habillée. Elle faisait de la sténo. Elle vivait dans un autre cadre et elle lui avait avoué un jour qu'elle avait déjà sept mille francs de côté.

Le plus extraordinaire, c'est qu'il n'y avait pas besoin de femme de ménage dans la maison et que celle-ci était la plus propre du quartier. Comment Baillet n'eût-il pas été ému ? Il ne savait pas à quelle heure se levait sa fille, mais il voyait toujours les pièces en ordre, le parquet de la salle à manger ciré, les fenêtres lavées chaque semaine, le fourneau luisant.

Elle ne se pressait jamais et il était impossible de la surprendre en nage ou les cheveux défaits.

Quant à parler... Il aurait fallu qu'ils fussent plus habitués l'un à l'autre ! Maintenant, par exemple, qu'il débarquait dans cet hôtel avec son complet fripé et sa petite valise qui contenait ses effets de travail, il ne savait déjà plus que dire.

Il la trouvait assise toute seule dans un coin de la salle à manger où il n'y avait que des petites tables. La lumière était si mauvaise, avec cette pluie, dans cette rue à immeubles de six étages, qu'il n'aurait pas pu dire si elle était vraiment plus pâle que d'habitude.

— Je passais par Bordeaux... Je suis venu te dire un petit bonjour...

— Tu déjeunes avec moi, décida-t-elle.

Un maître d'hôtel inscrivait les commandes sur son bloc. Baillet n'était pas à son aise. Odette commandait, pour lui, des plats qu'il aimait.

— Alors, comme ça, tu es contente ?

— Je travaille, dit-elle en baissant les yeux.

Il ne se souvenait plus du mot statistique qu'on lui avait dit à La Rochelle et il fut reconnaissant à sa fille de le prononcer pour lui.

— Je fais des recherches au bureau des statistiques.

— C'est loin ?

— Quai des Chartrons.

Il demandait si c'était loin faute d'oser demander ce que c'était. A un camarade, il n'eût pas hésité. Mais il n'aimait pas montrer son ignorance à sa fille.

— Tu te portes bien ?

— Comme toujours... Tu sais que je n'ai jamais eu beaucoup de couleurs... C'est comme maman !...

Cela dura une heure. Il se risqua à lui pousser des colles. Il prononça même, avec un regard en coin :

— Ce qui me gêne le plus, en ton absence, c'est la lessive...

La lessive ! Allait-elle comprendre ?

— Mme Bourrat ne vient pas te la faire ? répliqua simplement Odette.

Il avait trop mangé, trop bu, sans s'en rendre compte.

— Allons ! Il faut que je m'en aille...

Est-ce qu'il savait déjà ? Sans doute que non !

Peut-être y avait-il seulement en lui un tout petit germe.

Olsen était arrivé à La Rochelle. Michel l'avait invité à déjeuner chez lui, pour causer. Eva feignait de ne pas s'occuper de leur entretien et elle se leva aussitôt après le rôti.

— Qu'est-ce qu'elle t'a dit?

— Rien... Elle ne dit rien... Elle se laisse conduire...

— Elle ne fait aucun reproche?

— Non! On dirait qu'elle est très fatiguée. Et ta femme?

Michel haussa les épaules. Il n'y avait pas grand-chose de changé. La coupure s'était faite deux ans plus tôt déjà, quinze jours exactement après la naissance d'Evette.

On avait engagé une jeune femme moitié infirmière, moitié nourrice. Un jour, Eva avait surpris son mari et elle dans un coin sombre de l'antichambre.

— Jean aurait pu vous voir! s'était-elle contentée de déclarer.

Et, le soir, elle avait dormi dans une autre chambre. Depuis lors, ils n'avaient plus de rapports.

C'est bien ce qui faisait sourciller Michel chaque fois qu'il trouvait Frédéric dans le boudoir de sa femme. Mais que pouvait-il dire? Il valait mieux faire semblant de n'être pas jaloux. Et, au fond, l'était-il tant que cela?

— A propos, il faut que tu t'occupes des merlues. Il y a eu une grande bagarre, ce matin, à cause des tables de la criée. Cambaoulives prétend qu'il s'est arrangé avec toi et que...

Bureau, à deux heures, comme toujours, pour tout le monde, pour Mᵐᵉ Donadieu, pour Olsen, pour

Michel. Leçon de géographie pour Kiki et pour son professeur Edmond qui, pendant que le gamin recopiait une carte de France, préparait sa thèse.

Mme Brun, à côté, écrivait une longue lettre à sa fille qui faisait des sports d'hiver dans le Tyrol.

... quant à Charlotte, je commence à la croire capable de me cacher quelque chose. Je vais te dire une chose énorme. Comme écrirait notre aïeule Mme de Sévigné, je te le donne en cent, je te le donne en mille ! Non, tu ne le croiras pas. Je suis sûre, tu entends, sûre que notre Charlotte est amoureuse.

De qui ? C'est ce que je m'ingénie à découvrir. Mais elle est futée, la mâtine. Dix fois je l'ai surprise en larmes et dix fois elle a eu la présence d'esprit de trouver une explication...

— Écoutez, Joseph, disait avec ennui Michel à son garçon de bureau. Si cet homme, Baillet, revenait, annoncez-lui que je ne puis absolument pas le recevoir...

Il pensa, mais n'en dit mot, qu'il serait peut-être prudent, dans les temps difficiles qu'on vivait, d'armer le garçon de bureau.

« On verra ça plus tard », songea-t-il.

Et il sonna le chef comptable, avec qui il avait à travailler sérieusement.

Baillet changea deux fois de train. Quand il arriva à La Rochelle, il faisait noir et il avait encore six heures devant lui avant de reprendre son service. Il traversa la ville à pied, atteignit sa maisonnette, sur la route de Lhoumeau, ouvrit la porte avec la clef qu'il prit dans le pot à fleurs et trouva par terre une dizaine de journaux au moins, qu'on avait glissés par la fente.

C'étaient des exemplaires de *La Lessive*, toujours le même numéro. Il y en avait d'autres dans la boîte aux lettres, si pleine qu'on n'avait pu y mettre un journal de plus.

Personne, cependant, ne vit ce retour. Il y avait des voisins, mais c'était l'heure de la soupe. Quelqu'un passa en vélo et ne remarqua rien d'anormal.

Au Café de la Paix, place d'Armes, un marchand de papiers peints, qui avait déjà bu trois apéritifs et qui était engagé dans une interminable partie de belote, soupirait :

— Qu'est-ce que ma femme va me passer !

Le garçon, sa serviette sous le bras, suivait la partie et faisait de violents efforts pour ne pas souligner les fautes des partenaires.

Un chalutier des Donadieu et un chalutier de Varin, qui quittaient le port ensemble, se disputaient à coups de sirène le milieu de la passe.

A Paris, Martine, toute seule dans sa chambre-salon, se jouait des disques qu'elle achetait avec trente pour cent de réduction, à cause de la P.E.M. Elle attendait Philippe, qui n'allait pas tarder à rentrer.

Les docteurs, par la suite, devaient faire remonter l'événement à sept heures et demie du soir environ mais, ce qu'il y avait de plus sûr, c'est que Lamb avait l'estomac vide.

Seulement, quand mangeait-il ? Personne ne le savait. La femme de ménage partie, il vivait seul dans sa petite maison à un étage et les voisins ne s'occupaient guère de lui.

On essaya de savoir si l'un d'eux n'avait pas entendu un coup de sonnette. Ils réfléchirent. Une vieille femme dit oui, mais le situa à cinq heures, ce qui ne pouvait avoir aucun rapport.

191

Le certain, c'est que, pendant que la plupart des Rochellais étaient à table et alors que la pluie cessait enfin de tomber, une scène sauvage se déroulait dans le corridor de Lamb.

Dans le corridor et non dans le cabinet ! Le visiteur n'attendit pas d'y être introduit. La porte d'entrée refermée, il frappa, par-derrière sans doute, avec un lourd marteau. On compta trente et un coups et il pouvait y en avoir davantage.

La femme de ménage découvrit ce spectacle — et de la cervelle collée au mur — en arrivant à sept heures du matin. C'était dimanche. La scène s'en ressentit, car les gens faisaient la grasse matinée ou étaient à la messe basse. Certains, malgré le temps, étaient partis à la chasse, y compris les Donadieu, les hommes du moins, Michel et Olsen.

Personne ne regrettait Lamb, qui faisait peur à tout le monde, mais le coup d'œil était vraiment horrible, avec du sang partout, le marteau resté par terre.

Michel et Olsen furent prévenus à midi, quand ils rentrèrent au château d'Esnandes avec un Baptiste furieux, car Michel avait raté deux faisans qu'il tenait pour ainsi dire au bout de son fusil.

— Trois lapins ! annonça-t-il dédaigneusement à sa femme, occupée à la cuisine.

Mᵐᵉ Donadieu avait téléphoné.

— Il faut que vous rentriez d'urgence...

Michel avait d'abord cru que c'était sa mère. La chose l'effrayait. Mais non ! Il questionna Mᵐᵉ Maclou et apprit que le message venait de sa femme.

Toujours l'auto bleue. Olsen conduisait. Ils passèrent sans le savoir devant la maison vide de Baillet.

Celui-ci n'avait pas pris son service à la gare. On avait dû aller chercher un remplaçant. Le train était parti quand même, mais le chef de gare avait avisé la police.

Frédéric devait le faire exprès, dans le salon du rez-de-chaussée, de jouer une partie d'échecs avec Mme Donadieu, qui ne se rendait compte de rien, remarquait seulement :

— Ils n'ont pas dû faire bonne chasse. Il est vrai qu'on nous vole tout le gibier...

A trois heures, Eva descendit.

— Vous ne voulez pas monter un moment, Frédéric ?

— Qu'est-ce qu'il se passe ? s'inquiéta Mme Donadieu.

— Rien... Michel voudrait parler à Frédéric...

— Et vous appelez ça « rien » !... Est-ce qu'ils ont tué quelque chose ?

Là-haut, les deux hommes et Marthe attendaient Dargens.

— Qu'est-ce que vous en pensez, vous ? Vous êtes au courant ?

— Vous parlez du Dr Lamb ? Certes ! On recherche le cheminot Baillet qui a disparu depuis hier au soir.

— C'est lui qui l'a tué ! affirma Marthe avec énergie.

— C'est probable. C'est en tout cas l'avis du commissaire central que j'ai vu tout à l'heure.

— Il n'a pas parlé de nous ? Je veux dire de mon frère ?

— Pas encore.

— Qu'est-ce que vous feriez, à notre place ?

— Moi ? Rien !

Eva s'était dévouée. Elle restait en bas, près de Mme Donadieu, pour détourner son attention.

Marthe était la plus inquiète.

— Les gens commencent à parler de la disparition de Martine... disait-elle.

Dès lors, on passa sans cesse d'un étage à l'autre. Il y eut des conciliabules à deux, à trois, des réunions quasi plénières, des apartés.

Kiki et son précepteur assistaient à un match de football. Au cinéma, l'après-midi, à cause de ce match, on ne comptait pas cent personnes.

Marthe pleura. Michel resta près d'une heure enfermé dans sa chambre, menaçant d'un éclat si on ne le laissait pas tranquille.

— Moi, je prétends...

C'était Marthe qui parlait.

— ... qu'il ne faut plus donner prise au moindre soupçon... Il est temps que Martine revienne...

Peut-être Frédéric était-il le moins décidé ?

— Mais enfin, qu'est-ce que vous avez contre cette idée ? Vous trouvez que ce n'est pas un assez beau parti pour Philippe ?

Il se résigna, alors que, vers huit heures, on avait fini par servir des sandwiches au veau froid.

— Vous connaissez son adresse ? Mais oui, puisqu'il vous écrit !

— Je ne connais pas son adresse. Je l'aviserai néanmoins.

Il téléphona, de chez Donadieu, au *Petit Parisien*. « *Frédéric à Philippe.* »

Les Dargens, comme disaient leurs amis, c'est-à-dire Martine et Philippe, dînaient au restaurant avec les Grindorge.

Toute la gendarmerie de la Charente-Inférieure était sur pied.

DEUXIÈME PARTIE

LES DIMANCHES
DE SAINT-RAPHAËL

I

Cela commençait vers dix heures et c'était aussi invariable que le programme de certains maniaques qui, ayant connu une fois, par hasard, des jouissances exceptionnelles, vont demander périodiquement — comme un anniversaire — à une maison d'illusions, toujours la même, la répétition minutieuse des gestes, des mots, voire de la mise en scène de jadis.

A dix heures, à la Brasserie de l'Univers, la partie de bridge touchait à sa fin, car elle commençait aussitôt après le dîner. Michel Donadieu se tenait à deux chaises des joueurs; il ne les connaissait pas, mais il s'était établi entre eux des liens plus subtils que ceux d'une présentation.

Ce qui devait les intriguer, par exemple, il le savait et s'en amusait, c'était le truc de la boîte à poudre. D'ailleurs cela intriguait tout le monde.

Ils étaient là, trois vieux et un plus jeune, des notables de Saint-Raphaël, dont l'un tenait la principale agence de location, et ils jouaient sérieusement, prenant à peine, en arrivant à huit heures, le temps de se serrer la main.

— Nos cartes, Ernest! criait-il au garçon.

Michel arrivait à son tour, en pleine partie, prenait

sa place et, d'un coup d'œil, en connaisseur, se mettait au courant de la marche du jeu. Quand il y avait un joli coup, il avait un petit signe d'approbation que les autres en étaient arrivés à quêter machinalement.

Mais ils ne se parlaient pas ! Michel était toujours vêtu d'un complet de sport en drap anglais, avec culottes de golf et bas écossais. Ses chaussures, qu'il nettoyait lui-même, restaient impeccables à n'importe quelle heure de la journée.

Il attendait neuf heures pour sortir la boîte à poudre. Il jetait un regard à son image dans la glace d'en face, car c'était un vrai café selon la tradition, avec tables de marbre, banquettes de molesquine et glaces tout autour.

Dans de la poudre jaunâtre qui emplissait la boîte, Michel choisissait une toute petite pilule, la posait sur sa langue et l'avalait, suivie d'une gorgée d'eau.

Ce n'était que cela, bien sûr. Mais d'abord c'était de la digitaline qu'il avalait de la sorte, c'est-à-dire un médicament qu'on n'ordonne pas au premier venu, ni pour un malaise bénin.

Michel était malade. En quatre mois, il avait pris plus de cinq kilos d'une graisse molle et son visage, dont les traits, auparavant, n'étaient déjà pas très dessinés, était devenu tout à fait indécis.

Ensuite, il y avait la boîte. Un autre aurait gardé dans sa poche la boîte en carton du pharmacien. Un instant, il avait pensé acheter un drageoir ancien, en argent, qu'il avait vu à la vitrine d'un marchand de vieux bijoux. La boîte à poudre était plus raffinée, plus inattendue.

Dix heures, à l'horloge d'un blanc crémeux. Un signe au garçon. Il payait, prenant la monnaie dans une pochette en peau de porc. A ce moment-là, on pouvait déjà savoir qui des joueurs allait gagner.

Dehors, c'était la digue déserte, le clapotis de la mer, le frémissement du feuillage des arbres. Saint-Raphaël était vide. Tous les volets étaient clos. Mais, bien qu'on ne fût qu'en avril, il faisait assez tiède pour se passer de pardessus.

Michel savait que ses voisins de café se demandaient :

« Où peut-il aller comme ça à cette heure ? »

Et cette idée ne lui déplaisait pas. Il prenait la deuxième rue à droite, puis encore à droite, dans une rue parallèle à la promenade, où un petit bistrot restait ouvert. « Provençal Bar ». Un zinc et deux tables. Un vieux patron. Une vieille patronne. A se demander qui pouvait venir consommer dans ce réduit mal éclairé !

Pourtant, il y avait toujours deux ou trois clients accoudés au bar, des ouvriers du chemin de fer, ou des employés d'hôtel.

Il entrait. Avec ses fameux bas écossais ! Il commandait :

— Mon quart Vichy !

Il leur avait expliqué que le Vichy de la maison n'était pas du vrai Vichy, mais de l'eau du bassin de Vichy.

— C'est bien possible, avait dit l'homme. Ici, vous savez...

A cause de lui, les clients se taisaient, l'observaient à la dérobée. Il lui arrivait de tirer sa boîte à poudre, de choisir une pilule, de la remettre en place en soupirant :

— Non... Plus ce soir...

Il savait que, dès sa sortie, on allait dire :

— Qui est-ce ?

199

Oui, qui étaıt-il, pour eux ? Un homme riche, élégant, qui venait chaque soir attendre quelqu'un à la porte de service de l'hôtel Continental.

Car c'était ça ! Il attendait, à cent mètres du bistrot. Il n'était pas toujours seul à attendre ; il y avait entre autres la bonne amie d'un garçon de cuisine, qui martelait le pavé de ses hauts talons.

Puis Nine accourait, le heurtait, dans l'obscurité. Il la serrait un moment contre lui, d'un geste protecteur.

— Pas trop fatiguée ?

— Mais non ! L'hôtel est presque vide.

Ils marchaient, bras dessus, bras dessous, dans les rues désertes. Ils atteignaient des lumières qui, au-dessus d'une porte, formaient les mots : « A la Boule Rouge ». Ils descendaient quelques marches, dans une atmosphère de musique assourdie. Quand Michel écartait la tenture de velours, le patron ou le maître d'hôtel se précipitait pour le saluer, parfois les deux.

— Bonsoir, monsieur Émile !

Il souriait. On le conduisait vers sa place. Nine murmurait :

— Vous permettez ?

Et elle allait s'arranger au lavabo.

Événement quotidien, mais événement quand même car, dans la boîte minuscule qui ne faisait pas ses affaires, il n'y avait guère que quelques jeunes gens de la ville, une fausse danseuse espagnole et deux femmes, toujours les mêmes, résignées à rester là jusqu'à deux heures du matin.

Tout cela, en somme, depuis le bridge de la Brasserie Universelle jusqu'au moment où Michel rentrerait dans sa villa, avait remplacé le bilboquet.

Nine, le corps moulé dans une petite robe de soie

noire qu'il lui avait payée, venait se rasseoir près de lui, sentant encore la poudre de riz et le savon liquide des lavabos.

Leur coin, c'était tout au fond, dans une sorte de loge mal éclairée par une ampoule rouge. Tout le monde était au courant. Les musiciens attendaient pour jouer une rumba. Le patron faisait signe aux deux femmes. Les jeunes gens se dévouaient, afin de créer de l'animation et Michel se levait, dansait avec sa petite compagne qui lui donnait des leçons.

— C'est mieux ?

— Vous faites beaucoup de progrès. On sent que vous êtes souple.

Il n'était pas souple : il était mou. Il se regardait furtivement dans la glace posée au-dessus du bar.

Puis il allait se rasseoir, sa main à la taille de Nine. Ils chuchotaient, tous les deux. Il l'avait prévenue :

— Bien entendu, je ne m'appelle pas M. Émile. Il ne faut pas m'en vouloir si je ne te dis pas mon nom...

— Vous vous méfiez de moi !

— Mais non ! Seulement, je suis trop connu.

— Qu'est-ce que vous faites ?

Elle jouait à essayer de deviner.

— Je parie que vous êtes artiste ! Peut-être journaliste ?

Il souriait, esquissait des gestes évasifs.

— Ah ! Si je pouvais te raconter ma vie, ma pauvre Nine...

Et, pauvre, elle l'était en effet, cette petite Nine Pacelli, dont le père travaillait à la carrière ! Jamais avant lui, elle n'avait mis les pieds dans un endroit aussi chic. Elle avait longtemps hésité.

— Je ne suis pas habillée pour !

— Avec moi, tu peux aller partout.

201

Elle ne le comprenait pas encore très bien, mais elle avait à peu près senti le rôle qu'elle devait tenir. Il savait déjà qu'elle avait six frères et sœurs. Il demandait :

— A combien dormez-vous par chambre ?

— Il n'y a que deux chambres à la maison. Les deux plus petits dorment avec mes parents, les autres ensemble.

Il était content ! C'était cela qu'il voulait ! Elle lui montrait son épingle de cravate, demandait :

— C'est une vraie perle ?

— Mais oui !

— Cela doit coûter cher !

— Quatre ou cinq mille.

La boîte de nuit était rouge et chaude. On aurait dit que les autres n'étaient là que pour eux et c'était si vrai que, quand par hasard un client de passage soulevait la tenture, Michel manifestait sa mauvaise humeur.

Chacun savait que le « monsieur » protégeait la petite bonne d'hôtel et faisait tout pour qu'elle soit heureuse.

— Réponds-moi franchement, Nine !

— A quoi ?

— A la question que je t'ai déjà posée hier et avant-hier !

Il devenait plus rose. Ses doigts frémissaient. Deux fois, il lui avait demandé :

— Es-tu vierge ?

Et elle répondait par un petit rire.

— Pourquoi ne veux-tu pas me le dire ?

— Qu'est-ce que cela peut vous faire ?

Elle n'avait que dix-sept ans et elle était mince et souple, avec une poitrine déjà très développée,

202

d'autant plus que le reste du corps demeurait enfantin.

— Ton fiancé ne t'a jamais?...

Car elle lui avait avoué qu'elle avait un fiancé, qui faisait son service militaire à l'Arsenal de Brest.

— Taisez-vous! On nous écoute...

Il s'énervait. Sa main chiffonnait la robe. Chaque fois qu'elle arrivait à certain endroit, Nine la repoussait.

— Soyez sage!

— C'est toi qui n'es pas gentille, Nine! Si tu savais comme, avant toi, j'étais malheureux...

Il s'amusait au jeu périlleux des demi-confidences.

— A cause d'une femme, j'ai failli passer en Cour d'assises...

— Qu'est-ce qu'elle avait fait?

— Maintenant encore, dans une ville de France, mon nom est prononcé tous les jours. Il faut être gentille avec moi, ma petite Nine. Je suis malade. Tu sais ce que c'est la tachycardie? Non, évidemment! Mon cœur, tout à coup, s'est mis à battre très vite. J'ai failli mourir, jusqu'au moment où le pouls s'est ralenti, est descendu à moins de cinquante... Sens mon pouls... Non, pas là!... Ici!...

Elle lui tenait le poignet docilement.

— Tu sens quelque chose?

— Non.

Devait-elle dire oui ou non?

— Tu ne peux pas le sentir... Il est aussi faible que le pouls de Napoléon... Car Napoléon, lui aussi, avait un ralentissement du cœur... Nine!

— Quoi?

— Pourquoi ne veux-tu pas répondre à ma question?

— Quelle question?

203

— Tu sais bien?

— Vous êtes un grand fou! Pourquoi, puisque vous êtes malade, vous excitez-vous comme ça?

Elle en avait peur, quelquefois. Surtout dans cette lumière rouge où il paraissait plus blême et plus mou. Ses doigts se mettaient à trembler sur la robe noire et Nine avait toujours envie de se lever.

— Dis-moi que tu m'aimes un peu, Nine!

— Mais oui!

— Embrasse-moi...

Elle regardait autour d'elle, l'embrassait furtivement.

— Tu penses à autre chose!

— Mais non... Il est tard...

La plupart du temps, on n'attendait que leur départ pour fermer la boîte et le barman manifestait son impatience en heurtant des verres.

— Bonsoir, monsieur Émile!

— Bonsoir, monsieur Émile, prononçait la dame du vestiaire.

— Bonsoir, monsieur Émile, répétait le maître d'hôtel.

Ils retrouvaient la rue fraîche et vide.

— Je parie qu'ils pensent que nous allons... hum!...

— Taisez-vous!

Il la reconduisait jusqu'au pont du chemin de fer. Elle n'habitait pas loin, peut-être à cent mètres car il ne l'entendait pas courir longtemps, et bientôt une porte s'ouvrait et se refermait. Mais elle ne voulait pas qu'il allât plus loin, par pudeur, pensait-il, parce que la bicoque devait être sordide.

— Bonne nuit, Nine!... Jure que tu me répondras demain...

— Je ne sais pas...

— Jure !

— Peut-être...

Restait un mauvais moment à passer, toute la ville à traverser, jusqu'au bout de l'avenue du bord de mer où se dressait la villa des Tamaris. Il se retournait quand il entendait un pas dans la nuit, évitait les taches d'ombre ou les traversait très vite. Enfin, il poussait la grille, traversait le jardin, ouvrait la porte avec sa clef.

Ce soir-là, dès le trottoir, il vit de la lumière dans l'ancienne serre qui, dégarnie de plantes, n'était plus qu'une pièce comme une autre, mais vitrée de trois côtés.

C'était une villa que les Donadieu avaient louée trois ans de suite, du temps d'Oscar Donadieu, quand Michel avait dix ou onze ans.

Elle était restée la même, avec ses meubles de style, sa profusion de tapis et de tentures. La seule différence c'est que les plantes de la serre avaient disparu et qu'il n'y avait plus maintenant qu'une grande pièce nue, qui évoquait un aquarium.

C'est Marthe qui avait pensé à la villa des Tamaris quand Michel avait eu sa crise et que le docteur avait ordonné le repos absolu. Il y avait trois mois de cela, juste après la mort du Docteur Lamb. Michel, en plein bureau du quai Vallin, avait eu une attaque. On l'avait transporté chez lui quasi mourant et, pendant deux heures, le médecin n'avait pas voulu se prononcer.

Martine était arrivée de la veille. Philippe était dans la maison, pas encore en qualité de mari, mais en qualité de fiancé, puisqu'il fallait un mot pour définir sa situation.

Chose curieuse, Marthe, qui aurait dû le détester, avait tout de suite senti chez lui un allié.

— Il faut l'éloigner le plus possible, avait-il dit, à propos de Michel.

On avait parlé d'une clinique et Michel s'était débattu farouchement contre cette idée. Il acceptait d'être malade. Il y trouvait un certain soulagement. Mais il avait peur de la clinique, dont il n'était pas sûr de sortir vivant.

— Si on l'envoyait dans les pins, du côté d'Arcachon ? avait proposé Mme Donadieu.

Pas de pins ! Trop énervant pour lui, avait décrété le médecin, qui avait ajouté :

— Plutôt le Midi...

Et Marthe s'était souvenue de Saint-Raphaël, de la villa. Toute la maison, cinq jours durant, avait été sens dessus dessous.

Le père Baillet s'était laissé arrêter sans résistance ou, plus exactement, on l'avait retrouvé le surlendemain, dormant chez lui, dans son lit, d'un sommeil pesant.

Eva avait décidé :

— Moi, en tout cas, je ne reste pas ici. Jean a cinq ans et me pose des questions gênantes. Je pars pour la montagne avec nounou et les enfants...

Elle était partie, en effet, sans même dire au revoir à son mari. Marthe n'osait pas sortir de la maison. Il lui semblait que les passants se retourneraient sur elle dans la rue.

Cinq jours de cauchemar, d'allées et venues incohérentes. Olsen avait peur qu'on connût son voyage à la clinique et à Bordeaux. Ce fut Philippe qui le questionna :

— Où est-elle, maintenant ?

— Hôtel de la Poste, à Bordeaux.

— Elle est très mal ?

— Je ne sais pas.

— Il est absolument nécessaire qu'elle revienne, qu'elle reprenne sa place au bureau.

— Mais...

— J'irai !

Il arrivait dans de telles circonstances qu'on acceptât sa présence comme presque naturelle. Ce fut au point qu'une nuit qu'on avait discuté tard il dormit sur un canapé du salon.

Kiki en profitait pour piquer un commencement de crise.

— Michel n'a qu'à l'emmener avec lui, proposa Marthe.

Pourquoi pas ? Il fallait faire un peu le vide sur le champ de bataille, éloigner les blessés et les faibles. Michel, encore dolent, était si effrayé à l'idée de rester seul qu'il accepta la compagnie de son frère et du précepteur. La villa Les Tamaris était libre, comme les neuf dixièmes des villas de Saint-Raphaël.

J'ai pris un bain de mer, écrivit Kiki à sa mère, en plein janvier.

Et Philippe, un soir, avait ramené Odette qui, le lendemain, reprenait sa place au bureau.

« Nous apprenons, disaient les journaux, les fiançailles de Mlle Martine Donadieu avec M. Philippe Dargens. A cause du deuil, le mariage aura lieu dans la plus stricte intimité. »

Marthe, après un coup d'œil connaisseur à la taille de sa sœur, avait pris le parti de ne plus lui adresser la parole. Mme Donadieu avait pleuré abondamment, mais on eût dit que c'étaient des larmes d'attendrissement. Frédéric évitait de se montrer dans la·maison et on parlait de la prochaine fermeture de l'Alhambra.

Huit jours avant le mariage, qui eut lieu en février, un télégramme d'Eva Donadieu, qui était en Suisse avec ses enfants, donna prétexte à une explication sérieuse. Eva réclamait un mandat télégraphique, car, dans la mêlée, elle était partie avec deux ou trois mille francs au plus.

C'est Olsen qui prit l'initiative de réunir dans son bureau Mme Donadieu, Marthe — remplaçant son frère — et Philippe.

— La situation est celle-ci, déclara-t-il en quêtant l'approbation des autres. Chaque héritier Donadieu a la direction d'un service et, à ce titre, touche un traitement de cinquante mille francs par an.

Tandis qu'à Saint-Raphaël Kiki prenait des bains de mer dans le soleil, la pluie tombait plus dru que jamais derrière les fenêtres du quai Vallin.

— Par le fait de son mariage, Philippe aura droit à une direction du même genre, qui sera jusqu'à nouvel ordre la direction des services de Michel, et au traitement y afférent...

Philippe écoutait sans broncher. Marthe, qui l'observait à la dérobée, le trouvait plus pondéré qu'elle n'eût pensé.

— Quant au reste... En fin d'exercice, il est évident que les bénéfices sont partagés entre les actionnaires, c'est-à-dire entre les membres de la famille. Je préfère vous dire tout de suite que depuis trois ans, au lieu de bénéfices, les bilans accusent des pertes...

— Très bien ! dit Philippe.

Il avait compris. Il fallait vivre avec cinquante mille francs, ce qui expliquait en partie l'étrange atmosphère de la maison de la rue Réaumur.

Deux jours plus tard, Marthe souleva un autre problème.

— Il est impossible qu'après son mariage ma sœur reste dans la maison, et même à La Rochelle. Toute la ville n'a pas besoin de savoir qu'elle est enceinte de plusieurs mois...

Philippe approuva encore. Pas une fois on ne l'avait entendu s'élever contre ce qu'on aurait pu appeler une décision Donadieu. Et, comme il n'oubliait pas que leur budget serait de cinquante mille francs seulement, il proposa :

— Ma femme pourrait aller rejoindre Michel et Kiki à Saint-Raphaël. Les frais seraient partagés...

Pendant ce temps, Martine attendait. Elle voyait à peine Philippe, qui ne lui parlait que d'organisation matérielle. Le mariage fut discuté dans ses moindres détails ; Frédéric s'étant récusé comme témoin, on choisit, précisément pour braver l'opinion, des gens comme Varin et Camboulives.

Michel ne quitta pas Saint-Raphaël. Il valait mieux ne pas le montrer, laisser croire à la gravité de son état.

Ce qui, sans doute, dérouta le plus Martine ce fut, le soir de ses noces, de dormir rue Réaumur, dans sa propre chambre, côte à côte avec Philippe.

Elle ne put s'empêcher de gémir :

— Pourquoi ne partons-nous pas tous les deux ? Nous serions tellement plus heureux n'importe où !

— Plus tard, Martine.

— Quand ?

— Quand les Donadieu seront tirés d'embarras. Tu ne comprends pas ?

Non, elle ne comprenait pas qu'il se montrât plus Donadieu qu'elle, qu'il arrivât à huit heures précises à son bureau, qu'il prît à peine le temps de déjeuner les jours où il y avait du travail. Elle ne comprenait pas non plus ses relations cordiales avec sa sœur Marthe, ni ses relations tout court avec Olsen.

— J'irai te voir tous les quinze jours à Saint-Raphaël. Après le procès, nous y verrons plus clair...

Et il continua, lui, à vivre dans la maison, prenant ses repas avec Mme Donadieu.

— Entre! dit Philippe en ouvrant la porte de l'*aquarium*.

Il avait entendu les pas de Michel sur le gravier de l'allée, puis dans le corridor. Martine était là, dans un fauteuil, la taille épaisse, le visage pâle et tiré.

— Il y a deux heures que je t'attends, fit encore Philippe. Je suis arrivé par le train de vingt et une heures trente...

— Ah!

Michel, qui avait chaud, s'assit près de la table et prit machinalement un sandwich qui restait du souper de Philippe. Sa manie de manger tout ce qu'il voyait s'était encore accentuée avec sa maladie et, l'après-midi, on était sûr de le trouver dans quelque pâtisserie.

— Nous repartons à six heures du matin...

— Qui?

— Toi et moi. Qu'est-ce que tu as? Martine, tu ferais mieux d'aller te coucher et de nous laisser...

Martine obéit sans enthousiasme, supplia:

— Vous ne resterez pas trop tard?

— Mais non! Nous en avons pour dix minutes.

Dix minutes qui furent plus d'une heure. Philippe n'était pas venu pour s'amuser. Il martelait ses phrases de:

— Tu ne comprends pas, non ?

Car, depuis son mariage, et même depuis qu'on l'avait rappelé — car c'était la famille qui l'avait rappelé ! — il tutoyait tous les Donadieu, sauf sa belle-mère.

— Je ne te demande pas d'où tu viens à cette heure, mais je serais heureux que tu m'écoutes. L'affaire passe dans trois jours aux Assises...

Pour l'apitoyer, Michel prenait son air le plus dolent, tirait son poudrier de sa poche et avalait une pilule.

— Qu'est-ce qui va arriver ? geignit-il.

— Cela dépend de la façon dont nous nous y prendrons. Tu connais Limaille ?

— L'avocat ?

— Oui ! C'est une crapule ! Moi, je le connais !

— Il fera tout pour nous perdre, gémit Michel.

Limaille, en effet, qui avait trente-cinq ans, était parti de rien, avait travaillé ferme et n'était pas arrivé aux résultats qu'il escomptait. Les gros clients n'avaient aucune confiance en lui. Il ne plaidait que des affaires sans relief et une seule fois il avait été désigné d'office dans une histoire de viol dans la campagne.

— J'ai vu Limaille ! déclara Philippe en allumant une cigarette.

Il portait les mêmes vêtements que jadis. Il n'était ni plus gras, ni plus maigre, et pourtant il avait considérablement changé. C'était plutôt dans l'attitude, qui était catégorique au possible, dans le regard, qui était ferme, assez méprisant.

— Limaille a renoncé à l'expertise médicale.

— Quelle expertise médicale ?

— Le juge d'instruction n'avait pas à s'en préoccuper. Il avait à savoir quand, comment et pourquoi

Baillet a tué le Docteur Lamb. Mais, aucune plainte n'était parvenue au Parquet au sujet de l'affaire d'avortement...

— Alors?

— Tu ne comprends pas, non? Baillet tuant Lamb, ce n'est rien, qu'un fait divers. Mais si le procès peut être remis pour supplément d'enquête? Si Limaille demande et obtient la jonction des deux affaires? Limaille, je l'ai deviné tout de suite, comptait sur un grand effet d'audience. Dès le début du procès, il se levait, réclamait une enquête sur les faits relatés par l'article du Docteur Lamb dans *La Lessive,* portait plainte au besoin, au nom de son client...

Michel faillit en avoir une rechute. Il imaginait l'émotion à La Rochelle, l'enquête chez la faiseuse d'anges de Lhoumeau, puis à la clinique, à l'hôtel de la Poste...

— Limaille ne dira rien! trancha Philippe. Je l'ai vu. A partir de septembre, il devient avocat-conseil de la maison Donadieu aux appointements de...

— Mais...

— Attends!

— Je ne vois pas pourquoi il faut que je parte...

Ce n'était pas tellement à Nine qu'il pensait, ni aux journées ensoleillées de Saint-Raphaël. Mais il lui semblait qu'ici seulement il était en sûreté. Là-bas, que lui adviendrait-il encore?

— Attends! Odette figure dans la liste des témoins à décharge. Je ne sais pas au juste quelles questions Limaille, dont je me méfie malgré tout, compte lui poser à la barre. Odette ne s'est jamais remise, j'en sais quelque chose, puisque c'est moi qui l'ai prise comme secrétaire. Il faut — tu entends? il faut! — que ce soit toi qui lui parles, dès demain...

212

Michel, machinalement, prit un second sandwich.

— J'ai tout fait pour la remonter, continuait Philippe. J'y suis arrivé en partie, mais il faut compter avec son émotion, quand elle sera à la barre et qu'elle verra son père. Elle croit que tu l'as oubliée. Je lui ai juré le contraire. J'ai été jusqu'à dire que tu étais presque mourant...

— Et si elle ne veut pas ? soupira Michel.

Il se raccrochait à son fauteuil, à cette villa morne et paisible, à la ville à moitié vide, à Nine, à son petit bistrot, aux joueurs de bridge et à la Boule Rouge.

— Tu lui parleras une heure, puis tu reviendras. Nous en causerons en détail demain dans le train. Maintenant, bonsoir ! Il faut que nous nous levions à cinq heures...

Pas de poignée de main. Philippe entra dans la chambre de sa femme et, croyant qu'elle était endormie, allait se glisser sans bruit dans les draps.

— Qu'est-ce que vous avez comploté tous les deux ?

— Rien, chérie, dors !

— Je veux savoir...

— Je m'ingénie à écarter le scandale de la famille.

Et elle, qui était quand même à demi assoupie :

— Qu'est-ce que cela peut te faire ?

Elle se réveilla tout à fait, se colla à lui.

— Pourquoi t'occupes-tu de tout ça, Philippe ? Nous serions si heureux tous les deux, n'importe où...

Il l'embrassait, la repoussait doucement.

— Chut !

— Qu'est-ce que cela peut te faire que mon frère soit...

— Chut ! Je t'en supplie, Martine ! Laisse-moi dormir. J'ai besoin de tous mes moyens. Je livre une bataille qui n'est pas facile, je t'assure ! Après, nous serons tranquilles. Quelques jours encore. Je te demande seulement quelques jours de liberté...

Elle avait envie de pleurer, sans raison précise. Elle se contenta de soupirer :

— Pourquoi ?

— Chut ! Tu comprendras plus tard. Demain, je me lève à cinq heures...

Et il marquait bien par sa pose qu'il voulait dormir.

— Philippe !

— Quoi ?

— Tu m'aimes encore ?

— Je t'aime plus que jamais.

— Alors, pourquoi fais-tu tout ça ?

Depuis des jours et des jours que, seule, en somme, dans cette villa, seule à Saint-Raphaël, elle ne remplissait ses heures que du souvenir des heures de Paris !

— Si nous partions, Philippe ?

— Chut !...

Il dormait. Il voulait dormir. Il savait que la journée du lendemain serait harassante, et les suivantes. Il s'impatientait de sentir un corps trop nerveux contre le sien. Il se retourna.

— ... soir, Martine !

— ... soir...

Mais c'était encore énervant de savoir qu'elle ne dormait pas. Elle dut veiller tard, toute seule, dans l'obscurité, car quand il se leva, à cinq heures, elle dormait si profondément qu'elle ne l'entendit pas.

Il alla chez Michel, qui lui lança un regard suppliant.

— Je suis malade...

— Allons !... Vite !... Je prépare du café...

Et il le prépara, en effet, car il n'y avait pas de

domestique dans la maison. La villa étant assez chère, on se contentait d'une femme de ménage qui arrivait à sept heures du matin.

C'était une Italienne et, quand elle vint ce jour-là, elle trouva le fourneau à gaz encore tiède, un reste de café chaud dans la cafetière, des miettes de pain rassis sur la table de la cuisine.

Elle se demanda un instant ce qui était arrivé puis, entendant du bruit dans une des chambres, celle de Kiki, elle haussa les épaules, se disant que cela n'avait pas d'importance, et elle prépara le café au lait comme chaque matin, mit la table avec quatre couverts dans la pièce vitrée, c'est-à-dire dans l'*aquarium.*

II

Le chauffeur du taxi qu'ils prirent à la gare demanda tout naturellement :

— Quai Vallin ? Rue Réaumur ?

Et ce fut Philippe qui répondit :

— Quai Vallin ! En vitesse !

Car il était cinq heures. Les bureaux fermaient à six. Une heure n'était pas de trop pour ce qu'ils avaient à faire. Depuis Saint-Raphaël, ils avaient à peine échangé quelques phrases, car le hasard avait voulu qu'ils ne fussent jamais seuls dans leur compartiment. Michel avait lu un roman policier. Philippe avait regardé par la portière.

L'auto arrivait déjà quai Vallin, s'arrêtait en face des bureaux Donadieu. Michel, qui descendait de voiture avec ennui, portait mollement la main à son gousset, laissait payer son beau-frère, le suivait dans l'immeuble.

A ce moment seulement il fut choqué de voir le jeune homme monter l'escalier quatre à quatre, adresser un bonjour familier à Joseph et pousser une porte matelassée. Michel, certes, savait qu'il en était ainsi, mais ce n'était pas la même chose de le savoir et de le voir. C'était plus gênant encore que Philippe prît tranquillement sur la table le courrier — du courrier Donadieu, en somme ! — puis appelât :

— Mademoiselle Odette !

Elle était là, dans son petit bureau, vêtue d'une des robes de jadis.

— Vous serez gentille de donner un coup de main à M. Michel, poursuivait Philippe en se dirigeant vers la porte, son courrier sous le bras. Si on me demande, je suis chez M. Olsen...

Voilà ! Maintenant, cela regardait Michel.

Ce que celui-ci ne savait pas, c'est que la jeune fille avait subi une longue préparation de la part de Philippe. Resté seul avec elle, il s'attendait à des paroles dures, à des reproches, tout au moins à des larmes.

Or, Odette restait calme, trop calme, se tenait debout devant le bureau comme une secrétaire qui attend des ordres.

— Faut-il que je prenne mon carnet de sténo ?

Il lui semblait qu'elle avait changé, qu'elle était plus fine et surtout — c'était drôle de faire cette remarque-là ! — qu'elle paraissait plus intelligente. Avant, il n'y avait jamais pris garde, certes, mais elle ne lui avait jamais fait l'effet d'autre chose que d'une

216

employée consciencieuse, un peu butée, comme cela arrive chez ceux qui ont appris péniblement leur métier.

Elle attendait toujours et lui, gauchement, s'asseyait à son bureau, tirait la petite boîte de sa poche, soupirait avec une grimace de douleur :

— Je suis très malade, ma pauvre Odette !

Elle ne broncha pas, le regarda avec indifférence choisir une pilule minuscule et répliqua :

— Moi aussi.

— Je sais ! Nous sommes tous les deux malades, moralement et physiquement...

Il ne faisait encore que tâtonner, essayant de se mettre en train.

— Philippe vous a-t-il dit que le docteur m'a ordonné le repos absolu ?

— Il m'en a parlé, oui.

— ... et qu'une nouvelle émotion pourrait me tuer net ?

— Je sais !

Jusque-là, il avait joué la comédie et voilà que soudain il réalisait ce que la situation avait d'affolant, il regardait avec d'autres yeux cette jeune fille mal habillée, debout au milieu du bureau, de son bureau, de l'ancien bureau d'Oscar Donadieu, et il pensait que cette jeune fille-là, d'un mot, d'une phrase, demain, après-demain, au tribunal, pouvait déclencher toutes les catastrophes, le faire jeter en prison, lui, ce qui entraînerait peut-être la chute de la maison Donadieu.

Il se mordit la lèvre, appela d'une voix frémissante :

— Odette !

— Oui.

— Vous ne pouvez pas imaginer ce que j'ai

217

souffert, ce que je souffre encore. Odette! J'ai péché, c'est vrai. J'ai péché parce que je n'ai pas su résister à la tentation de votre corps, de votre jeunesse...

Les larmes venaient, presque naturelles. Il se cachait le visage, se lamentait :

— Maintenant, s'il fallait, pour réparer, donner dix ans de ma vie... Dites-moi la vérité, Odette : êtes-vous encore malade ?

Avec sa même simplicité, elle laissa tomber :

— Oui.

— Vous souffrez beaucoup?

— Cela n'a pas d'importance.

— Odette, si je vous demandais pardon, à genoux ?

— Vous auriez tort.

Il prit cette réplique pour une menace et se laissa aller vraiment à genoux, tendant les mains vers elle.

— Odette, je vous en supplie, pardonnez-moi ! Épargnez-nous à tous de nouveaux malheurs...

— Relevez-vous, monsieur Donadieu !

— Pas avant que vous m'ayez dit...

— Quelqu'un pourrait entrer !

Il se releva, mais ce fut pour aller pleurer contre le mur. Il sentait qu'il n'avait aucune prise sur elle. Il était persuadé que tout était perdu, qu'elle allait se venger.

Dans les autres bureaux crépitaient des machines à écrire. On téléphonait. On dictait le courrier. Philippe était assis sur le bureau d'Olsen qui questionnait :

— Comment est-il ?

— Comme il a toujours été et comme il sera toujours !

Olsen regarda ailleurs. Ce n'était pas la première

218

fois que Philippe avait des paroles de ce genre à l'égard des Donadieu.

— Comment l'a-t-elle reçu ?

— Froidement.

Il fallait attendre. On entendit du bruit, là-haut, sans doute quand Michel se mit à genoux.

— Ta femme ? questionna Olsen pour passer le temps.

— Elle va bien, merci.

C'est entre les deux beaux-frères que les relations étaient les plus froides. On eût toujours dit qu'ils s'observaient, s'étudiaient, cherchaient le défaut de la cuirasse. Un jour, Marthe avait demandé à son mari :

— Qu'est-ce que tu en penses ?

— Je pense qu'il est mieux que je ne croyais.

Mais, dans sa voix, il y avait une réticence. Il avouait honnêtement ce qu'il pensait, mais il regrettait de le penser.

— Qu'est-ce qu'il fait toute la journée, à Saint-Raphaël ?

Philippe haussa les épaules. Cela n'avait pas d'importance ! Il guettait les bruits d'en haut et, comme il n'entendait rien, il gravit l'escalier, passa dans un bureau voisin qui était vide et colla l'oreille à la porte de communication...

— ... demandez-moi n'importe quoi... Pour vous d'abord : vous savez bien que je m'occuperai d'assurer votre avenir... Vous resterez dans ces bureaux tant que vous voudrez...

— Non, dit-elle. Je partirai aussitôt après le procès.

— Vous partirez où ?

— Je ne sais pas encore. M. Philippe m'a promis une rente égale à ce que je gagne.

219

Philippe sourit en imaginant la tête que devait faire Michel.

— Il m'a promis aussi que, si mon père est envoyé au bagne, il l'en fera évader avant deux ans...

— C'est juré ! approuva Michel avec force. Ce que je voudrais, Odette, c'est l'assurance que, quoi qu'on vous dise au tribunal, quoi qu'on fasse pour vous troubler, vous tiendrez bon.

— Oui !

— Vous le jurez ?

— Je l'ai déjà promis à M. Philippe.

Toujours lui ! Philippe qui n'avait ni pleuré, ni menacé mais qui, presque chaque jour, interrompait son travail, appelait près de lui la jeune fille qui était devenue sa secrétaire.

— Alors, ma petite Odette ? lançait-il.

Il était tellement net qu'elle était tout de suite en confiance.

— Encore pleuré ? Tout cela à cause de mon gros imbécile de beau-frère ?

Il la houspillait, se moquait d'elle.

— Je parie que vous allez me parler de déshonneur et de tout le tremblement...

— Ma vie est finie... gémissait-elle au début.

— Ça y est ? Maintenant, regardez-vous dans la glace. Est-ce que vous êtes moins jolie qu'avant ? Non ! Je dirai même que c'est le contraire ! Dans deux ou trois mois, vous serez complètement rétablie. Et alors, que vous manquera-t-il ?

— Je ne sais pas...

— Il ne vous manquera rien du tout, voilà la vérité ! Supposez qu'il ne soit rien arrivé entre vous et Michel, ou que vos relations n'aient eu aucune suite...

Elle se mouchait, larmoyait, déjà moins sincère-
ment.

— Vous seriez sans doute restée dans la maison,
comme dactylo-sténo. Vous vous seriez desséchée,
car vous avez une tendance à vous dessécher. Et
après? Vous vous seriez peut-être mariée, mais ce
n'est pas sûr. Et après?

— Je serais restée une honnête femme!

— Ce n'est pas vrai.

— Pourquoi?

— Parce que vous n'étiez déjà plus une vraie
jeune fille quand vous avez couché avec mon beau-
frère. Est-ce exact?

— J'ai eu un ami...

— Alors? Vous voyez! Maintenant, vous voilà
devenue une personne intéressante. Vous avez
acquis de l'expérience. Vous avez souffert comme
une héroïne de cinéma et demain toute la ville
s'occupera de vous. Après-demain, Michel vous fera
une rente et vous irez vivre où vous voudrez une vie
tranquille ou mouvementée, à votre choix...

Le plus extraordinaire, c'est qu'il arrivait à ce qu'il
voulait. Elle tendait l'oreille, pensait à cet avenir
qu'il évoquait.

— Vous aurez un mari ou des amants...

— Les hommes me dégoûtent!

— Ce n'est pas vrai. La preuve, c'est que je ne
vous dégoûte pas.

Il le savait. Il sentait croître chaque jour, chez la
jeune fille, un sentiment d'admiration à son égard et
ce sentiment devenait de plus en plus trouble.

— Vous allez me parler de votre père... Était-il
heureux, votre père? Non! Le voilà en prison...

— Si vous croyez que c'est gai!

— Ce n'est peut-être pas gai, mais, avec son

221

caractère, il ne doit pas beaucoup en souffrir. Il sera condamné. Il ira au bagne. Nous l'en tirerons aussitôt car, avec de l'argent, on ne reste pas au bagne. Lui aussi pourra exiger de mon beau-frère une rente confortable et vivre dans un pays de son choix...

Il était parvenu plusieurs fois à la faire sourire.

Mais maintenant, en tête à tête avec Michel, elle ne souriait pas. Et lui, maladroit, insistait beaucoup trop, pleurnichait, voulait se faire plaindre.

— Répondez-moi franchement, Odette, est-ce que je vous ai brutalisée ? Est-ce que ce n'est pas de votre plein gré que...

Elle regarda malgré elle le coin du bureau qui avait vu leur première étreinte.

— Et après, quand vous avez été enceinte, est-ce moi qui...

— Taisez-vous !

— Alors, ne me regardez pas ainsi, avec haine. Mettez-vous à ma place ! Ma femme ne veut plus vivre avec moi. Je suis comme un étranger dans ma propre maison. Il faut que je me cache et j'y ai laissé la santé par surcroît...

Une sonnerie électrique, dans la cage d'escalier, annonçait la fermeture des bureaux et Philippe jugea prudent d'ouvrir la porte.

— Vous êtes toujours ici tous les deux ? feignit-il de s'étonner. On n'a pas téléphoné pour moi, mademoiselle Odette ?

— Non, monsieur Philippe.

— Tu viens, Michel ?

Avant de sortir, pourtant, Philippe s'approcha de la jeune fille qui mettait son chapeau, dans le cagibi.

— Dites-lui quelque chose pour le rassurer ! Faites ça pour moi !

Elle le regarda, hésitante. Puis elle s'arrangea

pour passer près de Michel qui attendait sur le palier.

— Vous n'avez rien à craindre de moi, prononça-t-elle très vite.

Comme Eva était toujours en Suisse avec les enfants, les volets étaient fermés au premier étage et Michel dîna au rez-de-chaussée, entre Philippe et sa mère.

Il trouva celle-ci changée, mais il n'aurait pas pu dire en quoi et, malgré lui, en observant Philippe qui était là comme chez lui, il jeta un coup d'œil au portrait de son père.

— Vous êtes sûr de sa déposition, Philippe ? demandait Mme Donadieu.

— Certain. J'en étais presque sûr avant. J'ai préféré, cependant, qu'elle vît Michel...

Celui-ci baissait la tête, car il gardait de cette heure-là comme un épouvantable arrière-goût. En même temps il cherchait en vain l'atmosphère traditionnelle de la maison.

C'était déroutant, après si peu de mois, de trouver autant de changement. Il imaginait ce que c'était les autres jours, quand Philippe et Mme Donadieu étaient seuls dans la salle à manger.

Comment tout cela avait-il pu se faire ? Et personne n'avait protesté ! Les événements s'étaient déroulés d'eux-mêmes : Philippe était là, qui mangeait, qui parlait. A Saint-Raphaël, Martine attendait un enfant...

— On t'a mis au courant des transformations pour cet hiver ? questionna Mme Donadieu.

— Quelles transformations ?

— Il y a un ménage de plus dans la maison. Moi,

223

je vais habiter le pavillon qui est dans la cour, avec Kiki. Marthe, qui est l'aînée, a réclamé le rez-de-chaussée. Philippe et Martine reprendront son appartement du second et tu garderas le premier...

Parfois on aurait pu croire, d'après ses regards, qu'elle étudiait les deux hommes pour les comparer l'un à l'autre. Elle remarqua, en tout cas :

— Tu manges toujours autant et aussi vite !

Ce n'était pas joli à regarder. Michel mangeait avec une avidité gênante, se jetait vraiment sur la nourriture, quelle qu'elle fût.

— Tu as grossi...

— C'est à cause du cœur, expliqua-t-il. Ou bien le pouls lent fait grossir, ou bien il vous rend squelettique.

— Comment as-tu trouvé Martine, Philippe ?

— Très bien, maman.

Michel tressaillit encore. Ce « maman »...

Oui, comment était-ce possible ? Jusqu'à Marthe qui descendait, alors qu'on était encore à table, ce qui était contraire à toutes les règles Donadieu.

— Tu as déjà dîné ? demanda sa mère.

— Oui ! Jean est sorti.

Et elle s'asseyait près de la table ! Elle parlait à Philippe comme elle eût parlé à l'un d'eux. Elle le tutoyait !

— Tu as vu l'avocat ? demanda-t-elle.

— Tout est entendu avec lui. Il m'a montré la liste des jurés. Si nous avons un peu de chance, ce sera terminé en une matinée et il n'y aura pas la moindre question gênante...

Et elle, à son frère :

— On t'a dit, pour les appartements ?

— Oui.

— J'ai écrit à Eva à ce sujet, mais elle ne m'a pas

224

répondu. Tu sais qu'elle réclame toujours de l'argent ?

Il haussa les épaules. Les rideaux étaient fermés. On devinait à peine les bruits lointains de la ville.

— Michel est arrivé, disait cependant Mme Brun à Charlotte. Tu crois qu'il osera se montrer au procès ?

— Sûrement non !

— A ton avis, est-ce qu'il était au courant ?

— Qu'est-ce que ça peut vous faire ?

Car Charlotte était devenue hargneuse. Elle n'avait plus aucune joie quand Mme Brun lui annonçait un gala de crêpes ou de beignets. Lors du mariage de Philippe, elle avait expédié une énorme gerbe de fleurs — la plus grande — et, sur une carte blanche, elle avait tracé ces simples mots :

« Souhaits de bonheur quand même ! »

— Pour moi, continuait Mme Brun sans se démonter, c'est Michel qui, quand il a su qu'elle était enceinte...

Mais Charlotte se levait et tranchait :

— J'aime mieux ne pas entendre parler de ces gens-là ! Je vais dormir.

— Il est à peine neuf heures.

— Je n'ai plus le droit d'avoir sommeil ? Bonsoir !

Il ne restait à Mme Brun qu'à écrire une longue lettre à sa fille.

... l'arrivée de Michel, qui se soignait dans le Midi, laisse supposer...

Et Marthe demandait à son frère :

— Quand repars-tu ?

Ce fut Philippe qui répondit :

— Demain matin !

Il n'y avait aucun Donadieu dans la salle et pourtant, pour tout le monde, ils étaient là, présents derrière chacun, derrière les mots, derrière les questions posées. Le hasard voulut que, ce jour-là, alors que la pluie tombait depuis plusieurs semaines, un soleil printanier éclairât justement le prétoire et en attiédît l'atmosphère.

Le personnage le plus important, c'était l'avocat Limaille qui, manches flottantes, s'était affairé longtemps dans les couloirs. Qu'allait-il dire ? Allait-il oser attaquer de front la forteresse du quai Vallin ?

Ce fut un étonnement, et même une désillusion quand l'accusé entra entre les deux gardes. On ne voyait en effet dans le box qu'un petit bonhomme au visage quelconque, au regard ennuyé, peureux, qui avait revêtu son complet noir des dimanches et qui, avec son linge trop blanc, ses manchettes, sa cravate toute faite, avait l'air de s'être habillé pour un mariage de campagne ou pour un enterrement.

Quand on le questionna, ce fut bien pis. Il se demandait toujours si c'était à lui que le président s'adressait, se tournait vers les gardes comme pour solliciter un conseil, tandis que son avocat ne cessait de l'exhorter à voix basse. Alors, il bégayait :

— Oui, monsieur le président... Non, monsieur le président...

Il lui manquait sa casquette à tortiller pour se donner une contenance.

— Vous vous êtes jeté sur le Docteur Lamb et vous l'avez frappé à coups de marteau...

— Oui, monsieur le président...

— Vous avez porté au malheureux trente et un coups de votre instrument...

Il y eut, dans la salle, le frémissement habituel.

— Oui, monsieur le président...

— Vous aviez apporté le marteau avec l'intention de frapper le Docteur Lamb ?

— Oui, monsieur le président...

— Silence, dans le fond !

A certain moment, on put prendre le calme de l'accusé pour du cynisme. Mais non ! Le président lui-même se décourageait. Il était évident qu'il n'avait en face de lui qu'un pauvre homme à l'esprit borné.

Ce qui étonnait le plus c'est qu'un soir il ait pu se hausser jusqu'au crime !

— Introduisez le témoin.

A ce moment-là, la salle était comble et tous les cous se tendaient. Odette Baillet entrait, calme et digne, comme elle fût entrée chez son patron, le carnet de sténo à la main.

— En qualité de parente de l'accusé, je ne peux vous faire prêter serment. Étiez-vous au courant des intentions homicides de votre père ?

Du fond de la salle on cria :

— Plus haut !

Et le président répéta :

— Plus haut ! Veuillez vous tourner vers Messieurs les jurés. Lorsqu'il est venu vous voir à Bordeaux, a-t-il été question entre vous de l'article du journal *La Lessive* ?

— Non, monsieur le président.

— Cette visite de votre père ne vous a-t-elle pas étonnée ?

— Je ne sais pas... Je ne me souviens pas...

Plus haut ! criait-on toujours. Et elle se tourna vers la salle pour lancer un regard de reproche.

— A ce moment-là, aviez-vous lu l'article en question ?

On n'entendit pas sa voix, mais on vit le mouvement négatif de sa tête.

— Maintenant que vous avez lu cet article, pouvez-vous nous dire si les affirmations qu'il contient sont exactes ?

Pendant ce temps-là, Baillet était hébété, ou écrasé par la solennité de cette séance, honteux d'être là, tout seul, le point de mire de tant de gens.

— Non !

— Vous m'avez bien compris. Il ne m'appartient pas de citer certains noms étrangers au débat. Je vous demande si les affirmations de *La Lessive* sont exactes.

— Non !

— Je parle de toutes les affirmations...

— Non !

— Vous n'avez jamais quitté, même temporairement, l'emploi que vous occupez ?

— Non !

— C'est pour vos patrons que vous étiez à Bordeaux et vous y assumiez un travail de recherches ?

— Oui !

Le président se tourna vers l'avocat général, vers les jurés, vers Me Limaille.

— Personne ne désire poser de question au témoin ?

Et, vivement :

— Je vous remercie, mademoiselle. Vous pouvez vous retirer.

C'était tout. L'assistance était dépitée, étreinte, malgré tout, par une étrange émotion. On avait frôlé le drame, la catastrophe. Un mot de plus ou de moins et c'était le scandale, c'était une famille qui s'écroulait, un peu de La Rochelle qui sombrait dans une affaire malpropre.

— Au témoin suivant...

Des témoins de moralité, des cheminots qui venaient déclarer que Baillet était un honnête homme au caractère très doux.

Aux questions qu'on lui posa, le médecin légiste répondit :

— J'ai examiné l'accusé et je déclare, en mon âme et conscience, que sa responsabilité peut être considérée comme atténuée...

Ce fut peut-être le plus pénible car le médecin, après avoir été relevé par son client du secret professionnel, révéla que Baillet avait eu, jadis, une maladie spécifique qui avait laissé certaines traces.

On étouffait un peu. Le drame était trop sourd. On eût mieux supporté un éclat que cette grisaille et cette vulgarité.

— La parole est à la défense...

Et Limaille, de qui on attendait enfin des accents dramatiques, fit la plus classique en même temps que la plus terne des plaidoiries.

— Imaginez, messieurs les jurés, que demain un journal de chantage s'attaque à votre femme, à votre fille... Pour des raisons politiques, la victime voulait atteindre une des plus honorables familles de la ville et voilà que, par ricochet, cet homme que je défends finit, après trente années de travail, au banc des accusés...

L'allusion était pâle. Ce fut la seule. Il ne restait qu'à tracer de Baillet un portrait superflu, car l'attitude du pauvre homme suffisait.

Ce fut sans étonnement, sans émotion même, qu'on entendit l'avocat général conclure :

— Je demande l'application de la loi, mais je ne m'oppose pas à ce que l'accusé bénéficie des circonstances atténuantes.

Philippe était dans son bureau, avec Olsen et Mme Donadieu. Ils parlaient peu. Malgré l'assurance de Philippe, les deux autres étaient nerveux. La sonnerie du téléphone retentit mais, à l'autre bout du fil, ce ne fut que la voix anxieuse de Michel, qui appelait de Saint-Raphaël.

— Encore rien ! répondit Philippe. Je te rappellerai...

Au même moment, comme par hasard, Frédéric entrait. Il était allé là-bas, lui, et l'atmosphère l'avait si péniblement impressionné qu'à le voir on crut à une mauvaise nouvelle.

— Acquitté ! déclara-t-il simplement.

Il ne s'adressait pas à Philippe, mais à Mme Donadieu. Il avait chaud, s'épongeait, cherchait machinalement des cigarettes.

— Acquitté ? répéta Olsen.

Et il se passa quelque chose d'étrange. Tous, malgré eux, eurent le même regard vers la porte, comme si on se fût attendu à voir surgir un Baillet vengeur.

— Qu'est-ce qu'il a dit ?

— Rien ! On aurait pu croire qu'il ne comprenait pas. C'est Limaille qui est allé chercher sa fille dans la salle des témoins. Elle s'est jetée en pleurant dans les bras de son père...

Frédéric, qui essayait de se montrer calme, avait des larmes dans les yeux et détournait la tête.

— Les gens ? questionna Philippe.

Une moue du père. Une moue qui signifiait :

— Toi, c'est cela qui t'intéresse !

Et il répondit :

— Les gens n'avaient pas l'air de s'y attendre. On regardait sans comprendre. Je crois que tout le monde était ému. Par contre, j'ai entendu un avocat murmurer :

« — Pour du beau travail, c'est du beau travail. »

— Parbleu ! approuva cyniquement Philippe.

Ce n'était pas la guerre entre lui et son père, mais il y avait comme un grand vide entre eux. Par la faute de qui ? On n'aurait pu le dire. Par la faute, peut-être, de la méfiance avec laquelle Frédéric regardait toujours son fils.

Philippe, peu à peu, avait plus ou moins conquis tous les Donadieu. Mme Donadieu l'avais admis dans la maison une fois pour toutes et peut-être avait-elle plus confiance dans le jeune homme qu'en ses propres enfants.

Marthe, encore que marquant les distances, était reconnaissante à Philippe d'avoir gardé son sang-froid aux heures les plus difficiles et d'avoir évité le scandale.

Olsen lui-même était forcé d'admettre que Philippe, en affaires, était aussi fort que lui, beaucoup plus fort que Michel mais, comme Frédéric, pour d'autres raisons sans doute, il restait méfiant.

S'il avait dû résumer sa pensée d'une phrase, il aurait dit :

— Qu'est-ce qu'il veut au juste ?

Car c'était trop beau, Philippe s'était trop bien adapté, tant dans le domaine de la vie de famille que dans celui des affaires. Où voulait-il en arriver ? Était-ce l'homme à se contenter d'être simplement un des héritiers Donadieu, un des *hoirs* Donadieu, comme disaient les pièces officielles ?

Il ne parlait pas de réclamer plus de ses cinquante mille francs et il partageait honnêtement les frais de la villa de Saint-Raphaël. Jamais il ne prenait une décision sans en référer à sa belle-mère et à son beau-frère.

Un détail : le bureau de Michel, qui était devenu le sien, était mal éclairé. Il aurait pu installer une ampoule électrique plus forte, car il n'était pas l'homme du clair-obscur ; or, il ne l'avait pas fait.

— Comment les choses vont-elles s'arranger, maintenant ? questionna Mme Donadieu.

Et, machinalement, c'est vers Philippe qu'elle se tournait.

— Il ne faut rien précipiter, répliqua celui-ci. Michel restera dans le Midi tout l'été. Nous y prendrons nos vacances tour à tour. Quand j'irai, j'emmènerai Odette, comme on emmène une secrétaire, ce qui semblera naturel à tout le monde. Michel lui remettra le capital qu'il lui a promis et elle évitera de revenir à La Rochelle.

— Mais son père ?

Eh ! oui. On avait pensé à tout, sauf au cas où il serait acquitté. Qu'allait-on dire à Baillet ? Qu'allait-il faire ?

A ce moment, on entendit des pas dans l'escalier. Quelqu'un frappa à la porte, sans se faire annoncer par le garçon de bureau, et entra aussitôt, en familier des lieux. Philippe fut le premier à se retourner et il tressaillit malgré lui en voyant Odette qui se dirigeait vers son petit bureau en retirant son chapeau.

Il craignit une exclamation de Mme Donadieu, se hâta de dire :

— Maintenant, voulez-vous me laisser seul, car j'ai du travail ?

— Tu téléphones à Michel ? questionna Olsen, que Philippe fit taire aussitôt.

Et il les poussa dehors, y compris son père. Il referma la porte matelassée. En se retournant, il trouva la jeune fille debout devant lui, très pâle, une ombre de sourire aux lèvres.

Elle semblait avoir peine à se tenir debout.

— Ma petite Odette... commença-t-il.

Et elle, avec un effort pour rester sereine :

— Vous êtes content ?

Il ne fallait pas laisser l'émotion s'épaissir davantage. Car il était presque aussi ému qu'elle ! Il marcha vers la fenêtre, qu'il ouvrit.

— Est-ce que je m'étais trompé en promettant que tout s'arrangerait ?

Elle haussa les épaules. Elle semblait dire :

— Qu'est-ce qui est arrangé ?

— Maintenant, se hâta-t-il d'ajouter, il faut que vous restiez ma secrétaire pendant quelque temps. Cet été, vous me suivrez dans le Midi...

— Vous travaillez encore aujourd'hui ? demanda-t-elle en saisissant son bloc de sténo.

— Non ! Demandez-moi seulement Saint-Raphaël...

Elle le fit, à contrecœur, il le savait, mais il jugeait qu'il était nécessaire d'exiger cela d'elle.

— Merci, Odette. Maintenant, allez rejoindre votre père.

— Des amis de la gare l'ont entraîné ! dit-elle. Je ne sais même pas où ils l'ont emmené...

Ils devaient être à boire bruyamment dans quelque café !

— Allô ! Michel ?...

233

Il la pria du regard de sortir, mit sa main en cornet.

— Tu m'entends ?... Tout va bien... Acquitté... Oui !... Mais oui, puisque je te le dis... Mais non, voyons !... Oui... Sois tranquille... Je t'écris ce soir...

Odette, qui avait attendu sur le palier, entendit le déclic de l'appareil, rentra dans le bureau pour prendre son chapeau et ses mouvements lents trahissaient sa tristesse de partir sans le mot qu'elle attendait.

— Bonsoir, monsieur Philippe, soupira-t-elle, la main sur le bouton de la porte.

— Bonsoir, Odette, répliqua-t-il sans la regarder.

L'huis fermé, il respira enfin.

III

La clef était si grosse et si lourde qu'on ne pouvait pas songer à la mettre en poche ou dans un sac à main. Jamais personne ne s'était avisé qu'il suffisait de changer de serrure, ni Baillet, qui pourtant bricolait à l'occasion et avait construit le poulailler, ni sa fille, qui était jeune et qui avait souvent des idées ingénieuses.

Avant l'événement, c'est-à-dire avant le départ du cheminot pour la prison, il n'existait déjà qu'une seule clef, qu'on mettait dans le pot à fleurs cassé, à gauche de la porte, sur l'appui d'une lucarne. C'était si peu un secret pour les voisins qu'une fois, en l'absence des Baillet, croyant à un feu de cheminée, ils n'avaient pas hésité à montrer le truc aux pompiers.

Pendant que son père était sous les verrous,

Odette, faute de pouvoir emporter la clef avec elle, continuait à la cacher à la même place et tout à l'heure, tandis qu'il se laissait entraîner par des amis, elle n'avait pas pensé à lui souffler :

— La clef est toujours dans le pot !

Maintenant, dans l'obscurité assez fraîche, elle rentrait chez elle, quittait les rues de la ville pour ce chemin moitié rue, moitié grand-route qu'elle habitait. Les maisons, la plupart sans étage, étaient entourées d'un jardinet et la lumière était dispensée de loin en loin, non par des lampadaires, comme en ville, mais par de grosses ampoules suspendues au-dessus de la chaussée.

Odette poussa machinalement la barrière, remarqua que la lampe n'était pas allumée et, d'un geste qu'elle faisait déjà alors qu'elle était toute petite (à cette époque, elle montait sur une caisse vide qu'on laissait là exprès), elle plongea la main dans le pot, eut une impression désagréable, prit le récipient de terre rouge pour s'assurer que la clef n'y était pas.

Alors elle frappa, à tout hasard, mais elle savait que, si son père était là, elle verrait de la lumière, car les volets joignaient mal. Elle était plus lasse que d'habitude. Elle alla jusqu'au milieu de la route, d'où on voyait très loin, mais n'aperçut aucune silhouette d'homme.

Ce n'était pas une journée comme les autres. On ne pouvait rien préjuger d'un détail comme celui-là. Son père, sans doute, était venu et, en repartant, il s'était trompé et avait emporté la clef avec lui...

Elle n'était pas assez habillée pour la fraîcheur du soir et elle préféra faire comme quand elle était gamine, contourna la maison, monta sur la niche dont le chien était mort depuis dix ans et se glissa par un vasistas toujours ouvert, faute de verrou. Elle se trouvait ainsi dans un débarras qu'on appelait la buanderie, derrière la cuisine.

Inquiète, elle chercha le commutateur électrique, car elle sentait quelque chose d'anormal dans la maison. Mais non ! La cuisine n'était pas trop en désordre, sauf l'armoire ouverte et des restes de pain sur la toile cirée de la table.

Ce qui la frappait, c'était l'odeur. Elle ouvrit une porte, se trouva dans ce qu'on nommait le salon, bien que les meubles fussent en réalité des meubles de salle à manger. En principe, on n'y entrait que quand il venait un visiteur et à l'ordinaire l'air sentait l'encaustique et le moisi.

Cette fois, quand Odette alluma, elle vit un nuage de fumée stagner sous la lampe. Elle comprit. Sur la table, qu'on avait débarrassée de ses broderies et de ses bibelots, traînaient des verres, les meilleurs, ceux du service. Une boîte de cigares, qu'on gardait pour « quand il viendrait quelqu'un », était ouverte et l'air était saturé d'odeur de marc, de tabac, d'odeur d'hommes.

Odette n'essaya pas de réfléchir, elle retira son manteau, son chapeau, prit un tablier de cotonnette à son clou et mit de l'eau à chauffer sur le gaz. Puis elle ouvrit les fenêtres, car l'odeur l'écœurait.

Son père avait voulu offrir un verre à ses amis, voilà tout ! Il n'aurait pas dû se servir des bons verres, ni surtout les poser, gluants d'alcool, à même la table...

Elle les lava, les remit à leur place. Puis elle frotta la table et, comme certaines taches ne s'en allaient pas, elle alla prendre l'encaustique.

Elle n'avait pas faim. Par contre, la fatigue s'abattait sur elle avec une telle force qu'elle s'assit dans le fauteuil du salon, laissa son regard errer sur les portraits accrochés au mur puis ferma les yeux en poussant un soupir.

Elle garda conscience du temps qui s'écoulait, entendit passer le dernier autocar de Charron, puis le train de Paris. Enfin, plus tard, des pas résonnèrent sur la route et, peu après, la clef tourna dans la serrure. Avant d'ouvrir les paupières, elle comprit que, pour une raison ou pour une autre, son père avait de la peine à manœuvrer la clef et une seconde elle eut peur, se disant que ce n'était peut-être pas lui.

Elle se leva, bâilla, s'assura que tout était en ordre, tandis que les pas ébranlaient le corridor. Ce fut elle qui ouvrit la porte du salon et alors elle eut vraiment peur, peur de son père qui surgissait de l'obscurité avec un visage qu'elle ne lui connaissait pas.

Il était toujours endimanché, comme pour le procès. Mais il tenait la tête un peu penchée en avant, ce qui lui donnait un regard sournois. Un instant, il battit des paupières, à cause de la lumière, et soudain il parla, d'une voix rauque qui n'était pas sa voix de tous les jours.

— Qu'est-ce que tu fais ici ?

Elle faillit pleurer. Elle avait compris. Elle reconnaissait la voix, l'odeur. Elle n'avait vu son père ivre que deux fois, mais elle en avait gardé un souvenir vivant, surtout de la fois qui avait suivi l'enterrement de sa mère.

— Papa... murmura-t-elle.

Il ricana. Et, comme ce n'était pas l'homme à ricaner, son ricanement n'en était que plus dramatique.

— Va-t'en ! dit-il en se tournant vers le mur.

Elle crut qu'elle avait mal compris. Elle ne bougea pas et il répéta, comme un homme qui se contient, qui garde encore son sang-froid pour un moment mais qui ne répond pas de la suite :

— Va-t'en vite !

Il n'était pas ivre comme les autres fois, elle le sentait maintenant. Le plus frappant, c'était une tension de tous ses nerfs, la fixité de ses prunelles, de ses traits.

— Papa, je t'en supplie...

— Je te répète de t'en aller, salope ! Tu as compris ? Il faut que je te donne mes raisons, oui ?

Et, en disant cela, les traits tirés, il pleurait, serrait les poings, se mettait à trembler de tous ses membres.

— Va-t'en !...

Elle, effrayée, lui criait :

— Oui... Je vais partir... Calme-toi... Papa !...

— Tais-toi !

— Je te jure, papa...

— Mais tais-toi donc ! Tu ne vois pas que je suis capable de faire un nouveau malheur ?

Elle reculait vers sa chambre. Une seconde elle faillit s'y enfermer, pensant que le lendemain matin son père serait revenu à des sentiments plus normaux.

— Dépêche-toi... grondait-il, les yeux toujours embués de larmes. Emporte tout ce que tu voudras, mais dépêche-toi...

Il alluma lui-même la lampe dans la chambre de la jeune fille, fit dégringoler une valise qui se trouvait sur la garde-robe et qui était la seule valise de la maison.

Odette ne pouvait plus faire un mouvement, tant elle était impressionnée. Elle ne pouvait pas pleurer non plus, ni parler. Elle restait debout, blême, inerte, le corps appuyé au pied de son lit.

Et son père, avec des mouvements maladroits, saccadés d'homme ivre, ouvrait l'armoire, arrachait les quelques vêtements qui y pendaient, les poussait pêle-mêle dans la valise.

— Qu'est-ce que tu attends ? Hein ? Tu crois que je suis saoul ? C'est vrai que j'ai bu, mais ne compte pas que demain j'aie changé d'avis...

C'était déchirant de le voir aussi malheureux. Ceux qui l'avaient contemplé le matin dans le box des accusés, petit bonhomme ahuri et pitoyable, n'auraient pas imaginé qu'il pût, en quelques heures, atteindre ainsi à un tragique quasi burlesque à force d'intensité.

— Dépêche-toi, Odette... supplia-t-il comme elle ne bougeait toujours pas... Tu ne comprends pas, non ?... Tu ne comprends pas ?... Eh bien ! si tu veux savoir, Limaille, l'avocat, oui, Limaille, est venu m'offrir *leur* pension... comme à toi !...

Sa gorge se gonflait, se serrait. Il ne pouvait plus parler, plus respirer. Il était pris de vertige, paraissait sur le point de s'abattre sur le sol.

— Va-t'en vite, maintenant.

Et, à nouveau animé par la rage, il hurla, perdant tout contrôle de lui-même :

— Va-t'en !... Va-t'en !... Va-t'en !... Si tu ne comprends pas encore, regarde ça...

Et, fébrile, à demi fou, il fouilla ses poches, en tira un petit carton rouge qu'il lui jeta à la figure. C'était une vulgaire carte de membre du parti communiste. Elle était fraîche, de l'après-midi même !

— Tu y es, oui ? Tu as compris ?

Car, à ses yeux, ce bout de carton, c'était le symbole de sa révolte, sa rupture définitive avec tout ce qui avait été sa vie jusque-là.

Ses nerfs, pourtant, commençaient à se fatiguer et

il se tassa contre le mur, l'œil fixé sur sa fille qui se dirigea lentement vers son chapeau, son manteau.

Elle allait partir quand il ramassa la valise, la ferma, la lui jeta dans les jambes.

— Tu oublies tes affaires...

Elle tenta :

— Je te jure, papa...

Mais elle vit bien qu'il n'écoutait pas, qu'il souffrait, que chaque seconde de plus menaçait de provoquer une nouvelle crise. Elle ouvrit la porte d'entrée, entendit, derrière elle, une sorte de hoquet, peut-être de sanglot et elle se mit à courir sur la route, sa valise lui frappant les jambes à chaque pas.

Son allure ne redevint normale que quand elle arriva à la porte Royale. Deux sous-officiers qui rentraient à la caserne la dévisagèrent et firent une plaisanterie sur son compte. La valise n'était pas tellement lourde, mais encombrante. Il y avait encore des bruits de pas dans quelques rues rayonnant vers le centre, ce qui marquait la sortie des cinémas.

Odette ne se rendit pas compte du chemin qu'elle suivait. Elle se retrouva devant la cour de la Grosse-Horloge alors que celle-ci marquait minuit vingt-cinq. Au-delà de la tour, la marée montait, les bateaux se soulevaient insensiblement et les mâts arrivaient à dépasser le toit des maisons des quais.

Il y avait, tout près, un café ouvert, le *Café de Paris,* où il lui arrivait d'aller le dimanche après-midi pour entendre la musique. Elle entra, marcha vers une des tables, sans rien voir. Puis, assise sur la banquette, elle regarda un bon moment le garçon en essayant de comprendre où elle était.

— Qu'est-ce que vous prendrez ?

— Je ne sais pas... Un café...

240

Petit à petit seulement elle se rendait compte que la plupart des chaises étaient entassées sur les tables et que la moitié de la salle était plongée dans l'obscurité. Deux jeunes gens très excités parlaient, dans un coin, à voix haute, pour qu'on les entendît.

— ... je lui ai dit : ma petite, on ne me la fait pas, à moi, et...

— Qu'est-ce qu'elle a répondu ?

Le regard d'Odette se fixa sur un autre personnage qu'elle reconnaissait, qu'elle avait encore vu l'après-midi même et, chose étrange, elle n'arrivait pas à savoir qui c'était. L'homme, aux cheveux déjà argentés, qu'accompagnait une petite femme assez quelconque, la regardait aussi, avec une gravité particulière.

Elle le vit se pencher, dire quelque chose à sa compagne, comme pour s'excuser. Il traversa l'espace de plancher recouvert de sciure de bois et, à mesure qu'il s'approchait, la jeune fille faisait un effort plus violent pour se souvenir.

Tout cela tenait un peu du rêve. Les jeunes gens parlaient toujours à voix haute de leurs petites affaires.

L'autre, l'homme aux cheveux gris, saluait gravement, murmurait :

— Vous permettez que je m'installe un moment près de vous, mademoiselle Odette ?

Il comprit qu'elle ne l'avait pas reconnu.

— Frédéric Dargens, le père de Philippe...

Elle le laissa s'asseoir, devina qu'il avait vu la valise et que c'était cela qui l'intriguait. Comme le garçon apportait la consommation commandée, il murmura :

— Laissez-moi vous dire que vous ne devez pas boire de café en ce moment. Servez un grog, garçon !

Elle ne protesta pas. Il y avait une certaine volupté à laisser faire cet homme qui semblait jouer délicatement avec les choses de la vie.

— Vous avez raté le train, n'est-ce pas? dit-il en souriant et en jetant un coup d'œil à la valise.

Elle faillit fondre en larmes, se contint à grand-peine et il lui toucha le coude, doucement, comme pour l'encourager dans sa résistance. Il parlait toujours.

— Maintenant, il n'y a plus de train avant cinq heures du matin. Vous ne pouvez pas rester ici toute la nuit...

On sentait qu'il choisissait ses paroles avec soin, qu'elles n'avaient pas leur sens habituel mais qu'elles étaient comme des symboles de choses plus secrètes.

Alors, soudain, Odette fut étonnée elle-même de ce qui advint. Elle n'avait jamais fait de confidences à personne. Au bureau, elle passait pour une jeune fille renfermée. Et voilà que tout à trac elle prononçait :

— Mon père vient de me mettre à la porte!

— Je l'ai deviné quand je vous ai vue entrer avec une valise.

Elle ne se demanda pas comment il avait pu deviner un drame aussi inattendu pour elle. Mais, déjà en confiance, elle regarda la petite femme assise en face d'eux et dit, presque boudeuse :

— Elle me fixe tout le temps...

Frédéric se leva en murmurant une excuse, alla parler bas à son amie qui haussa les épaules, prit son sac, son étroite fourrure et sortit.

— Qu'est-ce que vous avez fait? demanda Odette.

— Je l'ai envoyée se coucher.

— Pourquoi?

— Parce qu'il faut que nous causions. Vous ne

pouvez pas errer dans la ville toute la nuit. En outre, il est préférable qu'on ne vous rencontre pas…

D'un haussement d'épaules, elle eut l'air de dire que cela lui était égal.

— Ne faites pas l'enfant ! la gourmanda-t-il. Il faut envisager les choses comme elles doivent être envisagées. Buvez votre grog…

— Il est trop chaud !

— Ça ne fait rien. Buvez-le.

Les jeunes gens les observaient, du coin où ils étaient, près de la vitre. La caissière et le garçon attendaient, résignés, car ils avaient l'habitude de voir Frédéric s'attarder après la fermeture.

— Mettez-vous d'abord dans la tête que, dans la vie, rien n'est définitif, surtout les drames les plus échevelés.

C'était sa voix qui la calmait, une voix qui ressemblait à celle de Philippe, en plus doux, en plus enveloppant. Cette façon aussi, qu'avait déjà le jeune homme, de considérer tous les êtres comme des enfants, de leur accorder sa protection.

Philippe lui disait, lui :

— Votre vie n'est pas finie… Elle commence…

Et elle, qui sortait d'une tragédie, elle dont toute la ville savait qu'elle couchait avec son patron et qu'elle avait provoqué un avortement, elle dont le père avait tué, elle s'était laissé aller à le croire !

Le père, lui, affirmait :

— Rien n'est définitif, *surtout les drames !*

La preuve, c'est qu'elle avait déjà de la peine à reconstituer les détails de la scène qui venait d'avoir lieu. La mémoire lui reviendrait peut-être plus tard. Maintenant, cela n'avait pas l'air vrai. Elle avait chaud. Elle écartait le col de son manteau, buvait son grog jusqu'à la dernière goutte et un peu de sang lui montait aux pommettes.

La voix, près d'elle, questionnait :

— Vous aimez Michel Donadieu?

Et elle secouait franchement la tête, puis rougissait, à cause... Oh! ce n'était même pas un sentiment... Malgré elle, elle pensait à Philippe, aux heures où il voulait bien l'appeler près de lui, non pour dicter du courrier, mais pour lui parler d'elle-même.

« — ... Qu'est-ce que vous seriez devenue ?... Au contraire, vous avez vécu des heures intéressantes, comme une héroïne de roman... »

Elle cherchait les mots qu'il avait encore dits. Elle les avait cherchés souvent, sans les retrouver. C'était assez vague. Les pensées de Philippe s'exprimaient autant par l'ambiance, par la voix, par son attitude.

Mais elle avait compris qu'il lui conseillait d'être cynique, de prendre la vie telle qu'elle se présentait, de s'armer pour n'être plus dans les « mangées ».

C'était le mot, oui ! La phrase était à peu près :

« — Dans la nature, il y a des animaux qui mangent les autres et des animaux qui naissent tout exprès pour être mangés... des loups et des lapins... »

Frédéric, lui, n'était pas aussi brutal. Il ne voulait peut-être pas dire la même chose.

— Puisque vous n'avez pas pu vivre la vie calme à laquelle vous sembliez destinée, il faut en choisir une autre, vous comprenez, Odette ?

Elle faisait oui de la tête, en essuyant son visage où le grog faisait perler une fine sueur.

— Vous êtes mieux armée, maintenant...

— Je suis encore malade, souffla-t-elle tout bas.

— Je sais... Mais, si je vous disais que cinquante

244

pour cent des femmes que je connais ont passé par là.

— C'est vrai ?

— Qu'est-ce que Michel vous a raconté, avant-hier ?

— Il voulait que j'aille dans le Midi, avec M. Philippe, pour les gens. J'aurais travaillé quelques jours, puis ils m'auraient fait une pension et je serais partie.

— Où ?

— Je ne sais pas.

— Qu'est-ce que vous avez décidé ?

— Je ne sais pas.

Les jeunes gens du coin s'en allaient enfin. La caissière bâillait et le garçon ramassait les dernières chaises.

— Que me conseillez-vous, vous ?

Il ne se reconnaissait pas le droit de lui dire de refuser l'offre de Michel. Il ne connaissait pas assez les forces de la jeune fille. Il se contenta de murmurer :

— Je vous conseille de vivre !

Puis, à brûle-pourpoint :

— Vous avez de l'argent ?

— Je ne sais pas.

Elle se souvint d'un geste de son père qui, après avoir entassé ses vêtements dans la valise, y avait jeté autre chose qui ressemblait au vieux portefeuille de la maison.

— Voulez-vous que je regarde ?

Elle avait peur d'être seule. Avec des gestes précipités, maladroits, elle ouvrit sa valise en fibre, écarta du linge, de la toile, de la soie, trouva en effet le vieux portefeuille — il datait du mariage de Baillet — et l'ouvrit.

— Il y a mes sept mille francs, dit-elle. Qu'est-ce que je dois faire ?

N'était-ce pas un peu Philippe qui allait lui répondre par la voix de son père ?

— D'abord, nous devons sortir d'ici, car on attend notre départ pour fermer le café. Ensuite, nous verrons !

Pas un instant, elle n'imagina qu'il avait une idée derrière la tête. Il paya, porta la valise et ce fut la première fois de sa vie qu'elle sortit ainsi d'un café tandis qu'un homme élégant lui en tenait la porte ouverte.

Il faisait sec, avec de la lune. Ils se dirigèrent vers le port et Frédéric était assez embarrassé.

— Vous pourriez passer la nuit à l'hôtel, dit-il enfin en lui prenant le bras d'un geste protecteur. Mais demain tout le monde le saurait et on chercherait à comprendre. Le train n'est qu'à cinq heures sept...

— Quel train ?

— Qu'importe ? A mon avis, il faut que vous quittiez La Rochelle, que vous vous reposiez, que vous preniez le temps de vous calmer et de réfléchir. Vous pouvez aller n'importe où, à Paris ou à la campagne...

— A Paris ! décida-t-elle, soudain résolue.

— Écoutez. Je vais risquer de vous compromettre. Si vous n'étiez pas aussi lasse, je vous proposerais de marcher toute la nuit. Dans un instant, je laisserai la porte du cinéma entrebâillée. Vous vous étendrez sur les banquettes... A cinq heures, je vous mettrai dehors...

Il n'attendait pas de réponse. Il savait qu'elle était prête à tout. Il l'installa dans une loge du fond, sur trois chaises rembourrées et couvertes de velours.

Dans son cagibi, là-haut, il retrouva sa compagne,

une ancienne acrobate, celle-ci, car la précédente
était partie avec un violoniste.

— Qui est-ce ? demanda-t-elle.

— Personne !

— Si tu te mets à faire dans les jeunes filles !...

Il se contenta de railler :

— Que veux-tu ? On devient vieux !

C'était l'heure où Michel, à Saint-Raphaël, quittait
la *Boule Rouge* au bras de Nine. Son voyage à La
Rochelle l'avait fatigué et il affectait de marcher avec
précaution comme un grand malade. De temps en
temps, il retenait sa compagne, s'arrêtait, happait
une gorgée d'air en portant la main à sa poitrine.

— Tu ne m'as pas encore répondu, insistait-il.

Car il en était toujours là ! C'était devenu une idée
fixe. Chaque jour, il se promettait d'en avoir le cœur
net, de forcer la gamine à répondre, voire, d'un geste
brusque, à se renseigner lui-même.

— Asseyons-nous un moment, proposa-t-il
comme ils passaient près d'un banc. Il me semble que
mon pouls se ralentit encore.

La vérité, c'est qu'elle n'y croyait pas. Elle le
voyait gras, les joues pleines, et elle ne comprenait
rien à cette histoire de pouls lent.

Elle s'assit néanmoins, résignée, avec une pointe
d'inquiétude. Elle aurait préféré entendre des pas
alentour, mais il n'y avait plus personne dans les
rues.

— Viens plus près, Ninette...

Il l'appelait Ninette, Ninouche et même, en souvenir d'un roman russe, Ninoutchka, ce qui ressemblait
à Niétotchka. Elle en riait. Avait-elle besoin de

comprendre ? C'était un homme riche, un « monsieur ». Il avait ses manies, comme la plupart des gens riches, comme certaines clientes qui, au *Continental,* exigeaient des choses étonnantes, l'une, entre autres, qui avait apporté avec elle des draps de lit en soie noire sous prétexte qu'elle ne pouvait dormir dans des blancs.

Elle se laissa attirer vers lui, ne repoussa pas la main qui, entourant ses épaules, venait se poser sur son sein droit, un sein dur et pointu de gamine italienne.

Le sein, c'était sans importance. Seulement il allait falloir lutter, comme toujours, pour sauvegarder le reste. C'était lassant. Il ne se décourageait pas, avançait centimètre par centimètre, en essayant de détourner son attention. Et, quand elle le repoussait enfin, il commençait par supplier, feignait de se résigner, recommençait toute la manœuvre.

— Si tu savais combien il faut que je t'aime pour faire ce que je fais !

— Pour faire quoi ?

Et c'était à nouveau les demi-confidences.

— Je viens de vivre un grand drame, Ninouche...

Elle se souvenait du *leitmotiv,* ou à peu près.

— Ah ! oui, l'homme qui est allé au bagne à cause de toi...

— Non ! Il a été acquitté.

— Eh bien ! alors ?

— N'empêche que c'est terrible. Un jour, il est capable de venir me réclamer des comptes...

— Qu'est-ce que tu lui as fait ?

— J'ai aimé une femme...

— La sienne ?

Déjà elle devait le repousser. Il était presque arrivé à ses fins. Et, cette fois, bien qu'elle tendît tous ses muscles, elle n'arrivait pas à lui faire lâcher prise et elle avait peur.

— Ninouche... Ninouche... soufflait-il, penché sur elle.

— Lâchez-moi... Lâchez-moi ou je mords...

Elle le fit, brusquement. Le nez de Michel était à portée de ses dents et elle referma la mâchoire d'un coup sec.

Il se dressa d'une détente. On aurait pu croire qu'il allait pleurer, tant il était lamentable. Il cherchait son mouchoir pour tamponner son nez qui saignait.

— Je vous avais prévenu... expliquait-elle en remettant de l'ordre dans sa toilette. Quelle idée, aussi ! Il y a des moments où on se demande si vous avez déjà vu une femme...

Il était là, debout, dans son beau costume de golf, avec ses bas écossais, et il tenait son nez dans son mouchoir, plus gros et plus inconsistant que jamais.

— Vous m'en voulez ? demanda-t-elle, gamine.

Elle se leva à son tour, fit mine de s'éloigner.

— Parce que, vous savez, si vous m'en voulez...

— Reste ! supplia-t-il. Attends...

Ils n'étaient éclairés que par la lune. Comme un sergent de ville passait, ils se tinrent immobiles tels des gens qui bavardent. Il fallut attendre que l'agent eût tourné le coin de la rue.

— C'est votre faute aussi. Tous les jours vous recommencez...

— Alors, réponds-moi !

Même avec le nez qui saignait, il y revenait !

— A quoi ?

— Tu le sais bien.

— Si je suis vierge ?

— Oui... fit-il honteusement.

— Eh bien! non, là! Vous êtes content, maintenant?

Elle boudait, lui tournant le dos.

— Avec qui as-tu couché?

— Avec mon fiancé, tiens!

— Celui qui est en service à Brest?

— Pardi!

— Ninouche... Ninoutchka... Viens près de moi...

C'était lui qui allait près d'elle, qui la prenait dans
ses bras avec plus d'attendrissement que jamais. Et
tout bas, à son oreille, il balbutiait:

— Alors, avec moi, pourquoi ne veux-tu pas?

— Ce n'est pas la même chose!

— Pourquoi?

— Parce que! Venez, maintenant! Il est temps
que je rentre...

— Tu reviendras demain?

— Je ne sais pas encore...

— Pourquoi? Qu'est-ce que je t'ai fait? Écoute,
Nine! Je te promets de ne plus recommencer...

— Vous dites ça tous les jours.

— Cette fois, je le jure!

Elle éclata de rire, car ils passaient sous un
réverbère et elle voyait soudain deux gouttes de sang
sur le nez de son compagnon. Une goutte pendait,
tout au bout.

— Pourquoi ris-tu?

— Pour rien! Vous êtes drôle!

Et elle dit ça avec une certaine tendresse. Il était
drôle, c'était le mot. Il ne s'y prenait pas comme les
autres. Il la faisait penser à un gros bourdon qui se
heurte à tous les murs d'une cuisine.

— Non, ne me tenez pas... Marchons...

— Demain?

— Attendez-moi toujours ! Qu'est-ce que votre sœur va dire en voyant votre nez ?

Car si, jouant à la prudence, il se faisait appeler M. Émile, il ne pouvait s'empêcher de raconter bribes par bribes toutes les histoires de la famille. Elle savait qu'il était à Saint-Raphaël avec sa sœur, que celle-ci attendait un enfant et qu'elle téléphonait tous les jours à son mari, ce qui coûtait dix-huit francs pour trois minutes.

Elle savait aussi que son frère, qui était un gamin malingre, avait découvert la culture physique et qu'il passait des heures, avec son précepteur, à des exercices plus ou moins saugrenus.

Kiki ne s'était-il pas mis en tête de construire un bateau ? Il avait acheté du bois, une scie, un marteau. Il avait fait venir, à la suite d'une annonce, le plan détaillé d'une « barque à construire soi-même ».

Ils y travaillaient farouchement, Edmond et lui, et il eût été difficile de dire lequel était le plus enragé, du professeur ou de l'élève. Il leur arrivait même de se disputer à cause d'un exercice que l'un prétendait faire mieux que l'autre et ils avaient chipé le ruban métrique de Martine pour se mesurer les biceps, les épaules, les mollets.

Le couple atteignait le viaduc. Nine, sans rancune, tendait les lèvres, mais Michel était pris de panique à l'idée qu'elle ne viendrait peut-être plus.

En même temps il pensait qu'elle avait été à un autre, que quelqu'un...

Un moment l'idée lui vint de la prendre, de force, là, sur le trottoir.

Elle sentit d'ailleurs un danger et elle se glissa hors de ses bras, cria de loin :

— Bonsoir...

L'autre peur, maintenant, la dernière de la journée : celle des mauvaises rencontres ! Michel marchait vite, s'épuisait, se disait qu'en rentrant il allait prendre sérieusement son pouls.

Toute la maisonnée dormait. Lui, sans savoir au juste pourquoi, était découragé, en proie à une sensation de vide.

On n'aurait pas dit une villa où dormaient des humains, quatre, sans compter celui qui ne tarderait plus à naître. On n'y sentait aucune chaleur animale, aucune odeur de foyer.

La chambre de Michel était la plus grande, mais la plus vide. Vide comme... Il n'aurait pas pu dire comme quoi, comme quelque chose qu'il sentait en lui et qui le poussait à prolonger les moments où il avait contre son corps le corps nerveux et chaud de Nine et où, dans les baisers, se mêlait un arrière-goût d'ail qu'il s'était mis à aimer.

Lentement, avec minutie, comme chaque soir, il fit sa toilette de nuit, n'oublia pas de prendre son pouls — 48 ! — de se gargariser puis, pieds nus, d'aller éteindre le commutateur, car celui de la tête du lit était détraqué.

IV

Même si, dans les premiers jours de février, quelqu'un avait vu Philippe pénétrer à l'Hôtel de France, il aurait été difficile d'y trouver malice. Dans la salle à manger un peu trop nette et trop neutre, comme un réfectoire de couvent, Philippe se contentait de déjeuner avec un couple timide arrivé le matin et qui s'était inscrit sous le nom de Grindorge.

Le même couple, l'après-midi, visita La Rochelle
— et par hasard il ne pleuvait pas. Philippe se
trouvait sur le seuil des entrepôts quand les Grindorge parurent et il leur fit les honneurs des installa-
tions frigorifiques, puis d'un chalutier, d'un charbon-
nier et enfin de l'usine de boulets.

Cela arrivait couramment. Des fenêtres du quai
Vallin, on l'aperçut bien avec des étrangers, mais nul
n'y prit garde.

A plus forte raison, l'arrivée d'un Russe hirsute et
maigre dans un petit hôtel du quartier de la gare
passa-t-elle inaperçue. Ses logeurs le traitaient avec
respect, car il s'était inscrit comme ingénieur et, le
troisième jour, il revint avec une petite 6 CV qu'il
venait d'acheter. Comme son nom était trop difficile
à prononcer, on l'appelait M. Ivan.

M. Ivan était dehors toute la journée, circulant
dans la région, s'arrêtant souvent dans les garages
pour prendre de l'essence.

Fin mars, il était fortement question, à La
Rochelle, de la faillite du garage Rossignol, un vieux
garage qui ne correspondait plus à rien, mal placé
entre deux rues à sens unique, mal outillé par
surcroît.

Puis soudain Rossignol désintéressa ses créanciers,
fit abattre un mur qui le gênait et on apprit qu'il avait
trouvé un associé très riche, un ingénieur russe,
M. Ivan.

Début d'avril, la raison sociale du garage devenait : *Rossignol et Cᵉ. — Entreprise générale de
transports.*

On ne transportait encore rien mais, le 15 avril, dix
camions magnifiques, du plus récent modèle, encombraient la rue et tous les dix portaient en lettres
rouges « Rossignol et Cⁱᵉ ».

C'est de cela, justement, qu'ils parlaient à table. Mai commençait. Grâce à l'heure d'été, on pouvait dîner sans allumer les lampes mais, à cause des vieux arbres du parc, l'atmosphère de la salle à manger, aux plus beaux jours, restait grise et feutrée, humide. Mme Donadieu s'était habituée à manger en tête à tête avec Philippe, qui avait toujours quelque chose d'intéressant à raconter.

— Vous savez à quoi j'ai pensé, maman ? disait-il ce soir-là sans paraître y attacher d'importance.

Elle dit non, bien entendu. Comment l'eût-elle su ?

— Une sorte d'hurluberlu a fondé, à La Rochelle, une entreprise de transports. Je ne sais pas ce qu'il s'est mis en tête de transporter mais il a les dix camions les plus modernes qui soient.

Elle savait qu'il parlait rarement pour rien et l'écoutait avec attention.

— Aujourd'hui, on m'a appris une chose qui, si elle était vraie, aurait une certaine importance pour nous. Le Russe qui dirige cette affaire aurait eu deux entrevues avec Varin...

Elle fit un effort, car elle ne comprenait pas encore.

— Il ne peut s'agir de transporter le poisson des pêcheries Varin, n'est-ce pas ? Par contre, il pourrait être question de transporter les boulets Varin, qui nous font concurrence ! Dix camions rapides pénétrant dans toutes les campagnes, livrant à domicile sans intermédiaire...

Elle l'admirait. Personne, dans la maison, ne lui avait parlé de cela, ne s'en était même avisé, alors que la question était grave, le rayon « boulets » étant à ce moment le seul qui rapportât.

Philippe continuait à manger et à bavarder, comme d'une chose quelconque.

— Je n'ai pas eu le temps d'envisager tous les détails de la question. Il est certain que notre service de distribution est préhistorique. D'autre part, les banques ne se décideraient pas facilement à nous ouvrir un nouveau crédit pour du matériel. Vous ne prenez plus de fromage, maman ?

Il en prenait, lui, sonnait Augustin pour réclamer du beurre. Et la conversation continuait, paisible et confiante.

— Vous comprenez ce que je veux dire ? Une idée m'est venue, et j'ignore encore si elle est bonne. Supposons qu'au lieu de vendre notre charbon nous-mêmes...

Si Olsen eût été là, il eût bondi d'indignation, mais Mme Donadieu observait toujours Philippe.

— ... Oui, si au lieu, pour parler plus exactement, de *distribuer* notre charbon, nous en chargions une Société ?... Attendez ! Vous allez m'objecter que le testament ne nous permet pas d'abandonner une des affaires de la maison avant la majorité d'Oscar. Aussi n'est-il pas question d'*abandonner*...

Cette fois, elle mit les coudes sur la table, car elle soupçonnait que c'était très important.

— Vous allez comprendre, maman... Nous continuons à acheter le charbon en Angleterre et à le transporter sur nos bateaux. Nous continuons aussi la fabrication des boulets. Ici, seulement, un léger changement. Pour la vente au détail, nous constituons une société nouvelle, une société fermière, qui nous achète le boulet à tel prix et qui se charge de le distribuer à travers les trois départements...

— Mais cette société fermière, qui est-ce ?

— Nous ! Nous et ce garage qui possède déjà les

255

camions. Nous apportons le charbon et les autres apportent le matériel roulant...

C'était loin d'être fini. Mais, comme la suite était plus délicate, Philippe alluma une cigarette et se leva.

— A première vue, cette société fermière ne paraît pas utile, en tout cas pas indispensable. Elle changerait pourtant notre situation à tous et surtout la vôtre, maman. Qu'arrive-t-il maintenant ? Que les bénéfices réalisés sur le charbon sont dévorés par les services pêcheries et cargos. Quant à vous, vous n'avez aucune participation personnelle dans l'affaire. Résultat : chacun de nous se débat péniblement avec cinquante mille francs par an et il est question, l'an prochain, de diminuer ce chiffre. Kiki majeur, vous ne recevez plus qu'un usufruit dérisoire, peut-être inexistant...

Le portrait du père Donadieu ne le gênait pas, au contraire ! Cela l'excitait plutôt de narguer du coin de l'œil le bonhomme rigide dont il était en train de remanier l'œuvre à sa fantaisie.

— La société fermière est autonome ! Nous nous y réservons chacun un certain nombre de parts, vous comme nous, *à votre nom personnel.* Les bénéfices s'encaissent au fur et à mesure, sans passer par la caisse Donadieu. Remarquez que c'est une idée en l'air...

Mais non, ce n'était pas une idée en l'air, et Mme Donadieu ne l'ignorait pas. Elle connaissait son Philippe ! Elle avait eu le temps de l'étudier et, si elle était pleine de bienveillance à son égard, elle n'était jamais dupe.

Il savait ce qu'il faisait. Il savait où il allait. Mais, malgré tout, n'était-il pas moins dangereux pour elle que ses fils et ses filles figés dans la stricte observance du testament ?

Les quelques phrases qu'il venait de prononcer là c'était tout bonnement le moyen légal de tourner ce testament, de déjouer les précautions prises par Oscar Donadieu, de reprendre une partie de sa liberté.

— Qu'y a-t-il? demanda-t-elle avec impatience à Augustin qui entrait.

— Mme Marthe fait demander à Madame si elle peut descendre un instant.

— Bonsoir, maman! dit Marthe en posant sur le front de sa mère un baiser pointu.

Et, quand elle prononçait maman, c'était aussi distant que si elle eût dit madame. Elles habitaient la même maison et il leur arrivait de rester deux jours sans se voir. Seule Marthe restait fidèle aux rites établis par Oscar Donadieu et, sauf une fois ou deux, elle continuait à se faire annoncer avant de descendre deux étages.

— Tu peux rester, Philippe, fit-elle à l'adresse de son beau-frère qui affectait de se diriger vers la porte. Cela t'intéresse aussi.

Autrement dit, elle avait, comme lui, son petit paquet à déballer. La preuve, c'est qu'Olsen était resté là-haut, comme il le faisait toujours quand il s'agissait d'une démarche délicate, car il avait horreur d'être mêlé à des discussions familiales. Marthe, d'ailleurs, s'en tirait beaucoup mieux, cédait rarement du terrain et surtout, dans n'importe quelles circonstances, gardait son sang-froid.

Philippe s'attendait à une remarque de sa belle-sœur, en guise d'escarmouche, car, depuis que Mme Donadieu vivait pour ainsi dire avec lui, elle avait pris l'habitude, le soir, de fumer la cigarette et de boire un petit verre de liqueur avec sa tisane.

Mais non ! Augustin allumait les lampes, sortait sans bruit. Marthe trouvait une voix presque enjouée pour lancer :

— Voilà ! c'est à propos des vacances. Nous en parlions tout à l'heure avec Jean. Et nous avons pensé que le mieux, pour toi, serait de prendre tes vacances dès maintenant...

Il avait été décidé une fois pour toutes que, puisqu'on avait fait les frais de la villa de Saint-Raphaël, il fallait en profiter. Chaque ménage, tour à tour, irait passer un certain temps là-bas et l'on partagerait les dépenses.

Pour le moment, il y avait déjà Michel, le gamin avec son précepteur et Martine.

— Il ne faut pas oublier, se hâtait d'ajouter Marthe, que le temps, dans le Midi, n'est pas le même qu'ici. Au contraire ! Si tu attends le mois de juillet, ce sera pénible pour toi, qui es assez forte, à cause de la chaleur. Enfin, il y a Martine...

Du regard, elle appelait Philippe à son aide.

— Tu as lu sa dernière lettre à Philippe ? Il semble que l'enfant naisse un peu avant terme, c'est-à-dire en juin. Ainsi, tu serais là...

Boniment, bien sûr, Mme Donadieu le savait ! Elle connaissait sa fille. Marthe n'ignorait pas qu'en ce moment il n'y avait personne sur la Côte et elle tenait à y aller, elle, quand la vie mondaine battrait son plein. D'ailleurs, elle se trahit.

— Enfin, j'ai reçu une lettre de Françoise...

Françoise, c'était la fille de Mme Brun, qui avait épousé un duc.

— Elle me dit qu'elle sera à Cannes en juillet et

qu'elle voudrait me voir. Cannes et Saint-Raphaël, c'est à côté...

Bah ! Mme Donadieu préférait se laisser faire. C'était trop fatigant d'entrer en lutte avec Marthe, qui avait de l'esprit de suite et une patience inusable. Seulement, il fallait profiter autrement de la situation.

— Je veux bien partir, mais à une condition, dit-elle. C'est que j'emmène la voiture et Augustin...

Cela n'alla pas tout seul.

— Pour la voiture, il faut que je demande à Jean...

Et Marthe grimpa chez elle, resta longtemps absente, revint avec une mine résignée.

— Jean veut bien s'arranger pour se passer de voiture, ce qui n'ira pas sans mal. Mais il est nécessaire qu'Augustin reste ici, sinon, pendant la journée, il n'y aurait plus d'homme dans la maison...

On chercha une solution. Mme Donadieu ne conduisait pas. Prendre un chauffeur, c'était trop cher.

— Pourquoi ne pas emmener Baptiste ? proposa Philippe.

Baptiste Maclou, le garde du château d'Esnandes ! Marthe sauta sur l'idée. Mme Donadieu tiqua.

— Il est trop paysan ! protesta-t-elle.

On transigea, en ce sens qu'on décida de faire faire à Baptiste une livrée de chauffeur.

Le surlendemain, jour du départ, Mme Donadieu était surexcitée. Elle s'était commandé deux robes de demi-deuil, prétendant que le grand deuil était superflu et même ridicule sur la Côte d'Azur. Elle emportait une pleine auto de bagages. Quant à Baptiste, il était engoncé dans son nouvel uniforme.

On n'avait plus parlé de société fermière. Pas un mot, malgré deux repas pris en tête à tête avec

Philippe. Au moment du départ seulement, elle lui dit, comme si elle se souvenait d'un détail sans importance :

— A propos, comment allez-vous faire pour la combinaison dont vous m'avez parlé ?

— Il faut d'abord que j'en discute avec Jean et avec Martine, répliqua-t-il. Si on a besoin d'une signature...

Et son geste signifiait qu'il serait vite là-bas.

— Vous n'avez rien à dire à Martine ?

— Dites-lui que j'irai la voir dans quelques jours, qu'elle se soigne bien, qu'elle veille surtout, le soir, à ne pas prendre froid. Dans le Midi, les soirées sont humides...

M\ue Brun et Charlotte étaient à leur fenêtre. M\ue Brun comptait sur ses doigts.

— Et d'une !... Voyons... Que reste-t-il ?... Marthe et son mari... Philippe... Trois !... Ce n'est pas grand-chose...

Elle tomba sur la maison comme un aérolithe et, dès lors, fit autant de bruit à elle seule que tous les autres réunis.

Martine, dolente, quittait peu son appartement du premier étage qui comportait une terrasse ; elle se contentait, le soir, d'une marche d'une heure au bord de la mer. Et encore ! Parce que le médecin le lui avait ordonné.

Du gamin, M\ue Donadieu ne s'occupa même pas et elle regarda sans le voir le canot qui était toujours en construction.

L'escarmouche eut lieu avec Michel, que la vue de l'auto avait assombri. Le lendemain de son arrivée, en effet, Mme Donadieu faisait le tour de la maison, notait les robinets qui ne marchaient pas, les fenêtres qui fermaient mal, les persiennes qui battaient, s'indignait devant la désolation du salon et le vide de la serre.

Le soir, un entrepreneur accourait à son appel, enregistrait les travaux à faire, les commandes diverses.

— Pour combien allons-nous en avoir ? risqua Michel.

— Tu aimes mieux vivre dans une écurie ? Je me demande comment vous avez pu rester tous si longtemps dans cette villa délabrée ! Il est vrai que tu n'y es pas souvent et que tu rentres à trois heures du matin...

V'lan ! Comme ça, il se tairait.

Il se tut, en effet, se contenta de soupirer devant les folies de sa mère. Un jour, on apportait tout un mobilier de jardin qu'elle avait acheté.

— Tu ne voudrais pourtant pas que je vive enfermée ?

Un autre jour, on livrait une caisse de liqueurs, des cigarettes, des cigares, une caisse de sodas.

— Qu'est-ce que tu comptes faire de tout ça ?

— J'ai des invités, demain après-midi. Je suppose que tu n'es pas ici depuis deux mois sans avoir fait de connaissances ? J'en ai fait aussi, des gens très bien, la famille d'un industriel de Mulhouse...

Elle avait besoin de se dépenser et elle se dépensait, consacrant à peine deux heures par jour à sa fille. C'est elle qui fit nettoyer le parc dont, depuis deux ans, on n'avait pas ratissé les allées. Elle prit un homme pour laver à fond les vitres de l'ancienne serre et trouva à louer des plantes exotiques pour la garnir.

261

Où avait-elle fait la connaissance de ses nouveaux amis, les Krüger, de Mulhouse ? Michel se perdait en conjectures, alors que c'était tout simple : elle avait rencontré les dames et les demoiselles Krüger à la pâtisserie et, après trois jours, elles étaient de vieilles amies.

Les Krüger étaient de gros filateurs. La villa qu'ils occupaient à Saint-Raphaël leur appartenait. Ils ressemblaient assez aux Donadieu, en ce sens qu'ils étaient au moins quinze à faire marcher l'usine et à occuper tour à tour la villa

Il y avait, à cent mètres, une autre propriété, au portail prestigieux, au parc bien entretenu. On y voyait parfois entrer une somptueuse auto jaune qui, l'après-midi, conduisait ses occupants au golf de Valescure et, le soir, aux galas de Cannes.

Mme Donadieu se renseigna, n'hésita pas à interroger les fournisseurs. Elle sut que la propriétaire de la villa était une vieille Anglaise très riche et un peu folle qu'entourait toujours une cour de jeunes gens.

— Je ferai sa connaissance ! décida-t-elle.

Elle dépensait toujours. Les robes commandées à La Rochelle se révélaient, sous le soleil du Midi, mesquines et tristes. Elle en fit faire d'autres. Elle ne payait pas. Elle disait :

— Livrez à la villa Les Tamaris... Je suis Mme Donadieu... Les Donadieu, armateurs de La Rochelle...

Les factures viendraient plus tard ! A Cannes, elle fit mieux ; elle joua, pour la première fois de sa vie. Elle ne joua que cent francs, c'est vrai, en gagna trois cents, toute seule, avec l'aide seulement du croupier qui lui expliquait ce qu'elle devait faire.

C'est là encore qu'elle parvint à ses fins en faisant la connaissance de la fameuse Anglaise, Mrs. Gable, la femme du whisky Gable, comme on disait, que, malgré son âge, tout le monde appelait Minnie.

Michel rongeait son frein. On lui gâchait tout. Il n'avait jamais pu supporter le désordre. C'était un besoin pour lui de prévoir heure par heure le déroulement des journées, de retrouver à chaque endroit des atmosphères familières. Il avait besoin aussi de se sentir le personnage principal, comme à La Rochelle où, fils d'Oscar Donadieu, il devenait un être à part, nettement distinct de la foule.

Sa mère avait tout bouleversé. Les Krüger, dont les demoiselles étaient laides, étaient les égaux des Donadieu et ils avaient amené deux voitures avec eux.

Quand Mrs. Gable vint prendre le thé avec ses gigolos, Michel regarda avec humeur les vêtements de ceux-ci, des vêtements qu'il ne connaissait même pas, qu'on devait faire depuis très peu de temps à Paris ou à Londres. On lui posait des questions saugrenues.

— Vous ne jouez pas au golf ?

Il jouait mal, préférait ne plus jouer que jouer avec eux.

— Vous passez l'hiver à Paris ?

Et la conversation roulait sur les capitales européennes, sur des amis qu'ils avaient à New York, sur le polo qu'un des jeunes gens pratiquait.

A quoi bon lutter ? Il avait, près d'eux, la sensation d'être terne, amorphe. Alors, il leur parlait de son pouls lent, le seul terrain sur lequel il fût imbattable.

Parfois il montait chez sa sœur, mais Martine était devenue d'une humeur agressive. Une autre fois, il avait voulu donner des conseils à Kiki pour la construction de son canot et le précepteur lui avait prouvé qu'il se trompait.

263

O... a disparu, lui écrivait Philippe, *mais je crois qu'il ne faut voir dans ce fait aucune menace, au contraire. Étant donné son caractère, elle aura préféré aller refaire sa vie ailleurs...*

Odette ? C'était à la fois mieux et moins bien que Nine, mieux parce qu'elle était plus docile, moins bien parce qu'elle ne lui procurait pas les mêmes émotions.

Il n'était pas encore arrivé à ses fins, malgré les dépenses qu'il avait faites, et il y avait un nuage à l'horizon : elle lui avait annoncé que, dans quinze jours, son fiancé viendrait en permission pour une semaine !

Si, du moins, avant cette date, il devenait son amant !

Il se rongeait. Au soleil, il faisait trop chaud. A l'ombre, il avait des frissons et l'air du soir lui donnait de la fièvre.

Pendant ce temps-là, Mme Donadieu, à table, parlait de donner un grand dîner, de réunir les Krüger et les Gable, ainsi qu'un médecin genevois dont elle avait fait la connaissance.

Philippe, quand il vint passer le dimanche, parut trouver tout cela très bien. Il eut une courte conversation avec sa belle-mère, au sujet de la société fermière. Puis il invita Michel à faire une promenade avec lui sur la jetée.

— J'en ai déjà parlé à Olsen, qui commence à partager mon avis... Du train où vont les affaires, le prochain bilan sera encore plus désastreux que les deux derniers... Les banques deviennent rétives... Or, les frais de la famille ne diminuent pas... Ta femme vient d'écrire à nouveau pour réclamer quatre mille francs...

— Elle est toujours en Suisse ?

— Non. Elle est à San Remo.

— Avec les enfants ?

— Elle ne le dit pas dans sa lettre.

— Elle pourrait quand même me prévenir !

— Bref, le seul moyen d'en sortir...

Michel n'était pas très fort en affaires, mais il avait une certaine sensibilité Donadieu et il tressaillit quand on lui parla de Société fermière.

— C'est une atteinte au capital social que le testament a rendu indivisible, riposta-t-il.

— Nullement, puisqu'il s'agit d'un affermage ! Affermage n'est pas vente...

Il eut quand même un regard triste, puis un autre regard à son compagnon, un regard où il y avait de la rancœur autant que de la résignation.

Il savait bien qu'on le prenait pour un imbécile. Il savait que Philippe le possédait. Il savait que sa mère le faisait chanter quand elle lui parlait de ses rentrées à trois heures du matin, que Philippe le faisait chanter à son tour en évoquant sa femme en même temps qu'Odette.

Il ne pouvait rien faire !

— Et Marthe ? Qu'est-ce qu'elle en dit ?

Il avait encore cet espoir : Marthe, qui était aussi Donadieu que lui, mais qui s'était toujours montrée plus forte.

Il avait conscience d'être, lui, de toute la famille, la principale victime, et sans doute était-ce vrai.

Il se souvenait d'un portrait de son grand-père, le premier Donadieu qui comptât, un ingénieur de marine qui, avec sa barbe en collier, ressemblait à un personnage de Jules Verne.

Il s'appelait Oscar aussi. Il suffisait de regarder un instant son visage rigide, farouche même, pour comprendre qu'aucune tentation n'avait effleuré cet homme-là, dont la vie avait été enfermée dans un réseau de règles étroites.

Sa personnalité était telle qu'on ne parlait jamais de la grand-mère. Mieux ! Elle s'était effacée d'elle-même, elle était morte, sans bruit, après lui avoir donné un fils.

Et, après elle, il n'avait sûrement pas connu d'autre femme !

Puis c'était le tour du fils qui, ingénieur aussi, mais des poudres, bâtissait soudain, non seulement une fortune, mais une dynastie, une maison, mieux, un château fort !

Les principes du grand-père, qui n'avaient servi qu'à lui, étaient alors appliqués à plusieurs êtres, à une femme, à des enfants, aux domestiques.

Des habitudes devenaient des règles intangibles. Ces règles finissaient par former une religion dont jamais, du vivant d'Oscar Donadieu, second du nom, personne n'avait songé à mettre les dogmes en doute.

Et voilà qu'il mourait. Au fait, de quoi, comment était-il mort ? Cette chute nocturne dans le bassin... Jamais le malaise ne s'était complètement dissipé chez Michel...

Pourquoi, quand il était né, ne l'avait-on pas appelé Oscar, comme les autres ? A cause de sa mère, qui n'aimait pas ce nom-là, et qu'on n'avait pas voulu contrarier après des couches difficiles !

Michel... Marthe... Puis Martine, longtemps après, si longtemps après que sa sœur avait été sa marraine, ce qui lui valait le prénom de Martine...

Kiki, enfin, le dernier, celui qu'on s'était décidé à appeler Oscar mais à qui on s'était hâté de donner un sobriquet...

Tout cela pour aboutir à Philippe qui marchait près de lui sous les platanes du mail et qui discourait sur la distribution rationnelle des boulets et sur les diverses interprétations possibles du testament Donadieu !

Si Michel n'avait pas eu le pouls lent...

Mais non ! Il était dans un moment de franchise avec lui-même et, tandis qu'il marchait au côté de Philippe dans une mosaïque d'ombre et de soleil, il se rendait compte que, bien portant, il hésiterait à réagir...

Peut-être si son père était mort quand il avait vingt ans ? Ce n'était même pas sûr ! Il était fatigué. Il avait toujours eu la sensation désagréable de la supériorité des autres, fût-ce dans des détails saugrenus, comme quand il tirait un faisan et que Baptiste, doublant son coup derrière lui, l'applaudissait ensuite d'un air convaincu.

Marthe ? Il n'y aurait qu'elle... Déjà, quand ils étaient petits, elle le dominait... Elle n'avait pas les mêmes humeurs, la même inconstance...

C'était lui le garçon et c'était elle qui n'hésitait pas, par exemple, à prendre des moineaux au piège et à les faire cuire pour les manger !

Or, Philippe affirmait que Marthe était d'accord...

Alors quoi ? Martine et Kiki n'existaient pas, n'avaient jamais existé. Le père lui-même avait toujours gardé rancune à son dernier né d'être chétif et inintelligent.

Oui, si Marthe avait voulu...

N'était-ce pas gênant, enfin, de voir Mme Donadieu, encore en plein deuil, se jeter à corps perdu dans les distractions, avec une énergie qu'on n'eût jamais soupçonnée chez elle ?

Michel se sentait extraordinairement lucide. En résumé, à la disparition du père, il avait, lui, perdu pied. Sa mère, au contraire, avait retrouvé une personnalité nouvelle.

Quant à Marthe et aux deux autres... Il n'était pas fixé. Il attendait. En tout cas, ce n'était pas à lui à prendre une initiative. Il était malade. Il avait besoin de calme, de ménagements et Nine lui donnait bien assez de souci.

— Quand doit-on signer ? demanda-t-il en s'asseyant sur un banc, le même banc où, un soir, la petite femme de chambre lui avait mordu le nez.

— Maintenant. J'ai toutes les pièces avec moi. Maman est d'accord.

— Et le tuteur de Kiki ?

— J'irai le voir en rentrant.

L'eau était plate et bleue, une eau à donner envie de nager éperdument vers le fond pour s'y dissoudre. Sur la digue, des promeneurs en pantalon blanc, des femmes en clair et des maillots de bain, plus bas sur le sable...

Deux avions de la marine tournaient en rond dans la baie.

A quoi bon, oui ? Qu'est-ce qu'il pourrait faire ? Il avait de la peine à évoquer le visage de la maison, là-bas, obscurcie par des arbres trop vieux, refroidie par l'humidité du parc, avec sa famille à chaque étage !

— J'ai obtenu un million pour l'affermage...

— Pendant combien d'années ?

— Dix ans.

Il aurait mieux valu ne pas parler de cela. En droit, on pouvait le faire, évidemment. Mais en fait c'était expressément contraire à l'esprit du testament Donadieu, qui avait réservé les droits des mineurs.

— J'ai tous les chiffres avec moi...

Ne fait-on pas parler les chiffres comme on veut ? Si un financier quelconque payait un million cet affermage, c'est qu'il en valait davantage. Et si Philippe...

— En plus, nous recevrons chacun, maman y compris, vingt parts de fondateur dans la Société fermière...

Eh bien ! si, à ce moment, Michel eût aperçu un allié quelconque, Marthe ou Olsen, ou Martine, ou seulement un des vieux employés de la maison, qui étaient presque devenus, eux aussi, des Donadieu, il eût peut-être dit non, nettement, en se fâchant !

— *Maman y compris...* avait prononcé Philippe.

Autrement dit, on avait acheté sa mère, on les achetait tous, pour un peu d'argent comptant qui leur manquait ! Et le plus grand malaise venait de ce que soudain le testament s'éclairait : à la même heure, Mme Donadieu était au Casino de Cannes, en compagnie de la vieille Anglaise toquée ! Elle portait une robe de laine blanche, un grand manteau blanc !

Michel pensait à son père qui, un soir, avec la lucidité qu'il apportait à toutes choses, avait rédigé les clauses de ce testament incompréhensible à première vue.

Avait-il donc prévu ce qui arrivait ? Avait-il prévu que sa femme, à cinquante-cinq ans, délivrée de son influence et de son autorité, trahirait les Donadieu, que lui, Michel, se laisserait submerger, que Marthe elle-même ?...

Michel ne s'était jamais demandé s'il aimait son père et voilà seulement qu'il l'aimait, qu'il avait la gorge serrée, que, d'un geste machinal, sans penser à sa petite boîte en or, il avalait une pilule de digitaline. Il toussa, car la pilule ne passait pas. Il faillit vomir, en plein mail. Philippe lui frappa le dos...

— Allons signer... dit-il.

Ils rencontrèrent Kiki et Edmond qui transportaient sur la plage, pour l'essayer, le léger canot enfin achevé. Ils étaient en maillot de bain tous les deux, aussi maigres l'un que l'autre, les yeux pareillement inspirés.

Mon cher Frédéric,

Vous allez être étonné que je vous écrive de San Remo alors que vous me croyez encore dans une petite station suisse. Dans mes dernières lettres, je ne vous ai rien dit, parce que j'étais trop bouleversée pour parler avec sang-froid de ces choses.

Vous connaissez le genre d'hôtel où nous étions, le genre de clientèle aussi, et enfin — et surtout — le thème de la plupart des conversations.

J'entendais du matin au soir parler de tuberculose et je n'y prêtais pas attention. Or, je finis par croire, maintenant, que nos actes nous sont dictés par une sorte de fatalité. J'étais venue là pour être en dehors de la foule et de toutes les saletés dans lesquelles j'ai vécu. Je croyais à l'air pur des cimes, à la paix des grandes altitudes, aux effets vivifiants d'une vie saine et simple.

Dans notre hôtel, il y avait un jeune docteur... Oh ! ne pensez pas tout de suite à mal. Il était malade et il me faisait des confidences où éclatait son amour ardent pour la vie.

Il finissait par me troubler et même par me gêner un peu par la passion qu'il mettait en tout, dans ses propos, dans ses gestes, dans ses opinions, dans ses regards...

Puis voilà que mon fils Jean tombe malade, un rhume d'abord, qui tourne en bronchite. Ailleurs, je n'y aurais pas pris garde. Ici, à force d'entendre parler des poumons, j'accepte que mon petit docteur le conduise chez un confrère pour une radiographie.

*Je ne vous souhaite pas de passer par ces moments-
là, d'entendre déclarer soudain :*

— Il est nécessaire de procéder à une analyse...

Puis les questions précises :

*— Est-ce que son père était atteint ?... Et vous ?...
Dans votre enfance...*

*Tout ce que je savais c'est que, à quelques mois, j'ai
fait une pneumonie et qu'on m'a crue perdue.*

*Deux jours sordides. Déshabillages devant l'écran
de la radiographie. Prélèvement de salive et...*

*Enfin le : oui ! qui vous coupe bras et jambes, qui
fait que, d'une minute à l'autre, toutes vos illusions
s'envolent, que vous ne vous considérez plus comme un
être ordinaire mais comme cette chose pitoyable qu'on
appelle un malade.*

*Oui, en une seconde, on entre, comme dit mon
pauvre petit docteur, en état de maladie !*

*Et, le plus troublant, c'est que, du coup, on a une
mentalité de malade, on marche comme un malade,
on vit prudemment comme un malade...*

*Voilà la vérité toute crue, mon grand Frédéric : Jean
est atteint. Ma petite Evette présente de légères lésions.
Et cela ne leur vient pas de leur père, mais de moi.*

*Je n'ai pas voulu écrire à Michel. Quand vous aurez
l'occasion de le voir, parlez-lui si vous le voulez. Il
comprendra pourquoi, en si peu de temps, j'ai réclamé
autant d'argent.*

*Comme je suis la plus atteinte, j'ai laissé les enfants
dans la meilleure maison de santé de la région. Evette
n'a rien à craindre. On me jure que dans quelques
mois il n'y paraîtra plus. Dans deux ans au plus Jean
sera guéri et deviendra un petit homme comme un
autre.*

*Quant à moi... Non ! je ne cherche pas à me faire
plaindre, à me rendre intéressante, ni à m'excuser,*

271

comme vous pourriez le croire, sceptique ami... Il est question d'un pneumothorax... Un mot que j'ai entendu souvent ici et qui me donnait chaque fois la chair de poule...

On m'assure que, dans deux ou trois ans, si je renonce à tout excès, si je vis comme une malade, rien qu'en malade, il est possible, probable...

Mon petit docteur me suppliait de rester et il m'a fait peur... Oui, j'ai compris que, si je restais là-bas, j'entrais définitivement dans le monde de la maladie...

Vous ne devez pas comprendre... Il faut les avoir vus, tous. Et j'en suis, moi aussi !... Et j'ai compris comment on les encourage, même quand il n'y a plus d'espoir, même quand on a déjà écrit à la famille pour l'avertir qu'il est temps de prendre des dispositions...

Voilà pourquoi, Frédéric, je suis à San Remo. Je n'ai pas choisi. J'ai pris, au hasard, dans les prospectus... San Remo, du soleil, des mimosas, — ils sont finis pour cette année ! — la mer bleue...

Je suis ici pour réfléchir, pour décider... Dans trois ans, si on ne me ment pas trop, — on ment toujours aux malades ! — je pourrai reprendre ma place dans la maison de la rue Réaumur, au premier...

Je sais bien ce que ma mère me conseillerait. Elle est, elle, une pure Italienne et elle préférerait six mois de vraie vie, surtout si, comme moi, elle n'avait jamais connu que... que ce que vous savez !

Mon petit docteur — c'est un Lillois tout blond — m'écrit et parle de venir me rejoindre, de brûler en deux mois ce qu'il lui reste de poumons...

Je ne veux pas... Ici, un sportsman anglais, qui possède un canot automobile, me fait la cour... C'est un officier de l'armée des Indes, qui passe ses congés en Italie...

Ne me donnez pas de conseils. Je n'en veux pas. Il

faut laisser faire le soleil, le temps... Je me soigne sans me soigner... Je fume toujours quarante cigarettes par jour, au grand désespoir de mon médecin... Hier, avec Bob, nous sommes allés jusqu'à Monte-Carlo en canot, à quatre-vingts à l'heure... J'aurais voulu aller encore plus vite...

Écrivez-moi poste restante... Ne me dites rien qui vienne me troubler davantage... Vous croirez devoir me faire de la morale et vous n'en penserez pas un mot car, si vous étiez à ma place, je sais ce que vous feriez...

J'ai le choix entre...

Est-ce que cela s'appelle un choix ? La nounou est restée près d'Evette... Tout le monde, ici, m'appelle señorita... Et le drame, vous le croirez si vous voulez, c'est que je n'ai plus d'argent... On me l'adresse au compte-gouttes... On ne se doute pas que c'est peut-être une question de mandat télégraphique qui, en fin de compte, décidera...

Ne pensez pas trop de mal de moi... Souvenez-vous des efforts que j'ai faits... Puis, si vous croyez à l'hérédité, pensez à ma mère, dont les dernières nouvelles me viennent de Tahiti... Je me demande si elle est atteinte, elle aussi, ou bien si c'était mon père que je n'ai pas connu...

Qui sait ? Quand vous recevrez cette lettre, tout sera peut-être révolu... Je crois tellement qu'il en sera ainsi que je peux vous avouer enfin, mon vieux Frédéric...

Je dis mon vieux pour ne pas pleurer... L'homme qu'il aurait fallu à la petite fille avide que je suis...

Vous souriez, n'est-ce pas ? Pas un moment vous n'avez eu l'idée de me faire la cour... Vous ne me laissiez que des miettes, que je ramassais en avare... Et personne, dans cette maison de brouillard, ne *comprenait, pas même Michel qui grognait mais qui n'imaginait pas...*

Vous savez pourquoi il grognait ? Parce qu'il croyait que c'était vous qui m'aviez initiée à la cigarette !

Voilà comment ils sont !

J'entends le canot automobile qui fait des ronds sous les fenêtres de mon hôtel... Si je vous trompe, mon vieux Frédéric, si je vous trompe ce soir, ce ne sera pas avec un homme, avec un Anglais, avec un officier de l'armée des Indes, mais avec un canot qui fait du quatre-vingts à l'heure, au clair de lune, dans un monde où il n'y a plus de poumons...

Donnez-moi votre bonne main sèche et chaude tout ensemble, comme quand vous partiez, le soir. Dites-moi :

— Bonne nuit, petite fille !

Comme quand nous étions seuls.

Votre lamentable

Eva.

V

Michel avait bien remarqué qu'il y avait au bar un des amis de Mrs. Gable, un jeune homme, grec ou turc, qu'on n'en appelait pas moins Freddy. Il lui avait adressé un signe de tête, de loin, puis il n'y avait plus pensé, car le fiancé de Nine arrivait dans deux jours et Michel voulait mettre les bouchées doubles.

Dans l'atmosphère orangée de la *Boule Rouge.* c'était le chuchotement habituel, qui finissait toujours sur un ton de prière, accompagné par la pression des mains moites de Donadieu sur le corps résigné de la gamine.

A certain moment, elle se leva pour aller à la toilette. Freddy en profita pour venir s'asseoir un moment en face de Michel.

— Rigolote, hein! lui dit-il avec un clin d'œil complice.

Tout comme s'il l'eût connue aussi bien que Donadieu! Celui-ci se tenait sur la réserve, mais l'autre continuait :

— Elle est à mon étage... J'avais bien pensé, à la voir fatiguée comme elle l'est tous les matins, qu'elle devait faire la noce...

Puis, plus bas, sans vergogne :

— Elle marche ?

Cela avait commencé ainsi. Nine était revenue et Freddy s'était retiré.

— Tu connais ce gigolo ? avait-elle remarqué. Il est à mon étage...

Pourquoi, après l'avoir reconduite jusqu'au pont du chemin de fer, Michel était-il revenu à la *Boule Rouge* et avait-il accepté un whisky au bar avec Freddy ? Il y avait longtemps qu'il ne buvait plus d'alcool, à cause de son cœur. Peut-être, sans le savoir, but-il deux verres au lieu d'un ?

Toujours est-il qu'à la fin il faisait des confidences.

— Vous comprenez ? Ce n'est que la question de trouver un endroit... Elle ne se laisserait pas emmener dans un meublé... Chez moi, il y a toute la famille...

Freddy devait avoir bu aussi. Ils en étaient à ce degré où l'on se fait volontiers des serments d'amitié et où l'on se bute sur une idée. Et cette idée, c'était de trouver le moyen de jeter Nine dans les bras de Michel !

— Pourquoi ne viendriez-vous pas me dire bonjour au *Continental*, un matin ? proposa soudain

275

Freddy. Vous entrez dans ma chambre. Moi, je descends chez le coiffeur et, pendant ce temps-là, vous la sonnez...

Il rit. Michel tâta machinalement ses poches, lança au barman :

— Vous inscrirez ça avec le reste !

Car il avait déjà une sérieuse ardoise. Il était au moins trois heures et demie du matin. Les deux hommes arpentèrent encore les trottoirs, sans se décider à aller se coucher. Enfin Freddy rentra au *Continental* et Michel se trouva bientôt en face des Tamaris, eut un sursaut en voyant toutes les fenêtres éclairées.

La place de Martine avait été retenue dans une clinique. Vers six heures du soir, comme elle se plaignait d'un malaise, on avait appelé le Docteur Bourgues et celui-ci avait déclaré :

— Croyez-en mon expérience : vous en avez encore pour quelques jours au moins.

A une heure du matin, on le mandait de toute urgence. Arrivé aux Tamaris, il constata que le transport était déjà périlleux et il téléphona à la clinique pour commander une infirmière.

Sans raison particulière, ces lumières partout rendirent Michel maussade. Il entra machinalement dans la serre où il n'y avait personne, avisa des gâteaux qui se trouvaient sur la table.

A quoi bon monter là-haut, où il entendait des pas et des voix ? Il savait comment ces choses-là se passent, puisqu'il avait eu deux enfants et que sa sœur Marthe avait, elle aussi, accouché à la maison.

Il n'aimait pas cela. L'odeur fade l'incommodait.

Les sourcils froncés, il guettait les cris, tout en mangeant les gâteaux et en buvant l'alcool préparé pour le médecin.

Une porte s'entrouvrit et il aperçut Kiki, très pâle, en pyjama, qui demanda :

— Ce n'est pas encore fini ?

Pauvre Kiki ! Il en était malade ! Il était allé chercher son précepteur et l'avait supplié de rester dans sa chambre, d'où on entendait tout.

Baptiste, dans la cuisine, ne cessait de mettre de l'eau à bouillir. L'infirmière faisait la navette entre le rez-de-chaussée et le premier étage.

Qu'est-ce que Michel, lui, pouvait faire ? Aller se coucher comme d'habitude ? Ce serait peut-être mal interprété. Il n'était plus vêtu de son complet de golf, mais d'un costume d'été en flanelle. Cela l'ennuyait de le friper et il alla se changer, endossa un vieux veston, revint dans la serre et s'installa aussi confortablement que possible dans un fauteuil.

Il avait assez bu pour provoquer un sommeil pesant. Il garda pourtant conscience de ce qui se passait, mais c'était très lointain et, quand il se réveilla en sursaut, sa mère et le docteur, dans la même pièce que lui, conversaient depuis plusieurs minutes.

C'était extraordinaire de se réveiller de la sorte car la serre, que Michel n'avait jamais vue au petit matin, était baignée d'un soleil très fin, très subtil et, en détournant la tête, il recevait sur les rétines le spectacle d'une mer d'un bleu lumineux où de petites barques de pêche étaient comme suspendues dans l'espace.

— C'est fini ? demanda-t-il en se frottant les yeux. Cela s'est bien passé ?

— Oui, mais il vaut mieux que tu ne montes pas encore. Elle dort...

— Une fille ?

— Un garçon ! Il pèse six livres, ce qui n'est pas mal si on pense qu'il est né quinze jours avant terme...

Puis elle renvoya Michel. Elle avait encore besoin de parler au docteur. Kiki ne s'était pas éveillé et se débattait dans un cauchemar particulièrement désagréable. La femme de ménage ouvrait les fenêtres et le matin s'infiltrait, frais et neuf, dans tous les coins de la maison.

— C'est toi, Philippe ?

Martine parlait bas. L'infirmière lui tenait l'appareil du téléphone et des ronds de soleil tremblotaient sur la couverture blanche du lit.

— C'est toi ?... Tu dormais ?... Écoute, Philippe... Écoute !...

Elle faillit ne pas pouvoir parler et l'infirmière lui tapota l'épaule en murmurant :

— Allons, madame !

— Il est né, Philippe.

Son lit était face à la mer. La baie était large ouverte, car l'air était d'une douceur extrême. Mais les larmes troublaient les images. Martine ne voyait même pas son fils couché dans un berceau, à côté du lit.

— Qu'est-ce que tu dis ?... Je n'entends pas, Philippe !... Parle plus fort... Oui, c'est un garçon... Non ! ce n'est rien, je t'assure... Maintenant, c'est passé... Il est plus gros qu'on ne le pensait : six

livres... Tu viens?... Tu ne viens pas tout de suite?
Qu'est-ce que tu dis?...

Elle était trop lasse. Elle entendait mal. Elle tendit
le récepteur à l'infirmière, se laissa couler au creux
de l'oreiller.

— Oui, monsieur. Ici, c'est l'infirmière...
Madame est un peu fatiguée... Mais non!... Elle est
très bien... Le train du soir?... Vous arriverez à six
heures et demie du matin?... Bien, monsieur... Je
fais la commission...

Martine lui expliqua par signe qu'elle voulait à
nouveau le récepteur et ce fut pour crier simplement :

— Bonjour, Philippe! Viens vite!...

L'infirmière lui expliqua :

— Monsieur dit qu'il a une réunion cet après-midi
pour la signature d'un contrat très important... Il
paraît qu'il vous en a parlé... et que vous comprendrez...

Cela finissait par se brouiller : Philippe, le contrat,
le petit, la mer laquée sur laquelle un canot à moteur
traçait un sillon étincelant...

Elle se réveilla en sursaut parce qu'elle venait de
rêver que ce n'était pas vrai, qu'elle n'avait pas
d'enfant. Elle cria :

— Où est-il?

— Vous avez bien dormi? questionna l'infirmière.

Il était près de midi et on avait dû tirer les rideaux
crème, car le soleil atteignait la chambre. On entendait une musique quelque part, l'apéritif-concert
d'un des cafés de la promenade.

— Les frères de Madame attendent pour voir leur
neveu...

Toute la journée se passa ainsi, entrecoupée de
somnolences, de visites. Le docteur vint deux fois.

279

Mme Donadieu s'excusa de sortir un moment, mais elle expliqua que c'était préférable, car il était inutile que les Krüger fussent au courant de l'événement.

Certes, ils ignoraient la date du mariage et ils ne connaissaient personne à La Rochelle. Mais, sait-on jamais ?

Michel resta un quart d'heure dans la chambre, comme c'était son devoir, murmura que c'était un bel enfant, qu'il paraissait fort, que ses cris annonçaient un caractère.

Quant à Kiki, il se montra plus gauche, n'osa pas s'approcher du lit de sa sœur, à qui il semblait en vouloir.

Pour marquer la nuit, il n'y eut que deux réveils de Martine. Une lampe brûlait bas. L'infirmière veillait. L'enfant était dans son berceau.

— Quelle heure est-il ?

— Six heures et quart.

— J'ai entendu siffler un train...

— Ce ne doit pas être celui-là. Ou alors, il serait en avance.

— Ouvrez les fenêtres... Arrangez mon lit... Donnez-moi le miroir, une serviette mouillée, ma boîte à poudre...

Le reste de la maison dormait. La femme de ménage venait seulement d'arriver.

— Vous avez entendu ?

— C'est un train, oui, mais il va vers Marseille...

— Il prendra sûrement un taxi !

— S'il en trouve à cette heure !

Alors, après une attente très longue, où les minutes n'en finissaient plus, le temps se précipita, devint vertigineux. Une auto roulait, puis une seconde... L'une d'elles s'arrêtait... Les pas, sur le gravier, puis tout de suite dans l'escalier...

— Laissez-nous... dit fiévreusement Martine à l'infirmière.

Et Philippe, qui était là et qui, Dieu sait pourquoi, paraissait beaucoup plus grand dans l'encadrement de la porte, Philippe haletait :

— Martine ! Où est-il ?...

Il s'était rasé dans le train. Il était tout frais. Il sentait bon la vie du dehors.

Tandis qu'il se penchait sur le berceau, elle était dans l'angoisse. Est-ce qu'il ne manifestait pas une certaine gêne ? Est-ce qu'il trouvait que son fils n'était pas beau ? Il n'osait pas y toucher. Il avançait une main hésitante.

Puis soudain il se jetait sur le lit, serrait Martine contre lui comme il n'aurait pas dû le faire dans l'état où elle était.

— Qu'est-ce que tu as ? murmura-t-elle.

Il pleurait. Il n'avait jamais pleuré comme ça, tout son corps secoué par les sanglots.

— Ma petite Martine...

Il se redressait, souriait en essuyant ses larmes, fronçait les sourcils en constatant seulement la pâleur de sa femme.

Elle lisait toutes ces impressions les unes après les autres sur son visage et elle comprenait aussi quand, soudain, les yeux de Philippe se posaient sur la mer irradiée. Ça, c'était une expression à lui : les prunelles devenaient très petites et plus fixes ; sa lèvre inférieure s'avançait un peu dans une moue volontaire.

Il avait la main de Martine dans la sienne et il l'étreignait violemment, se levait d'un geste brusque en disant :

— Tu verras !

Il avait besoin de marcher. Il allait et venait dans la

pièce, s'arrêtant aussi souvent devant cette fenêtre que devant le berceau de l'enfant. Le soleil, encore pâle, nageait au-dessus de la ligne d'horizon. Des mouettes se disputaient les petits poissons rejetés par les pêcheurs et l'arroseuse de la ville suivait lentement les quais.

— Il est arrivé ? demandait Mme Donadieu à la servante.

— Un monsieur est monté, oui...

Elle hésita, haussa les épaules : il valait mieux les laisser seuls.

— Tu ne peux pas comprendre, disait-il. Et pourtant je voudrais que tu comprennes, ou plutôt que tu sentes comme moi !

Jamais elle ne l'avait vu aussi exalté, ni aussi vivant. Il aspirait par tous les pores de son être cet air ensoleillé du matin. Il avait retiré son veston et sa chemise blanche était éclatante, sa taille, cernée d'une ceinture, était mince et nerveuse.

— Hier, quand tu m'as téléphoné, j'ai failli venir malgré tout... Je pensais bien que mon retard te ferait de la peine, que tu ne comprendrais pas... Tiens !...

Il alla prendre dans son veston un paquet de papiers et les posa sur le berceau de l'enfant.

— Il a fait le même soleil, hier, ici ?

— Oui...

— A La Rochelle aussi ! C'était le premier beau jour depuis longtemps. A trois heures, nous nous sommes réunis tous dans mon bureau, avec Grindorge et le notaire Goussard...

— Vous aviez déjeuné ensemble ?

— Avec Grindorge et sa femme, oui. Pourquoi ?

— Pour rien, continue...

C'est vrai qu'ils avaient déjeuné ensemble, que Philippe avait annoncé la nouvelle.

— Ma femme vient d'accoucher...

— Un garçon ?... Une fille ?...

Les Grindorge, qui en avaient deux, ne s'emballaient pas.

— Vous allez voir que cela change tout !

Mme Grindorge, elle, ne s'inquiétait que de savoir si Martine nourrirait elle-même.

— Parbleu !

— Ne dites pas ça trop vite. Moi, c'est le docteur qui me l'a défendu.

Mais il ne doutait de rien, lui ! Et maintenant il regardait ce berceau sur lequel il avait posé un volumineux contrat.

Martine ne voulait pas perdre le moindre frémissement de ses traits. Elle le vit froncer les sourcils et gagner soudain la porte, car il y avait eu des pas sur le palier. C'était Mme Donadieu, qui se décidait enfin.

— Alors, qu'est-ce que tu...

Elle arrivait, la voix éclatante, et lui, l'embrassant au front, murmurait :

— Tout à l'heure, maman... Laissez-nous !...

Il referma la porte, puis, revenu au berceau, il murmura :

— J'y ai pensé une grande partie de la nuit... En Russie, au Caucase, je crois, un professeur Smirlof ou Smirnov, cela n'a pas d'importance, se livre depuis quelques années à des expériences étonnantes. Ainsi, par des procédés à lui, il croise un abricotier avec un cerisier et il obtient un fruit nouveau, d'une forme et d'une saveur inconnues...

— Pourquoi dis-tu ça ?

— Parce qu'un moment je me suis demandé si ce serait un petit Donadieu ou un petit Dargens.

— Les deux, non ? articula-t-elle en souriant.

— Non !

Il marchait à nouveau. On sentait qu'il n'improvisait pas, que ces questions l'avaient longtemps tracassé.

— Je veux que ce soit, comme les fruits de Smirlov, quelque chose de nouveau, une dynastie qui commence.

C'était son tour de guetter les impressions de sa femme.

— Je me demande même si, quand tu reviendras à La Rochelle, nous habiterons encore rue Réaumur. Je ne le crois pas. C'est trop Donadieu ! Ne te vexe pas. Je ne devrais peut-être pas te parler de ces choses maintenant...

— Au contraire !

— Pourquoi dis-tu au contraire ?

— Parce que j'espérais que nous n'habiterions jamais, non seulement la rue Réaumur, mais La Rochelle.

Pourquoi souriait-il ? Pourquoi son regard devenait-il plus aigu ? Pourquoi allait-il chercher à nouveau le spectacle de la mer ?

— Ce ne sera plus pour longtemps ! fit-il entre ses dents, pour lui-même.

Mais elle l'entendit. Elle en fut ravie, encore qu'à sa joie se mêlât une certaine inquiétude. Elle le regardait qui, avec des gestes nets, reprenait les papiers et les remettait dans sa poche, après s'être assuré d'un geste machinal qu'ils étaient au complet.

— Pour créer une espèce nouvelle, il faut une vieille souche, grommela-t-il.

Il n'avait jamais fait de botanique, ni de culture,

bien entendu. Il n'avait jamais rien étudié particulièrement. Mais, avec un sens aigu des réalités, il glanait
ici et là ce qui pouvait lui être utile, parcourait en un
quart d'heure un livre de cinq cents pages et en
extrayait l'essentiel. L'essentiel pour lui, tout au
moins !

Cette idée de souche, de greffe, d'espèce nouvelle
ne le quittait pas et il revenait se camper devant le
berceau de son fils, qui lui paraissait plutôt plus laid
que les autres enfants.

A force de l'observer, Martine se laissait gagner
par l'angoisse. Elle se demandait ce qu'il pensait au
juste et s'il lui disait bien tout.

— Qu'est-ce que tu as, Philippe ?

Et lui, arraché à sa rêverie :

— Rien !

Il avait que... Il ne pouvait pas encore préciser.
C'était trop vague. Les mots qu'il venait de dire, son
émotion de tout à l'heure, la mer, ces petites barques
blanches, les bruits de la maison, tout cela formait un
ensemble d'où se dégageait peu à peu un sentiment
nouveau.

Cela devait être à base d'inquiétude, car Martine
voyait à nouveau se plisser le front de Philippe.

— Viens près de moi, dit-elle.

Il quitta le berceau comme à regret, s'assit au bord
du lit, se passa la main sur le front, sourit.

— A quoi pensais-tu ?

— C'est difficile à expliquer... Pour les pêcheurs
qui sont là-bas, c'est une journée comme une autre...
Et voilà, près de nous, un être dont on ne sait encore
rien, qui a en lui toutes les possibilités, toutes, tu
entends ?

Il insistait fiévreusement sur « toutes ».

— ...Possibilités de malheur et de bonheur...

285

Possibilités de poursuivre une œuvre que j'aurais commencée...

— Philippe !

— Quoi ?

— Rien... Je t'aime, Philippe !... Je voudrais que nous restions tous les trois, que nous ne nous quittions plus...

Maladresse ! Il se levait, maussade.

— Tu vois ? Tout de suite une idée féminine... Moi qui te parlais de... de...

D'une grande chose, enfin ! D'une chose peut-être imprécise, mais qu'il sentait énorme, capitale. Elle ne lui avait même pas parlé du contrat qu'il avait signé et pourtant il avait, en regard de l'avenir, la même importance que la naissance de l'enfant !

Voilà exactement, ou à peu près, ce qu'il pensait. Quand il parlait de souche et de greffon...

Sur la dynastie Donadieu, il s'était en quelque sorte greffé, lui, et déjà la souche allait devenir inutile...

La Société fermière était fondée. Sur la demande de Grindorge, principal actionnaire, il en était, lui, Philippe, l'administrateur délégué.

Et un enfant naissait justement...

— On dirait que tu m'en veux... Qu'est-ce que j'ai dit ?

— Rien, mon petit... Il ne faut pas faire attention... Je n'ai pas encore pris mon café, ce matin.

— Tu peux descendre, Philippe.

— Je remonte tout de suite. Le temps de manger un morceau.

— Tu as le temps ! C'est l'heure de mes soins.

Cela ne le regardait pas. Il préférait ne pas savoir ce qu'il y avait de pénible, de sordide même derrière la naissance de son fils.

286

— Appelle l'infirmière, veux-tu ?

Elle parlait très vite. Il la sentit sur le point de pleurer, fut remué profondément, se précipita vers elle, et cela suffit pour déclencher les larmes de la jeune femme.

— Martine !... Ma petite Martine !... Écoute-moi... Je te demande pardon... Mais il faut te rendre compte que je suis un homme et que tu es une femme. Je te jure que c'est à notre fils que je pense, que je ne cesse de penser... Seulement, j'y pense autrement que toi...

— Tu ne l'as même pas pris dans tes bras !

Parce qu'il n'avait pas osé ! Parce qu'il était resté intimidé devant cette chair inconsistante !

— Tu veux ?

— Donne-le-moi.

Il le souleva avec précaution, l'embrassa sur la tête, mais sans joie, le mit sur le lit à côté de sa mère. Et celle-ci, pleurant toujours, mais avec une sorte de sourire épars :

— Demande à n'importe qui qui s'y connaisse... On te dira qu'il est beau...

— Mais oui !

— Tu ne le penses pas. Va vite manger, Philippe ! Appelle l'infirmière. Il est temps.

Et, quand il fut sorti, elle pleura à chaudes larmes, sans savoir pourquoi, parce qu'elle avait besoin de pleurer. L'infirmière, qui avait pris l'enfant, s'occupait de le soigner.

— ... Vous savez, madame, c'est toujours la même chose...

— Quoi ?

— Les hommes, pendant les premiers jours... Ils n'ont pas nos sentiments...

Mais non ! Ce n'était pas cela ! Martine n'était pas

malheureuse. Elle n'en voulait pas à Philippe. Elle pleurait simplement parce qu'elle avait besoin de pleurer.

Philippe mangeait, dans la serre, en face de Michel. Il n'y avait pas trace, sur son visage, des émotions précédentes. Encore une chose que Martine n'avait jamais comprise : automatiquement, en quelques secondes, le temps de franchir une porte, il reprenait son équilibre et son sang-froid.

— Elle n'a pas trop souffert ? demanda-t-il pourtant à son beau-frère en se servant de confiture d'orange.

— Je ne crois pas. J'étais ici, dans le fauteuil. C'est à peine si je l'ai entendue crier...

— Comment te sens-tu, toi ?

Michel était déjà en complet clair, bien rasé, chaussé de souliers blancs. Mais cette simple question suffit à le faire se tasser sur lui-même et prendre un air souffrant.

— Toujours le pouls lent, soupira-t-il. 47 ou 48... A propos...

— Quoi ?

— Je viens de recevoir une lettre de ma femme. Devine où elle est ?

— A San Remo, répliqua Philippe sans réfléchir.

Car Frédéric lui avait parlé de la lettre d'Eva.

— Comment le sais-tu ?

— Parce qu'elle a écrit à mon père.

— Qu'est-ce qu'elle lui dit ?

— Qu'elle est à San Remo.

— C'est tout ? Je n'y comprends plus rien. Elle m'écrit une lettre d'affaires, me demandant, pour partager les ennuis du déplacement, d'aller la voir à Cannes ou à Nice. Elle prétend qu'elle a des nouvelles importantes à me communiquer et que nous avons des décisions à prendre en commun. Elle ne dit même pas où sont nos enfants...

— Ils sont restés en Suisse !

— Tu vois ! Ton père en sait plus que moi. Qu'est-ce qu'elle peut faire, toute seule, à San Remo ?

Philippe, distrait, regardait les jeux d'ombre et de lumière dans le jardin et, comme un rayon de soleil l'atteignait, il se sentait imprégné d'une certaine mollesse. Peut-être parce que, dans le train, il avait mal dormi ?

— ... demande pas le divorce...

Il tressaillit, ne sachant pas depuis combien de temps son beau-frère parlait.

— C'est toi qui demandes le divorce ?

— Mais non ! Je dis : pourvu qu'elle ne demande pas le divorce. Cela ferait un scandale. On n'a toujours pas de nouvelles de... de cette fille... Odette ?

— Moi pas, mais je crois que mon père en a.

— En somme, il a des nouvelles de tout le monde ! éclata Michel.

Et ce fut si comique que Philippe fut forcé de rire.

— Je demanderai la voiture à maman, pour aller à Cannes demain après-midi.

L'infirmière entrait, après avoir frappé.

— Madame dit que vous pouvez monter.

— Elle est seule ?

— La mère de Madame est avec elle.

— Répondez que je viens tout de suite.

Il avait terminé son petit déjeuner, mais il lui restait quelque chose à dire à Michel. Pour cela, il alla fermer la porte à clef.

— Le contrat a été signé hier. Il ne manque plus que ta signature et celle de maman. Cela nous fait à chacun un crédit immédiat de deux cent mille francs, car le million a été versé intégralement par Albert Grindorge. A tout hasard, je t'ai apporté une dizaine de billets, pour le cas où tu manquerais d'argent liquide...

Il fallut chercher une plume, puis de l'encre, car la bouteille était vide. Michel signa et se leva en soupirant, éprouva le besoin d'avaler une pilule.

— Pourquoi ne vient-il pas ? s'étonnait Martine, là-haut.

Et l'infirmière se permettait d'intervenir dans la conversation des deux femmes pour répondre :

— Il est en conversation avec M. Michel. Ils doivent parler d'affaires, car ils ont fermé la porte à clef.

— Il va être l'heure du docteur, remarqua Martine avec ennui.

Mais aussitôt elle se transfigura pour dire à sa mère :

— C'est vrai qu'il doit m'apporter l'analyse du lait ! On va enfin savoir...

Des pas dans l'escalier. C'était Philippe, qui remettait son portefeuille dans sa poche.

VI

Dans le télégramme par lequel elle répondait à la lettre de Michel, Eva disait : *Trois heures précises Carlton Cannes.*

Les pneus de la grosse limousine bleue collaient à

l'asphalte et les mâts de tous les bateaux blancs du port étaient englués de soleil. Baptiste, promu chauffeur de par la volonté de Mme Donadieu, abordait la Croisette comme une avenue céleste et il fallut que Michel frappât à la vitre pour l'arrêter en face d'un Carlton crémeux.

Des gens déjeunaient encore. Il y avait beaucoup de monde sous les parasols, mais Michel passa vite, s'adressa au concierge :

— Madame Donadieu, s'il vous plaît ?

Le concierge fronça les sourcils, consulta les fiches roses et blanches plantées à un tableau, alla par acquit de conscience jusqu'au bureau de réception.

— Vous êtes sûr que cette dame est descendue ici ?

Autour de lui, on parlait surtout anglais. Des jeunes femmes au dos nu, au sein à peine voilé le frôlaient. Il restait debout sur le seuil, maussade, paupières plissées, à dévisager les dîneurs puis...

— Michel !

Il tressaillit, regarda partout sans apercevoir Eva qui l'avait appelé.

— Michel !... Hello !...

Une main s'agitait au-dessus d'un des profonds fauteuils d'osier. Michel s'avança, inquiet. Un grand jeune homme jaillit d'un fauteuil voisin.

— Je te présente le capitaine Burns.

Et le jeune homme tendit une main qui, mécaniquement, broya celle de Michel.

Il avait eu tort, évidemment, de penser qu'il allait trouver, au Carlton, sa femme habillée comme elle l'était à La Rochelle. Mais la différence était si forte ! Cette... il aurait presque dit mascarade ! Car elle portait un complet de yachting — de yachting de fantaisie, bien entendu ! — et une casquette de marin ornée d'un énorme écusson. De son fauteuil, elle tendait une main nonchalante, prononçait d'une voix trop affectueuse :

— Asseyez-vous dans ce fauteuil, Michel ! Qu'est-ce que vous prenez ? Bob, voulez-vous commander un whisky and soda pour mon mari, puis aller vous promener une demi-heure ?

On aurait dit qu'Eva était saoule de soleil ou d'amour. Elle en devenait indécente, les lèvres humides, les prunelles un peu vagues, le corps tellement abandonné au fond du fauteuil qu'elle était comme la quintessence de l'alanguissement général, comme le noyau de ce décor de féerie aux palmiers immobiles et à la mer trop bleue.

Pendant que le garçon servait Michel, elle observait son mari et murmurait :

— Vous n'avez pas trop changé ! Seulement un peu engraissé...

Et lui avait de la peine à ne pas perdre pied, à se dire que c'était sa femme qui était devant lui, qu'une heure auparavant il déjeunait avec sa mère, Kiki et Edmond dans la salle à manger des Tamaris où flottait comme une odeur de bébé.

Un vacarme le fit sursauter et, en se tournant vers la mer, il vit, au bout de la jetée de l'hôtel, le capitaine Burns au volant d'un énorme canot automobile qui démarrait et que tout le monde, de la terrasse, admirait.

— Je vais vous expliquer, Michel...

Il se produisait un phénomène amusant. A La Rochelle, quand ils avaient quelque chose de confidentiel à se dire, ils employaient l'anglais. Or, ici, autour d'eux, il n'y avait à peu près que des Anglais et néanmoins, machinalement, ils adoptaient cette

292

langue, qui convenait peut-être mieux à ce qu'ils avaient à se dire.

— Vous pouvez allumer une cigarette ou un cigare. Un cigare, oui ! Cela vaudra mieux. J'ai fait exprès de vous donner rendez-vous ici, où des gens nous observent. Cela nous obligera à rester calmes, à parler du bout des lèvres, comme s'il s'agissait de banalités. Dites-moi d'abord : Martine a accouché ?

— Oui...

— Un garçon ?

Il fit signe que oui et alluma en effet un cigare, tout en regardant le canot rapide qui traçait de grands cercles blancs sur la baie.

— Où sont les enfants ? questionna-t-il à son tour.

— Je les ai laissés en Suisse. Attendez... Comme je ne sais par où commencer, je préfère encore commencer par la fin. Ne bougez pas ! Restez correct ! Le capitaine Burns est mon fiancé. Mon fiancé ou mon amant, peu importe...

Et son regard faisait comprendre à Michel qu'autour d'eux chaque fauteuil contenait un spectateur.

— Vous ne dites rien... C'est très bien... De mon côté, je ne vous ai jamais fait de reproches, n'est-ce pas ?

Heureusement que Michel avait son cigare pour se donner une contenance. Eva parlait bas, laissait tomber les syllabes avec négligence.

On entendait toujours le vrombissement du canot qui s'éloignait et se rapprochait sans cesse et que, malgré soi, on suivait des yeux.

Michel, lui, découvrait que les pieds de sa femme étaient nus dans des sandales dorées et que les ongles des orteils étaient passés à la laque pourpre.

— Je ne comprends pas, parvint-il à articuler, sentant qu'il fallait dire quelque chose.

— Parce que j'ai commencé par la fin... Restez calme... Le maître d'hôtel ne nous quitte pas des yeux... Il y a un mois, Michel, que j'ai appris tout d'un coup que je suis tuberculeuse... Non ! Ne bouge pas. Ne crains rien pour les enfants. Evette sera guérie dans quelques mois. Quant à ton fils, il n'y paraîtra plus l'an prochain...

— Qu'est-ce que tu dis ?... Écoute, Eva, il faut absolument que nous allions ailleurs...

— Chut !... Ne vous agitez pas... Vous allez voir que tout cela est fort simple... Quand j'ai su la chose, j'ai d'abord été désespérée... Puis j'ai été prise d'une terrible, oui, d'une terrible faim de vie... J'ai laissé les enfants là-bas... On me traitera de mère dénaturée, mais cela m'est égal...

— Vous êtes devenue folle, oui ! gronda Michel.

Il ne disait pas cela en l'air. Il se demandait si elle avait vraiment son bon sens, s'il ne ferait pas mieux de la ramener de gré ou de force à Saint-Raphaël.

— C'est presque cela... Mais, de grâce, écoutez-moi jusqu'au bout...

On sentait qu'elle avait minutieusement préparé cette entrevue, qu'elle avait pesé tous ses mots. Presque couchée dans son fauteuil, les jambes croisées, elle regardait son mari gravement, avec une curiosité nouvelle, et peut-être se demandait-elle, de son côté, si elle avait vraiment vécu six ans avec lui !

— Rappelez-vous, Michel, ce qu'a été mon existence... Pourriez-vous affirmer franchement que nous nous sommes aimés ? Vous avez été intrigué par la jeune fille que j'étais et qui était plus audacieuse que les autres, qui avait un sang différent de celui de vos héritières rochellaises. Attendez ! On m'a retirée de pension à dix-sept ans. Vous m'avez épousée à vingt. J'ai donc vécu trois ans, trois années assez bonnes, assez insouciantes, égayées par des flirts, la danse et les petits jeux, l'été, dans des casinos de famille, par quelques bals l'hiver. La ration minima d'une jeune fille, n'est-ce pas?

— Je ne peux pas croire... commença Michel en faisant mine de se lever.

Il ne pouvait pas croire que c'étaient eux, le mari et la femme, qui conversaient ainsi, calmes en apparence, au milieu de cette terrasse grouillante de monde.

— Asseyez-vous, de grâce! Prenez un autre whisky si vous en avez besoin. Vous remarquerez, Michel, que je ne vous fais aucun reproche...

— Il ne manquerait que cela!

— Mettons que nous nous soyons trompés. Quand vous m'avez eue dans votre lit, vous vous êtes rendu compte que je n'étais pas du tout votre type. Mais si! Ce n'est plus la peine, maintenant, de mentir. De mon côté, j'ai accompli, quand ça a été nécessaire, mon devoir conjugal, et c'était vraiment un devoir. Le plus étonnant, c'est que deux enfants soient nés quand même...

— Je vous défends... balbutia-t-il.

C'était trop. Quelque chose grinçait, grinçait, et toujours ce bourdonnement de moteur, ce capitaine anglais qui faisait la roue devant Cannes!

— Encore un petit effort, Michel. Ce sera vite fini. Avouez que je ne vous ai jamais manifesté de haine, ni même de rancune. J'aurais pu! Vous aviez déjà la manie des petites servantes, des dactylos, de toutes les femmes que vous pouviez dominer ou plutôt de celles avec qui vous considériez que ce n'était qu'un geste sans importance. Je me demande même si ce n'est pas la misère qui vous excite...

Il rougit en croisant le regard d'un vieil Anglais.

— Plus bas ! supplia-t-il.

— On ne peut pas entendre. Rapprochez votre fauteuil. D'ailleurs, j'ai fini. Je suis malade. J'ai deux ou trois ans à vivre sans me soigner et, en me soignant, je ne suis pas sûre de vivre davantage. Je viens simplement, honnêtement, vous demander ma liberté. J'accepte d'avance l'arrangement qui vous conviendra. Vous gardez les deux enfants si vous voulez. Vous voyez à quel point j'en suis ! Nous divorçons si vous y tenez et, si vous préférez, nous nous contentons de la séparation. J'éviterai tout scandale. Bob part la semaine prochaine pour les Indes, où il rejoint son régiment. Je pars en même temps que lui et j'habiterai sans doute Simla...

Il y eut de l'humidité dans ses yeux et elle joua avec un gros bracelet oriental que son mari ne lui connaissait pas.

— C'est tout !

Elle se tourna vers le garçon, commanda un cocktail.

— Vous prenez un second whisky ? Mais oui ! Garçon ! Un Rose et un whisky...

Elle eut un petit rire pas très naturel en regardant Michel finir en hâte son premier verre.

— Vous n'avez pas beaucoup changé, vous !

N'empêche qu'il aurait donné n'importe quoi pour être une demi-heure plus vieux ! Il lui semblait impossible de prendre une décision comme ça, au pied levé, à la terrasse d'un palace.

— Écoutez, commença-t-il. Vous allez venir avec moi à Saint-Raphaël. Nous discuterons sérieusement et...

Elle secoua la tête.

— Inutile, Michel ! A moins que vous me fassiez arrêter par la police, je pars avec Bob dans une demi-heure. Nous sommes venus par mer de San Remo. Le soir, la brise se lève et il faut que nous soyons rentrés auparavant. C'est pourquoi je tenais à ce que vous soyez ici à trois heures précises. Vous me reprocherez peut-être d'avoir amené Bob, mais je vous répondrai que je considère cela comme une élégance, comme une preuve de camaraderie. Car il vaut mieux nous séparer en camarades, n'est-ce pas ?

— Je crois que vous êtes tout à fait folle !

— Vous l'avez déjà dit. Vous avez tort.

Elle s'animait. Un sentiment auquel elle n'avait pas voulu donner libre cours se réveillait en elle.

— ... Si je suis devenue folle, en tout cas, c'est dans votre sinistre maison de La Rochelle. Vous rappelez-vous que votre père ne nous a même pas permis de faire un voyage de noces sous prétexte que c'était la saison du merlue ? Le merlue ! Les boulets !... Et moi, à mon premier étage, moi que personne, au fond, ne considérait comme de la famille... Oseriez-vous dire le contraire ?

— ... Si vous n'aviez pas reçu des gens comme Frédéric... Au fait ! Vous ne trouvez pas étrange de lui écrire avant de m'écrire à moi ? C'est indirectement, par Philippe, que j'ai su que vous étiez à San Remo...

Elle haussa les épaules, alluma une nouvelle cigarette sur laquelle ses lèvres tracèrent deux demi-lunes rouges.

— Vous avez parlé tout à l'heure des bonnes et des dactylos. Jureriez-vous sur la tête de nos enfants qu'il n'y a jamais rien eu entre vous et Frédéric ?

Il croyait tenir le bon bout. Il avait trouvé le moyen de se fâcher. Il en oubliait l'endroit où il était et il parlait trop fort.

— Frédéric n'a jamais voulu, soupira-t-elle.

— C'est-à-dire ?

— C'est-à-dire que, s'il l'avait voulu, j'aurais été sa maîtresse. Je vous l'aurais d'ailleurs dit. Pourquoi pas ?

Combien de temps y avait-il donc qu'Oscar Donadieu était mort ? Pas même un an ! Et une Donadieu — car elle l'était par le mariage, elle portait encore ce nom ! — une Donadieu avouait...

Il y avait plus fort : Michel ne parvenait pas à s'indigner sérieusement. Il est vrai que le cadre ne se prêtait pas à l'émotion, qu'il y avait la chaleur, la réverbération du soleil sur la baie, ce canot obstiné et rageur...

— Alors, Michel ?

— Alors quoi ?

— C'est oui, n'est-ce pas ?

— Jamais la famille n'acceptera notre divorce.

— Alors, séparons-nous simplement.

— Et votre capitaine ?

Les paupières d'Eva battirent.

— C'est prévu ! De toute façon, il ne peut pas m'épouser. S'il le pouvait, c'est moi qui n'accepterais pas.

— Mais...

Elle comprenait son exclamation. Elle allait donc partir en Asie en qualité de...

— Oui ! fit-elle. Je serai une femme seule. Je reprendrai mon nom de jeune fille...

Sa gorge se gonflait et, en regardant son mari, il lui semblait que l'atmosphère sordide de la rue Réaumur lui collait encore à la peau.

— Finissons-en, Michel ! Pardonnez-moi de ne vous avoir pas encore parlé des questions matérielles. Bien entendu, je ne vous demande rien, j'abandonne tous mes droits.

— Ce sont des choses qui doivent se régler devant notaire, objecta-t-il.

— Vous les discuterez...

— Il faut votre signature.

Elle appela le garçon.

— Envoyez-moi le chasseur.

Puis, à celui-ci :

— Le livre d'adresses de Cannes, vite !

— Que voulez-vous faire ? s'effara Michel.

Le canot automobile s'était arrêté enfin et le capitaine Burns émergeait sur la jetée, trop grand, trop jeune, trop parfait.

— Attendez...

Eva feuilletait l'annuaire, soulignait un nom d'un coup d'ongle.

— Prenez note du nom : maître Berthier, avoué. Je le verrai ce soir. Je lui remettrai une procuration. Vous arrangerez tout avec lui au mieux de vos intérêts.

Comme Burns s'approchait, elle lui fit signe de se promener un moment encore.

— Voilà, mon pauvre Michel ! Je ne savais pas que cela finirait si vite. Sans cette bronchite de Jean, j'aurais encore vécu deux ou trois ans sans savoir que j'étais condamnée. Nous aurions continué à habiter la même maison et à penser chacun de notre côté. Vous ne trouvez pas que c'est mieux ainsi ? Vous voilà libre...

— Je suis malade aussi ! gronda-t-il.

— Mais non ! Vous êtes tombé malade parce que cela arrangeait les choses, lors du scandale de la dactylo. Quant tout cela sera oublié, vous ne serez plus malade. Les gens comme vous ne sont pas malades !

— Qu'est-ce que cela veut dire ?

Elle le regarda en souriant.

— Ne vous fâchez pas. Restons sur de bonnes impressions. Vous avez un égoïsme inné tellement solide que rien ne peut vous atteindre, que votre organisme lui-même vous évite les ennuis par un opportun ralentissement du cœur. Je parie... Oui, je parie que vous avez déjà une autre gamine...

Il s'en voulut après. Sur le moment, il tint à se venger coûte que coûte et il grommela :

— Mon père avait raison !

— En quoi ?

— En me disant qu'on n'épouse pas la fille de votre mère !

Elle se leva, la cigarette aux lèvres, les narines pincées, le regarda en face et, peut-être parce que Burns était très grand, elle lui parut plus grande que jadis.

— Adieu ! laissa-t-elle tomber.

Quelques pas rapides, de grands pas que lui permettaient ses pantalons de yachting. Et, sur le trottoir, elle rejoignait l'Anglais, qui se tournait un instant vers Michel.

Non ! Ils n'avaient plus rien à se dire. Eva devait l'expliquer à son compagnon. Celui-ci dut lui parler des consommations qui n'étaient pas payées mais elle haussa les épaules, l'entraîna vers le canot automobile.

— Garçon !... Qu'est-ce que je vous dois ?

Le garçon alla chercher la note sur laquelle Michel jeta un coup d'œil.

— Comment, deux cent quinze francs ?

— Ce monsieur et cette dame ont déjeuné ici. Je croyais...

Si bien que Michel dut payer le repas de sa femme et du capitaine Burns !

A cinq heures, déjà, alors que la plage était encore tachetée de maillots multicolores, l'auto arrivait à Saint-Raphaël et Michel était d'autant plus furieux que Baptiste, s'étant trompé de route, avait pris par la Corniche, où il avait souffert du vertige.

Sur l'eau, Michel aperçut le canot de son frère, qui avait des formes biscornues mais qui flottait et que les deux jeunes gens avaient peint en vermillon.

Mme Donadieu, dans le parc, recevait les dames et les demoiselles Krüger qui ignoraient toujours — du moins avaient-elles la politesse de le laisser croire — qu'un enfant était né dans la maison.

Les fenêtres de Martine, là-haut, étaient ouvertes et la chambre devait être baignée de lumière chaude.

Pour éviter les Krüger, Michel passa par la cuisine et, comme un hanneton, chercha un coin où se poser.

De tout ce qui venait de se passer, il n'y avait qu'un point sur lequel pût se fixer sa rancœur : Frédéric !

Sa femme l'avait dit sans la moindre pudeur :

— C'est lui qui n'a pas voulu !

Fallait-il la croire ? Et, même dans ce cas… Il entra dans sa chambre, changea de chemise, car la sienne était détrempée, mit une autre cravate et changea aussi de chaussures, pour se rafraîchir. Tout en esquissant des gestes aussi quotidiens, il ramenait sans cesse sa pensée vers Frédéric et cette pensée devenait de plus en plus complexe, en rejoignait d'autres qu'il avait déjà eues, tandis qu'il s'assombrissait de plus en plus.

Ne pouvant rester dans cette chambre morne, il grimpa au premier étage, frappa chez sa sœur, où on lui permit d'entrer.

Elle était assise dans son lit et l'enfant dormait dans son berceau : la nourrice, un fer électrique à la main, repassait des langes. Au grand désespoir de Martine, le médecin, après l'analyse du lait, avait conseillé de prendre une nourrice et on en avait trouvé une dans le pays, une paysanne du Var au poil noir et à la lèvre duvetée, dont l'accent provençal chantait depuis la veille dans toute la maison.

— Philippe n'est pas ici ? questionna Michel en s'asseyant près du lit.

— Il est parti à Monte-Carlo. Les Grindorge viennent d'y arriver et doivent y passer quelques jours. Ils ont invité Philippe à aller les voir. Heureusement qu'il avait apporté son smoking.

Cela tombait mal, Michel n'aurait pas pu dire pourquoi. Il venait de trop penser à Frédéric. Et, maintenant, cela lui déplaisait que Philippe allât dîner en smoking avec ces gens qui avaient mis plus d'un million dans la Société fermière.

— Tu parais de mauvaise humeur ! remarqua Martine qui, dans son lit, vêtue d'un déshabillé très coquet, avait l'air d'une maman de théâtre.

— C'est possible.

— Qu'est-ce qui ne va pas ?

Il haussa les épaules. Ce qui n'allait pas ? Il était hargneux, voilà, et l'objet de sa hargne se précisait.

— Tu sais s'il voit souvent son père ? questionna-t-il.

— Il ne m'en parle pas. Mais je ne crois pas.

— Je me demande...

— Quoi ?

— Rien !

Il savait bien qu'elle le questionnerait d'autant plus qu'il se déroberait et il était dans un état d'esprit à commettre une petite vilenie, de parti pris, pour se venger.

— Non ! Ce n'est pas le moment de te parler de ces choses...

— Que se passe-t-il encore ?

— Il ne se passe rien. Mais j'ai le temps de penser. Petit à petit, des recoupements se font dans mon esprit...

— Que veux-tu dire ?

Elle s'inquiétait et son visage perdait sa sérénité.

— Je pense à Frédéric... Je pense à notre père... Tu as cru qu'il s'était suicidé, toi ?

— Non !

Et c'était bien, en effet, le dernier geste auquel on se fût attendu de la part d'Oscar Donadieu.

— Tu vois !

— Qu'est-ce que je vois ? fit Martine avec angoisse.

— Je prétends, moi, que notre père n'était pas non plus l'homme à tomber à l'eau accidentellement. Il connaissait trop le bassin. Il avait le pied ferme, malgré son âge, et on ne peut pas mettre un faux pas sur le compte de l'alcool, puisqu'il ne buvait que de l'eau...

— Une congestion... risqua-t-elle.

— Une congestion qui le prend précisément à l'instant où il est en équilibre au bord du bassin ?

Il croyait encore entendre vrombir le canot automobile et voir son orgueilleux sillage sur la baie, la silhouette de l'Anglais dédaigneux au volant.

— Pardonne-moi de te parler de cela... Je me sens tellement isolé ! Il y a des moments où il me semble que je suis le seul à penser encore à notre père, à rester un Donadieu. A mon avis, on n'a pas assez interrogé Frédéric. Souviens-toi ! Il a donné sa parole

303

qu'il avait quitté papa au coin de la rue Gargoulleau, mais il n'a pu en apporter aucune preuve. Depuis lors, tout se passe comme si...

— Allez continuer dans la salle de bains, Maria ! dit Martine à la nourrice.

— C'est qu'il n'y a pas de prise de courant pour mon fer...

— Allez-y quand même un moment !

— Bien, madame !

Et Martine, à Michel :

— Pourquoi me dis-tu tout cela maintenant ?

Il ne s'attendait pas au regard qu'elle lui lançait et qui le gênait par son insistance.

— Réponds !

— Je ne sais pas. Parce que j'y pense...

— Qu'est-ce qu'Eva t'a fait ?

— Comment ? Tu étais au courant ?

Il enrageait davantage encore. Tout le monde était au courant ! Et cela, grâce à Frédéric !

— Qu'est-ce qu'elle a décidé ?

— Elle s'embarque pour les Indes.

— Et elle t'a dit quelque chose, au sujet de Frédéric ?

Michel sentit qu'il était allé trop loin. Il s'agissait maintenant de s'en tirer. Il se leva, marcha vers la fenêtre, regarda la plage, le port, la promenade ombragée.

— Elle ne m'a rien dit, mais il ne m'est pas interdit de réfléchir. J'ai oublié un moment que tu es la femme de son fils. Je t'en demande pardon...

— Michel !

Il se dirigeait vers la porte. Elle le rappelait.

— Qu'est-ce qu'il y a ?

— Pourquoi, justement aujourd'hui, es-tu venu me raconter tout cela ?

— J'ai eu tort, je te le répète. N'en parlons plus.

Il avait la main sur le bouton.

— Michel !

L'huis s'entrebâillait.

— Michel ! Tu es une vilaine crapule...

Il s'arrêta, surpris, furieux, regarda sa sœur d'un œil menaçant, préféra battre en retraite et refermer la porte derrière lui. Elle n'avait jamais prononcé de pareils mots. Il l'avait toujours considérée comme une gamine sans importance, capable tout au plus de se jeter dans les bras d'un Philippe.

Qu'est-ce qu'il lui restait maintenant, à lui ? Dans le parc, on entendait Mme Donadieu et les Krüger bavarder en poussant des gloussements très mondains.

Michel, une fois de plus, passa par la cuisine et regretta que la bonne fût une femme de cinquante ans. Il se trouva bientôt sur la promenade, l'âme ulcérée, et soudain il aperçut l'hôtel Continental, n'hésita qu'une seconde, pénétra dans le hall.

— M. Freddy est-il chez lui ? questionna-t-il.

Un coup d'œil au tableau des clefs.

— Je crois qu'il vient de sortir... Mais... Vous n'êtes pas M. Émile ?... Dans ce cas, M. Freddy a dit que, si vous veniez, je vous laisse monter...

M. Émile ! Freddy y avait pensé ! Il entrait dans le jeu ! Michel faillit reculer. Le hall était frais, garni de plantes vertes, avec un chasseur en bleu dans chaque angle et le garçon d'ascenseur en face de l'appareil.

— C'est le 73... Chasseur !... Conduis Monsieur...

Trop tard ! L'instant d'après, Michel pénétrait dans un appartement qui sentait le tabac anglais et l'eau de Cologne.

— Faut-il que j'ouvre ? demanda le chasseur en

désignant les persiennes qui restaient fermées tout l'après-midi.

— Non, merci.

Il fouilla sa poche, ne trouva pas de monnaie.

— Je te verrai tout à l'heure...

Il faisait frais, dans cette grande pièce où s'entassaient dans un coin des valises de cuir fauve. Un ventilateur tournait avec un doux ronron et, si ce n'eût été stupide, Michel se fût étendu sur le lit couvert de soie rose et sans doute se fût-il endormi.

Il en eut vraiment la tentation. Ici, il était comme suspendu dans le temps, dans l'espace, loin de La Rochelle, des Tamaris, d'Eva, des Donadieu, de Frédéric et de Philippe. Les meubles étaient d'un confort anonyme, la décoration d'un luxe suffisamment neutre.

Son regard tomba sur un petit tableau où, près de trois boutons de sonnerie, figuraient trois silhouettes dessinées sur l'émail : un maître d'hôtel en habit ; un valet de chambre en gilet rayé ; une femme de chambre en tablier de soubrette.

Il pressa le dernier bouton, entendit un déclic, celui de la lampe-témoin qui s'allumait au-dessus de sa porte dans le couloir.

Ce n'était pas nécessairement Nine qui allait arriver. Il devait y avoir certaines heures où elle était remplacée...

Il se tenait près de la porte et il entendit bientôt des pas très loin, dans les couloirs en angles droits. Enfin, un petit coup contre l'huis.

— Oui... grogna-t-il.

Elle entra, déroutée par l'obscurité, fit quelques pas, cependant qu'il poussait le verrou.

— On a sonné ? dit-elle, sentant le vide autour d'elle.

Et soudain elle vit Michel, se demanda un instant si elle devait rire ou crier. Jamais il ne l'avait connue ainsi, avec sa robe courte et noire, son tablier, son bonnet blanc.

— Qu'est-ce que vous faites ici ?

— Chut !...

Elle n'osa pas reculer. Et lui la saisit brusquement aux épaules, la fit rouler sur le lit en répétant :

— Chut !... Tais-toi !... Sinon...

Elle gémit :

— Vous me faites mal ! Lâchez-moi...

— Chut !... Tais-toi...

Le plus extraordinaire, c'est qu'il pensait à Eva, à son Anglais, au canot rapide, à Frédéric... Il pensait à tout, sauf à la jeune fille aux yeux écarquillés qu'il pétrissait avec rage.

— Il le fallait, tu comprends ?... Je ne pouvais plus...

Et il était lucide par surcroît, d'une lucidité seulement un peu décalée ! Ainsi, il se souvenait que le fiancé de Nine arrivait le lendemain ! Il se demandait si, après ce qui se passait, il devrait venir la chercher le soir pour leur rituelle visite à la *Boule Rouge* !

Il voyait que Nine, après s'être farouchement raidie, au point qu'il sentait saillir tous ses muscles, se résignait d'un air morne et regardait de côté pour ne pas apercevoir son visage.

Quand il se redressa, vacillant, elle resta encore un moment étendue, sans même baisser sa robe, ce qui lui fit peur.

— Qu'est-ce que vous avez, Ninotchka ? J'étais à bout... Je...

Non ! Elle n'était pas évanouie. Seulement lasse, écœurée ! Elle finissait par se relever, sans se presser, et elle laissait peser sur lui un regard lourd.

— Ninouche !... Ma Ninotchka...

— Plus la peine, hein ! fit-elle avec un accent dont la vulgarité le frappa.

— Qu'est-ce que vous allez faire ? J'étais dans un tel état...

— Vous vous dégonflez ?

Elle tourna un commutateur électrique, pour remettre de l'ordre dans sa coiffure, tira ses bas, puis revint vers le lit qu'elle arrangea.

— Vous aviez combiné ça avec M. Freddy !

Il y avait dans sa voix un mépris insupportable.

— Je te jure, Nine...

— Permettez-moi de vous dire que vous êtes un rude salaud ! J'aurais dû me méfier, comprendre que vous étiez un vicieux...

Qu'est-ce qu'il pouvait répondre ?

— Enfin ! soupira-t-elle.

— Qu'est-ce que tu vas faire ?

— Vous avez peur, hein ?

Elle en avait gros sur le cœur. D'un geste machinal elle caressait son ventre meurtri...

— Écoute, Nine... Si tu veux, je pourrais...

Il préparait sa phrase en tirant son portefeuille de sa poche.

— Vous donnez pas la peine ! Vous êtes encore plus purée que moi !

— Qu'est-ce que tu dis ?

— Si vous croyez que tout le monde ne sait pas, à la *Boule Rouge,* que vous avez une ardoise depuis un mois.

— C'est pour ça que...

— Fichez-moi la paix ! Je me demande ce qui me retient d'aller tout raconter à la police...

Et elle sortit, après un regard haineux. Michel s'assit, pour lui donner le temps de s'éloigner, pour se donner à lui le temps de se calmer. Enfin, avec un grand effort de dignité, il sortit, à son tour, traversa le hall aux quatre chasseurs, s'éloigna, non dans la direction des Tamaris, mais dans la direction contraire.

VII

Cette tradition-là, du moins, subsistait. Alors que les autres jours tout le monde était prêt de bonne heure, le dimanche matin était marqué par un laisser-aller général, par une langueur suivie d'un grand branlebas, d'allées et venues, de claquements de portes et de bruits de robinets. Jusqu'à l'odeur du petit déjeuner qui persistait plus tard dans la maison, mêlée à des relents de bain chaud et d'eau de Cologne.

— Allons, maman! Il est dix heures...

— Je viens!

Là-haut, elle courait encore d'une pièce à l'autre, arrivait enfin, essoufflée, plus fraîche de peau que nature, questionnant :

— La voiture est là?

— Il y a cinq bonnes minutes que le moteur tourne.

L'église n'était qu'à trois cents mètres. Mais les jambes de Mme Donadieu avaient toujours été un mystère, tantôt enflées, et exigeant le soutien d'une canne, tantôt agiles, leur état correspondant, comme ses enfants l'affirmaient, à son humeur et à ses désirs.

En l'occurrence, l'auto roulait mollement dans les rues à peu près vides, ce qui laissait encore plus de

309

place au soleil. Devant l'église, Baptiste descendait, ouvrait la portière.

Il y avait beaucoup de monde, des rayons obliques très haut, colorés par les vitraux, et l'officiant, à droite de l'autel, récitait la première oraison que les orgues soulignaient discrètement.

— Par ici, maman...

Ils étaient à peine installés que le prêtre passait de l'autre côté de l'autel et que tout le monde se levait. Deux rangées en avant, Philippe remarqua la famille Krüger en grande tenue, émettant, elle aussi, une sorte d'odeur du dimanche.

Bruits de chaises retournées. Sermon. Philippe se tenait fort bien, avec une désinvolture qui n'avait rien de provocant. Il se levait quand il devait se lever, s'asseyait ou s'agenouillait en temps voulu, se signait, gardait, entre-temps, un air calme, sérieux, attentif.

A certain moment, son regard, suivant celui de sa belle-mère, se posa sur Kiki. Celui-ci, accompagné d'Edmond, était arrivé encore plus en retard qu'eux-mêmes.

Mais ce n'était pas ce qui frappait Mme Donadieu. Philippe, lui aussi, était étonné par l'attitude du jeune homme, qui ne se savait pas observé.

On pouvait dire, par exemple, qu'il y avait de la ferveur — tout au moins machinale — dans la façon dont les demoiselles Krüger se comportaient à l'église. Chez Philippe, c'était une indifférence polie, mondaine. Et, un peu plus loin, on voyait un gamin de treize ou quatorze ans qu'on sentait en pleine crise mystique.

Kiki, lui, regardait le calice et on le devinait sensible à l'atmosphère, au clair-obscur, aux reflets des vitraux, à l'encens et aux chants d'orgues. Il y avait dans son regard une fixité qu'on ne lui voyait

jamais ailleurs et on aurait juré qu'il était plus pâle,
que sa physionomie devenait farouche.

— Tu as vu Kiki? souffla Mme Donadieu.

— Oui.

Ils partageaient la même surprise et comme la
même gêne. Or, au moment précis où ils en
parlaient, le gamin, qui ne pouvait pas les entendre,
se retournait vers eux, rougissait en rencontrant leurs
regards et changeait d'attitude.

Peut-être y pensaient-ils encore en sortant? La
voiture bleue s'allongeait devant le parvis et la foule
des fidèles devait la contourner.

— Nous irons à pied, décida Mme Donadieu.

Les cloches sonnaient. Une société de gymnastique
défilait dans la rue, bannière en tête. Sans doute est-
ce en évoquant Kiki que Mme Donadieu questionna :

— Pourquoi Michel est-il parti si brusquement?

Car Michel était parti la veille pour Vittel, en
prétendant que son médecin lui conseillait une cure.
Tout le monde l'avait senti préoccupé, mais on avait
senti en même temps qu'il valait mieux ne pas lui
demander d'explications.

— Je suppose qu'il a été affecté par son entrevue
avec Eva, répliqua Philippe qui aurait pu dire la
vérité, car il était au courant de l'aventure avec Nine.

Ils atteignaient déjà la promenade plantée de
platanes, au bord de la mer. Des chaises et des
fauteuils d'osier entouraient le kiosque.

— Asseyons-nous une minute, proposa Mme Donadieu.

Et elle questionna à nouveau :

— Qu'ont-ils décidé au juste? Michel ne m'a parlé
de rien. Il a seulement fait allusion à des ennuis
conjugaux, à l'état de santé de sa femme...

— Ils se sont séparés définitivement !

Il s'aperçut que sa belle-mère n'en était pas autrement émue, à peine étonnée.

— Eva part pour les Indes avec un jeune officier anglais. Les enfants sont en Suisse...

Philippe aurait juré qu'il y avait un sourire réprimé sur les lèvres de sa belle-mère. Le soleil faisait des taches tremblantes sur sa robe de flanelle blanche. Un face-à-main pendait sur son corsage et de la poudre de riz s'était amassée dans les rides du cou.

Chacun, maintenant, suivait le cours de ses pensées. La villa n'était qu'à cent mètres et ils auraient pu s'y asseoir aussi, dans les fauteuils plus confortables du parc. Cependant ils s'attardaient, prolongeaient ces vacances dominicales, ce contact avec la foule anonyme des promeneurs.

— Ce sera le plus malheureux de tous! prononça soudain Mme Donadieu avec un soupir.

Elle semblait à peine le plaindre. Elle constatait, cherchait à s'expliquer quelque chose.

— Leur père l'a voulu! Je lui ai toujours dit qu'on ne traite pas des hommes de trente ans et plus, qui ont déjà des enfants eux-mêmes, comme de simples gamins...

Jamais elle n'avait parlé de cela à ses fils ou à ses filles. C'était avec Philippe et avec lui seul qu'elle effleurait certains sujets.

— Le voilà bien avancé, maintenant!

Elle devait faire allusion à son mari.

— ...Eva aux Indes! Michel qui ne sait plus où aller! Quant à Kiki, je serais curieuse de savoir ce qu'il a dans la tête. Que penses-tu de son précepteur, Philippe?

— Je pense qu'ils s'entendent peut-être un peu trop. Ils ont l'air d'avoir le même âge...

Effleurer les sujets, oui! Il ne fallait pas aller plus

loin. Mme Donadieu se levait déjà, en soupirant une
fois de plus.

— Allons! A quelle heure viennent tes amis?

— Pas avant une heure.

— Il faut que je m'occupe du déjeuner.

Ils rentrèrent à la villa et Philippe monta chez sa
femme, qui demanda :

— Où êtes-vous allés, maman et toi?

— Maman a voulu s'asseoir un moment près du
kiosque.

— Qu'est-ce qu'elle t'a dit?

— Rien. Elle me demandait ce qu'il y a au juste
entre Michel et Eva...

Elle le vit, un peu plus tard, qui changeait de
cravate, s'étudiait longuement devant la glace.

— C'est pour Mme Grindorge? dit-elle en souriant.

Il haussa les épaules et pourtant elle avait en partie
raison. La petite Mme Grindorge, aux robes toujours
ratées, ne pouvait s'empêcher, quand ils étaient
ensemble, de comparer son mari et Philippe. Et le
pauvre mari, inconsciemment, faisait tout ce qu'il
fallait pour accroître l'admiration de sa femme.

— Tu entends ce que dit Philippe?

Ou bien :

— Surtout, sois aimable avec Philippe. Quelquefois, tu sembles le bouder...

Elle ne le boudait pas, mais il lui arrivait de se
ressaisir et, à ces moments-là, elle aurait voulu voir
son mari prendre des initiatives au lieu de courir
derrière un homme plus jeune que lui et d'approuver
tout ce qu'il disait.

Depuis que Dargens, dans l'affaire des phonogra-
phes, lui avait fait gagner soixante mille francs sans
aucun risque, depuis que tout récemment il avait

313

monté la Société fermière, Grindorge lui téléphonait deux fois par jour.

— Allô, c'est vous, Philippe ? On me propose des actions de mines d'or. Qu'est-ce que vous en pensez ?

Philippe n'hésitait jamais. C'était sa force. Ses réponses étaient catégoriques.

— Vous croyez vraiment ?

— J'en suis sûr !

Si le couple était venu passer quelques jours à Monte-Carlo, c'était pour se rapprocher de lui, et ce dimanche, ils arrivaient en auto pour déjeuner aux Tamaris.

On en avait profité pour inviter les Krüger. C'était un grand déjeuner, pour lequel il avait fallu prendre un extra et louer de l'argenterie, car il n'y en avait pas assez à la villa.

Philippe sourit quand il vit le regard de la plus jeune des Krüger, qui était amoureuse de lui, se fixer méchamment sur Mme Grindorge car, après dix minutes, la jeune fille avait compris.

Il fut brillant. Après le repas, il prit ses deux amis à part et les emmena au premier, dans la chambre de sa femme où, par le fait de se retrouver quatre, ils recréèrent un peu de l'atmosphère de Paris.

Martine ne se levait pas encore, mais elle avait de meilleures couleurs. Elle montra son bébé sur toutes ses faces, avec orgueil, obligea ses amis à déclarer qu'il ressemblait trait pour trait à Philippe et, par la fenêtre ouverte, on entendait papoter toutes les Krüger, sauf la benjamine que rongeait la jalousie.

— Vous restez encore quelque temps sur la Côte d'Azur ?

— Nous partons demain matin et nous emmenons Philippe, car il y a du travail pour lui.

La voix de Mme Donadieu, qui arrivait d'en bas,

trahissait la plénitude de son contentement. Voilà comment elle aurait voulu vivre toute sa vie ! Or, il lui avait fallu attendre la soixantaine, attendre d'avoir Philippe pour gendre !

— Vous verrez ! disait-elle. Je vous ferai goûter un jour avec Mrs. Gable. Elle est tordante ! Malheureusement, je repars déjà dans une semaine. C'est au tour de mes autres enfants de venir en vacances. Moi, je reprends le collier...

Avec Philippe ! C'est avec lui qu'elle faisait équipe. Ils seraient au bureau ensemble, pendant que Marthe et son mari vivraient sur la Côte.

De toute la journée, il n'y eut pas le plus petit nuage dans le ciel.

Ce furent de ces heures que l'on veut prolonger coûte que coûte et Mme Donadieu se raccrochait à ses invitées.

— Mais si ! Vous allez prendre une tasse de thé. Vous partirez ensuite. J'ai des gâteaux épatants...

On prit le thé. Les Grindorge ne se résignaient pas davantage au départ et, après avoir chuchoté tous les deux dans une allée, ils prirent Philippe à part :

— Invitez donc votre belle-mère à dîner avec nous au casino. Mais si ! Pour le dernier jour !...

Elle accepta. Philippe dut aller annoncer à sa femme qu'ils sortaient tous les quatre et elle ne lui fit pas de reproches. Le soleil se couchait avec une majesté sereine et il n'y avait pas un souffle d'air dans le feuillage des platanes.

On n'avait pas vu Kiki, ni Edmond depuis la grand-messe. On ne s'en inquiétait pas.

Le dîner dura longtemps et Grindorge emmena ses invités prendre un dernier verre dans une boîte de Saint-Tropez.

Nine, accrochée au bras de son marin, cheminait, dès deux heures, sur la grand-route éclatante de Fréjus, où il y avait un grand bal populaire.

De temps en temps, quand elle apercevait un homme bien habillé, de la corpulence de Michel, elle tressaillait, serrait davantage le bras de son compagnon.

— J'ai demandé à être versé dans la T.S.F., lui expliquait-il et, si je réussis, je m'arrangerai pour être désigné à Saint-Raphaël.

Il s'étonnait un peu de la trouver si docile et surtout si impressionnable. Quand il était arrivé, le matin, à dix heures, il l'avait reconnue tout de suite sur le quai de la gare. Elle s'était jetée dans ses bras et elle s'était mise à pleurer à chaudes larmes.

Il en avait été flatté, bien sûr, mais un peu gêné.

— Allons ! Sois sérieuse ! Tout le monde nous regarde...

Il s'avisait maintenant qu'elle ne lui avait presque rien raconté.

— Qu'est-ce que tu as fait depuis deux mois ? Il y a du monde, à Saint-Raphaël ?

— Pas beaucoup.

— Du boulot, à l'hôtel ?

— Le tiers des chambres...

Elle sautillait, suspendue à son bras.

— Tu as dansé ?

— Presque pas. Je ne suis pas allée deux fois au bal.

C'était vrai. Elle n'était pas allée au bal à proprement parler, car pour eux la *Boule Rouge* était autre chose.

— Tu ne m'as pas fait des *chars* ?

Elle marqua une hésitation au moment d'entrer dans la salle où régnait l'accordéon. Il suffisait d'une copine qui aurait la langue trop longue...

Ils dansèrent, serrés l'un contre l'autre, joue contre joue, l'œil absent et soudain le marin sentit du liquide chaud sur sa main, une larme de Nine qui souriait, qui niait, qui jurait :

— Puisque je te dis que je ne pleure pas ! C'est la joie que tu sois là...

En passant, elle regarda dans les yeux Jenny, une femme de chambre comme elle, qui travaillait dans le même hôtel et qui connaissait presque toute son histoire avec M. Emile. Jenny comprit, lui adressa un petit signe rassurant.

Il faisait chaud. Nine but de la limonade menthée. Bientôt la sueur dessina deux grands demi-cercles sous ses bras et, pendant les danses, son fiancé avait l'air de la respirer.

— Viens !... finit-il par murmurer d'une voix trouble.

— Pas encore, dis ! Dansons...

Elle retardait le moment. Il finit par remarquer :

— On dirait que tu n'es pas pressée !

Puis :

— Il est vrai que toi, pour ce qui est du tempérament...

Ils avaient fait plus de vingt danses quand ils sortirent enfin, longeant les maisons, et Nine, la première, furtivement, avec toujours le même battement de cœur, se glissa dans le couloir d'un petit hôtel, derrière la mairie de Fréjus.

Avec André, c'était tout simple. Elle allait tirer les rideaux de la chambre, défaisait elle-même la couverture, s'assurait que la porte était fermée à clef.

Puis, comme si elle eût été toute seule, elle retirait

son corsage, sa jupe, passait la main derrière le dos pour détacher son soutien-gorge et, en défaisant ses chaussures, ne manquait jamais de frotter ses pieds endoloris par la danse.

André, lui, finissait sa cigarette, continuait à raconter l'histoire commencée.

Cette fois — et c'était la troisième fois de la journée ! — elle pleura, bêtement, silencieusement, au point qu'il finit par se fâcher.

— Me diras-tu enfin ce que tu as à chialer ainsi ?

— Rien je t'assure. Il ne faut pas faire attention...

— Si tu crois que c'est rigolo pour moi ! J'ai cinq jours de permission et c'est pour te voir transformée en fontaine...

Après, il s'endormit, car il avait voyagé toute la nuit. Il dormait encore quand l'obscurité tomba et Nine restait couchée, le buste soulevé, appuyée sur un coude, à le regarder ou à regarder dans le vide.

Quand il se réveilla, on ne voyait presque plus rien et il questionna d'une voix pâteuse :

— Quelle heure est-il ?

— Presque neuf heures...

— Tu ne pouvais pas le dire ? Nous allons arriver en retard au ciné !

Michel Donadieu, à Vittel, essayait de ne pas penser à des choses désagréables, se répétait avec force :

— Quel intérêt aurait-elle à parler ? Et d'abord, quelle preuve pourrait-elle donner ? Pourquoi, si elle ne voulait vraiment pas, être venue tous les soirs avec moi à la *Boule Rouge* ?

318

Les Olsen, qui avaient acheté une voiture, en étaient à leur seconde sortie dominicale. C'était Marthe qui conduisait. Leur fils Maurice s'asseyait derrière, tandis qu'Olsen restait près de sa femme.

Cette fois, ils allèrent plus loin que le dimanche précédent, jusqu'à Royan, où ils déjeunèrent à la terrasse d'un restaurant, face à la mer.

— Philippe dit que tu dois te commander un complet plus léger, rappelait Marthe à son mari. Là-bas, on porte davantage la toile que la laine...

— Faire faire un complet pour quinze jours?

— Il servira les autres années.

A trente-deux ans, Olsen était déjà avare, d'une avarice systématique et en quelque sorte scientifique. Il était toujours bien habillé, mais sa garde-robe avait été étudiée une fois pour toutes et il n'usait pas ses vêtements, qui semblaient toujours sortir de chez le tailleur.

De même son appartement était-il le mieux meublé, le mieux fourni en toutes choses de la maison Donadieu mais, avant d'acheter le moindre objet, il faisait venir des catalogues de toutes parts, écrivait pour demander des prix.

— Je parie, disait encore Marthe, que, là-bas, maman se déchaîne. Quand revient Philippe?

— Dans trois jours.

— Tu es sûr d'avoir bien étudié les contrats?

Car Marthe restait méfiante. Certes, Philippe avait soudain apporté de l'argent frais dans la maison qui en manquait. Chacun, du même coup, s'était trouvé à l'aise et on pouvait se permettre de vraies vacances.

Mais n'était-ce pas trop beau?

— Goussard m'a affirmé que le contrat est parfait. Au surplus, je serai toujours capable de me défendre. A propos, je t'ai annoncé la nouvelle?

319

— Quelle nouvelle ?

— Au sujet de Frédéric. Son affaire de cinéma est en liquidation judiciaire. Comme il ne trouve plus un sou de crédit à La Rochelle, pas même pour une chambre d'hôtel, on suppose qu'il va partir.

— Tu crois que Philippe l'aidera ?

— Frédéric n'accepterait pas.

— Même si Philippe lui offrait une place dans nos bureaux ? Tu sais, il ne faut jamais admettre cela ! J'ignore si j'ai tort ou raison, mais j'ai toujours considéré Dargens comme notre mauvais génie. Souviens-toi de la mort de papa. Frédéric est le dernier homme à l'avoir vu...

Puis, tout doucement, leurs pensées se précisèrent, se portèrent sur des gens ou des objets qu'ils avaient devant les yeux, sur une grosse dame en maillot rouge sang-de-bœuf, sur une auto de la même marque que la leur mais carrossée autrement, sur le gamin qui voulait prendre un bain, sur les mille riens qui sont comme les étapes d'un beau dimanche d'été vécu en famille.

Cher Monsieur,

Me pardonnerez-vous, après tout ce que vous avez fait pour moi, de ne pas vous avoir écrit plus tôt ? Je ne cherche pas d'excuses. Je n'en ai pas. Je me demande encore comment ces dernières journées se sont passées, tant il me semble être encore près du moment où, à La Rochelle, vous m'avez littéralement recueillie.

Que je vous dise vite qu'en arrivant à Paris j'ai couru faubourg Saint-Honoré, chez Mme Jane qui, quand elle a lu votre mot, m'a reçue très aimablement.

Trop aimablement même, je m'en rends compte

maintenant, puisque le lendemain matin déjà je débutais chez elle comme vendeuse. Vous imaginez quelle pauvre vendeuse je peux être!

La maison est pleine de glaces. Je ne fais pas un pas sans m'y voir, sans contempler ma pauvre tête de petite provinciale et les robes dont j'étais si fière.

Les clientes m'impressionnent, elles aussi. Heureusement que c'est la morte-saison pour les chapeaux et qu'il n'y a guère que du passage. Cela permet à M*me* Jane de me mettre au courant sans trop de peine.

Quant à moi, c'est bien simple, je ne sais plus où j'en suis. Je ne pense plus. Il y a trop de bruit, trop de vie, trop de choses neuves autour de moi. De temps en temps, il m'arrive, si on me laisse seule dans un coin, de redevenir un instant moi-même et alors il y a toujours une vendeuse pour me réveiller en sursaut et pour lancer une plaisanterie.

Je ne sais pas ce que vous avez écrit à M*me* Jane pour qu'elle soit — et tout le monde avec elle! — aussi aimable à mon égard.

Je n'ai même pas eu à chercher une chambre toute seule. C'est la première qui est venue avec moi, qui m'a donné des conseils et qui, maintenant encore, me fait faire une robe de soie noire comme elles en portent toutes.

J'habite boulevard des Batignolles. C'est là, au 28, que vous pouvez m'écrire si vous vous intéressez encore à moi. En attendant, je ne sais pas comment vous remercier. Je ne sais plus rien. Je suis plongée dans une vie nouvelle et je crois bien que je finirais par être heureuse si ce n'était toujours la pensée de mon père.

J'ai failli lui écrire. Mais je suis presque sûre, comme je le connais, qu'il ne lirait pas mes lettres. Il est malheureux parce qu'il ne comprend pas. Mais comment, n'est-ce pas? lui faire comprendre!

321

Est-ce qu'il pourra rentrer au chemin de fer ? Comment va-t-il s'arranger tout seul dans la maison ?

Si, par hasard, vous le rencontriez, essayez de savoir, je vous en prie, essayez de lui dire... Mais vous savez mieux que moi ce qu'il faudrait lui dire.

Croyez, en attendant, cher Monsieur, à ma reconnaissance éternelle.

Odette.

Post-Scriptum. — *Ne montrez pas ma lettre à M. Philippe et ne lui parlez pas de moi s'il ne vous en parle pas le premier.*

Pour Frédéric Dargens aussi c'était dimanche, mais un drôle de dimanche. A neuf heures du matin, dans un hôtel des quais qui était loin d'être un bon hôtel, il achevait, après avoir lu cette lettre, de ranger quelques effets dans ses deux valises dont le cuir de qualité et le monogramme étaient les derniers vestiges de sa splendeur.

Dans les yeux de la petite bonne qui lui avait apporté son café au lait, il avait lu de l'admiration pour son pyjama, pour sa robe de chambre et il avait légèrement haussé les épaules.

Quand il descendit, il annonça au patron :

— Je prendrai le train d'onze heures. Je laisse encore un moment mes bagages !

— Pas trop longtemps, parce qu'il peut arriver des clients...

Il sourit. Évidemment !...

Des gens allaient à la messe ou au service protestant. Les autocars amenaient la foule des campagnes, car un grand cirque de toile s'était installé au milieu de la place d'Armes.

Frédéric sortit de la ville, s'avança le long des

petites maisons semi-campagnardes parmi lesquelles il eut quelque peine à retrouver celle de Baillet.

Il eut beau examiner la grille du jardinet, il ne trouva pas de sonnette et il restait là un peu désemparé quand une voisine lui cria :

— Il doit être au fond, à faire de l'herbe pour ses lapins... Poussez !... La grille ne ferme pas...

Il contourna la maisonnette, comme Odette l'avait fait certain soir. Dans la cour, des clapiers garnissaient les murs jusqu'à hauteur d'homme et des lapins mangeaient en remuant le nez, dégageant une odeur que Frédéric n'avait plus sentie depuis longtemps.

Il ne s'y retrouvait toujours pas. Une barrière fermait une ouverture du mur et au-delà s'étendait un terrain vague qui devait servir aux manœuvres de la garnison.

Dargens, enfin, tout au fond de ce terrain, aperçut un homme plié en deux et se décida à le rejoindre.

— Monsieur Baillet, n'est-ce pas ?

L'autre le regarda des pieds à la tête avec une évidente méfiance. Il était vêtu d'un vieux complet, chaussé de pantoufles charentaises et portait sur la tête une casquette de cheminot.

— Qu'est-ce que vous lui voulez, à Monsieur Baillet ? Et d'abord, qui vous a dit que j'étais ici ?

Il tenait à la main une serpette et il avait déjà rempli un panier d'herbe et de chicorée.

— Excusez-moi si je vous dérange...

— Vous n'êtes pas un journaliste ? questionna l'autre, de plus en plus méfiant, les prunelles dures sous des sourcils en broussaille.

— Je ne suis pas journaliste, non !

— Parce qu'il en est déjà venu deux, grommela

Baillet comme pour lui-même. Vous n'êtes pas non plus un agent électoral ?

Il était troublé par la trop grande élégance de son visiteur. Il voulait comprendre. Il examinait chaque détail, plissait le front, faisait la moue.

— Parce que je vous dis tout de suite que je reste communiste. On aura beau venir me raconter des histoires...

Frédéric était découragé d'avance. Il savait, par des conversations de café, que Baillet n'avait pas été réintégré dans ses fonctions. Comme il avait, à un an près, l'âge de la retraite, on l'avait prié de faire valoir ses droits à la pension.

Depuis lors, il élevait des lapins. Il vivait seul dans sa bicoque et sur le champ de manœuvres, sauf le samedi, jour de la réunion de la cellule communiste, qui se tenait dans un petit café du port. Il était difficile de savoir si on l'y prenait au sérieux mais lui, en tout cas, se considérait comme une sorte de martyr et il arrivait, l'œil tragique, la démarche digne, parlait peu et seulement pour émettre des jugements catégoriques.

On prétendait qu'il buvait. Le fait est qu'il répétait toujours la même choe, toujours avec la même ardeur.

— J'ai compris et quand Baillet a compris, c'est pour la vie !

Ou encore :

— Je ne dis pas qu'il n'y ait pas des hommes ici... Mais, pour faire ce que j'ai fait, soit dit sans vouloir me vanter, il faut être un Romain...

Quelqu'un avait dû lui parler des Romains et le mot lui apparaissait comme lié à la notion d'héroïsme.

— Si tout le monde agissait comme moi, il n'y

aurait plus de misère, plus d'oppresseurs, plus de...

Frédéric se demandait s'il ne valait pas mieux s'en aller sans insister, surtout que son interlocuteur avait toujours la serpette à la main et la regardait d'un air volontairement équivoque.

— Écoutez, monsieur Baillet...

— Qu'est-ce que vous voulez que j'écoute ?

— Il n'y aurait pas moyen que nous causions quelques minutes ?

— Causons !

Il feignait de ne pas comprendre que son visiteur eût préféré l'intimité de la maison.

— Le hasard veut que je connaisse très bien l'histoire de votre fille...

Décidément, le bonhomme avait pris le goût des attitudes théâtrales. Il désignait maintenant, non le chemin que Frédéric avait pris pour venir, mais les grands arbres, en bordure du champ de manœuvres.

— C'est par là ! prononça-t-il.

— Soyez sérieux. A cette heure, vous n'avez pas encore bu. Odette est très malheureuse...

— Je vous dis que le chemin est par là. Est-ce que j'ai le droit de ne pas vous écouter, oui ou non ? Est-ce parce que vous portez un beau costume que je suis obligé de perdre mon temps avec vous ?

— Si Odette mourait... risqua encore Frédéric.

— Qu'elle crève !

Et il tourna le dos, se pencha, se mit à couper rageusement de l'herbe.

Il se ravisa pourtant, se tourna à demi, toujours penché, et prononça :

— Vous leur direz, à tous ces beaux messieurs... vous leur direz que le père Baillet n'est pas une marionnette...

Le mur de la petite maison était couvert de roses

moussues. Dans un jardinet voisin, quelqu'un arrosait un parterre.

Frédéric froissa dans sa poche la lettre d'Odette, s'éloigna à regret, finit par serrer les poings à l'idée que cet imbécile voulait coûte que coûte être malheureux, qu'il suffirait de quelques phrases, d'une explication toute simple...

Mais non ! Il avait pris goût au martyre et, l'alcool aidant, il deviendrait de plus en plus inabordable.

Dargens eut quelque peine à retrouver son chemin à travers le champ de manœuvres, déboucha enfin sur les remparts, vit l'heure, hâta l'allure pour ne pas rater son train.

Pour la première fois de sa vie, il porta lui-même, tout le long du quai Vallin, ses deux grosses valises qui lui battaient les mollets. En arrivant à la gare, il subit le regard ironique des chauffeurs de taxi, mais il y en eut quand même deux qui, après une hésitation, soulevèrent gauchement leur casquette.

Il avala sa salive avant de prononcer :

— Paris... Troisième simple...

Avant, c'était toujours lui qui retenait l'unique compartiment-salon du train et il donnait vingt francs de pourboire à l'employé qui faisait son lit.

Cet employé, gêné, voulut lui prendre ses valises.

— Laissez, mon ami !

A vrai dire, il n'était jamais monté dans un wagon de troisième classe. Il longea un couloir de bout en bout, étonné de trouver toutes les places occupées.

Enfin il aperçut un coin de banquette, dans un coupé plein de soldats, entra timidement.

— Cette place est libre ?

— Pardi !

Il hissa ses bagages au-dessus des têtes, dans le filet qui, ici, n'était pas un filet mais un support fait de trois lattes de bois. Il s'assit, se releva, gagna le couloir et colla le visage à la vitre tandis que le train, en démarrant, passait juste devant le panneau où on lisait en lettres rouges : *La Rochelle-Ville*.

Quelqu'un, près de lui, épluchait déjà une orange.

TROISIÈME PARTIE

LES DIMANCHES DE PARIS

I

Elle était comme ces mères de famille aux seins mous qui, sur les plages, portent avec une tranquille impudeur des maillots trop larges d'où, à chaque instant, leur poitrine s'échappe sans qu'elles s'en inquiètent. Comme elles, Paulette Grindorge avait une chair, des lignes, des gestes d'honnête femme. Comme elles encore elle affichait une indécence candide et désespérante.

Philippe en était déjà à renouer sa cravate devant la glace qu'elle sortait de la salle de bains, toute nue, et, bien entendu, elle prononçait :

— Tu es déjà prêt ? Je te fais toujours attendre…

Elle ne comprenait pas que, passé un certain moment, il vaut mieux fuir au plus vite cette atmosphère de chambre meublée qui devient écœurante. Son instinct la poussait à faire tout le contraire. Avec des gestes de bonne ménagère, elle étalait une serviette sur le velours grenat d'un fauteuil avant de s'y asseoir et, toujours nue, déployait un bas.

— Tu ne m'en veux pas, Philippe ? C'est si bon de pouvoir un peu causer…

On entendait tomber la pluie et, à travers les rideaux, on devinait les lumières de la rue Cambon ;

331

on percevait, toute proche, la rumeur des Grands Boulevards. C'était le Paris d'octobre, froid et mouillé, avec ses lumières filtrées par les gouttes d'eau, ses parapluies courant le long des trottoirs, ses taxis se poursuivant sur le bitume glissant.

— Elle est jolie, cette cravate-là ! Je ne sais pas comment tu t'y prends, mais tu n'es jamais habillé comme les autres...

Seulement elle disait cela, elle, une jambe levée, un bas à moitié passé et Philippe, s'il ne se tournait pas vers elle, voyait son image crue dans l'armoire à glace.

Elle n'avait guère changé depuis cinq ans ; elle avait toujours le même visage sans relief, les cheveux incolores, les seins fades et surtout ces cuisses un peu arquées qui, quand elle courait, faisaient s'entre-choquer ses genoux.

Enfin ! Elle avait remis un bas et elle cherchait l'autre dans le lit défait, fouillait un tas de linge posé sur un fauteuil pour y trouver sa culotte.

— Tu peux fumer, Philippe ! Tu sais, si tu es pressé, ne m'attends pas...

— Mais non ! Mais non !

— Vous avez du monde à dîner, ce soir ?

— Je ne crois pas. A moins que Martine ait fait des invitations.

— Tu penses qu'elle ne se doute toujours de rien ?

Si encore elle lui eût fait grâce de tous ces petits détails de toilette ! Mais non ! Elle s'attardait, jouis-sait de cette intimité d'après l'amour, se contorsion-nait pour attacher son soutien-gorge tandis que ses lèvres se pinçaient sur des épingles à cheveux.

Tout en fumant sa cigarette, Philippe s'était campé machinalement devant une des fenêtres et il laissait errer son regard par la fente du rideau quand soudain il articula :

— Merde !

C'était si imprévu, si peu dans ses habitudes que Paulette Grindorge sursauta, accourut, en combinaison.

— Qu'est-ce qu'il y a, Philippe ? Je parie...

Eh oui ! Exactement ce qu'elle allait dire, ce qu'elle répétait depuis des mois : devant le trottoir d'en face, une petite voiture verte à capote blanche stationnait, ses phares en veilleuse et c'était la voiture de Martine !

— Tu as vu ta femme ?

— Non.

— La voiture vient d'arriver ?

— Je ne sais pas.

Elle s'appuyait contre lui et elle sentait la poudre de riz et l'eau tiède.

Il n'y avait pas de magasin à proximité. Philippe cherchait ce que Martine aurait pu faire dans ce quartier, mais il ne trouvait pas. A moins qu'elle soit venue pour des achats dans ce restaurant alsacien dont la vitrine éclairait une portion du trottoir ?

La capote était mouillée. On ne pouvait, d'en haut, voir s'il y avait quelqu'un à l'intérieur.

— Qu'est-ce que nous allons faire ?

— Habille-toi toujours ! dit-il avec ennui.

A des moments comme ça, il avait peine à cacher sa lassitude.

— Tu m'en veux, Philippe ?

— Mais non ! Tu sais bien que non !

— Qu'est-ce que tu lui diras ?

— Est-ce que je sais, moi ? Habille-toi !

Elle était grotesque, sa robe à moitié passée, tirant dessus comme sur une peau d'anguille.

— Il n'y a pas de deuxième sortie ?

Il haussa les épaules. Il regardait toujours la voiture derrière laquelle passaient des silhouettes de gens pressés.

— Tu peux prétendre que tu es venu voir un client. En somme, c'est un hôtel comme un autre !

Qu'elle croyait, oui ! Sauf que tout Paris savait qu'il n'abritait que des amours d'une heure ! Cela ne l'empêchait pas de tendre les lèvres devant la glace pour y écraser du rouge, d'ouvrir et de refermer son sac, de revenir près de Philippe.

— Es-tu sûr, seulement, que ce soit sa voiture ?

Parbleu ! Il n'y en avait pas d'autre semblable à Paris. Elle avait été carrossée spécialement pour Martine. C'était même le cadeau pour le quatrième anniversaire de leur mariage.

Un instant, Paulette Grindorge vit de face le visage de Philippe et elle fut effrayée de la rage qui s'y lisait. Abandonnant la fenêtre, il faisait quelques pas dans la chambre en grondant :

— Elle va rester là jusqu'à ce que nous sortions ! Ça, je le sens ! Il doit y avoir longtemps qu'elle prépare son coup !

— Tu crois qu'elle fera un scandale ?

— Est-ce que je sais ? Non ! Ce n'est pas son genre. N'empêche que j'en ai assez ! Surtout que cela va être facile de nous rencontrer, maintenant !

Elle sourit, flattée.

— Tu y tiens tant ?

— Imbécile !

— Mon pauvre Philippe ! Calme-toi. Nous trouverons toujours bien le moyen de nous...

— Si seulement tu étais libre !

— Qu'est-ce que tu ferais ?

— Je t'épouserais, parbleu !

— Mais ta femme... ton fils... ?

Il fit un geste qui signifiait que cela lui était égal. En même temps, d'un regard prudent, il s'assurait que ses paroles avaient ému la jeune femme jusqu'aux larmes.

— Albert n'acceptera jamais de divorcer ! dit-elle.

— Je sais.

Ce n'était pas cela qu'il voulait non plus.

— Alors ?

— Rien ! Écoute, nous ne pouvons pas rester ici éternellement. Je vais sortir le premier. Tu verras bien ce qui se passe...

Elle l'aida à endosser un pardessus bleu, alla lui chercher son feutre gris sur la cheminée, tendit les lèvres dans un geste qui était devenu traditionnel.

— Quand ? souffla-t-elle, comme elle le faisait chaque fois.

— Est-ce que je sais ? soupira-t-il avec un mouvement de la main vers la fenêtre, vers la rue, vers cette auto obstinée.

Elle l'accompagna sur le palier, se pencha sur la rampe d'escalier puis courut au rideau. Elle ne voyait qu'à partir du milieu de la rue. Soudain elle aperçut la silhouette de Philippe qui traversait, se dirigeant franchement vers la voiture. Mais, au moment où il allait l'atteindre, celle-ci se mit en marche.

Un instant désemparé, Philippe leva les yeux vers la fenêtre, haussa les épaules et, étendant la main, fit arrêter un taxi.

Les oreilles de Philippe tintaient-elles ? Et celles de Martine ? On parlait d'eux, à cinq cents kilomètres de là, dans le salon parcimonieusement éclairé de Mme Brun, où régnait un parfum inhabituel.

A La Rochelle, des rafales de pluie remplaçaient la petite pluie fine de Paris et, de tous les points de la ville, on entendait le fracas de la mer.

Françoise, la fille de Mme Brun, venait d'arriver en coup de vent, toute en soie, en parfums, en fourrures. Il y avait un an qu'elle n'était pas venue et elle annonçait déjà :

— Il faut que je reprenne demain le train pour Dieppe, car je dois retrouver Jean à Londres.

Elle regardait sa mère, affirmait sans conviction :

— Tu n'as pas changé, toi !

Puis elle se tournait vers Charlotte assise dans un coin du boudoir.

— Qu'est-ce que vous avez, ma pauvre Charlotte ? Cela ne va pas mieux ?

— Cela va plus mal ! déclara Charlotte avec aigreur.

— Toujours le ventre ?

— La matrice, oui !

Charlotte n'ajoutait pas, mais elle le pensait : moi qui n'ai connu que deux fois l'amour dans ma vie, et encore, par accident, c'est à la matrice que je suis touchée, alors que d'autres...

Françoise n'était pas arrivée d'une demi-heure qu'elle étouffait entre ces deux vieilles femmes et elle devait prendre sa mère à l'écart pour lui demander :

— Comment vous arrangez-vous toutes les deux pour le travail ?

Comment elles s'arrangeaient ? Eh bien ! comme Mme Brun ne voulait toujours pas voir de nouvelles figures, la femme du concierge venait faire le gros du travail. Pour le reste, maintenant, c'était la plupart du temps Mme Brun qui servait Charlotte! Voilà comment elles s'arrangeaient!

Charlotte n'en manifestait aucune reconnaissance. Au contraire! Et elle ne se gênait pas pour gémir :

— Ce que vous serez contente quand je serai morte! Je vous gêne, hein! Je me demande comment vous ne m'avez pas encore empoisonnée...

Tant pis! Françoise resterait jusqu'au lendemain. C'était bien le moins, une fois par an, mais elle ne savait que faire, ni où se mettre. Comme Philippe, rue Cambon, à peu près au même moment, elle marchait jusqu'à la fenêtre, entrouvrait les rideaux, apercevait les lumières de la maison voisine.

— Que deviennent les Donadieu?

Et sa mère ne résista pas au désir de faire un bon mot.

— Ils deviennent rares! répliqua-t-elle.

Elle restait vive et gaie. Elle restait même coquette et un large ruban de soie moirée cachait toujours les rides de son cou.

— Il n'y a plus à La Rochelle que Marthe et son mari, qui occupent toute la maison. Un moment, Mme Donadieu a habité le pavillon du jardin, mais je crois qu'on lui a fait comprendre qu'elle était gênante. Elle vit maintenant à Paris.

— Martine me l'a dit.

— Tu l'as rencontrée?

— Nous avons la même modiste. Nous nous voyons parfois aussi à des galas. Elle est devenue splendide et elle s'habille admirablement.

Elle se pencha encore pour regarder la maison dont le rez-de-chaussée seul était éclairé.

— Marthe ne s'ennuie pas?

— Non! Elle reçoit beaucoup. Chaque fois qu'un conférencier vient à La Rochelle, c'est elle qui organise un dîner. La semaine dernière, elle avait à sa table un Maréchal de France.

— Et Michel ?

— Toujours sur la Côte d'Azur, je ne sais pas où au juste. Depuis que sa femme l'a quitté, il n'a pas mis trois fois les pieds à La Rochelle.

— On a des nouvelles d'Eva ?

— Non.

Une voix vint du fond de la pièce, une voix aigre :

— Qu'est-ce que ça peut vous faire, tout ça ?

C'était Charlotte, Charlotte qui était jalouse de leurs petits secrets, des petites affaires qui occupaient leurs journées et qui n'entendait pas les partager avec cette intruse.

— Qu'est-ce que Martine raconte ? Vous vous parlez ?

— Guère. Je crois qu'il y a quelque chose qui ne va pas entre elle et Philippe. Je ne sais rien de précis, mais des amis qui dînent parfois chez eux m'ont affirmé que ça allait mal...

Et Charlotte, de plus en plus insupportable, sûre que sa maladie lui donnait tous les droits, de grommeler :

— Je voudrais bien qu'on se taise, moi !

— Aux Champs-Élysées ! avait d'abord lancé Philippe au chauffeur du taxi.

Il n'avait fait qu'entrevoir, derrière la vitre de la voiture, dans l'ombre, le visage de sa femme. Il n'avait rien compris à son geste, à ce départ précipité. Il lui avait semblé — mais cela devait être un effet d'optique — que Martine avait un sourire ironique, comme quelqu'un qui fait une bonne farce.

Les Champs-Élysées ressemblaient à une rivière, ou plutôt à un canal où les taxis naviguaient lentement, éclusés à chaque carrefour. Le chauffeur se retourna pour savoir où il devait s'arrêter.

— Déposez-moi au *Fouquet's*.

Il y venait tous les jours, à peu près à la même heure. Sa voiture était là, d'ailleurs, avec Félix, son chauffeur, qui vint respectueusement prendre des ordres.

— Attends-moi !

Le chasseur tenait un immense parapluie rouge au-dessus de sa tête. Philippe revint sur ses pas pour questionner Félix.

— Tu n'as pas vu Madame ? Elle n'est pas venue te questionner ?

— Je n'ai vu personne.

Il cherchait à comprendre. Quand il conduisait Paulette Grindorge à l'hôtel de la rue Cambon, il avait soin de laisser sa voiture en face du *Fouquet's,* afin de donner éventuellement le change. Martine aurait pu...

Mais non ! Il fallait croire qu'elle l'avait suivi dès le début, ou qu'elle était bien renseignée.

Il pénétra dans le café où la chaleur et le bruit l'enveloppèrent. Un chasseur lui retira son manteau, emporta son chapeau et, machinalement, Philippe se regarda dans la glace, rajusta le pli de ses cheveux bruns.

Paulette avait raison : il avait une façon toute personnelle de s'habiller et il se permettait certaines audaces qui lui réussissaient, comme cette cravate d'un jaune clair, presque citron, qu'il portait avec un complet bleu croisé.

Il avait les mains soignées, la peau blanche, de

petites moustaches qui faisaient ressortir l'éclat de ses dents.

Avant d'arriver au bar, il avait salué trois ou quatre personnes, avec un air absent qui ne venait pas de ses préoccupations, mais qui lui était habituel.

— Comment vas-tu ?

— Bonjour, monsieur Philippe ! saluait le barman.

Ils étaient six ou sept autour du bar, qui se connaissaient à peine mais qui se tutoyaient, se lançaient des plaisanteries traditionnelles.

— Pas encore en prison ?

— Pourquoi ?

— Voilà le quatrième banquier qu'on arrête cette semaine...

Et Philippe de répliquer :

— ... et le cinquième producteur de films qui est mis en faillite, sans compter les deux qui ont passé la frontière...

Tout cela en riant, en réclamant le *poker dice* et en commandant un cocktail.

Philippe s'épongea. Il avait chaud. Il pensait toujours à Martine et à son départ brutal.

— Je reviens... annonça-t-il à ses compagnons.

Il descendit au sous-sol où téléphonistes, dames du vestiaire et des lavabos le connaissaient.

— Demandez-moi Turbigo 37-21.

En attendant, il alluma une cigarette, se regarda encore dans la glace, soupira comme un homme excédé par les soucis.

— Vous avez Turbigo, monsieur Philippe.

— Allô !... C'est vous, maman ?... Allô ! Je vous téléphone pour vous demander si vous voulez venir dîner ce soir à la maison... Vous dites ?... Non, ce n'est pas la peine de vous habiller... Je ne crois pas...

340

Nous serons seuls... Entendu !... Je vous envoie Félix avec la voiture... A tout de suite...

Il sortit de la cabine et resta à regarder par terre, à chercher une inspiration.

— Donnez-moi mon appartement !

Il n'avait pas besoin de dire son numéro. Le chasseur le connaissait.

— Allô !... Qui est à l'appareil ? C'est vous, Rose ? Ici, c'est Monsieur... Madame est rentrée ?... Non ! ne la dérangez pas... Dites-lui simplement que Mme Donadieu dîne avec nous... Oui... Je serai là dans une heure...

Était-ce bien ? N'était-ce pas bien ? On ne pouvait pas savoir. En tout cas, il évitait ainsi le premier choc. Devant sa mère.

Quand il remonta, Albert Grindorge était au bar, car il y venait presque chaque jour, lui aussi. Les deux hommes se serrèrent la main comme de vieux amis qui n'ont plus rien à se dire

— Ça va ?

— Ça va !

Et Philippe, accoudé à la barre d'appui, parcourut un journal du soir, pour éviter de parler. Il en oubliait d'envoyer le chauffeur place des Vosges, où habitait Mme Donadieu. Il s'en souvint un quart d'heure plus tard, fit faire la commission à Félix par un chasseur.

— Il est temps que je file ! annonça Albert Grindorge. J'ai rendez-vous à sept heures et demie avec ma femme. Nous allons au théâtre. Qu'est-ce que vous faites, vous autres ?

— Je crois que nous restons à la maison. J'ai ma belle-mère...

— Venez nous rejoindre après le théâtre !

— Je ne sais pas encore.

341

Ils savaient où se retrouver. Les deux ménages avaient tellement l'habitude de sortir ensemble ! Même leurs vacances, qu'ils prenaient dans les mêmes villes d'eaux, même certains voyages qu'ils s'arrangeaient pour faire en commun !

— Vous paraissez soucieux, Philippe ! remarqua Grindorge.

— Bah !

— Les affaires ?

— Mais non ! Laissez. Un peu de névralgie...

— A ce soir ?

— Peut-être !

— Paulette sera si contente !

Philippe ne put s'empêcher de murmurer entre ses dents :

— Imbécile !

Un touchant imbécile, en tout cas, qui avait pour Philippe une admiration sans bornes. N'était-ce pas Philippe qui l'avait arraché à sa médiocrité monotone, qui lui avait ouvert des horizons nouveaux ?

On commençait à dîner. Les consommateurs s'en allaient les uns après les autres et Philippe finit par rester seul au bar, jetant parfois un coup d'œil ennuyé à l'horloge. A huit heures et demie, seulement, il repoussa le journal, paya, fit signe au chasseur qui avait déjà préparé son vestiaire.

— Vous avez votre voiture ?

— Non ! Appelle-moi un taxi.

Il donna son adresse : 28, avenue Henri-Martin.

Un vaste immeuble moderne. Une porte en fer forgé, doublée de glace, permettant au passant d'admirer un vaste hall à colonnes. Philippe pénétra dans l'ascenseur, sonna à une porte. Un valet de chambre lui prit ses vêtements et il respira un grand coup, comme pour un plongeon, se dirigea vers le salon dont il écarta la tenture.

— Bonjour, maman.

Il l'embrassa au front, comme c'était l'habitude, se tourna vers sa femme enfouie dans un fauteuil.

— Bonjour, Martine, murmura-t-il avec une nuance de tendresse qui était, elle aussi, devenue habituelle.

Elle se laissa embrasser, continua avec sa mère la conversation commencée. Mme Donadieu était en joie. Elle était toujours en joie quand on lui permettait de venir respirer l'atmosphère de luxe de l'avenue Henri-Martin et elle ne regrettait qu'une chose : que, ce soir-là, il n'y eût pas d'invités et qu'on ne fût pas en tenue de soirée.

Elle n'avait pas beaucoup changé. Un seul défaut lui était né : l'amour, la passion des bijoux et, comme elle ne pouvait s'offrir de vraies pierres précieuses, elle portait une quantité exagérée de pierres fausses.

— ...tu crois que c'est la même chose ?

Philippe, qui ne savait pas de quoi il était question, se versa un doigt de porto.

— D'après ce qu'elle m'écrit, il a exactement la même humeur. A sa place, j'y prendrais garde. Pense à la bêtise que nous avons faite en lui donnant un précepteur...

Philippe avait compris qu'il s'agissait de Kiki et, sans doute, du fils de Marthe qui, en effet, lui ressemblait un peu, se montrait taciturne, rebelle à la vie de famille. Mais ce n'était pas le moment de penser à ces problèmes-là. La conversation continuait entre les deux femmes sans être pour lui autre chose qu'un bourdonnement confus.

— Madame est servie !

Ouf ! Le premier stade était passé. On se mettait à

table, Philippe à gauche de sa belle-mère, Martine en face. Quant au gamin, Claude, il mangeait toujours avec sa gouvernante, dans l'appartement qui leur était réservé.

— Je crois que vous aimez les truites au chablis, n'est-ce pas, maman ?

— Je les adore. Mais si tu savais ce qu'elles sont chères en ce moment ! Pourtant, je fais mon marché rue Saint-Antoine, où c'est deux fois moins cher que dans ce quartier...

Impossible de lire un sentiment quelconque sur le visage de Martine. Contrairement à l'habitude, elle était restée en tailleur d'après-midi et, comme si rien ne se fût passé, elle se conduisait en maîtresse de maison, donnant par signes imperceptibles ses ordres au maître d'hôtel en gants blancs.

Philippe essaya de faire la paix dès à présent en lui adressant un regard suppliant, accompagné d'une moue gamine qu'il savait irrésistible. Elle se contenta de tourner à moitié la tête avec l'air de dire :

— A quoi cela rime-t-il ?

Il fut question d'une pièce de théâtre que Mme Donadieu était allée voir, car Philippe lui envoyait des billets deux ou trois fois par semaine. Elle se plaignait seulement du coût exorbitant des petites choses accessoires : programme, ouvreuse, vestiaire...

— Avec le taxi, j'en ai pour vingt francs, quand ce n'est pas plus.

Le maître d'hôtel ne s'étonnait pas. Il connaissait Mme Donadieu et ses conversations. Philippe mangeait sans s'en rendre compte, s'essuyait les lèvres beaucoup trop souvent, regardait Martine et soupirait.

— Il a une femme splendide ! disait-on de lui.

344

C'était vrai. Mme Donadieu elle-même en était troublée : alors que Marthe, à La Rochelle, s'était empâtée, que Michel, gras, lui aussi, avait déjà de gros yeux soulignés de poches graisseuses, Martine s'était épanouie tout naturellement, était devenue, à vingt-deux ans, une des plus belles femmes de Paris.

En outre, il y avait en elle une sérénité qui déroutait ses admirateurs et qui gênait les femmes. On la sentait tellement sûre d'elle qu'on lui en voulait un peu, que certains la prétendaient hautaine, d'autres trop renfermée.

— Vous servirez le café au salon.

Elle se leva la première, suivie de sa mère, et elle ne s'inquiéta pas de Philippe qui arriva à son tour en allumant une cigarette.

— Vous ne devez pas sortir ? s'informa Mme Donadieu.

— Mais non, maman.

— Parce qu'il ne faut pas vous gêner avec moi. Vous me ferez reconduire, Philippe ?

Ce n'était qu'une nuance : avant, toute la famille se tutoyait et maintenant, si l'on disait encore parfois tu, on employait plus souvent le vous.

— Une petite liqueur, maman ?

Mais oui ! Elle en était friande. Elle avait acquis, avec l'âge, avec la solitude, toutes les gourmandises, même celle du cinéma, où il lui arrivait d'aller voir trois films le même jour.

— Vous êtes toujours content des affaires, Philippe ?

— Très content.

— J'entends tout le monde se plaindre. Vous, au contraire, vous gagnez toujours plus d'argent ! Ce pauvre Frédéric me disait hier...

Elle sentit qu'elle venait de gaffer, toussa, se leva pour prendre le sucrier.

— Combien de morceaux ?

— Deux ! Merci...

Tout cela, c'était la façade et, ce qui comptait, c'étaient les regards que Philippe lançait à sa femme, des regards qui signifiaient éloquemment :

— Faisons la paix, veux-tu ? Ne reste pas aussi tendue. Je t'expliquerai. Tu verras...

C'était lui qui retenait sa belle-mère, tant il appréhendait d'être seul avec Martine.

— Il faut que je m'en aille, mes enfants. Pour une fois que vous n'avez pas de monde, vous devez avoir envie d'être tranquilles...

Martine ne protesta pas. Philippe n'osa pas insister une fois de plus.

La porte d'entrée se referma. Le maître d'hôtel vint enlever le plateau. Martine, d'un geste nonchalant, prit un livre sur une table.

— Écoute... commença Philippe.

Elle leva la tête et écouta, comme il le lui demandait. Seulement, il ne savait déjà plus que dire. Alors, il s'emballa. Furieux contre lui-même, il devint furieux contre tout le monde, y compris contre elle.

— Tu vas continuer longtemps à me faire la tête ?

— Je te fais la tête, moi ?

— Pas d'ironie, veux-tu ? Tu sais bien que nous avons des choses à nous dire.

— C'est moi qui ai invité maman ?

— Tu me reproches d'inviter ta mère, à présent ?

Elle fit mine de se plonger dans sa lecture et il se leva, lui arracha le livre des mains, l'envoya à l'autre bout de la pièce.

— Je veux que tu m'écoutes !

346

Elle écouta à nouveau, docilement.

— Tu ne te rends pas compte de ce que tu fais, non ? Tu crois que c'est intelligent ? Alors que tout le monde se plaint de la crise, que tout le monde restreint son train de vie, je gagne tout l'argent que je veux et je te fais une existence somptueuse. Peux-tu dire que je te refuse quelque chose ?

Elle ne bronchait toujours pas et il enrageait de voir son visage fermé, presque serein.

— Pour cela, je travaille vingt heures par jour. Et je te prie de croire qu'il y a certaines de ces heures qui ne sont pas agréables ! N'empêche que tu es jalouse, d'une jalousie stupide, que, par ta jalousie, tu me mets des bâtons dans les roues...

Elle ouvrit enfin la bouche.

— Tu veux parler de la petite Grindorge ?

— Je veux parler de ta jalousie en général et en particulier de...

— De votre rendez-vous de cet après-midi ? Remarque que c'est toi qui en parles le premier. Je ne t'ai encore rien dit.

— Si tu crois que ton attitude n'est pas éloquente !

— Écoute, Philippe...

Elle s'était levée, comme pour donner plus de solennité à ses paroles.

— Ce n'est pas la peine de crier, ni de casser les bibelots (car il avait saisi un petit Sèvres qu'il s'apprêtait à broyer). Je ne te demande pas depuis combien de temps tu rencontres Paulette rue Cambon. Je ne te parle pas de ces soirées pendant lesquelles nous nous affichions tous les quatre...

— Il ne manquerait plus que cela ! gronda-t-il.

— Ah !

— Tu vas peut-être dire que c'est pour mon plaisir que je sors les Grindorge ? Il faut que je mette à

nouveau les points sur les i, oui ? Tu oublies que c'est
avec leur argent que nous avons commencé et que,
maintenant encore, si je peux monter des affaires,
c'est parce que j'ai derrière moi les millions que...

— Ne crie pas si fort. Les domestiques entendent
tout.

— C'est ta faute si...

— Laisse-moi parler, veux-tu, Philippe ?

Et elle disait cela d'une voix conciliante.

— Je ne te ferai pas de reproches. Je ne veux te
dire qu'une chose, après quoi je te laisserai tranquille. Tu te souviens de ce que tu m'as confié, un
soir que tu venais de réussir une belle affaire et que
l'orgueil te fouettait ?

C'étaient là des mots trop lucides, qu'il n'aimait
pas. Il cherchait dans sa mémoire.

— Rappelle-toi ! Tu m'as dit en riant que tu
pouvais enfin m'avouer à quel prix tu étais entré dans
la maison Donadieu. Remarque que tu as dit la
maison Donadieu, et non ma chambre...

Il détourna la tête, car il perdait contenance et il
rageait, s'en voulait de cette confidence faite en effet
dans un moment d'orgueil.

— Tu m'as parlé de cette pauvre Charlotte qui
t'ouvrait la porte du jardin et que tu étais obligé
d'aller retrouver ensuite... Souviens-toi ! Tu as
ajouté des détails qui...

— Tais-toi !

— J'ai presque fini. Je répète seulement la for-
mule que tu as employée :

« *Quand on veut quelque chose, il faut le vouloir
à tout prix. Charlotte a été le marchepied de notre
bonheur et de notre fortune.* »

Philippe lui tournait le dos, tenant toujours la
statuette de Sèvres entre ses mains.

348

— Eh bien! je veux simplement te dire, Philippe, que je ne serai jamais un marchepied. Tu me comprends? Dis, tu comprends, Philippe?

Il n'aurait pas pu parler. Il était figé par une sorte de crainte superstitieuse, tant il lui semblait invraisemblable que ces paroles, celles-là précisément, fussent prononcées le jour où...

Non! Cela ne pouvait être de l'intuition! C'était un hasard! Un vulgaire hasard! Et Martine, si sensible fût-elle à certaines nuances, si au courant du caractère de Philippe, ne pouvait supposer qu'il avait dit quelques heures plus tôt à une Paulette en combinaison qui le frôlait de sa chair fade :

— Si seulement tu étais libre...

Tout lui revenait. La réponse :

— Albert ne voudra jamais divorcer...

Les autres répliques :

— Mais ta femme...? Ton fils...?

Son geste à lui, terriblement éloquent, et son arrière-pensée plus terrible encore qui l'obligeait, tant il avait peur de la voir percée à jour par Martine, à sortir de la pièce sans se retourner et à aller s'enfermer dans sa chambre.

— ...que je ne serai jamais un marchepied...

A travers la porte, il l'entendit qui donnait posément des ordres au maître d'hôtel et à la cuisinière car, le lendemain, ils avaient un ministre à déjeuner.

— Après les hors-d'œuvre... disait-elle.

Il alla ouvrir la fenêtre et contempla les arbres dénudés de l'avenue Henri-Martin dont les branches s'égouttaient tandis que, sur les trottoirs, des endroits restaient secs, d'autres mouillés, et que des gens rentraient chez eux.

Rue Réaumur, à La Rochelle, il existait dans le rythme de vie, dans les bruits familiers de la maison, dans son éclairage, dans son odeur, ce qu'on aurait pu appeler l'ordre Donadieu.

A Paris, Philippe avait créé, non seulement un ordre Dargens, mais une esthétique Dargens.

Ainsi, en ouvrant les yeux, ce matin-là, tandis que son valet de chambre écartait les rideaux sur un matin pluvieux, voyait-il d'abord les murs de sa chambre tendus de cuir de Russie. C'était une idée à lui. Maintenant qu'il y était habitué, il n'en jouissait évidemment plus chaque fois qu'il les voyait, mais il en était et surtout il en avait été très fier. Rideaux de cuir aussi, de fin chevreau teint en vert, comme le couvre-lit, tandis que la robe de chambre qu'on passait à Philippe était d'un jaune éclatant.

Il était sept heures et en cela seulement l'ordre Dargens ressemblait à l'ordre Donadieu. Philippe pouvait se coucher tard, rentrer au petit jour ; il se levait invariablement à sept heures du matin et recouvrait, les yeux à peine ouverts, sa pleine lucidité.

Comme ce matin, tandis qu'il chaussait ses mules en regardant le ciel non débarbouillé de la suie et de l'humidité de la nuit : il fronçait les sourcils, esquissait une grimace, retrouvant, intacts, ses soucis de la veille au soir.

— Monsieur mettra un complet bleu ?

Encore un coup d'œil dehors, machinalement.

— Le gris fer.

Il aurait mieux fait de parler à Martine la veille. Il poussa la porte de sa salle de bains, qui était en marbre noir, se brossa les dents, pénétra enfin, toujours soucieux, dans son antichambre personnelle qu'il avait aménagée en salle de gymnastique.

— Bonjour, Pedretti.

Il n'avait pas besoin de le voir. Il savait qu'il était là, en tenue. Il lui touchait la main, hésitait un instant.

— Je crois que je ne ferai pas de boxe aujourd'hui.

Mais si ! Il devait en faire ! Il quitta son peignoir, tendit les poings à Pedretti, qui y assujettit les gants. Il pensait toujours à sa femme et avait de brefs regards vers le mur qui le séparait de sa chambre.

— Ça suffira pour aujourd'hui ! A demain, Pedretti...

Puis chacun des mouvements bien ordonnés par lesquels il vaquait à sa toilette. A huit heures moins le quart, il était prêt, frais et nerveux et, après une dernière hésitation, il se dirigea vers la chambre de Martine.

— Vous savez si Madame est éveillée, Rose ?

— Non, Monsieur. Madame a dit hier soir qu'on ne la réveille sous aucun prétexte.

Et elle semblait vouloir l'empêcher de forcer la consigne. Il haussa les épaules, poussa la porte du fond, celle de la nursery, où la gouvernante alsacienne savonnait avec une grosse éponge le corps nu du gamin, qui avait cinq ans.

Philippe referma la porte aussitôt. Il n'avait pas le temps. En bas, Félix l'attendait à la portière de l'auto, soulevait sa casquette, démarrait sans demander où on allait

Encore l'ordre ou l'esthétique Dargens. Bien que les bureaux n'occupassent qu'un étage de cet immeuble des Champs-Élysées, Philippe avait un ascenseur particulier, avec un magnifique concierge en tenue verte.

« *S.M.P.* », trois lettres qu'on retrouvait partout, en fer forgé sur la cage de l'ascenseur, tissées dans la soie des tentures, gravées dans le cuivre, « *S.M.P.* », précédées et suivies d'une étoile.

La façon de s'habiller de Philippe, qui ne détestait pas les fantaisies un peu théâtrales, le faisait paraître encore plus jeune, plus gigolo, et pourtant, quand il traversait l'immense bureau, on sentait qu'il était le maître.

Un bureau qu'il avait copié sur certains bureaux américains aperçus au cinéma, car il tirait parti de tout. Un hall immense, presque tout l'étage, divisé par une balustrade limitant l'espace réservé au public. Derrière cette balustrade, de grands bureaux symétriques portant chacun, sur une plaque gravée, le nom de l'employé.

Au fond, des portes aux vitres dépolies, toujours comme dans les films : « Directeur Général », « Directeur Adjoint », « Chef de la Comptabilité »...

Une machine électrique pour pointer les entrées, y compris celle de Philippe, y compris celle d'Albert Grindorge. Employés et employées arrivaient seulement, se débarrassaient de leurs vêtements humides, saluaient au passage :

— Bonjour, monsieur Philippe !

Car il avait préféré être M. Philippe que M. Dargens. Il entrait chez lui et, comme chaque matin, il avait dix minutes à dépenser avant qu'on montât le courrier.

Murs tendus de cuir, comme avenue Henri-Martin, mais de cuir frappé aux lettres « *S.M.P.* », avec les deux étoiles. « *Syndicat des Matières Premières.* »

Un autre bureau, au fond de la salle, à gauche, portait encore les lettres : « *P.E.M.* », la première affaire que Philippe avait montée avec Grindorge, jadis, quand il n'avait pas encore pénétré dans la maison Donadieu, sinon par la fenêtre.

Le courrier arriva, ainsi que l'employé qui aidait Philippe à le trier, car il tenait à accomplir lui-même cette besogne.

« *S.M.P... S.M.P... S.M.P...* » Des mandats, des chèques, des réclamations aussi, venant de tous les coins de la France.

Grindorge arrivait avec quelques minutes de retard, frappait un instant chez Philippe.

— Ça va ? Ne vous dérangez pas. A tout à l'heure...

Ce n'était même pas lui le directeur adjoint. Son bureau était étiqueté : « *Statistiques* » et il y passait ses journées avec une secrétaire. Celle-ci était assez jolie et Grindorge, qui la désirait follement, n'osait pas la frôler, tant l'histoire de Michel Donadieu l'avait impressionné.

Huit heures et demie ! La maison embrayait. On déclenchait le tableau lumineux, où s'inscrivaient à mesure de leur arrivée les cours des matières premières sur toutes les places du monde. Caron entrait, toujours aussi jaune de peau, les moustaches pendantes, les yeux fatigués par l'insomnie, refermait la porte derrière lui et s'asseyait en face de Philippe.

Ce n'était qu'un petit comptable, dont Dargens avait fait son directeur adjoint. Lui seul dans la maison était au courant de la véritable marche des

affaires. Lui seul pouvait répondre, au regard interrogateur de Philippe :

— J'aurai les quarante mille à midi.

— Alors, ça va !

— ... Jusqu'à la prochaine échéance ! A mon avis,
il ne faudrait pas traîner la *S.M.P.* trop longtemps...

Ils parlaient bas. Avec Caron, Philippe n'avait pas
besoin de crâner et, quand on le voyait ainsi, dans le
jour cru du bureau, on pouvait déceler certains signes
de fatigue.

— Un mois ou deux ? soupira-t-il.

— Et après ?

— Vous verrez !

Ne s'était-il pas toujours retourné à temps ? Et tout
ce qu'il faisait ne correspondait-il pas à un plan bien
établi ?

Les phonos de jadis étaient liquidés, certes, mais
ils avaient permis à Philippe d'acquérir la confiance
de Grindorge en faisant gagner sans peine un peu
d'argent à celui-ci.

Puis était venue la *Société Fermière des Boulets,* qui
fonctionnait encore à La Rochelle et qui avait fait
passer la meilleure partie des affaires Donadieu entre
ses mains.

Un an plus tard, Philippe rachetait à Michel sa part
familiale et devenait, de ce fait, le principal actionnaire de la maison.

Tout cela, c'était la province, l'affaire solide,
certes, mais d'envergure limitée.

Un seul essai avait raté : *Les Pêcheries pour Tous,*
une idée qui n'était pas au point, une société par
actions de cent francs, chaque action donnant droit
au porteur de recevoir à domicile le poisson au prix
de gros.

Il devait exister, quelque part, un meuble plein de

dossiers des *Pêcheries pour Tous* et parfois, à trois ans de distance, on voyait arriver un brave provincial qui venait s'enquérir de la valeur de son action.

Le *Syndicat des Matières Premières* était d'une autre classe, occupait une cinquantaine de démarcheurs qui vendaient à terme, sur papier, du cuivre, de la laine, du blé, du caoutchouc et du sucre !

Grindorge en était et pouvait satisfaire sa manie des besognes lentes et précises sans que cela tirât à conséquence, car les statistiques qu'il édifiait à grand renfort de patience, de télégrammes, de revues économiques du monde entier, ne servaient absolument à rien, sinon à le conserver là, sous la main, bien sage, content de lui, en attendant l'héritage de son père.

Cent à deux cents millions...

Et le père Grindorge ne circulait dans Paris qu'en métro !

— Allô ! Passez-moi Madame... C'est toi, Martine ? Ici, Philippe...

Il parlait bas, la main en cornet, le regard fixé sur la porte à vitre dépolie.

— Allô !... Je pense à ce déjeuner... Tu sais que les Grindorge sont invités...

Il était nerveux. Ses doigts fins se crispaient sur l'appareil.

— Allô !...

— Eh bien ! quoi ? répliqua-t-elle.

Sans colère ! Simplement parce qu'elle attendait une question précise.

— Je voulais savoir si... s'il vaut mieux nous excuser ou si...

— Pourquoi nous excuser?

— Comme tu voudras. Je les laisse venir? Tu n'y vois pas d'inconvénient?

— Pourquoi?

— Bien! Bien! Je te demande pardon de t'avoir dérangée. A tout à l'heure...

Il ne fallait pas perdre son sang-froid, tout était là, et Philippe avait maintes fois fait ses preuves. Pour reprendre pied dans la vie quotidienne, il ouvrit sa porte et fit quelques pas dans la grande salle où, selon l'expression de Caron, « ça ronflait » : dix ou quinze machines à écrire qui fonctionnaient en même temps ; des clients à la queue leu leu derrière la balustrade ; des petits commis aux airs importants qui passaient en courant, des papiers à la main... Combien de dactylos soupiraient en regardant à la dérobée ce jeune patron qui ressemblait à une vedette de cinéma?

Un coup d'œil chez Grindorge...

— Ça va?

— Ça va! Je viens de découvrir que les laines australiennes, de l'année 1900 à l'année 1905...

— Tout à l'heure!

Il restait crispé et cela le faisait enrager. Il décrocha brusquement le téléphone, celui de droite, qui était relié directement au réseau et qui permettait de ne pas passer par le standard.

— Allô, Paulette?

Une Paulette affolée, qui le priait d'attendre un instant, le temps de fermer la porte de sa chambre. Il l'imaginait en déshabillé, dans la pièce en désordre, attendant depuis le matin cette communication.

— Qu'est-ce qu'elle t'a dit?

— Reste calme, voyons! Il n'y a rien de grave. Martine a été très bien...

— Elle sait avec qui tu étais?

— Mais non! Mais non!

— Tu es sûr? Elle est capable de jouer la comédie, tu sais! C'est affreux! Cette nuit, je n'ai pas fermé l'œil...

— Écoute. Je suis pressé. A midi, vous déjeunez à la maison tous les deux. Il suffira d'être comme toujours.

— Je n'oserai jamais!

— Il le faut, tu entends? A tout à l'heure...

— Mais...

Il raccrocha, regarda l'appareil comme s'il se fût demandé à qui il pourrait bien téléphoner encore.

« ... *Que jamais je ne servirai de marchepied...* »

C'était la plus stupide, la plus humiliante de ses défaites. Il avait été moins troublé quand il avait fallu liquider les *Pêcheries pour Tous* dans des conditions plus que gênantes.

Martine qu'il avait formée petit à petit, patiemment! Car c'était lui qui l'avait faite!

Et, pendant cinq années, il n'avait pas soupçonné qu'elle était un être distinct, conscient de sa personnalité, un être qui se dressait soudain et qui disait carrément :

— Non!

Ce n'était même pas un « non » de Donadieu! Car les Donadieu, il les avait eus les uns après les autres. Michel d'abord, qui n'osait plus rentrer à La Rochelle depuis que le père Baillet, quand il était ivre, ce qui lui arrivait chaque samedi, parlait de lui à tous les échos et proclamait sa ferme volonté de le tuer comme un lapin à la première occasion!

Philippe avait su faire comprendre à Michel qu'avec son pouls lent la tranquillité lui était indispensable et Michel s'était laissé convaincre, avait vendu sa part, vivotait sur la Côte d'Azur.

Que demandaient Marthe et Olsen? Garder la maison de la rue Réaumur? Ils l'avaient! Rester les principales notabilités rochellaises? Ils le restaient! S'asseoir chaque jour dans le fauteuil directorial du père Donadieu? Ils y étaient et ils menaient à leur guise les branches *Pêcheries* et *Armement*.

Mme Donadieu? C'était Marthe qui, tout douce-ment, l'avait poussée dehors et Philippe qui, au contraire, l'accueillait chez lui aussi souvent que possible et lui envoyait des billets de théâtre!

Quant au gamin, la police et la gendarmerie de France avaient été incapables de le retrouver, ainsi que son étrange précepteur.

Or, maintenant, c'était Martine qui, sans se fâcher, avec seulement une pâleur qui donnait plus de solennité à ses paroles, se dressait devant Philippe et semblait dire :

— Tu n'iras pas plus loin.

Téléphone! Affaires! Il passa la communication à Caron, incapable qu'il était de travailler utilement ce matin-là. Les Champs-Élysées étaient d'un gris de Toussaint. Au bord du trottoir, la limousine de Philippe, bleu sombre, somptueuse mais discrète, avec seulement des initiales minuscules sur la por-tière.

— *Si tu devenais libre...*

Philippe n'avait jamais supporté qu'on lui mît les bâtons dans les roues et il avait alors des rages d'enfant.

Il prit soudain son chapeau, son pardessus, entrou-vrit une fois encore la porte de Grindorge.

— Chez moi, à une heure! lança-t-il.

Il n'attendit pas la réponse, traversa le hall en

homme habitué à sentir peser sur lui la curiosité et l'envie, descendit par l'escalier et se précipita dans sa voiture.

— Au Cercle Marbeuf!

C'était tout à côté. Il lui arrivait d'y passer à cette heure-là, à cause de la piscine, mais cette fois ce n'était pas ce qui l'attirait.

Le hall était désert, le grand escalier aussi. Il pénétra, sans se donner la peine de frapper, dans le bureau du gérant et s'assit sur le bras d'un fauteuil en soupirant :

— Bonjour!

— Bonjour! répondit Frédéric qui, le nez chaussé de lunettes, compulsait des factures. Qu'est-ce que tu as ?

— J'ai l'air d'avoir quelque chose ?

— Raconte!

— Rien...

Philippe avait essayé de s'opposer à ce que son père prît cet emploi. Il lui avait offert une place à ses côtés, avec un titre de sous-directeur ou de secrétaire général, mais Frédéric n'avait pas accepté.

Ses cheveux avaient blanchi et il y avait un peu moins de nervosité dans sa prestance, plus de calme dans son regard.

— Comment va Odette ?

— Très bien.

Le père continuait son travail, sachant que Philippe arriverait de lui-même à l'objet de sa visite. Le silence dura longtemps. Philippe alluma une cigarette, tendit l'étui.

— Tu oublies que je ne fume plus!

...A la suite d'un petit accident au cœur, qui n'avait pas été grave, mais qui avait servi de sonnette d'alarme.

— Il faudra que tu parles à Martine...

— Cela ne va pas ? s'étonna Frédéric.

Et Philippe, avec gêne :

— Il y a eu un incident, hier. Elle m'a vu sortir d'un hôtel meublé de la rue Cambon. Elle sait que j'y étais avec Paulette.

— Et alors ?

— Justement ! Je m'y perds ! Elle ne m'a pas fait de scène. Peut-être ne m'en aurait-elle pas parlé la première. Il faudrait que tu la voies...

— Pour lui dire quoi ?

— Ce que tu voudras... que ce n'est pas par plaisir que je couche avec Paulette... que, sans l'argent des Grindorge, nous serions toujours dans la vieille maison de La Rochelle... que, quand le père se décidera à claquer, ce qui ne peut plus tarder, les Grindorge hériteront de cent à deux cents millions...

Frédéric, qui avait retiré ses lunettes, regardait son fils en plein visage, aussi calmement que Martine l'avait fait et c'est avec le même calme qu'il demanda :

— Et alors ?

Philippe, déconcerté, chercha une réplique. Frédéric continua :

— Je suppose que ce n'est pas en qualité d'amant de sa femme que Grindorge te laissera puiser dans la caisse ?

— C'est idiot, ce que tu dis !

— Dans ce cas, je ne comprends plus.

— Moi non plus ! ragea Philippe. Mais je n'ai pas besoin de comprendre. Je sens ce que je dois faire. Et je ne crois pas m'être beaucoup trompé jusqu'ici ! Paulette mène son mari comme elle veut. Moi, j'ai besoin de lui, plus besoin de lui que de n'importe qui, entends-tu ?

— Tu fais allusion à Martine ?

— Je n'en sais rien ! Je fais allusion à qui se mettrait en travers de ma route. Maintenant, si tu tiens à te liguer avec elle contre moi...

Il avait tort, il le sentait. Il s'en voulait de s'emballer de la sorte et surtout de prononcer des paroles imprudentes.

— ...Toi, d'ailleurs, tu as toujours été avec les Donadieu contre moi...

— Si c'est vrai, je ne leur ai pas porté chance, soupira Frédéric avec une ironie un peu amère.

— Qu'est-ce que cela signifie au juste ?

— Rien, Philippe ! Laisse-moi. J'ai à travailler.

— Tu ne verras pas Martine ?

— Je lui téléphonerai un de ces jours.

— Au revoir.

— C'est cela : au revoir !

Il valait mieux arriver chez lui en retard, en coup de vent, comme un homme qui échappe enfin à de multiples rendez-vous. Son pardessus encore sur le bras, il se précipita vers le salon, tendit la main au ministre, qui était un homme de quarante ans, assez quelconque.

— Vous m'excusez, cher ami ?

Puis un baiser sur le front de sa femme, en passant, un plongeon vers la main de Paulette.

— Vous étiez là aussi ? Je suis impardonnable.

Un mot à Grindorge.

— Bonjour, Albert...

Puis un silence général, chacun cherchant à se souvenir de la conversation précédente.

361

— Nous pouvons nous mettre à table ! s'écria Martine.

Par la force des choses, Paulette était à la droite de Philippe et elle commença par laisser tomber sa fourchette, tant elle était troublée. Elle n'osait pas regarder Martine assise en face d'elle et, malgré tout, ses yeux revenaient toujours à la femme de Philippe.

— Contente de votre nouvel appartement ? fit celui-ci avec trop de désinvolture.

Encore son œuvre à lui, comme l'auto des Grindorge, leur chasse aux environs d'Orléans et leur villa de Trouville.

Quand il les avait pris en main, c'étaient deux larves ! Littéralement ! Albert, comme son père, circulait en métro et c'est tout juste s'il ne s'habillait pas en confection ! Paulette fréquentait les petites couturières qui prétendent copier les modèles de haute couture. Ils allaient en vacances à Royan, où ils se contentaient du premier étage d'une villa.

Philippe les avait pétris, leur avait ouvert les portes des cabarets où l'on soupe, les avait introduits aux grandes premières et aux générales et maintenant Albert avait le même tailleur que lui, un tailleur qui venait chaque mois de Londres et qui faisait ses essayages au Ritz.

En face de lui, Martine, contre toute attente, était l'image même de la sérénité. Le ministre étant celui de l'Éducation nationale, elle discutait de questions scolaires, de l'utilité du sport, du danger des programmes trop chargés dans les lycées, de la suppression du latin...

Philippe essayait d'attirer son attention, de croiser son regard mais, quand cela arriva, il sentit combien elle était loin de lui, aussi fermée que la veille au soir, sans la moindre trace de colère.

362

Avec une aisance parfaite, elle adressa deux ou trois fois la parole à Paulette, sur le ton condescendant qui lui était habituel.

— A propos, votre fils est en quelle année, à présent ?

— Il vient d'entrer en cinquième.

Paulette répondait en tremblant, regardait son amie avec reconnaissance, comme si celle-ci lui eût accordé une faveur en lui adressant la parole.

Albert, à son habitude, était ennuyeux. Les statistiques lui avaient ouvert un monde où, pour lui, mais pour lui seul, tout était joie, presque volupté. Joie des chiffres astronomiques et souvent inattendus, — savoir, par exemple, combien on consomme de sucre par habitant dans les différents pays du monde ! — joie des graphiques en couleur, des cartes parlantes, des lignes de partage des influences commerciales des diverses nations...

A mesure de ses découvertes, il voulait en faire profiter tout le monde, si bien que sa conversation commençait invariablement par :

— Devinez combien de...

Combien de coton, en mètres et en kilos, consomme un pays comme la Chine ; combien d'usines modernes sont nécessaires pour...

Mais tout cela, ce jour-là, l'éducation nationale y comprise, n'était qu'une toile de fond d'où ressortait en pleine lumière le visage calme et grave de Martine, ses lèvres qui remuaient pour des paroles banales, ses yeux qui ne voulaient rien dire alors que Philippe suppliait.

Les autres ne pouvaient pas s'en apercevoir, mais sa femme, elle, comprenait. Elle savait ce que signifiait cette moue furtive, cette façon d'appuyer le regard, ces mouvements nerveux des doigts.

Par-dessus la table, Philippe lui disait, dans son langage :

— Faisons la paix, veux-tu ? Tu vois bien que tu n'as rien à craindre, que Paulette n'est qu'une molle petite bourgeoise et que tu l'impressionnes au point qu'elle en a la respiration coupée ! Albert est un pâle crétin ! Ton Excellence bavarde comme une vieille femme ou comme un militant de parti ! Dans cette pièce, il n'y a que nous deux qui soyons d'une autre race...

Cette communauté de race, il la sentait et c'est en quoi la brève scène de la veille avait été une révélation. Il avait voulu fabriquer Martine pour son usage et elle était devenue une égale, sans qu'il l'eût soupçonné auparavant.

Il se croyait seul et ils étaient deux !

Pendant ce temps-là, Paulette ne trouvait rien de mieux à faire que de presser son genou contre le sien ! C'était sa manière à elle de se réconforter, ou peut-être d'essayer de lui faire comprendre qu'elle restait à lui tout entière !

— Vous croyez que l'après-midi devrait être réservé aux sports dans toutes les écoles ?

Et on mangeait en s'envoyant des répliques de ce genre.

— Le professeur Carrel prétend que le sport est opposé à l'intelligence...

Pauvre Paulette ! Son genou devenait de plus en plus insistant ! Elle avait bu deux verres de vin, ce qui la rendait toujours tendre.

N'était-ce pas pitoyable, alors qu'il y avait des miroirs, qu'elle pût penser vraiment que Philippe l'aimait, qu'il était prêt, pour elle, à abandonner cette femme qui trônait en face d'elle, dans la

364

plénitude de sa beauté physique et de son équilibre moral ?

Elle s'accrochait à lui, s'efforçait de provoquer une conversation à deux.

— Qu'est-ce que vous en pensez, vous qui avez dû vous pencher sur la question ?

— Je n'en pense rien !

— Moi, commença Albert après s'être essuyé la bouche, ce qui était le signe d'un long discours...

Eh ! oui, il avait son opinion, basée sur des chiffres précis, irréfutables, comme la proportion de fous et de suicides dans les universités américaines, la régression de la tuberculose dans les écoles primaires depuis que...

Encore une fois, Philippe, crispé, ému, vraiment ému, chercha le regard de Martine pour lui dire, de toute la force de ses yeux ardents :

— Tu ne comprends pas encore qu'il n'y a que nous deux ? Tu m'en veux toujours, alors que tu devrais me plaindre à l'idée que deux après-midi par semaine je suis obligé de...

Paulette renversa du sel et Philippe, qui était superstitieux, lui dit malgré lui, bourru :

— Vous ne pouviez pas faire attention ?

Elle en sursauta, fut sur le point de pleurer.

— Excusez-moi ! se reprit-il. Je suis nerveux. Et j'ai horreur des disputes... Le sel renversé...

— Je sais ! Mais c'est moi qui l'ai renversé. C'est donc Albert et moi qui nous disputerons...

Tout cela pour en arriver à un résultat prosaïque : le ministre n'était là que parce que, dans quelques semaines, il pourrait présenter Philippe à un autre ministre, celui des Finances, sur qui la *S.M.P.* comptait pour certains renseignements de première main au sujet des futurs aménagements de tarifs douaniers.

L'homme de l'Éducation nationale le soupçonnait-il ? Peut-être que non, et alors c'était un pauvre type qui resquillait un déjeuner. Peut-être que oui, et dans ce cas c'était assez farce, car personne ne semblait se préoccuper du véritable objet de cette réunion.

Martine se leva et passa au salon. Paulette, comme une jeune fille à ses premières amours, s'attardait rien que pour toucher le bras de Philippe et lui souffler :

— Je t'aime !...

— Moi aussi, soupira-t-il.

Alors seulement il la regarda et il fut à la fois gêné et inquiet, tant il était frappé par la transformation qui s'était opérée en elle. Si elle n'avait jamais eu beaucoup de santé, elle en avait moins que jamais et, sur sa peau trop fine et trop blanche, les émotions se marquaient par des plaques rouges. Ses yeux cernés avaient une expression quasi mystique qui effraya Philippe.

Pourquoi murmura-t-elle, avec une expression qu'il ne lui avait jamais connue :

— Tu verras !

Trop tard pour la questionner, pour lui répondre. Ils arrivaient dans le salon et étaient absorbés par le cercle formé autour d'un guéridon.

Albert Grindorge, sa tasse de café à la main, donnait son opinion au ministre, tandis que Martine s'avançait vers Paulette avec une autre tasse.

— Du café, chère amie ?

Philippe eut presque pitié d'Albert, presque de la haine pour Martine.

Et, pour la première fois de sa vie, il craignit un petit peu, un tout petit peu pour lui. Jusqu'alors, il avait toujours eu conscience de dominer les événements, si compliqués fussent-ils. Au contraire : plus compliqués ils étaient et plus il démêlait leur écheveau avec entrain et sang-froid.

Or, il passait des yeux de Paulette à ceux de Martine et il sentait qu'une inconnue se posait, qu'un élément nouveau, dont il n'était peut-être pas le maître, allait jouer. Dans quel sens ? Pour ou contre lui ?

Martine avait dit :

— ... *je ne serai jamais...*

Et ce mot vulgaire de *marchepied*, qu'il avait eu la naïveté de prononcer le premier et qui, maintenant, lui trottait sans cesse par la tête !

L'autre, l'idiote, la gourde, la molle, l'amoureuse, venait de balbutier avec l'ardeur que des femmes pareilles peuvent mettre dans leurs promesses :

— Tu verras !

Tu verras quoi ? Quand ? Comment ?

— Vous permettez que je téléphone au ministère ? demanda l'Excellence.

Le maître d'hôtel le mena dans le boudoir voisin où il y avait un appareil. Grindorge en profita pour affirmer :

— Il est très bien, cet homme !

Martine se laissa aller dans un fauteuil, un moment détendue, se passa la main sur le front tandis que Philippe ne savait où se mettre, ni où regarder.

— Quand venez-vous inaugurer notre appartement ? trouva Paulette.

— Quand vous voudrez ! répondit Martine poliment.

— Ce soir ?

— Mais non ! protesta Albert. Tu n'as le temps de rien préparer pour ce soir...

367

— Alors demain ?

— Nous avons une générale au *Gymnase*, rétorqua Philippe.

— Dimanche ! Pourquoi pas dimanche ?

Elle commençait à s'affranchir devant Martine, en voyant que celle-ci ne lui battait pas froid. Le ministre rentrait.

— Vous en serez, monsieur le ministre ?

— J'en serai de quoi ?

— De...

Philippe n'en pouvait plus.

III

— Puisque je te dis d'y aller !

Il courait après elle, la mine faussement soucieuse, la voix jouant mal l'ennui :

— Tu dois comprendre toi-même l'importance qu'a pour moi...

— Mais oui, Philippe ! Va donc !

— ...sans compter que j'ai promis à Albert de passer le prendre...

— Mais oui ! Mais oui !

— Qu'est-ce que tu vas faire, toi ?

— Je n'en sais rien.

— Tu ne m'en veux pas ?

— Mais non ! Seulement, si tu t'attardes encore, cela ne vaudra plus la peine que tu partes...

Il gagna sa chambre comme un écolier en vacances, fut à peine un quart d'heure à s'habiller et pourtant il revint sanglé dans une tenue de chasse

368

sensationnelle, qui lui donnait plus que jamais l'air d'un acteur de cinéma.

Il ne voulait pas paraître trop joyeux. Il y avait trois jours qu'il n'avait pas ri devant Martine, comme pour lui faire comprendre qu'il appréciait la gravité de l'événement... L'événement dont on ne parlait pas, auquel il faisait à peine allusion, parfois, par des mots comme :

— Alors, c'est fini ?

— Mais oui...

— Tu n'y penseras plus ?

— A quoi ?

Pas davantage ! Il ne se permettait que d'effleurer le sujet et, afin d'éviter plus sûrement une véritable explication, il s'arrangeait pour ne jamais rester seul avec sa femme.

— Il faut que j'aille embrasser le petit...

Il disait cela en mettant ses gants fauves et en regardant le ciel qui s'égouttait sur Paris, jouant malgré tout à l'homme résigné qui ne s'en va qu'à regret.

— Si ça pouvait coller avec Weil !

Il partit enfin. Le valet de chambre descendit ses fusils et l'auto glissa sur la chaussée luisante.

Les fenêtres de tous les appartements étaient fermées, car il faisait froid. Quand elle avait parlé de pendre la crémaillère le dimanche, Paulette Grin-dorge n'avait oublié qu'une chose : qu'on était en pleine saison de chasse.

En face de chez elle, Philippe faisait donner par le chauffeur quelques coups de klaxon et Albert, qui était prêt, n'avait plus qu'à mettre son chapeau et à embrasser sa femme.

— Si tu t'ennuies, va donc dire bonjour à Martine, ou invite-la ici.

— C'est cela... Va !

Les deux hommes fumèrent, dans l'auto aux vitres embuées, et des deux côtés la Beauce déroula ses terres mornes avant qu'on atteignît la Loire où se dressait le château de Weil, le vrai Weil, Weil Farine, comme on disait pour le distinguer d'avec Weil Cinéma qui, lui, ferait faillite un jour ou l'autre.

Martine n'eut pas le courage de s'habiller pour aller à la messe. Jusqu'à midi, en peignoir, elle s'occupa sans qu'elle eût pu dire ensuite ce qu'elle avait fait : vérifiant du linge, déployant une robe pour montrer à la femme de chambre où il y avait un point à mettre, assistant au bain du gamin, donnant des ordres à la cuisine...

— Elle sort, après-midi ? demanda à Rose le valet de chambre.

— Je ne crois pas.

Il soupira. Avec son visage pâle et grave, ses yeux qui n'exprimaient rien, pas même l'ennui, Martine était capable de profiter de ce dimanche-là pour réorganiser toute la maison, faire les comptes de chacun, l'inventaire des armoires et des placards.

— Je ne déjeunerai pas, annonça-t-elle. Servez-moi seulement une tasse de lait.

Dans d'autres quartiers, par les fenêtres, elle aurait pu voir passer du monde, mais l'avenue Henri-Martin restait désespérément déserte. Jusqu'au général qui ne sortit pas, ce fameux général que Martine ne connaissait pas, mais qu'elle voyait sortir chaque matin, à dix heures, de la maison d'en face et monter sur le cheval que lui amenait son ordonnance.

Elle essaya de lire, permit à Claude de venir jouer au salon, mais il ne tarda pas à la fatiguer et elle le rendit à sa gouvernante.

C'était un vide, voilà, elle cherchait le mot depuis

370

longtemps. Il n'y en avait pas d'autre : un vide ! Et, dans le vide, l'équilibre n'existe plus, on flotte sans se poser.

Exactement la sensation qu'avait Martine, incapable de se fixer à une occupation quelconque, de rester longtemps quelque part. Elle s'était trop identifiée à Philippe. En somme, quand il l'avait prise, elle n'existait pas encore : c'était un embryon de femme.

Philippe, lui, possédait-il à cette époque-là toute sa personnalité ? Pas davantage. Ils s'étaient faits ensemble, petit à petit. Jamais elle n'avait eu l'idée de se réserver une portion d'elle-même, de se ménager la moindre vie personnelle.

Aussi quand, tout d'un coup...

Philippe n'en avait rien vu, mais elle avait vraiment eu la même sensation que dans les rêves où l'on perd pied et où l'on descend sans fin dans le vide.

— Va donc chasser ! lui avait-elle répété le matin.

Elle le voyait tellement lâche, à rôder autour d'elle en attendant une permission qu'il osait à peine demander ! Et elle savait si bien que, s'il restait, il inventerait n'importe quoi pour éviter le tête-à-tête !

Cela valait peut-être mieux ainsi. Elle aurait pourtant aimé que...

Allons ! Elle ne voulait pas y penser et les domestiques virent leurs appréhensions justifiées : avec un égoïsme sans remords, elle oublia le dimanche, leur envie de cinéma, ouvrit un placard au hasard, appela la femme de chambre.

Après, ce serait le tour de la cuisinière, du maître d'hôtel...

371

— Allô ! Vous me voulez bien une heure ou deux, Frédéric ? Qu'est-ce que vous faites, cet après-midi ? Rien ? Alors, je viens...

Car Mme Donadieu s'ennuyait et le spectacle de la place des Vosges, avec ses grilles que la pluie rendait plus noires, et son jet d'eau qui s'obstinait, n'était pas plus réjouissant que celui de l'avenue Henri-Martin. Combien étaient-ils à la même heure, derrière des fenêtres glauques, à regarder tomber l'eau du ciel ?

Elle finit de déjeuner, passa une bonne heure à sa toilette, revint, alors qu'elle était déjà sortie, pour verser du lait à son chat.

C'était la meilleure solution pour les dimanches de ce genre : aller chez Frédéric. Le seul ennui, c'est que c'était loin, à la porte Champerret, dans les immeubles neufs divisés en une infinité d'appartements jouets.

Plutôt que de prendre le métro, qu'elle trouvait trop triste ce jour-là, elle attendit un autobus, si bien qu'elle eut encore la distraction du paysage de Paris qui défilait, avec des groupes sombres à chaque arrêt, sous la pancarte verte de la T.C.R.P.

Il y avait un pâtissier, juste en face de chez Frédéric. Mme Donadieu savait quel gâteau il fallait choisir. Puis ce fut l'ascenseur qu'elle ne manœuvrait jamais sans appréhension, car une fois il s'était arrêté entre deux étages alors qu'elle s'y trouvait seule.

— Bonjour, Frédéric... Bonjour, Odette...

Au début, c'était un peu gênant de trouver Odette chez Frédéric. Mais elle avait une telle simplicité, une telle modestie, pour tout dire un tel tact qu'elle avait mis tout le monde à l'aise.

Frédéric lui-même n'aurait pas pu dire à quel moment il l'avait découverte. Certes, à La Rochelle,

elle l'avait apitoyé et il s'était rendu compte que ce n'était pas une mauvaise nature.

A Paris, il l'avait retrouvée en allant rendre visite à son amie Jane, chez qui Odette travaillait toujours comme vendeuse. Et, ce jour-là déjà — il n'y avait que quinze jours qu'elle était à Paris — il avait été étonné de la transformation de la jeune fille, qui était devenue presque élégante, ou plutôt gracieuse, car c'était le qualificatif qu'elle inspirait.

— Vous voulez que nous allions un de ces soirs dîner ensemble ?

Quand il aurait de l'argent, bien entendu !

Et voilà comment cela s'était fait, presque comme pour de très jeunes gens, car Frédéric cherchait une place comme un jeune homme, ménageant son linge et ses chaussures, se contentait souvent de croissants et de café-crème.

Après, il y eut le jour... Il faillit pleurer, à son âge ! Il eut les yeux embués et il dut se moucher très fort ! Cette drôle de fille, qu'il avait prise au début pour une gamine quelconque, se mettait à deviner des choses, l'invitait à dîner, hésitait longtemps, suppliait enfin :

— Écoutez, Frédéric... Laissez-moi faire... Dans quelques semaines, quand vous pourrez...

De l'argent ! Comme à un gigolo !

Voilà ce qu'il y avait surtout entre eux : ce jour-là, l'émotion d'Odette et les yeux de Frédéric qui se mouillaient...

Après, quand il avait eu sa place au Cercle Marbeuf, ils sortaient souvent ensemble, sans qu'il fût question d'amour.

Ce qui fait triste à Paris, dans des cas semblables, n'est-ce pas de vivre à l'hôtel ? Odette l'avait ressenti la première et s'était mise à chercher un logement.

C'est à cela qu'elle consacrait ses heures libres et Frédéric l'accompagnait à l'occasion.

Ainsi ils visitèrent ensemble l'appartement de la porte Champerret (quatre mille avec les charges).

— Il est trop grand pour une personne, avait soupiré la jeune fille. C'est dommage. La vue est gaie et surtout c'est neuf, c'est propre...

Alors, ils s'étaient mis à deux pour le louer. Ils s'étaient installés et après un mois il n'y avait encore rien eu entre eux. C'était arrivé ensuite, bien sûr, mais par surcroît.

Mme Donadieu était venue à Paris. Frédéric était allé la voir plusieurs fois pour bavarder une heure, comme ils le faisaient dans la maison de la rue Réaumur.

— J'irais bien chez vous aussi, mais je crains...

— Vous verrez que cela s'arrangera!

Et cela s'était arrangé au point que, quand Mme Donadieu ne pouvait pas aller chez sa fille, elle débarquait à la porte Champerret, avec son gâteau au moka.

Le plus drôle, c'était de se retrouver dans un cadre comme celui-là. Place des Vosges, dans le vieil immeuble au large escalier, aux fenêtres immenses, aux murs épais, Mme Donadieu n'était pas trop dépaysée.

Ici, on avait l'impression de vivre dans les petites boîtes superposées d'un jeu d'enfant. Frédéric, qui était grand, pouvait toucher le plafond avec le bout des doigts. Les meubles étaient à mesure, de petits meubles trop neufs, trop vernis, trop colorés qui semblaient sortir, eux aussi, du rayon de jouets d'un grand magasin.

— C'est tellement facile à entretenir! disait Odette.

Et, toute fière, elle ouvrait une sorte de placard qui n'en était pas un, mais où il suffisait de déposer les ordures pour les faire descendre jusqu'aux poubelles.

— Amusant, n'est-ce pas ?

Bien sûr que ce dimanche-là il pleuvait à la porte Champerret comme ailleurs et que le spectacle des autobus et des tramways mouillés n'était pas réjouissant. Mais Mme Donadieu, comme elle aimait à le répéter, ne s'ennuyait jamais. Surtout quand elle pouvait parler !

— Tu te souviens, Frédéric ?

A mesure qu'elle avançait en âge, elle allait rechercher plus avant dans le passé les scènes qu'elle évoquait, remontant à l'époque où elle avait les jupes courtes et des nattes sur le dos !

Odette préparait le café, car ils n'aimaient le thé ni l'un ni l'autre. Sur la table, il y avait une vieille bouteille d'Armagnac et Frédéric ne cachait pas qu'elle venait du Cercle Marbeuf.

— Je me demande ce qu'ils peuvent faire là-bas tous les deux...

Les deux, c'étaient Olsen et Marthe qui, eux, étaient prisonniers de la maison familiale.

— Ce que j'ai pu souffrir dans cette maison qu'il n'y a jamais eu moyen de chauffer suffisamment ! Il est vrai que, quand Oscar a fait placer le chauffage central, le système n'était pas aussi perfectionné que maintenant. On disait encore calorifère...

Pourquoi, cette fois-là et non une autre, le fait d'évoquer son mari la laissait-il rêveuse ?

— C'est drôle, remarqua-t-elle, on dirait qu'il a senti qu'il était temps de partir...

Elle vit que Frédéric la suivait dans cette idée :

— Ce n'est pas la première fois que j'y pense...

Sais-tu, Frédéric, que je me demande parfois s'il n'était pas découragé ?... J'ai de la peine à m'expliquer... Réfléchis à ce qui s'est passé depuis... Lui qui était si fier de la maison Donadieu, des bateaux Donadieu, des boulets Donadieu !... Là-bas, il reste tout juste un gendre... C'est grâce à un autre gendre que bien des choses se sont arrangées... Je lui disais toujours qu'il devenait insupportable en vieillissant. Je lui reprochais d'être grognon. Je le traitais d'égoïste, parce qu'il ne laissait de liberté à personne, exigeant de voir tout le monde réuni autour de lui... Tu ne crois pas qu'il sentait que...

Elle cherchait ses mots, car sa pensée était encore confuse.

— ... qu'il n'y avait personne pour lui succéder ?... Je me comprends... Personne comme lui... Par exemple, je suis sûre qu'il détestait Kiki, parce qu'il le considérait comme un crétin... Pauvre Kiki !... Qu'est-ce que son père dirait, maintenant ?...

Elle détourna la tête. Elle n'aimait pas penser à ces choses-là, mais il y avait des moments, surtout chez Frédéric, où cela lui revenait malgré elle.

Toute la famille n'était-elle pas un peu responsable de ce qui était arrivé ? Kiki était né trop tard. Ses parents n'avaient plus la patience de s'occuper d'un enfant. Ses frères et sœurs avaient d'autres soucis.

Le pis, peut-être, était de lui avoir donné un précepteur, cet Edmond sur le compte de qui on ne s'était même pas renseigné alors qu'on demande des références à un domestique.

C'est Marthe qui s'était inquiétée la première de les voir, comme deux gamins du même âge, mener une vie en marge de la maison et même en marge de tout le monde.

Ils ne fréquentaient personne, ne lisaient pas les

livres que lisent les jeunes gens et, en dehors de leurs exercices de culture physique, qu'ils exagéraient, ils ne faisaient rien comme les autres.

— Il vaudrait mieux mettre Kiki en pension...

C'est ce qu'on avait fait et on avait choisi un collège de Jésuites, à Bruxelles.

Deux mois plus tard, on apprenait que Kiki s'était échappé tandis qu'Edmond, de son côté, était introuvable.

— Tu crois qu'il est revenu en France, Frédéric ?

— Cela m'étonnerait.

— Pauvre gosse ! Quand on pense qu'il aura vingt et un ans dans deux mois... Philippe me le rappelait l'autre jour, à cause des formalités... Allons, ne pensons plus à tout cela !... Mets la T.S.F., Frédéric... Quelque chose de gai !

Frédéric avait à peine tourné le bouton que la sonnerie du téléphone retentissait. On faillit ne pas l'entendre, à cause de la musique. Il était cinq heures. Les réverbères venaient de s'allumer dans la grisaille du soir et de la pluie.

— Allô !... Allô !...

Comme c'était Mme Donadieu qui répondait, en familière de la maison, on s'étonnait, à l'autre bout du fil.

— Qui est à l'appareil ?... Allô !... Comment ! C'est toi, maman ?... Je reconnais seulement ta voix... C'est là-bas qu'on fait de la musique ?...

Mme Donadieu renseigna ses compagnons.

— C'est Martine ! annonça-t-elle.

Et Martine poursuivait :

— Frédéric est là ? Demande-lui si cela l'ennuierait que je vienne passer un moment avec vous...

Quand elle remit l'appareil en place, ils se regardèrent, un peu surpris quand même. Certes, Martine

377

voyait assez souvent Frédéric, mais c'était presque toujours ailleurs, chez elle ou au restaurant. On n'aurait pas pu dire pourquoi chacun sentait dans ce coup de téléphone quelque chose de plus sérieux qu'un coup de téléphone ordinaire.

— Philippe doit être à la chasse ! dit Mme Donadieu, qui n'aimait pas l'inquiétude.

De tous, malgré son âge, elle était la moins encline à la mélancolie, la moins sensible à une atmosphère déprimante comme celle de ce dimanche.

— Je l'attends pour découper le gâteau ? proposa Odette.

Et, machinalement, elle s'assura que tout était en ordre dans le logement, comme si Martine n'eût pas été une visiteuse comme les autres.

— Vous aimez la lumière ainsi ?

Rien qu'une petite lampe d'albâtre, près du divan. On voyait les gouttes d'eau tomber sur les vitres qui devenaient de plus en plus bleuâtres.

— Qu'est-ce que tu penses des affaires de Philippe ? demanda Mme Donadieu à Frédéric. Ça marche vraiment comme il le dit ? Quand je pense à ce que doit coûter leur train de maison...

On vit la petite voiture verte de Martine s'arrêter devant l'immeuble. Frédéric alla à la rencontre de la jeune femme jusqu'à la porte de l'ascenseur et il fut un peu surpris de la voir vêtue comme elle l'était, d'une simple robe en laine noire sur laquelle elle avait passé un manteau de pluie.

Telle quelle, elle faisait tellement penser à une petite pensionnaire — et même à une pensionnaire en deuil — que Mme Donadieu fut désagréablement frappée et questionna en embrassant sa fille :

— Qu'est-ce qu'il y a ?

— Rien. Qu'est-ce qu'il y aurait ?

On entendait sa voix, mais on ne voyait pas son visage, car la lampe n'éclairait qu'un tout petit cercle. Martine n'était qu'une silhouette qui, par quelque magie, prenait là, à cet instant, peut-être sans raison, un relief extraordinaire.

— Vous permettez que je vous débarrasse ? murmurait Odette qui, vis-à-vis de Martine, qui était sa cliente chez Jane, restait toujours un peu servile.

Et Martine essayait de secouer cette atmosphère pesante qui venait de se fermer sur elle.

— Alors, maman ?

— Alors, ma fille ?

— Qu'est-ce que vous avez tous à me regarder ainsi ? Cela doit être votre petite lumière. Éclairez la pièce, Frédéric !

Et, comme il le faisait, elle battit des paupières, mit la main devant ses yeux.

— Non ! C'est trop fort. J'aime encore mieux comme avant...

— Qu'est-ce qu'il y a de nouveau ? questionnait Mme Donadieu.

— Philippe est à la chasse. J'ai travaillé jusqu'à maintenant avec les domestiques, puis j'ai eu l'idée de venir dire bonjour à Frédéric et à Odette...

Elle ne trompait personne. On sentait que cet accent, qu'elle voulait naturel et enjoué, était forcé. Elle ne réussit pas davantage en s'écriant :

— Il y a du moka ? Chic ! Moi qui n'aime que cette pâtisserie-là. Pourquoi avez-vous arrêté la musique ?

— A cause du téléphone, tout à l'heure... On n'a pas pensé à la remettre...

— De quoi parliez-vous ?

— A vrai dire, je ne sais plus... De quoi parlions-nous, Frédéric ?... Peut-être bien de Philippe, de vous deux... Au fait, il y a bien des chances pour que

379

Marthe soit seule à la maison, *là-bas,* car son mari doit être à la chasse aussi. Il n'y a que ton père qui n'ait jamais chassé... Où as-tu déniché cette robe-là ?

Elle en voulait presque à sa fille d'avoir mis une si méchante robe.

— C'est en mettant de l'ordre dans les armoires. J'ai retrouvé cette robe qui a bien quatre ans. Tiens ! Je l'ai achetée presque aussitôt après mes couches. Elle me va mal ?

— Elle n'est pas gaie.

— Alors, elle est comme le temps ! plaisanta Martine.

Elle faisait tout ce qu'elle pouvait, versait le café brûlant dans les tasses, réclamait un peu de lait, voulait aller le chercher dans la cuisine.

— Jamais de la vie ! protestait Odette, comme si le fait, pour Martine, de l'aider dans le service, eût constitué un scandale.

— Alors, mon brave Frédéric ? prononçait Martine pour dire quelque chose. Toujours content ?

— Moi, vous savez, j'ai passé le tournant...

— Quel tournant ?

— Vous comprendrez un jour... beaucoup plus tard...

— Vous exagérez ! Vous paraissez quarante-cinq ans...

Ils n'en sortaient pas ! Chacun faisait son possible, s'évertuait à trouver quelque chose à dire et on retombait chaque fois à plat, avec des phrases banales ou maladroites que scandait le bruit des fourchettes.

— Cela ne vous gêne pas, ces autobus et ces tramways toute la journée ? lançait Martine.

— Nous ne sommes jamais ici dans la journée,

répliqua Odette en souriant. Et, le soir, il y en a moins...

Évidemment ! Elle et Frédéric travaillaient ! Pendant un certain nombre d'heures, chaque jour, ils avaient l'apaisement de ne pas s'appartenir et, après, ils n'avaient qu'un moment assez court à passer avant de retrouver le vide du sommeil.

— A propos, dit Mme Donadieu, s'il rapporte des perdreaux, pense à m'en faire envoyer un... Pas un gros !... Un jeune !

Elle allait rire. Chacun était à sa place, sans se douter de rien, quand on vit Martine se dresser brusquement, au point de renverser sa chaise, marcher vers la fenêtre à laquelle elle resta comme collée.

— Qu'est-ce que tu as ?

Tout le monde se levait à la fois, plus ou moins gauchement.

— Martine ! Qu'est-ce que tu as ?

Et on entendait qu'elle faisait des efforts pour reprendre sa respiration, pour desserrer l'étau de sa gorge.

— Tu veux quelque chose ? Tu te sens mal ?

Elle faisait signe que non, frappait le plancher du pied. Elle aurait donné n'importe quoi pour qu'on la laissât un instant mais, bien entendu, ils étaient tous autour d'elle.

— Donnez un peu de vinaigre, Odette, fit Mme Donadieu.

— Mais non ! parvint-elle à crier enfin.

Et elle criait vraiment, avec colère, avec rage.

— Calme-toi, voyons...

La crise nerveuse était passée. Martine s'affaissait sur elle-même, les regardait avec ennui, soupirait :

— Laissez-moi une minute...

Ce qu'elle avait eu ? Rien du tout ! Rien qu'une envie soudaine, irrésistible d'éclater en sanglots, de se jeter sur un lit, comme Kiki le faisait jadis, de mordre les draps, de les labourer de ses ongles, de crier, de gémir, de laisser jaillir d'une façon ou d'une autre un flot de choses inexprimables.

Maintenant, elle s'approchait de la table en essayant de sourire.

— Excusez-moi... C'est fini...

— Bois un peu d'eau... Tu redeviens nerveuse... Mais ce n'est peut-être rien...

Elle se trompait et Martine devinait la pensée de sa mère. Frédéric, lui, elle le sentait aussi, n'avait pas eu un instant l'idée d'une maternité possible. Il regardait ailleurs, ne savait plus où se mettre. Il réfléchissait, les traits tirés. Et, quand un dur éclat passa dans ses yeux, elle comprit qu'il pensait à Philippe.

— Voilà que j'ai gâché votre goûter, s'excusa-t-elle.

Ne valait-il pas mieux qu'elle s'en allât ?

Et partout, dans des boîtes à hommes, plus ou moins grandes, plus ou moins claires, des gens s'agitaient, maussades parce que c'était dimanche, parce qu'il pleuvait, parce que...

Chez les Grindorge aussi, le matin, une voix de femme excédée par la comédie que lui jouait un mari qui brûlait d'envie de partir, avait répété :

— Mais vas-y, à la chasse !

— C'est parce que Philippe...

— Puisque je te dis d'y aller ! Tu n'as pas à t'excuser...

Curieuse similitude : Paulette en était arrivée, rageusement, à des travaux domestiques. Il est vrai qu'elle avait l'excuse d'un appartement trop neuf, où chaque objet n'avait pas encore trouvé sa place définitive.

Puis elle avait envoyé ses enfants chez son beau-père, avec leur gouvernante et elle avait fini par expédier la cuisinière au cinéma.

Elle avait besoin d'être seule et, une fois seule, elle ne savait où se mettre, allait d'une pièce à l'autre, se jetait dans un fauteuil ou sur un lit.

Là-bas, en Sologne, Philippe et Albert devaient patauger dans les champs, parmi les appels des chiens et des rabatteurs. Au château, une maîtresse de maison s'affairait à la préparation d'un dîner de trente-cinq couverts. On rangeait les bourriches. Quinze autos, peut-être plus, encombraient la cour...

Il y avait trois jours que Paulette n'avait pas vu Philippe, sauf tout à l'heure, du haut de son cinquième étage, quand il était sorti un instant de la voiture pour caser les fusils d'Albert.

Il avait téléphoné, une fois.

— C'est toi ?... Écoute... Il faut que je sois prudent... Martine devient de plus en plus insupportable et tout à l'heure elle est même venue au bureau... Je me heurte à elle à chaque instant...

— Philippe ! avait-elle crié.

— Qu'est-ce que tu veux ? Mon petit, il faut attendre ! A moins qu'un jour ou l'autre j'en aie assez...

— Ne sois pas si nerveux, Philippe ! Attention ! Promets-moi d'être sage...

Il avait raccroché !

Toutes les lampes étaient allumées dans l'appartement, la plupart des portes ouvertes et, à chaque instant, Paulette se voyait dans une glace, redressait un peu ses cheveux, ou refermait son peignoir car, à cinq heures de l'après-midi, elle était encore en déshabillé.

Elle jeta dans la nursery une poupée ramassée sur un fauteuil, faillit pleurer une dizaine de fois mais n'y parvint jamais, garda sans pouvoir s'en débarrasser un poids qui l'empêchait de respirer normalement.

C'était aussi lancinant qu'une insomnie. Elle n'était ni malade, ni bien portante. Elle n'était pas nerveuse, puisqu'elle parvenait à rester une heure immobile sur son lit, le regard rivé au plafond. N'empêche que l'instant d'après elle éprouvait le besoin de faire à nouveau le tour de l'appartement aux murs clairs où elle ne se sentait pas encore chez elle, au point qu'elle poussa longtemps certaine porte au lieu de tirer, et crut même qu'elle était fermée à clef !

Dix fois, vingt fois, peut-être cinquante, elle regarda le téléphone et haussa les épaules. A qui téléphoner ? Pour dire quoi ? Et dans presque chaque pièce, — c'était une idée de Philippe, qu'Albert avait copiée comme il copiait tout ! — dans presque chaque pièce, il y avait un de ces instruments saugrenus !

Il était six heures quand elle alla s'assurer à la cuisine et à l'office que les domestiques n'étaient pas dans l'appartement. Puis elle ferma à clef, non seulement la porte d'entrée, mais la porte de service.

Elle entendait parfois l'ascenseur aller et venir et ce bruit la faisait sursauter. Elle préféra téléphoner chez son beau-père, qu'elle eut lui-même au bout du fil.

— Les enfants sont toujours chez vous, papa ?... Non... Rien... Je travaille... Vous savez, il y a toujours de l'ordre à mettre... Non... Ils peuvent dîner là-bas !... Bonsoir...

Donc, les enfants étaient à l'autre bout de Paris, boulevard Richard-Lenoir, où le vieux Grindorge avait créé jadis une des plus grosses affaires de machines-outils de France.

Albert était plus loin qu'Orléans...

Avec des gestes précis, comme si toutes les allées et venues de la journée n'avaient été que pour aboutir à cela, Paulette ouvrit la bibliothèque, pas celle du bureau, mais celle du fumoir, où il n'y avait que de gros volumes reliés en vert et en rouge, annuaires et magazines. Elle prit une encyclopédie à la lettre S et, en tressaillant chaque fois que l'ascenseur montait ou descendait :

« *Strychnine, n. f., du grec...*

« *...on l'emploie généralement sous forme de sels...*

« *...absorbée par la peau ou par les muqueuses, elle produit de l'hyperesthésie...*

« *...la respiration saccadée, les mouvements du cœur irréguliers, les cris, la mort dans une dernière convulsion : l'intelligence reste intacte jusqu'à la fin...* »

Elle referma le livre d'un geste sec, se leva, le remit en place et, comme si elle prenait une décision soudaine, tira un autre volume du rang.

« *Laudanum... n. m., nom qui désignait autrefois le suc d'opium purifié...*

« *...on obtient un liquide jaune foncé, à odeur safranée, de saveur amère, qui teinte fortement l'eau, la peau, le linge, etc.* »

Elle aurait juré que l'ascenseur s'était arrêté à son étage, où il n'y avait que leur appartement. Et pourtant on ne sonnait pas. Elle alla coller l'oreille à la porte d'entrée, n'entendit aucun bruit.

Elle avait si peur qu'elle alla chercher dans sa chambre le revolver d'Albert, ouvrit brusquement la porte, déclencha la minuterie.

Il n'y avait personne ! Elle était trop impressionnable ! Elle remit le verrou, jeta le revolver dans son tiroir, avec soudain un regard d'effroi à l'arme dont le coup aurait pu partir.

Elle ne dîna pas. Elle avait dit aux domestiques qu'elle dînerait en ville. A neuf heures, elle entendit sonner mais, en même temps, elle reconnaissait la voix de ses enfants.

Pourquoi la regardèrent-ils avec curiosité ? Qu'est-ce qu'elle avait de particulier ? Après les avoir embrassés, elle courut s'interroger dans un miroir du salon. Eh bien ? Est-ce parce qu'une mèche de cheveux pendait sur sa joue ? Est-ce parce que ses yeux étaient plus fixes que d'habitude ?

Elle souffrait de migraine. Ses tempes battaient.

Quand Albert rentra, vers une heure du matin, il s'étonna bien de trouver un dictionnaire ouvert dans le fumoir, mais cela ne l'empêcha pas de retirer tranquillement ses bottes en fumant une dernière cigarette, puis de ranger ses fusils à leur place.

Il ouvrit enfin, sans bruit, malgré la lumière qui filtrait sous la porte, la porte de la chambre — car son père s'était indigné quand il avait parlé d'avoir une chambre pour lui et une pour sa femme.

Le lit n'était pas défait. Paulette, en peignoir, une mule encore suspendue au bout d'un pied, dormait, couchée en travers, les traits tirés, la respiration saccadée, comme en proie à un mauvais rêve.

IV

— M. Michel Donadieu fait demander à Madame si Madame peut le recevoir.

— Où est-il ?

— Dans l'antichambre.

Cela n'amusa même pas Martine d'imaginer son frère, ses gants à la main, attendant, debout, dans une attitude certainement pleine de dignité.

— Faites-le entrer au salon.

C'était le mercredi d'après le dimanche des pluies — les journaux du lundi avaient prétendu qu'on avait battu ce dimanche-là le record des vingt dernières années. Il faisait plus froid, sans que ce fût franchement l'hiver. En traversant sa chambre, Martine vit qu'il était onze heures dix.

— Bonjour, Michel.

Elle lui tendit son front à baiser, machinalement, comme c'était la tradition dans la famille, puis elle s'installa dans l'angle d'un canapé, ramena sur ses jambes les pans de son peignoir.

— Tu vas bien ? dit-elle encore, bien que cette question n'eût aucun sens en face du Michel de plus en plus gras qu'elle avait sous les yeux.

Cela devenait de l'obésité et ses traits n'en étaient que plus mous ; son menton, noyé de graisse, n'avait plus de dessin.

— Je me porte comme ci comme ça, soupira-t-il.

Martine le plaignit, mais sans émotion. A vrai dire, il la dégoûtait un peu et elle ne pouvait s'empêcher de penser que Michel avait besoin de quelque chose, qu'il ne savait comment s'y prendre pour amener la conversation sur un terrain favorable.

— Tu arrives d'Antibes?

Car, aux dernières nouvelles, c'est à Antibes qu'il vivait. Mais il avait déjà changé trois ou quatre fois et chaque déménagement correspondait à une aventure plus ou moins passionnelle.

— Pas d'Antibes. Je suis maintenant à Cassis, dans un hôtel pas cher du tout, où on me soigne à merveille. Et ton mari?

C'est à ce moment que la sonnerie du téléphone retentit. Martine s'étira d'un mouvement souple pour atteindre l'appareil.

— Allô!... Vous dites?... Oui, bonjour, Paulette... Comment allez-vous?

Si peu observateur qu'il fût, Michel tressaillit en entendant la voix de sa sœur, en la voyant se raidir des pieds à la tête, en surprenant le regard qu'elle fixait sur le tapis.

A l'autre bout du fil, la voix de Paulette Grindorge était mal assurée.

— Je vais bien, merci... Écoutez, chère amie... Voilà une éternité qu'on ne s'est vus...

— Vous croyez?

— Exactement depuis le déjeuner de mercredi dernier. Je viens de recevoir quatre places pour la présentation cinématographique de ce soir. Vous savez que ce sera un grand gala... On se dispute les moindres strapontins... Il paraît que c'est le plus grand film des trois dernières années... Allô!... Vous êtes toujours à l'appareil?

— J'écoute.

— Alors, vous venez?

— J'ignore si Philippe ne nous a pas engagés. Téléphonez-lui donc directement.

— Cela m'ennuie.

— Pourquoi ?

— Je n'aime pas téléphoner aux hommes, surtout à leur bureau. Car je suppose qu'il est à son bureau ?

Et soudain une audace, qui dut être improvisée.

— Au fait, il faut que je passe aux Champs-Élysées et j'en profiterai pour voir Albert... Allô !... J'oubliais de vous dire qu'on s'habille... Habit et grand tralala...

Michel, qui continuait à regarder sa sœur, questionnait sans y penser :

— Qui est-ce ?

— Rien... Une invitation pour ce soir...

— Je te disais... Ah !... oui... Mais qu'est-ce que tu as, Martine ?

— Rien, je t'assure.

— Tu n'es pas comme d'habitude... Tu parais tendue... Veux-tu que je revienne à un autre moment ?...

— Mais non ! Dis-moi ce que tu as à dire.

— Ce n'est pas tellement urgent... J'ai eu des frais importants, tout à coup, si bien que je me trouve un peu à court... Si tu obtenais de Philippe qu'il me verse quelque chose sur mes coupons du prochain semestre... Pas beaucoup... Vingt mille...

Quand il parlait du prochain semestre, Martine savait qu'il s'agissait au moins du second semestre de l'année suivante, car Philippe était déjà intervenu plusieurs fois dans le même sens.

— Je te jure que c'est la dernière fois que je me laisse prendre par une femme ! grondait Michel pour s'excuser.

Les autres fois, Martine subissait presque sans impatience les grimaces de son frère, mais aujourd'hui, sans qu'elle sût au juste pourquoi, il l'écœurait vraiment.

— Tu ferais mieux d'aller voir Philippe toi-même.

— Pourquoi? Vous êtes mal ensemble?

— Non, mais il est préférable que ces demandes-là ne viennent pas toujours de moi.

En dessous de cette conversation, à laquelle elle était pourtant attentive, subsistait la trame d'autres pensées, la voix de Paulette au téléphone, les petits riens des dernières journées.

Est-ce que Philippe était sincère quand, aux repas, il se montrait enjoué, feignant de croire que sa femme avait oublié l'incident? Il n'y faisait plus allusion, évitait de parler de Paulette et de sortir avec les Grindorge, ce qui était anormal.

La voix de Michel disait cependant :

— Ses affaires ne vont pas mal, je suppose?

— Je ne le pense pas.

Et lui qui, à son arrivée, était tout miel et quasi toute humilité, laissait percer un vieux fonds d'aigreur.

— Dans ce cas, je ne vois pas ce que cela peut lui faire de m'avancer vingt mille francs. N'importe quel banquier le ferait. Si je m'adresse à lui, c'est justement pour qu'on ne dise pas que son beau-frère...

— Va lui raconter tout ça à son bureau, veux-tu?

— Tu crois que je n'oserais pas le lui dire? Il ne faudrait quand même pas qu'il oublie que, s'il a fait fortune, c'est grâce à nous. Et je suis gentil en parlant ainsi! On pourrait employer des termes plus sévères...

— Laisse-moi, Michel.

— Tu es de son côté, évidemment!

— Mais non, je ne suis pas de son côté, comme tu

dis! Seulement, je n'aime pas t'entendre dire des bêtises...

— Tu appelles ça des bêtises? Tu oses soutenir que Philippe ne nous a pas tous plus ou moins expulsés de notre propre maison?

Elle le regardait, l'air ennuyé. Il avait des poches sous les yeux, des poils gris dans les moustaches mais, malgré le temps, il n'y avait pas une tache, pas un grain de poussière sur ses chaussures, qu'il devait continuer à cirer lui-même.

— Demande à n'importe qui, à maman, à Olsen, à Marthe...

Michel s'était levé et arpentait ce salon dont le luxe même semblait venir à l'appui de sa thèse.

— Veux-tu que je te dise une fois pour toutes ce que je pense, Michel? C'est toi qui l'auras voulu, n'est-ce pas? Il est encore temps. Tu n'as qu'à aller trouver Philippe au bureau et cela m'étonnerait qu'il te refuse...

— Non! Je tiens maintenant à ce que tu parles. Tu en as trop dit.

— Comme tu voudras! Eh bien! je prétends que, si Philippe n'était pas arrivé, la maison de La Rochelle serait encore plus bas qu'elle n'est et que, sans doute, elle n'appartiendrait même plus à notre famille. Papa, qui te connaissait, ne t'a jamais laissé prendre une initiative. Ne me force pas à te rappeler des souvenirs désagréables. Olsen est juste capable de faire un excellent premier comptable. Quant à maman, en quelques mois, elle est parvenue, malgré toute sa bonne volonté, à mettre en désordre une des affaires les plus ordonnées qui fussent. Alors, de grâce, qu'on ne vienne pas me répéter que Philippe...

— Tu défends ton mari, fit Michel, très sec, en

cherchant son chapeau qu'il avait laissé aux mains du
valet de chambre.

— Je ne défends rien du tout, mais j'ai horreur de
certaines allusions. Si papa est mort, c'est peut-être
de découragement en nous voyant tous ! Tu as encore
quelque chose à me dire ?

— Je ne crois pas.

— Alors, au revoir. Il faut que je m'occupe de
mon fils.

Tout ce qu'elle venait de dire, elle le pensait, mais
elle ne pensait pas que cela, ni surtout comme cela.
Tant pis pour Michel ! Il n'avait qu'à mieux choisir
son moment.

Dans sa chambre, elle décrocha aussitôt le récepteur du téléphone, demanda le numéro de la *S.M.P.*

— Passez-moi M. Philippe, s'il vous plaît...
Allô !... C'est toi, Philippe ?... Je m'excuse de te
déranger dans ton travail... Paulette n'est-elle pas
chez toi ?... Elle y est ?... Tu dis ?... Elle vient
d'arriver ?... Cela tombe à pic !... Veux-tu me la
passer ?...

— Allô, oui !... s'écriait beaucoup trop fort Paulette dans l'appareil.

— Excusez-moi de vous déranger, Paulette. J'ai
oublié de vous demander tout à l'heure en quelle
couleur vous seriez, afin d'assortir autant que possible nos robes...

Elle aurait juré que Philippe tenait l'autre écou-
teur, que Paulette se tournait vers lui pour lui
demander conseil, que peut-être il lui soufflait la
couleur de la robe.

— Bleu ciel ?... Merci... Dites bonjour à Albert
pour moi...

Elle resta assise près de l'appareil, les traits

toujours aussi tirés, et c'est ainsi qu'elle était toute la journée quand Philippe n'était pas là.

« ... et Jésus leur imposa les mains... »

Ce lambeau d'Évangile lui était revenu cinq ou six fois à la mémoire, parce qu'elle venait seulement de le comprendre. Quelqu'un qui aurait posé sur son front, sur ses yeux, deux mains fraîches, apaisantes...

Tout le monde croyait qu'elle était calme — on lui reprochait même d'être trop calme ! — et elle souffrait presque physiquement de l'effervescence de son être !

Cinq minutes ne s'étaient pas écoulées qu'elle téléphonait à nouveau à Philippe.

— Allô !... C'est toi ?... Michel va venir te voir... Oui, toujours la même chose... Fais comme tu voudras... Paulette n'est plus chez toi ?

Il répondit que non, mais était-ce vrai ? Et, si même c'était vrai, que s'étaient-ils dit ? Quel rendez-vous s'étaient-ils donné ?

Il n'y avait pas que le bout d'Évangile qu'elle comprenait maintenant. Il y avait ces visites que Frédéric faisait jadis à deux femmes, dans la maison de la rue Réaumur, au rez-de-chaussée d'abord, où Mme Donadieu lui racontait tous ses petits malheurs, puis au second, dans cet étrange boudoir aux rideaux noirs où Eva et Frédéric fumaient des cigarettes, assis par terre, sur les coussins...

Mais elle ne voulait pas d'amis, elle, pas même d'amies.

Elle ne voulait que Philippe !

Ils s'étaient retrouvés dans un bar américain des environs, où ils avaient l'habitude de se rejoindre quand ils sortaient ensemble. Paulette portait sa robe bleu pâle, la seule couleur qu'elle eût dû bannir de sa garde-robe, car elle soulignait tout ce qu'il y avait de vague dans ses lignes, de blafard dans son teint.

Par contre, les deux femmes avaient la même cape d'hermine, puisque c'était une manie de Paulette de courir chez tous les fournisseurs de Martine.

Du bar au cinéma, il n'y avait que cent mètres et on les fit à pied, Martine se trouvant au côté d'Albert, tandis que Philippe, après une hésitation qui n'échappa pas à sa femme, offrait son bras à Mme Grindorge.

— Vous ne trouvez pas qu'elle n'est pas bien ? eut le temps de murmurer Albert, avec un accent de banale inquiétude. Tous ces temps-ci, elle est nerveuse. Vous devriez essayer de la remonter, vous qui avez tant d'influence sur elle...

Puis ce fut le passage sous la marquise, entre les gardes républicains en grande tenue, et là, tout de suite, un incident désagréable. Il y avait foule. Des « hirondelles » attendaient d'être casées, des groupes compacts encombraient le hall tandis que les cartes d'entrée étaient sévèrement contrôlées.

Albert tendit ses deux cartons à un jeune homme en smoking qui y jeta un coup d'œil distrait.

— Deux places loge 5... Deux places au rez-de-chaussée... Par ici...

Voyant qu'Albert était un peu désorienté, ce fut Philippe qui intervint.

— Je suis Philippe Dargens, le banquier, dit-il avec assurance. Il doit y avoir erreur. Nous désirons être ensemble.

— Impossible... trancha le jeune homme, déjà occupé ailleurs.

— Pardon... Je vous demande... Vous avez entendu mon nom ?...

— Connais pas ! Adressez-vous au contrôle, si vous y tenez.

Pour la première fois depuis plusieurs jours, Martine avait souri en voyant son mari recevoir le choc.

« — Je suis Philippe Dargens, le banquier. »

« — Connais pas ! »

Mais elle le connaissait tellement bien, elle ! Elle était presque attendrie par sa pâleur subite, par la façon décidée dont il se précipitait au contrôle.

On n'entendit pas ce qu'il disait. Paulette, plus bête que nature, trouvait le moyen de murmurer :

— Qu'est-ce que cela peut faire d'être séparés pendant le film ?

Et il était évident qu'elle comptait se trouver en compagnie de Philippe, tandis que son mari resterait avec Martine !

On attendit près d'un quart d'heure. On alla chercher un personnage imposant qui devait être le grand directeur. Philippe n'en revint pas moins, râleur, avec une réponse négative. On ne pouvait rien changer. Toutes les places étaient occupées. Et même, si on ne se pressait pas...

C'est alors, comme on marchait vers le vaste escalier de marbre, que Martine, de l'air le plus naturel du monde, prit le bras de Philippe, comme une chose qui lui appartenait, et dit à voix haute :

— Nous resterons au rez-de-chaussée. Tu sais que je suis un peu myope. Les Grindorge n'auront qu'à occuper la loge...

Trop tard pour discuter la décision qu'elle venait de prendre ! Ils atteignaient le lourd rideau de velours. Dans la salle, l'obscurité s'était faite et une ouvreuse les pilotait du bout de sa petite lampe électrique.

Les Grindorge avaient été happés par une autre ouvreuse qui les faisait monter au balcon. Des spectateurs murmuraient :

— Chut !... Assis !...

Et, en s'installant, Martine tremblait encore de son audace. Comme l'image était claire, sur l'écran, elle en profita pour regarder Philippe, qui avait son visage des plus mauvais jours.

— Tu m'en veux ? souffla-t-elle.

Et lui, sèchement :

— Non !

— Qu'est-ce que tu as ?

— Rien ! Laisse-moi écouter...

Ils ne se touchaient pas et pourtant elle le sentait raidi, l'esprit loin des images qui se déroulaient, inattentif aux voix trop puissantes qui émanaient de ces êtres en blanc et noir.

Paulette, là-haut, devait enrager, elle aussi, mordiller son mouchoir, repousser le bras de son mari.

La première partie était à peine finie qu'avant même que la salle fût éclairée Philippe se levait et, sans se préoccuper de sa femme, sans s'inquiéter des protestations des spectateurs, sortait du rang, se dirigeait à grands pas vers une des portes.

Martine, qui ne s'y attendait pas, resta un moment déroutée, puis elle eut peur et s'engagea à son tour dans l'allée où, maintenant, on marchait au ralenti, car tous les rangs de fauteuils s'étaient vidés.

Il y eut en elle une angoisse vraiment physique, comme chez un enfant qui se sent perdu dans la foule. Elle chercha des yeux les Grindorge, là-haut, mais ils avaient quitté leur loge et ils devaient être, eux aussi, dans un couloir ou dans un escalier.

Le foyer était immense, car c'était une des plus grandes salles de Paris. Martine allait et venait en tous sens, comme une automate, se glissait entre les groupes, murmurait sans cesse :

— Pardon... Pardon...

Et elle ne trouvait toujours ni Philippe, ni les Grindorge. Elle fut sur le point, à certain moment, de prendre la voiture et de rentrer chez elle, mais elle ne put s'y résoudre et elle chercha encore, jusqu'à ce qu'une main féminine se posât sur son bras.

— Où étiez-vous ?

Paulette et Albert la regardaient avec étonnement. Et elle, malgré son amour-propre, prononçait :

— Vous n'avez pas vu Philippe ?

— Non, nous le cherchons aussi. Nous pensions qu'il était avec vous. Où est-il allé ?

Ils aperçurent enfin Philippe, qui avait les yeux fiévreux, les doigts tremblants.

— On vous cherchait, dit Albert avec un faux entrain, car il devinait un drame conjugal.

— Eh bien ! vous m'avez trouvé.

Et Martine, avec un regard au verre de whisky, déclara :

— Je boirais bien quelque chose ! Un whisky aussi, barman !

Les Grindorge ne pouvaient plus ne pas comprendre que c'était une bataille qui s'engageait, parmi les robes du soir et les habits noirs.

Martine ne buvait jamais d'alcool, par goût. Quant à Philippe, qui avait un peu d'insuffisance hépatique, il suivait un régime qui convenait à son activité : légumes, viandes grillées, bordeaux rouge, mais jamais ou presque jamais de liqueurs, jamais de whisky surtout.

— Qu'est-ce que vous prenez? demanda-t-il, bourru, en se tournant vers Paulette.

— Rien. Nous allons remonter. Il est temps, n'est-ce pas, Albert ?

Ces deux-là battaient en retraite, tandis que le vide se faisait peu à peu autour du couple et que Philippe commandait un nouveau whisky.

— Combien en as-tu bu ?

— Trois !

Et Martine, froidement :

— Barman ! Deux whiskies pour moi !

Elle ajouta à mi-voix :

— Ainsi, nous serons à égalité.

A ce moment, elle entendit la respiration de Philippe qui devenait sifflante, elle vit sa main qui étreignait la barre d'appui du bar et qui se marbrait de taches rouges et blanches.

— Tu comptes rester ici pendant la projection ? demanda-t-elle encore.

— Oui !

— Alors, je reste aussi.

Il se contenait. Il était à bout de résistance. Deux fois son regard se posa sur sa femme et elle sentit nettement de la haine dans ses yeux.

Quant à elle, pour quiconque l'eût observée, elle était digne et froide, et cela au moment où elle se demandait si elle allait tenir debout.

Très bas, elle souffla, comme un ultime appel :

— Philippe !

— Qu'est-ce que tu veux ?

— Préfères-tu que nous rentrions à la maison ?

— Non !

— Bien ! Restons...

Elle ne pouvait pas boire les trois whiskies. Son geste avait été une bravade. Elle n'en avait avalé que quelques gorgées qu'elle en avait déjà le cœur soulevé.

On fermait les portes. Le hall était vide et on entendait à peine l'écho d'une musique, puis des bravos qui accueillaient le nom du metteur en scène.

— Tu es méchant, Philippe !

Il éclata, en dépit de la présence du barman, qui eut le bon goût de s'éloigner autant que l'espace le permettait.

— Ah ! tu trouves que c'est moi qui suis méchant ! Elle est bonne, celle-là !... Tu me fais un affront devant tout le monde, et pas seulement à moi, mais à nos amis...

— Parce que j'ai voulu rester avec toi ?

— Parce que ce n'était pas ta place ! D'abord, nous sommes leurs invités...

— N'exagère rien.

Il lui prit le poignet, brutalement, et ragea :

— J'en ai assez, tu entends ? Voilà quelques jours que cela dure, que j'ose à peine respirer...

— Qu'est-ce que j'ai fait ?

— Rien ! Tout ! Tu empoisonnes ma vie instant par instant ! Tu crois que je ne comprends pas ce qui se cache sous ton calme dédaigneux ? Tout cela parce que j'ai eu le malheur de coucher avec une femme !

— Non, Philippe !

— Qu'est-ce que j'ai fait d'autre, dis-le ? Et encore ! Une femme qui n'a pas le moindre attrait. Une femme que j'ai dû prendre parce qu'elle se jetait à mon cou et que, ayant besoin d'elle et de son mari, je n'osais pas la repousser...

— Tu me fais mal, Philippe.

Il lui lâcha le poignet, qui était entouré d'un cercle rouge.

— Oh ! c'est facile d'avoir une attitude pareille,

d'être bêtement jalouse, de s'hypnotiser sur une idée quand on n'a rien à faire de toute la journée...

— Chut!... fit un contrôleur de l'autre bout de la salle.

Mais Philippe ne se taisait pas. Il était remonté. Il parlait, parlait, d'une voix âpre, méchamment, avec pourtant des yeux pleins de détresse.

— Moi, je sacrifie tout à la réalisation de mes projets. Je travaille vingt heures par jour. Je porte littéralement mes affaires à bras tendus et je te jure que ce n'est pas toujours facile! Parce que je te donne tout ce que tu demandes, parce que je ne te laisse jamais voir mes soucis, tu crois qu'il n'y a qu'à se laisser vivre...

Si elle ne l'avait pas vu, elle aurait pu croire à son désespoir, mais elle avait son visage devant les yeux et elle sentait que, sous une fausse sincérité, qui était peut-être produite par l'alcool, il jouait la comédie.

— Tais-toi, Philippe, veux-tu? Ou alors, rentrons à la maison.

— Non!

— Qu'est-ce que tu comptes faire?

— Les Grindorge nous ont invités à souper. J'irai!

— Et si je n'y vais pas, moi?

— Tant pis!

— Philippe!

— Non! Ce n'est pas la peine de pleurnicher : « Philippe!... Philippe!... » Une seule chose t'importe en ce moment : tu as peur que je fasse un scandale! Ce qui t'impressionne, c'est ce bonhomme qui fait « chut » et qui nous regarde de loin...

Comme il s'était un peu calmé, malgré lui, il but une nouvelle rasade, chercha par quel bout il pourrait reprendre sa colère.

— Veux-tu que nous en profitions pour parler

affaires ? Cela te fait peur, pas vrai ? Tu aimerais mieux ne pas savoir. Sache donc que, le 15, je dois coûte que coûte avoir trouvé huit cent mille francs. Sache que si, dans deux mois, je n'ai pas réalisé un million et demi, la *S.M.P.* saute ! Tu es capable de comprendre, oui ? Et c'est le moment que Madame choisit pour me faire des scènes de jalousie, pour être toujours derrière mon dos, pour questionner mon chauffeur. Car tu l'as questionné sur mes allées et venues, je le sais !

— Philippe !

Il ricana :

— Ce matin, cela a été le bouquet. Tu parviens à téléphoner deux fois à mon bureau en cinq minutes parce que Paulette s'y trouve ! Hier, tu es arrivée aux Champs-Élysées où tu n'avais rien à faire, sous prétexte de me demander une clef que je n'avais pas ! Et, dans ces conditions, il faudrait que je travaille, que je remue des millions, que...

— Je m'en vais, dit-elle en faisant mine de se diriger vers le vestiaire.

Alors, il lui reprit le poignet, mais plus brutalement.

— Tu ne t'en iras pas ! Ce n'est pas la peine de regarder autour de nous. Moi, je me fiche du scandale, entends-tu, cette fois ?

Et son regard était si haineux, son visage tellement transfiguré qu'elle baissa la tête, tandis que des larmes coulaient sur ses joues.

— Ressaisis-toi, Philippe, supplia-t-elle. Ne bois plus.

— Je ne suis pas ivre.

Et elle était obligée, pour le calmer, de jouer la comédie, elle aussi, d'être suppliante, d'admettre tout ce qu'il voulait.

— Non, tu n'es pas ivre, mais tu n'es pas non plus dans ton état normal. Rentrons dans la salle ou partons...

— Non !

— Je ne te ferai plus de reproches...

— Justement !

— Que veux-tu dire ?

— Que j'aimerais mieux des reproches. Mais non ! Depuis jeudi dernier, pas un mot ! Madame est là, comme d'habitude ! Elle dirige sa maison avec son éternelle sérénité ! Seulement, elle m'espionne, épie mes moindres expressions de physionomie, mes moindres démarches. Avant-hier, tu téléphonais au *Fouquet's* et tu n'avais rien à me dire. J'en arrive à ne plus pouvoir faire un pas sans me demander comment il sera interprété...

— ... Et à ne plus oser te rencontrer avec Paulette, dit-elle tristement.

— Alors, tu n'as pas encore compris ? Il faut que je recommence ? Il faut que je te reparle affaires, que...

Elle dut s'appuyer au comptoir, car elle avait des sueurs froides aux tempes. Et pourtant il ironisait :

— C'est facile ! Quand je te dis quelque chose qui ne te plaît pas, tu fais semblant de t'évanouir...

Alors, malgré elle, dans un haut-le-cœur quasi physique, elle articula :

— Je te déteste !

Et ce n'était pas vrai ! C'était faux ! Elle ne le détestait pas ! Elle se raccrochait à lui ! Elle restait là, sous les yeux apitoyés du barman, à risquer une scène encore plus navrante, elle restait là pour ne pas le laisser seul un instant avec cette Paulette.

Voilà où elle en était ! Et lui se livrait de plus en plus, laissait percer à jour son monstrueux égoïsme.

Pour un peu il aurait pleuré ! C'était sur lui-même qu'il s'apitoyait, sur lui qu'une femme stupidement jalouse empêchait de faire ce qu'il avait à faire.

— J'ai mis six ans, six ans d'efforts farouches, parfois douloureux, à atteindre le premier palier que je voulais atteindre, et maintenant qu'il y a une nouvelle étape à franchir, Madame est jalouse ! J'ai couché avec une pauvre bourgeoise aux chairs fades, mais Madame est jalouse quand même ! Imbécile !...

Il parlait tout seul, à présent. Il n'y avait plus besoin de l'exciter. Il gémissait sur son sort, sur l'incompréhension de sa femme et tout le temps on sentait qu'il mentait, ou plutôt qu'il décalait la vérité.

C'était vrai qu'il sacrifiait tout à son ambition, comme il le disait, mais, ce qu'il n'ajoutait pas, ce que Martine sentait, c'est qu'elle ferait partie au besoin des choses sacrifiées, que peut-être, que sans doute elle en faisait déjà partie !

Un tonnerre d'applaudissements jaillissait par toutes les portes matelassées qu'on ouvrait à la fois.

— Écoute, Philippe. Je suis lasse. Je suis malade. Rentrons...

— Rentre si tu veux.

— Je te le demande une dernière fois : rentrons ! Si tu as un peu de pitié...

— Je te le répète une dernière fois : rentre si tu veux !

Et, subrepticement, il avala le fond de son verre, prit un air désinvolte et se mit à la recherche des Grindorge, d'une démarche un peu hésitante, tandis que Martine s'efforçait de ne pas le perdre dans la foule.

— Où étiez-vous ? Nous ne vous avons pas vus !

— Martine était un peu fatiguée, expliqua Phi-

lippe, qui avait repris instantanément sa voix de tous
les jours.

— C'est vrai, Martine ? Vous ne rentrez pas, je
suppose ?

— Non !

Et ce non était comme une menace.

— Si tu allais chercher les manteaux, Albert ?

Ils soupèrent au *Maxim's*. Plusieurs fois, comme
cela leur arrivait à chacune de leurs sorties, Philippe
se leva pour aller serrer la main de gens qu'il
connaissait et Martine, qui le suivait des yeux,
décelait bien chez lui une certaine nervosité, mais
assez faible pour échapper aux autres.

Pour elle, c'était comme si on lui eût vidé le corps
et l'âme. Elle avait la tête douloureuse, la poitrine
chavirée. Elle mangeait sans s'en rendre compte et à
certain moment elle dut se précipiter vers les lavabos
pour vomir.

Elle aurait voulu respirer ensuite un peu d'air frais,
mais elle ne voulait pas partir et, en se remaquillant
devant la glace, elle pensait :

— Je parie qu'ils dansent ensemble !

Intuition, cette fois. Au moment où elle ouvrait la
porte, Paulette, à qui Philippe parlait d'une voix
assourdie, lui pinça le bras en soufflant :

— Attention !... Ta femme...

Martine ne l'entendit pas, mais, de ces mots aussi,
elle eut l'intuition et, très pâle, elle traversa le
parquet de la danse pour rejoindre sa place.

Seul, à table, Albert Grindorge fumait une cigarette et, aveugle à ce qui se passait à côté de lui,
montrait sa femme à sa voisine.

— Il me semble qu'elle est un peu mieux, ce soir.
Vous ne trouvez pas que ces derniers temps elle avait
changé ? C'est difficile à définir. Elle a soudain des

crises de cafard, puis des moments d'exaltation. Pourvu qu'elle ne soit pas encore enceinte !

— Oui ! Pourvu ! répéta Martine d'une si drôle de voix qu'il la regarda avec inquiétude.

La danse finie, Philippe reprit sa place avec des gestes saccadés, appela le maître d'hôtel, bien que ce fût Albert qui eût invité.

— L'addition.

— Mais...

— Vous m'excuserez, Albert. Il faut que je rentre. Je ne me sens pas très bien et cette danse...

Cette danse, oui !... Non, pas cette danse, mais ce que Paulette, quand ils étaient arrivés à l'autre bout de la salle, avait murmuré en levant vers lui un visage hystérique...

— *Tu penses encore à ce que tu m'as dit ?*

Il avait fait semblant de ne pas comprendre, elle avait tenu à insister.

— *Tu es sûr que tu m'épouserais ?*

Il avait connu, vraiment, un instant de vertige et il ne savait plus s'il avait répondu oui ou s'il s'était contenté d'un signe de tête.

V

— Entre, Frédéric. Je ne t'ai pas trop dérangé ?

— Pas du tout. L'après-midi, jusqu'à cinq heures, je n'ai à peu près rien à faire.

— Prends un cigare.

C'était le samedi. Plus tard, chacun essayerait de se remémorer les dates, de classer les événements dans leur ordre chronologique. Mais qui y parviendrait ? Peut-être Frédéric ?

C'était le samedi après le dimanche des pluies et du gâteau moka, après le mercredi du cinéma et du *Maxim's*. Il serait toujours facile de retrouver cette semaine-là dans les journaux, rien que par les photographies de première page : des inondations en banlieue, des pompiers en canot le long des maisons, un village menacé par un glissement de terrain dans le Rhône puis, comme toujours, le fameux zouave du pont de l'Alma.

Les gens finissaient par devenir aussi maussades que le temps. C'était trop long. On se fatiguait de vivre ainsi dans du mouillé, dans du sale.

— Pourquoi ne prends-tu pas un cigare ?

— Merci.

— Fais-moi ce plaisir ! Je vais déboucher une bonne bouteille de pineau.

Et pourtant Mme Donadieu, inquiète, brûlait d'envie de parler tout de suite de ce qui l'intéressait. Néanmoins c'était plus fort qu'elle. Chez les Donadieu, au temps de La Rochelle, on recevait rarement, mais le cigare et le verre de liqueur étaient obligatoires, fût-ce pour un simple voyageur de commerce. Il y avait seulement plusieurs qualités de cigares, selon les visiteurs.

— J'ai peut-être eu tort de te téléphoner. Ce matin, j'ai ressenti une si drôle d'impression... Dis-moi d'abord... Tu as vu Philippe ou Martine ces jours-ci ?

— Pas depuis dimanche, répondit Frédéric, qui s'était résigné au cigare.

L'appartement avait assez d'allure, grâce aux hautes fenêtres et aux vieux meubles que Mme Donadieu avait apportés de La Rochelle.

— Je ne sais pas ce qui se passe, poursuivait-elle. D'habitude, je téléphone presque chaque jour, tous les deux jours au moins à Martine. On bavarde quelques instants et c'est tout. Cela m'occupe l'esprit, tu comprends ? Après, je pense à ce qu'elle m'a dit, j'imagine ce qu'elle fait là-bas. Hier matin, je l'ai appelée trois fois, à des heures où elle est toujours chez elle et sa domestique m'a répondu qu'elle était absente. Je ne sais pas pourquoi cela m'a intriguée. J'ai téléphoné au bureau de Philippe, bien que je sache qu'il n'aime pas ça. Il m'a dit que Martine était sûrement à la maison et qu'il venait de l'avoir au bout du fil.

Malgré lui, Frédéric la regardait davantage qu'il ne l'écoutait, car il se passait une chose curieuse. Mme Donadieu était placée de telle sorte que son visage se découpait juste devant un agrandissement photographique de Kiki, tel qu'il était un peu avant sa fugue. Comme la plupart des agrandissements, surtout faits d'après une photo d'amateur, celui-ci rendait le visage flou, presque irréel. Or, tandis que sa compagne parlait, Frédéric, qui la voyait mal éclairée, trouvait son visage effacé de la même manière. Quel âge avait-elle au juste ? Il cherchait, n'en avait plus le temps, car elle le ramenait à la conversation.

— Je comprends que Martine ait ses préoccupations et ne soit pas obligée de me répondre chaque fois. Seulement, hier, je n'ai pas trouvé à la voix de Philippe son timbre habituel. L'après-midi, j'ai pris mon courage à deux mains et, malgré la pluie, je suis allée avenue Henri-Martin.

— Tu l'as vue ? questionna Frédéric, pour montrer qu'il était enfin à l'entretien.

— Le maître d'hôtel m'a répondu :

« — Je vais voir si Madame est là.

« Et je suis sûre d'avoir entendu la voix de Martine avant qu'il revînt me dire qu'elle n'était pas à la maison.

« Ce matin, j'ai encore téléphoné et je n'ai pas eu plus de succès. J'ai appelé Philippe, qui m'a répondu qu'il n'était au courant de rien mais que, quand Martine était fatiguée, elle était bizarre.

« Tu ne crois pas qu'il se passe quelque chose, toi ? »

Qu'est-ce que Frédéric pouvait répondre ? Qu'il se passât quelque chose, il le savait, puisque son fils lui avait parlé de l'incident de la rue Cambon et de la jalousie de Martine. Il était inquiet, lui aussi, de l'acuité que prenaient les événements.

— Bah ! Ils se seront sans doute disputés, dit-il pour rassurer sa vieille amie.

— Ne me réponds pas si tu ne veux pas. Crois-tu que les affaires de Philippe soient solides ?

— Cela dépend de ce que l'on appelle une affaire solide. On voit des industries vieilles de cent ans qui croulent soudain alors que des affaires financières dans le genre de celle de Philippe ramassent des millions...

— Tu n'as pas un peu peur ? Remarque que je ne lui en veux pas. C'est dans son tempérament...

A trois heures de l'après-midi, il aurait déjà fallu, pour lire, allumer les lampes.

— Enfin ! soupira Mme Donadieu. Je suis trop vieille pour me faire du mauvais sang...

Et, en disant cela, elle se tourna vers le portrait de Kiki.

— Si je pouvais seulement retrouver ce gamin-là !

Alors ses yeux s'embuèrent et elle secoua la tête.

— Comment est-il possible qu'on n'ait jamais eu

de nouvelles? Je ne sais pas combien Philippe a pu dépenser pour les recherches mais, quoi qu'il fasse désormais, je lui serai toujours reconnaissante de ses efforts pour retrouver Kiki...

— On retrouve rarement ceux qui disparaissent de la sorte, objecta Frédéric.

— Pourquoi?

— Parce qu'ils sont trop! La police est impuissante, surtout si ceux qui veulent disparaître passent à l'étranger.

— Pourquoi Kiki n'écrit-il pas? Encore un détail en faveur de Philippe! Kiki disparu, c'est lui qui a voulu que je touche intégralement sa part.

Elle mêlait sans arrière-pensée les questions d'argent et les questions de cœur, comme cela s'était toujours fait dans la famille.

— Je me demande comment on va s'arranger le mois prochain, quand il faudra régler définitivement la succession. Michel, qui est venu me dire bonjour hier, prétend qu'on obtiendra un jugement de disparition et que cela suffira.

Les deux verres étaient posés sur un guéridon Empire et le jour baissait de plus en plus. Il était quatre heures quand Frédéric se leva. Mme Donadieu avait un peu pleuré et tenait encore à la main son mouchoir roulé en boule. Elle profita de ce qu'elle reconduisait son visiteur pour allumer les lampes.

— Dès que tu sauras quelque chose, téléphone-moi. Le bonjour à Odette.

Et, en revenant vers le guéridon, toute seule, pour desservir, elle eut un sourire léger, car cela lui rappelait l'attitude de Michel quand ils avaient parlé de Frédéric.

— Il est toujours avec Odette? avait-il demandé.

Sa mère l'avait senti jaloux, jaloux de Frédéric

comme il était jaloux de Philippe, jaloux des Dargens, qu'il accusait de lui avoir tout pris.

Elle téléphona le lendemain matin avenue Henri-Martin et le maître d'hôtel répondit sans hésitation :

— Monsieur et Madame sont partis de bonne heure à la chasse.

Cette fois, c'était vrai. Le dimanche était presque aussi pluvieux que le précédent. Les deux autos, celle des Dargens et celle des Grindorge, roulaient l'une derrière l'autre. Albert conduisait lui-même, car il n'avait pas osé engager un chauffeur, à cause de son père qui n'en avait jamais voulu. A côté de lui, Paulette paraissait plus fatiguée que jamais et, comme il essayait, au sortir de Paris, d'amorcer la conversation, elle lui avait demandé de la laisser sommeiller.

— Comme tu voudras ! Mais essaie, tout à l'heure, d'être aimable avec le ministre.

Car on avait embarqué le ministre, celui qu'on avait déjà invité à déjeuner, Pomeret, et il s'était laissé tenter parce qu'on lui avait dit qu'on serait en tout petit comité, à cinq, et que cela se passerait à la bonne franquette.

C'était un ancien professeur de lycée resté timide, un peu rêveur, s'affolant dès qu'on le plongeait dans un milieu trop mondain.

Il était assis dans le fond de l'auto, à côté de Martine, tandis que Philippe leur faisait vis-à-vis. Et Philippe, qui avait les yeux cernés d'un homme qui dort mal depuis plusieurs jours, s'efforçait malgré tout d'animer la conversation.

— Tenez ! Nous arrivons justement au bout. Vous

410

vous souvenez de la ferme que je vous ai désignée il y a plus de dix minutes ? Depuis lors, tous les champs de blé que nous avons aperçus appartiennent aux Grandmaison. Cela doit représenter à peu près un tiers de la Beauce. Vous connaissez les Grandmaison ?

— Non, avoua le ministre, qui ignorait même que le tiers de la Beauce pût appartenir à un seul homme.

— C'est sans doute la fortune la plus solide de France, rien qu'en terres.

Martine, qui avait le regard fixé sur le visage fiévreux de Philippe, réprimait un sourire où il y avait plus d'attendrissement que d'ironie. La façon dont il avait prononcé :

— ... rien qu'en terres !

Combien ceux qui lui attribuaient un tempérament de joueur, de financier audacieux, le connaissaient mal ! Au mot « terres », ses prunelles brillaient de convoitise, comme elles avaient brillé à maintes reprises, deux ans auparavant, quand ils avaient fait tous les deux le tour des capitales d'Europe.

Dans tous les palaces où ils descendaient, il désignait à sa femme les bouteilles rangées derrière le barman et, parmi elles, une bouteille de whisky, d'une forme spéciale, qu'on trouvait invariablement.

— Pense que nous pourrions aller en Chine, en Australie, au fond de l'Amérique du Sud ou à l'extrême nord de l'Alaska, partout, tu entends, partout, nous verrions cette même bouteille de whisky ! Cela ne te dit rien ?

Non, cela ne disait rien à Martine, qui n'aimait pas le whisky.

— Songe maintenant au nombre de bouteilles que cela représente par jour. Songe au nombre de caisses que transportent tous les bateaux qui voguent sur

411

toutes les mers. Songe enfin que c'est un homme, un seul, qui est au centre de l'affaire et qui touche. Voilà ce que, moi, j'appelle une affaire ! Voilà ce que j'appelle une fortune !

Le mauvais état de la route faisait balancer les têtes à gauche et à droite. A certain moment, un peu après Pithiviers, le chauffeur dut ouvrir la glace pour demander le chemin et il fallut attendre l'auto des Grindorge, car Philippe ne se souvenait pas non plus.

Albert prit la tête. On était parti très tôt, avant le lever du jour, car les hommes n'avaient pas pu quitter Paris la veille. Dans tous les champs, il y avait déjà des chasseurs et on avait assisté au vol à des sorties de messes dans les villages.

— Notez que Weil, à lui seul, celui que nous appelons Weil-Farine, contrôle tout le blé qui se consomme en France, sans qu'un grain puisse lui échapper !

Et Martine se demandait comment, tout de suite après de véritables crises nerveuses, il pouvait se montrer aussi calme, parler de choses indifférentes.

Elle était incapable, elle, surtout après s'être levée à cinq heures du matin, de tenir une conversation. Ce fut un soulagement, après avoir traversé un hameau perdu dans la forêt d'Orléans, de tourner à droite dans l'allée d'un château aussi terne et aussi peu prestigieux que l'ancien château des Donadieu, là-bas, à Esnandes, que la famille s'était enfin décidée à vendre, tant il coûtait cher en réparations.

Albert Grindorge, qui avait acheté ce petit manoir l'année précédente, ne pouvait s'empêcher de montrer au ministre l'écusson armorié qui surmontait le portail. On ne distinguait plus qu'une date à demi effacée : « Anno 16... » Mais dans les volutes brisées de la pierre, Albert prétendait distinguer trois fleurs de lys à l'envers et il se promettait de faire des recherches héraldiques.

Ce qu'il y avait d'ahurissant, c'est que quatre personnes sur cinq auraient été incapables de dire pourquoi elles étaient là ! Le temps était aussi décourageant que possible. Écrasée par les grands arbres de la forêt d'Orléans, la propriété était encore plus sombre et plus humide que le château d'Esnandes.

Comme, dans les deux ou trois hectares de champs découverts, on avait déjà tué tout le gibier, les hommes étaient obligés de chasser au bois et chaque fois qu'ils heurtaient un arbre les branches leur envoyaient de grosses gouttes d'eau glacée.

Le garde était grognon, les chiens manquaient d'entrain et il se fit que tous les lapins passèrent du côté du ministre, qui les ratait invariablement.

Au fait, oui, comment cette partie de chasse s'était-elle arrangée ? La veille au matin, il n'en était pas question et Albert comptait passer son dimanche à lire un ouvrage qu'il réservait depuis longtemps pour une journée de pluie.

Quant à Philippe, depuis le jeudi soir, il était d'une humeur qui terrifiait ses collaborateurs de la *S.M.P.*

Martine boudait, c'est ainsi du moins qu'il interprétait cette rage qu'elle apportait à ne pas sortir de sa chambre ou de la nursery. Sans doute avait-elle toujours aimé son fils, mais pas au point de rester du matin au soir avec lui et de se mettre soudain en tête de lui apprendre à lire !

Alors ? Qu'est-ce qui les avait poussés tous à se lever dans l'obscurité pour venir patauger dans la boue à cent kilomètres de Paris ?

A peine arrivée au château — puisqu'il fallait bien appeler cela un château ! — Paulette avait déclaré à Martine, avec un enjouement factice :

— Vous êtes chez vous, n'est-ce pas ? Toute la maison est à votre disposition. Je vous demande un peu de liberté pour m'occuper du déjeuner...

Martine ne s'était même pas demandé ce qu'elle allait faire. Dès le grand salon, aux meubles ternis, elle avait découvert un canapé recouvert de soie rose et elle s'y était installée, elle s'y était figée plutôt, le regard fixé sur une branche de cèdre qui barrait le rectangle de la fenêtre.

Quantité de bruits parvinrent jusqu'à elle. Elle les enregistra, en identifia quelques-uns, mais sans que son esprit y prît le moindre intérêt.

Par exemple, des pommes de pin crépitaient et répandaient une odeur réconfortante. Une voix de femme, dans la cuisine, parla de poulets et grogna parce qu'on n'avait pas apporté de truffes.

C'était le rayon ménage, tandis qu'au-dehors éclatait de temps en temps un coup de feu ou qu'un chien aboyait au loin.

Martine pensait sans penser, par images plutôt que par raisonnements suivis... Comme la bouteille de whisky... Voilà ce que Philippe aurait voulu être : le propriétaire du whisky, ou du tiers de la Beauce, d'une affaire, en tout cas, aussi sérieuse que l'affaire Donadieu du temps d'Oscar, en beaucoup plus vaste.

A l'envergure près, n'étaient-ce pas un peu les mêmes hommes ? Jusqu'au souci de la continuité... Si Philippe disait la dynastie, Oscar Donadieu, lui, prononçait le mot famille en lui donnant à peu près le même poids que quand on dit famille royale.

Encore un coup de feu. Martine imagina un lapin qui boulait, agitait vainement les pattes dans le vide.

414

Un autre souvenir, celui d'une affiche pour une pâte dentifrice.

— Tu sais combien ils font de publicité par an? avait dit Philippe en passant. Dix millions, rien qu'à l'agence Havas!

Et elle se souvenait encore d'un purgatif et de l'air avec lequel son mari affirmait :

— On en consomme huit millions de pilules par jour!

Seulement, comme il le répétait avec nostalgie, pour cimenter de pareilles affaires, il faut trois générations, ou un capital de départ de trente ou quarante millions.

« — *C'est par Charlotte que je suis entré dans la maison Donadieu...* »

Elle croyait entendre sa voix tandis que crépitaient toujours les pommes de pin qui envoyaient des étincelles jusqu'au milieu du salon. Deux fois Paulette passa la tête par l'entrebâillement de la porte.

— Vous ne vous ennuyez pas trop?

Non! Elle voulait penser. Elle ne faisait que cela depuis trois jours et elle ne s'en rassasiait pas.

— *C'est par Charlotte...*

Un besoin morbide qui lui venait soudain d'évoquer des images cruelles ou ignobles, celle, par exemple, de Philippe et de Charlotte en train de...

Puis son regard se radoucissait. Elle voyait Philippe à ses moments de tendresse, quand sa voix devenait plus chaude, quand ses yeux, qu'il avait petits, pétillaient comme des flammèches.

Il n'avait que trente ans et c'était lui, lui seul, qui avait orchestré toute une vie extraordinaire, créé cet appartement de l'avenue Henri-Martin, les bureaux des Champs-Élysées, abruti Albert sur des statistiques, cloué Olsen et Marthe à La Rochelle...

Si Michel passait sa vie dans le Midi, à courir après des ouvreuses de cinéma ou des bonnes d'hôtel, si Mme Donadieu était à Paris, dans un cadre douillet, si...

Philippe ! Toujours Philippe !

— Je dois tout porter à bras tendus, avait-il dit l'autre soir quand il avait eu sa crise de rage.

Elle s'en voulait un peu et un sourire attendri flottait à nouveau sur ses lèvres, disparaissait presque aussitôt, faisait place à une expression farouche.

Pourquoi devrait-elle être une victime, elle aussi ? Car, du coup, tous ces personnages qu'elle venait de passer en revue changeaient de physionomie, cessaient d'être les pantins dont Philippe agitait les ficelles, devenaient des victimes sacrifiées à sa fortune.

C'était cela, depuis Charlotte jusqu'à Michel, jusqu'à Albert Grindorge...

Et elle ne voulait pas être une Charlotte !... Elle ne voulait pas !... Elle ne voulait pas !... Elle ne voulait pas !...

Une nouvelle victime de la taupicine.

Guéret, 15 octobre. — *Jardinier au château d'Orgnac, commune de Chénérailles, M. Eugène Terret a commis l'imprudence, après avoir préparé de la pâtée pour détruire les taupes avec de la taupicine, de cueillir et de manger une tomate sans s'être au préalable lavé les mains. Pris bientôt de violentes douleurs d'estomac, il consulta un médecin qui ordonna un contrepoison ; mais il était trop tard et, comme Mme Fauveau, la femme du pompier parisien, M. Terret ne tardait pas à succomber dans d'atroces souffrances.*

Ce fait divers avait paru le samedi matin, alors que personne ne songeait à aller chasser le dimanche en forêt d'Orléans. A onze heures, le journal encore sur sa coiffeuse, Mme Grindorge téléphonait à son mari.

— C'est toi, Albert?... Je viens de penser qu'il reste des poires d'hiver à cueillir à Chenevières...

Il répondit quelque chose d'indistinct et elle poursuivit :

— Si on en profitait pour organiser une petite chasse?... Allô!...

— Oui! J'écoute!

— Tu te souviens du ministre Pomeret? Je suis sûre qu'il serait très content de venir. Avec les Dargens, cela fera une petite bande intime... Allô!...

— Entendu! Je vais faire l'impossible...

— Oui, je t'en prie! Je m'ennuie tellement, ces temps-ci!

Albert était allé trouver Philippe.

— Ma femme voudrait que nous chassions demain à Chenevières avec Pomeret. Ce n'est pas emballant, mais elle insiste et cela m'ennuierait de la décevoir. Elle est déjà si nerveuse!

Philippe s'était assombri, à son tour.

— Téléphonez toujours à Pomeret, avait-il dit, à tout hasard.

— Vous ne voulez pas le faire?

— Je n'ai pas le temps.

En rentrant chez lui, il avait annoncé à Martine :

— Je crois que nous chassons demain à Chenevières.

— Moi pas!

Leurs regards s'étaient croisés, comme cela arrivait depuis quelques jours. Philippe avait répété :

— Nous chassons à Chenevières. Si tu tiens à une explication, la voici : Pomeret y sera.

— Bien !

Il valait mieux céder, sinon c'était la scène du cinéma qui recommençait, Philippe qui l'accusait de lui mettre des bâtons dans les roues et, par caprice, d'ébranler toute son œuvre.

— Tu essayeras d'être gentille.

— Avec qui ?

— Avec tout le monde. Voilà deux fois que ta mère me téléphone pour me dire qu'on répond que tu n'es pas ici.

— Je n'ai pas envie de parler...

Il serra les poings. Dix fois en deux jours, la scène avait failli éclater à nouveau. Cette fois, ce fut Martine qui grimaça un sourire.

— Va ! Je serai gentille, comme tu dis.

Et ils étaient à Chenevières ! Pas un qui soupçonnât qu'un entrefilet de journal leur valait cette journée piteuse et pour tout dire loufoque.

Pomeret ne savait comment s'excuser de tous ses lapins ratés. Philippe en avait tué deux et un faisan que Grindorge était encore bredouille et s'efforçait de cacher sa déception sous des plaisanteries.

Le garde devait avoir eu d'autres projets pour ce dimanche-là, car il n'avait jamais été d'aussi mauvais poil et il faisait exprès de les conduire par des chemins où il fallait passer sans cesse sous des barbelés.

Quant à Paulette, elle se conduisait si peu comme une personne normale que Noémie, la femme du garde, qui servait de cuisinière les dimanches de chasse, ne la quittait pas de l'œil et poussait de temps en temps un profond soupir.

— Je vous assure que je ferai bien toute seule, avait déclaré Noémie par deux fois.

Paulette feignait de ne pas entendre, voulait coûte

que coûte aider aux travaux du ménage. C'est ainsi qu'elle avait commencé à plumer un poulet et qu'elle l'avait tout abîmé. Elle tenait aussi à entretenir la conversation.

— Vous êtes toujours contente, Noémie ? La semaine n'a pas dû être gaie, par un temps pareil...

— On aurait surtout été contents si on avait été un peu tranquilles aujourd'hui, vu que mon beau-frère est arrivé d'Orléans et qu'il est tout seul dans la bicoque à se morfondre.

— Vous n'avez qu'à lui dire de venir. Il mangera à la cuisine avec vous.

— Faudra encore que ça lui plaise ! C'est un chauffeur de camions et ces gens-là ont l'habitude de faire à leur guise. Vous pouvez me laisser, maintenant. Je m'arrangerai bien sans vous.

Paulette obéissait, revenait dix minutes plus tard, comme quelqu'un qui craint de rester seul.

— Dites, Noémie, il y a beaucoup de rats dans la maison ?

— Beaucoup, je ne sais pas.

— Mais il y en a ?

— Sûrement qu'il doit y en avoir. Nous, on ne s'en est jamais occupé.

Pourquoi venait-elle parler des rats, à cette heure ? Et pourquoi ses doigts tremblaient-ils tellement qu'en voulant prendre un verre d'eau elle le laissa tomber ?

— C'est du verre blanc, dit Noémie. Cela porte bonheur.

Est-ce qu'il y avait là de quoi être bouleversée comme Paulette l'était ?

— Vous avez préparé un dessert, Noémie ?

— Vous savez bien que je n'ai pas eu le temps. Tant que vous y étiez, vous auriez pu en apporter de

419

Paris. Quand je pense que j'ai une petite fille de cinq ans et que vous n'avez seulement jamais pensé à lui apporter des gâteaux...

— Dimanche prochain, je vous le promets!

Elle sortait, revenait, trouvait encore quelque chose de baroque à dire. Elle était aussi pâle que quelqu'un qui relève de maladie et elle sursautait chaque fois qu'on entendait un coup de feu, comme si on eût tiré sur elle.

— Ça n'a pas de bon sens! grommela Noémie à un moment où elle était seule.

Tandis que, dans ses pérégrinations, Paulette s'arrêtait toujours au même endroit, hésitait un instant, puis faisait demi-tour.

C'était au fond du couloir dallé de pierre bleue. Une porte, dont on ne se servait presque jamais, permettait, sans passer par la salle à manger, ni la cuisine, d'atteindre la cour où, à droite, il y avait une buanderie.

Comme on lavait plutôt au lavoir qui était dans la cour, sous la fontaine, cette buanderie était devenue un débarras et le mari de Noémie y avait entassé le matériel, comme les banderoles qui servaient pour les fermés, les blouses blanches des rabatteurs, les pièges à fauves...

La cheminée était une vaste cheminée à manteau et ce manteau portait une tablette. C'est là que, quinze jours plus tôt, alors qu'elle pensait à ordonner un grand nettoyage, Paulette avait aperçu plusieurs bouteilles qui devaient dater de leurs prédécesseurs, de vieilles bouteilles au verre trouble et un flacon brun, avec une étiquette où elle aurait juré avoir lu : « Taupicine ».

Elle pouvait entrer dans la buanderie par la cuisine

ou par la cour et elle en était toujours à se demander lequel des deux chemins valait le mieux.

Elle avait une lucidité spéciale, qui ressemblait à la lucidité d'un somnambule, en ce sens que sa conscience en était absente. Elle allait et venait sans jamais oublier l'étiquette du flacon, la place de l'entrefilet dans la page du journal, mais c'était comme si le flacon était devenu un but en lui-même, comme si elle eût oublié à quoi il pouvait servir.

C'en était fini des heures dramatiques de Paris, quand elle se roulait rageusement sur son lit, quand elle passait d'autres heures dans une immobilité farouche, à ressasser des pensées hallucinantes. Comme, par exemple, la direction de la voiture... En sciant un peu la transmission, juste à moitié. N'était-ce pas à peu près certain qu'au premier choc ?...

Ou encore en dévissant à demi les écrous d'une des roues ?... Mais, d'abord, elle n'avait aucun moyen d'aller tripoter à la voiture... Au garage, on lui demanderait ce qu'elle voulait... Dans la rue, on se retournerait sur elle... D'ailleurs, Albert ne roulait jamais vite...

De penser ainsi, cela lui faisait un mal atroce à l'intérieur, mais elle gardait un calme absolu.

Comme quand elle pensait à se rendre en banlieue, dans une petite pharmacie pour demander du laudanum...

Ce n'était pas possible ! Ni de !...

Il était incroyable qu'elle eût pu supporter toutes les pensées qui, en trois jours, lui avaient passé par la tête. Et ce n'étaient pas que des pensées ! Elle se complaisait à imaginer les moindres détails de réalisation, les moindres détails de leurs conséquences, ce qu'elle dirait, ce qu'elle répondrait aux policiers, le deuil, l'enterrement...

C'étaient de vraies crises, qui duraient quelques minutes ou des heures après lesquelles elle se retrouvait lasse et vide comme après une orgie de stupéfiants.

Au point que certaines fois, quand Albert rentrait, elle ne savait plus si c'était l'Albert de son rêve ou l'Albert réel, encore vivant, qui était son mari.

— Tu devrais te reposer, conseillait-il. Si nous allions voir un médecin ?

— Non !

— Essaie au moins de te distraire. Sors avec Martine.

— Oui.

Maintenant le flacon de taupicine n'était qu'à quelques mètres, derrière un mur. Elle rentrait dans la cuisine où Noémie, qui avait des seins monstrueux, semblait vouloir les vider comme des ballons en un soupir rageur.

— Vous n'avez pas cueilli des poires d'hiver de l'espalier ?

— Je ne sais pas si mon mari l'a fait.

— Donnez-moi une corbeille.

— Vous ne voyez pas qu'il pleut ?

— Je mettrai un ciré...

— Faudrait aussi chausser des bottes ! grommela Noémie en tendant à regret un panier.

Paulette entrouvrit la porte du salon.

— Vous ne m'en voulez pas de vous laisser ? Vous ne venez pas cueillir des poires avec moi ?

— Merci ! Je suis bien...

Elle avait rougi, parce qu'au moment de prononcer le mot « poires », elle avait failli dire « tomates »... A cause de l'article du journal... Les tomates qui...

Or, c'était les poires qui devaient...

— Je vais vous envoyer du porto.

— Non ! Je vous en prie, soupira Martine. Il fait chaud. Je sommeille. Dites seulement à votre domestique de remettre du bois sur le feu…

Paulette le fit elle-même, pour ne pas retourner à la cuisine.

— Vous n'avez vraiment besoin de rien ?

Paulette se rendait compte que personne ne voulait d'elle, ni Noémie, ni Martine, mais cela lui était égal.

— Je vais cueillir des poires, répéta-t-elle à dessein.

Les espaliers couvraient le mur du potager. Quand elle y arriva, elle entendit, à moins de cinq cents mètres, la voix des chiens et le dernier coup de feu de la journée fut tiré tout près du mur, dans une touffe d'herbes et d'orties où gîtait le dernier lièvre.

Pomeret le tira, mais ce fut Philippe, en doublant son coup, qui le fit bouler dans l'herbe mouillée, tandis qu'Albert s'apprêtait à mettre en joue.

VI

— Donad ! gronda la voix de Mme Goudekett.

Et, comme si elle eût été incapable de parler davantage ou comme si elle eût réservé la parole pour des usages moins quotidiens, elle promena deux fois son regard du journal que tenait le jeune homme appuyé au buffet à la place que le même jeune homme aurait dû occuper à table.

Le jeune homme, qui était assez grand pour faire se retourner les passants dans la rue, s'aperçut enfin du manège, rougit, balbutia une excuse, poussa le journal dans sa poche et, maladroit à force de

423

timidité, s'installa entre M. Davidson, celui qui avait fait la guerre d'Europe, et Mrs. Hurst, la plus rapide dactylographe de Great Hole City en même temps que la plus velue, car sa lèvre s'ombrageait d'un duvet plus épais que les poils follets de Donad.

Personne, désormais, parmi les huit hommes et les trois femmes assis autour de la table ronde, n'aurait eu l'idée baroque de parler. La servante avait apporté la soupière et chacun, tour à tour, tendait son assiette à Mme Goudekett, qui remplissait ses fonctions comme un sacerdoce.

Après la soupe, on prit à peine le temps de respirer, car un pudding au maïs apparaissait sur la table et il fallut, sans en avoir l'air, surveiller l'assiette de ses voisins.

Le jeune homme immense et timide le faisait aussi discrètement que possible, mais il ne pouvait s'empêcher d'envier M. Davidson, par exemple, à qui le hasard venait d'accorder le plus gros morceau. Pour se consoler, il calcula qu'il y aurait peut-être un reste et une seconde distribution car, dans ce cas, il arrivait à Mme Goudekett de déclarer :

— Ce sera pour Donad, qui est le plus grand, qui est en pleine formation et qui travaille le plus dur.

Mais aujourd'hui, comme son journal était arrivé, il n'avait pas mis assez d'empressement à prendre place à table et Mme Goudekett ne le favoriserait sûrement pas.

Avec la dernière bouchée de pudding, les langues se délièrent, tandis qu'on glissait les serviettes dans les anneaux. On se levait, plus ou moins en désordre et les uns montaient dans leur chambre, d'autres allaient s'asseoir dans ce qu'il était convenu d'appeler le salon, une pièce où, en tout cas, il y avait un piano et un phonographe.

La pension de Mme Goudekett était sans contredit la mieux cotée de Great Hole City, en ce sens d'abord que c'était une des rares maisons en briques de la localité, les autres étant construites en bois.

Ensuite, comme il n'y avait place que pour dix pensionnaires, il fallait attendre un départ, non pour être admis, mais pour se risquer à poser sa candidature, car Mme Goudekett — tout le monde s'accordait à dire que c'était une sainte femme — tenait à la réputation de sa maison et exigeait de ses locataires de sérieuses références.

Aussi, chez elle, ne déplorait-on jamais de rixes. L'alcool était strictement prohibé et on ne pouvait fumer qu'au salon, car l'odeur du tabac est déplacée dans une salle à manger tout comme dans une chambre à coucher.

— Donne-moi une page, demanda le grand garçon à un personnage beaucoup plus petit et plus maigre.

Et c'est ainsi qu'assis sur le canapé du salon, ils se partagèrent le dernier numéro arrivé en Amérique d'un journal de Paris.

Autour d'eux, l'atmosphère de la maison était aussi lénifiante que celle d'un couvent ou d'un musée. Les objets, à force de banalité et de médiocrité, faisaient un ensemble neutre et gris où l'on n'avait pas envie de penser.

Edmond se risquait, tout en lisant, à fumer une cigarette, mais Donad, comme on l'appelait maintenant parce que cela faisait plus américain, avait autant horreur du tabac que des boissons fortes, et que des femmes libres d'allures.

Dehors, un ouragan s'attardait et de temps en temps le jeune homme levait la tête pour écouter, soupirait avec résignation.

— Cela s'est bien passé, au quatrième pylône? lui

demanda son compagnon pendant le temps qu'il tournait la page.

— Oui. Enfin, je suis resté jusqu'au bout...

Great Hole City n'était pas une ville, mais une cité artificielle hâtivement poussée au pied de la muraille gigantesque que les hommes bâtissaient pour détourner les eaux d'une rivière et alimenter l'usine électrique qui serait la plus puissante du monde.

Depuis trois ans, des ouvriers américains, italiens, allemands, des contremaîtres, des ingénieurs, des dactylos vivaient là sans autre préoccupation que la muraille en construction et l'on comptait qu'il y en avait pour trois années encore.

Edmond travaillait dans les bureaux de dessin. Donad, qui aurait pu y être admis, s'acharnait aux tâches manuelles les plus dures, au point que certains soirs, lui qui avait autant d'appétit que son frère Michel, il lui arrivait de monter se coucher sans dîner.

Sa vraie lutte, maintenant surtout que la muraille était déjà haute, était contre le vertige. Tout le monde l'ignorait, sauf Edmond, personne ne voyait sa pâleur quand, là-haut, il faisait de l'équilibre sur les poutrelles ou que le crochet d'une grue le transportait à travers l'espace.

— Lis ceci...

Si Donad, au lieu d'une chemise kaki, eût porté une robe de bure, il eût fait un magnifique moine de vitrail tant, avec sa haute stature, il y avait de gravité mystique dans son visage d'adolescent.

Tout le monde le croyait fort comme un bœuf et on ne lui avait jamais cherché querelle alors qu'en réalité, s'il avait la taille et les épaules de son père, il avait les chairs de Michel et de sa mère.

— Qu'est-ce que je dois lire ?

426

— Tout en bas de la page... « Avis important... »
Sans marquer le moindre intérêt, il lut :

« Maître Goussard, notaire à La Rochelle,
recherche urgence pour liquider succession
M. Oscar Donadieu, 21 ans. »

— Je les aurai dans un mois, remarqua Donad,
que ce détail semblait frapper pour la première fois.
— Qu'est-ce que tu vas faire ?
— Rien ! Qu'est-ce que je ferais ?
N'était-il pas heureux à Great Hole City, où aucun
imprévu ne pouvait troubler sa vie ? Comme les
autres, il était réveillé par la sirène et il retrouvait des
travailleurs pareils à lui dans la salle à manger de
Mme Goudekett. Tous portaient les mêmes chemises
kaki, les mêmes bottes, les mêmes vêtements imper-
méables. Tous avaient, en marchant vers l'usine, un
identique balancement des épaules, puis un geste de
la main droite vers la poignée de l'appareil à enregis-
trer les entrées.
Cet effort, ensuite, quand il était là-haut, pour
dominer la lâcheté de sa chair...
Et l'apaisement, le merveilleux vide de l'âme et de
l'esprit quand il redescendait, toujours commandé
par la sirène...
— Tu ne regrettes rien ?
— Pourquoi ? Tu regrettes, toi ?
— Non, affirma Edmond un peu vite. Mais ce
n'est pas la même chose. Tu es riche. Dans deux ou
trois ans, le barrage sera fini...
— Est-ce qu'on ne construira pas toujours un
barrage quelque part ?
Car, au fond, c'était le barrage qui importait, plus
encore que le reste, c'était ce mur impersonnel qu'il

fallait bâtir à tout prix et qui commandait tous les gestes de la vie. On ne s'occupait pas des nouvelles de New York, ni de Chicago. Et, si on s'inquiétait du temps, ce n'était pas pour soi, mais par rapport au barrage, car les pluies d'automne retardaient la construction et, s'il gelait trop tôt cet hiver, ce serait néfaste pour le ciment.

Le barrage, la sirène, les coups de sifflet puis, pour remplir les heures vides, la maison tiède de Mme Goudekett et, trois fois par semaine, la réunion organisée par le pasteur.

C'était justement jour de réunion et, à huit heures moins cinq, Edmond et Donad mirent leur casquette, se dirigèrent vers la salle qui ressemblait à une salle de patronage. Les deux jeunes gens passèrent devant un bar où quelqu'un jouait de l'accordéon et où on devinait des femmes, où l'on buvait de l'alcool. Donad se contenta de hocher la tête avec tristesse.

Debout sur le seuil de son local, le pasteur Cornélius Hopkins serrait la main des arrivants, qu'il appelait par leur prénom, avait pour chacun une petite phrase personnelle, car il connaissait toutes leurs affaires, même les petits détails comme les démêlés avec les contremaîtres ou avec le syndicat.

— Bonsoir, Donad. Vous êtes content de vous ? Vous avez lutté courageusement ?

Il s'agissait, puisque aucun autre démon n'assaillait le jeune homme, de sa lutte contre le vertige, la seule qui lui fût donnée en partage.

— J'ai travaillé jusqu'à la sirène.

— Dieu vous en saura gré et votre âme, plus que votre corps, s'est encore fortifiée.

La salle, bâtie en madriers, était mal éclairée. Contre les murs se dressaient des appareils de gymnastique, pour les dimanches et les soirées d'été.

Comme il faisait déjà froid, les premiers arrivés avaient choisi les places près du poêle central dont le ronflement donnait une impression de bien-être et de sécurité.

Donad se retourna et aperçut Edmond en conversation avec le pasteur Cornélius, mais il n'y vit pas malice.

— Qu'est-ce qu'on fait, ce soir ? demanda-t-il à son voisin.

— Je ne sais pas.

Car certaines fois le pasteur commentait un verset de la Bible, d'autres soirs il s'installait à l'harmonium et on apprenait de nouveaux cantiques, d'autres fois enfin, quand on n'était pas très nombreux, on se contentait d'entretiens édifiants où il finissait toujours par être question du barrage.

A huit heures cinq, tandis qu'Edmond venait en silence s'asseoir près de Donad, le pasteur agita la petite sonnette, s'assit devant son pupitre où la Bible était posée et Donad s'aperçut seulement qu'il avait le journal à la main. Il rougit, regarda Edmond avec reproche, se sentit si mal à l'aise qu'il aurait préféré sortir.

— Mes chers amis...

Dehors, il ventait et le vent apportait parfois des bribes d'accordéon que personne ne voulait entendre.

— Je comptais aujourd'hui vous entretenir du sermon dans le désert, mais...

Et voilà que, déployant le journal, il introduisait soudain la famille Donadieu à Great Hole City.

— ... je ne peux passer sous silence la conduite de notre cher Donad, qui est un des meilleurs ouvriers selon le Seigneur. Je lis dans un journal de son pays...

Les uns après les autres, les assistants se tournaient vers le jeune homme, qui rougissait comme une fille. Et le pasteur, ayant lu l'annonce, parlait de centaines de milliers de dollars que Donad refusait pour continuer à vivre dans la simplicité et la pureté de son âme.

Puis il ouvrit sa Bible et lut les versets qui concernaient Esaü vendant son droit d'aînesse pour un plat de lentilles. A ce moment seulement, Donad, trop troublé pour saisir toutes les paroles de Cornélius, fit un effort d'attention.

— ... Avons-nous le droit, alors que le péché règne encore sur le monde, de faire passer notre propre tranquillité avant la tâche que la Providence nous impose ?... Avons-nous le droit, alors que la misère rôde et que l'esprit malin redouble de...

Donad cherchait furtivement Edmond, accrochait son regard, croyait y lire une complicité avec le pasteur Hopkins.

Il était triste, tout à coup. Il sentait son équilibre menacé. Il se cramponnait à cette salle familière, à Great Hole City, à la maison de Mme Goudekett où il assistait avec une quotidienne angoisse au partage du pudding.

Il n'entendit plus les paroles du pasteur mais il le voyait, pâle dans le mauvais éclairage, tandis que ses ouailles sortaient à peine du clair-obscur, comme dans un tableau de Rembrandt.

Par moments, il se demandait si c'était toujours de lui qu'il s'agissait et il aurait voulu être n'importe lequel des assistants, quelqu'un dont il n'eût pas été question dans les journaux et dont la situation ne dût point se résoudre à la lumière de la Bible.

— Notre ami réfléchira et, s'il va là-bas, il sera soutenu par nos prières à tous, qui auront assez de force pour le ramener parmi nous, riche de possibilités nouvelles, mieux armé pour la lutte contre Satan dont la menace n'a jamais été aussi terrifiante qu'aujourd'hui !

Quand tout le monde se leva, Donad resta désemparé et il lui semblait qu'il ne faisait déjà plus partie aussi intégrante du Barrage.

— C'est demain dimanche, dit une voix près de lui.

Le pasteur Cornélius l'avait rejoint, lui rendait son journal.

— Nous prierons tous pour que Dieu vous inspire dans votre conduite et...

Dans la rue, Donad n'adressa pas la parole à Edmond, qui marchait à côté de lui, tête basse. Il détourna la tête en passant devant le bar où on voyait danser des couples.

Il ne pensait plus que c'était samedi. Il ne savait pas qu'à Paris, dans un appartement de la place des Vosges, sa mère avait passé une heure à parler de lui avec Frédéric.

Il n'était qu'un des rameaux de la famille Donadieu, qu'un des personnages du drame Donadieu dont, à des milliers de kilomètres de distance, s'occupait le pasteur Cornélius Hopkins, né à Melbourne, Australie.

Et le dimanche où des ouvriers du grand mur allaient prier pour que le Seigneur inspirât le jeune homme était le même dimanche où, à Chenevières, le dîner terminé, chacun se demandait ce qu'on allait faire pour tuer les heures.

Quand il s'endormit, Donad avait une moue d'enfant têtu et son poing serré disait sa volonté de ne pas partir, de rester au pied de son Barrage comme d'autres restent au couvent, ou à l'armée, où ils ont enfin trouvé à se fondre dans la vie unanime.

Malheureusement, Pomeret ne savait pas jouer au bridge, ni à aucun jeu. Il n'en voyait même pas la nécessité et il regardait avec quelque étonnement ses hôtes que hantait le besoin de hâter le cours des heures.

— Si on faisait un bridge ?

On lui avait fait visiter le château et il avait été séduit par le caractère romantique des pièces aux boiseries sombres, des murs épais, des arbres que la rafale courbait derrière les fenêtres.

L'odeur des pommes de pin l'enchantait, la vue des flammes, dans l'âtre, suffisait à son contentement et il serait resté volontiers des heures dans un fauteuil, à réchauffer entre ses doigts un verre de vieil alcool, à fumer paisiblement un cigare, tout en discutant quelque sujet sans trop de fièvre.

De n'avoir rien tué le matin ne le vexait pas et il avait raconté en riant, à table, ses déboires cynégétiques.

— On ne me croirait pas si je disais que je le fais presque exprès, disait-il. Et pourtant...

Maintenant qu'on n'avait plus la ressource de manger, chacun était rentré en soi-même et le silence était pénible, car on sentait qu'il n'était pas fait de quiétude.

Martine s'était étendue sur un divan du salon et son regard, Dieu sait pourquoi, allait sans cesse de Philippe à Albert Grindorge, comme si elle eût voulu établir une comparaison entre les deux hommes.

Pourquoi pas ? N'était-il pas frappant que celui

qui, un jour ou l'autre, hériterait de cent à deux cents millions, ait un caractère de mouton et des appétits de tout petit bourgeois alors que l'autre, taillé en grand fauve, n'avait accédé à une existence possible qu'en étreignant, la nuit, une Charlotte dans un kiosque de jardin ?

Ce que Philippe pensait, personne n'aurait pu le dire, car son regard était fixé sur les flammes du foyer. Quant à Albert, après avoir été longtemps maussade, il s'adressa à sa femme.

— Tu ne veux pas m'apporter le bicarbonate de soude ? Je ne digère pas.

Elle disparut précipitamment. Des bruits de voix donnèrent l'impression qu'elle se disputait avec la cuisinière.

— Qu'est-ce que nous pourrions faire ? questionna Philippe. Il pleut trop pour nous promener dans la forêt...

— On a vraiment besoin de faire quelque chose ? risqua Pomeret.

Et Martine :

— Nous ferions mieux de rentrer à Paris tant qu'il fait un peu jour. Au besoin, nous dînerions tous ensemble au restaurant. Je sais que ce n'est pas drôle le dimanche, mais cela vaut mieux que rien.

On hésita un bon quart d'heure, puis on se décida enfin et chacun se mit à la recherche de ses vêtements. Comme Martine et Paulette étaient l'une près de l'autre, Paulette murmura :

— Comment nous arrangerons-nous pour les voitures ?

— Comment nous arrangerions-nous ?

La question surprenait Martine. Il était tout simple, en effet, de retourner comme on était venu, avec

433

Pomeret dans la limousine et les Grindorge dans leur auto, qui était plus petite.

— Je ne sais pas, moi ! Je pensais...

Qu'est-ce qu'elle pensait ? Elle était si nerveuse qu'elle parvenait à peine à boutonner son manteau.

— Où nous donnons-nous rendez-vous ?

— Chez moi ! décida Philippe.

— Écoutez, protesta Pomeret, je ne peux pas vous ennuyer plus longtemps. Vous me laisserez à la porte d'Orléans et je prendrai un taxi jusqu'au ministère...

— Jamais de la vie ! On vous garde !

Il n'y tenait pas du tout, mais il n'osait pas insister davantage, par politesse.

Paulette continuait à se montrer étrange car, s'adressant cette fois à Philippe, elle proposait :

— Si on retournait tous dans votre voiture ?

Philippe lui-même fut étonné et Albert se rebiffa.

— ... Si bien qu'il faudrait que je vienne rechercher la mienne ou que je m'en passe toute la semaine !

— Pour ce que tu en fais !

Martine ne la perdait pas de vue et, machinalement, elle notait les moindres détails, sans se rendre compte de l'importance que ceux-ci prendraient par la suite.

Comme encore au moment où tout le monde était installé dans les deux autos...

— Partez devant ! disait Paulette. Vous allez plus vite que nous. Nous vous retrouverons avenue Henri-Martin.

Dans la première voiture, on parla tout naturellement des Grindorge et Philippe, pour qu'il ne fût pas trop question de Paulette, insista sur la passion d'Albert pour les statistiques. Le sujet n'était pas dangereux et, des statistiques, on en arrivait à des

434

questions d'économie politique et même aux affaires de la *S.M.P.*

On traversa Pithiviers sous la pluie, puis Arpajon et, un peu avant Longjumeau, un pneu creva, ce qui n'était jamais arrivé avec cette voiture.

Les occupants restèrent à leur place tandis que Félix, sous l'ondée, ouvrait le coffre arrière et rangeait des outils sur la route.

Ce fut encore un hasard si la réparation, qui eût dû demander dix minutes au plus, puisqu'on avait des roues de rechange, prit près d'une demi-heure, à cause du cric qui fonctionnait mal.

Félix dut aller en emprunter un dans un café situé à cinq cents mètres, à l'entrée de la ville.

Martine remarqua soudain :

— Les Grindorge ne nous ont pas encore rattrapés !

Personne n'y avait pensé, mais tout le monde en fut frappé, car on n'avait même pas roulé vite pendant la première partie du trajet.

— C'est vrai ! fit le ministre.

Et Philippe essaya de chasser ce sujet dangereux en murmurant :

— Bah ! Ils auront oublié quelque chose au château et ils auront fait demi-tour...

— A moins qu'ils aient eu une crevaison comme nous ! renchérit Pomeret.

En même temps, il remarquait que le cerne se plombait davantage sous les yeux de Philippe et il se demandait quelle pouvait en être la raison. Il n'avait pas été jusqu'à deviner le drame qui divisait les deux ménages mais, depuis le déjeuner, il n'en flairait pas moins quelque sale histoire conjugale.

C'est pourquoi, en arrivant à la porte d'Orléans, il insista pour retourner au ministère, se rappela soudain un dîner officiel auquel il devait paraître et on le déposa en fin de compte boulevard Saint-Germain.

Quand Philippe se trouva seul dans la voiture avec sa femme, il changea de place, car il détestait rouler le dos vers l'avant, étendit les jambes, soupira en s'essuyant le front :

— Quelle journée !

— Tu étais pourtant près d'elle, prononça Martine.

Et lui, entre ses dents, avec une lassitude infinie :
— Imbécile !

Oui, imbécile, car ce n'était pas le moment d'accroître ses angoisses par des manifestations de jalousie mesquine ! Imbécile, parce qu'elle voyait les choses par le petit bout de la lunette ou plutôt parce que, avec son air de tout comprendre, elle ne voyait rien de ce qui se passait en réalité.

Imbécile, parce qu'il n'était pas question de couchage, ni de rien de semblable, mais parce que Philippe ne savait plus, à présent, comment arrêter Paulette...

Le drame était là, nulle part ailleurs, et, en femme jalouse qu'elle était, Martine en restait aux molles étreintes de la rue Cambon !

Pourquoi, au moment où les groupes s'étaient séparés, Paulette avait-elle serré la main de Philippe d'une façon spéciale, en lui entrant les ongles dans la chair, au point qu'il saignait encore et qu'il tenait son mouchoir enroulé autour de son doigt ?

Qu'est-ce qu'ils faisaient derrière ? Que signifiait cette idée de laisser l'auto à Chenevières, ou de changer l'ordre des occupants des voitures ?

Les traits tirés, l'œil farouche, Philippe pensait que c'était la faute de Martine ! Oui, de Martine qui,

depuis huit jours, l'avait empêché d'avoir un entretien en tête à tête avec Paulette.

Dieu sait s'il avait essayé! Mais elle le surveillait
sans cesse, téléphonait cinq fois par jour au bureau et
même à Paulette, de façon à toujours savoir où ils
étaient tous les deux.

L'auto s'arrêtait avenue Henri-Martin. En entrant
dans l'appartement, le premier soin de Martine fut de
se diriger vers la nursery, mais elle la trouva vide.
Elle allait s'affoler quand elle vit un billet sur la table.

> *Madame,*
> *La mère de Madame a téléphoné pour demander*
> *que je lui mène le petit. Je n'ai pas cru devoir le lui*
> *refuser. Nous sommes place des Vosges. Je fais bien*
> *attention...*

— Qu'est-ce que c'est? questionna Philippe, qui
l'avait suivie.

— Claude est chez maman avec sa gouvernante.

— Tu sais bien que je n'aime pas beaucoup ça.

Sans raison précise, d'ailleurs, ou plutôt parce qu'il
n'entendait pas que son fils respirât une autre atmosphère que celle de *sa* maison.

— Téléphone à la nounou de le ramener.

Contrairement à son attente, elle obéit. L'appareil
à la main, elle se tourna vers Philippe.

— Maman demande si elle peut le ramener elle-
même.

Il hésita, s'avisa que cela ferait une personne de
plus dans la maison s'il arrivait quelque chose.

— Qu'elle vienne!

— C'est entendu, maman! Tu dîneras avec nous.

Il était déjà six heures. Les lampes étaient allumées. Les domestiques revenaient du cinéma ou d'ailleurs. Philippe alla chez lui pour se changer et resta un long moment devant la glace, à fixer son regard sombre dans l'image de ses yeux, comme s'il eût voulu s'hypnotiser. Même à cet instant, il subsistait chez lui un fond de cabotinage. Il se regardait vivre. Il se disait :

« Le sort s'acharne contre moi !... »

Et il constatait avec satisfaction :

« Mais je garde mon sang-froid ! Il faut que je le garde jusqu'au bout ! »

Sinon, tout pouvait s'écrouler. Il pensait aussi au :

« — ... *Si tu étais libre...* »

Et ce n'étaient pas tout à fait des paroles en l'air. Seulement, il y avait des nuances. Comme le fait si Paulette était libre à présent, cela ne servirait de rien, puisque le père Grindorge n'était pas mort !

Dans un an, dans deux ans, oui, quand Albert aurait hérité des centaines de millions...

Elle était trop bête, bête au point de croire qu'il l'aimait pour elle-même, qu'il prenait plaisir à étreindre sa chair sans goût et sans consistance !

Et, en femme bête, elle était capable d'aller jusqu'au bout de sa bêtise...

Il prit un flacon de teinture d'iode pour en toucher la petite blessure qu'elle avait faite à son doigt, entendit bientôt résonner le timbre de la porte d'entrée.

Ce n'étaient pas les Grindorge, mais son fils, avec sa belle-mère et la gouvernante. Claude, sagement, venait à sa rencontre et lui tendait son front à baiser, un front tout frais de l'air du dehors.

Mᵐᵉ Donadieu embrassait sa fille avec insistance, la regardait un moment, murmurait :

— Je suis contente !

438

Contente de la retrouver enfin, et même de la retrouver apparemment calme !

— J'ai été très fatiguée, fit Martine pour s'excuser.

— Cela n'est rien, du moment que c'est passé. Mais tu sais comme je suis. Je n'ai plus que vous deux...

— Michel n'est pas allé te voir ?

— Oui. Il m'a dit que ton mari avait été assez gentil pour lui. Mais...

Mais ce n'était pas la même chose ! Michel était son fils, évidemment, comme Marthe, qu'elle allait voir deux fois par an à La Rochelle, était sa fille. N'empêche que, quand ils étaient ensemble, ils ne trouvaient rien à se dire et que leurs entrevues ressemblaient à l'après-déjeuner du jour même à Chenevières.

— C'est le seul de la famille qui soit comme ça, dit encore Mme Donadieu en retirant son chapeau.

Elle ne précisait pas, parce que cela n'était pas nécessaire. On ne précisait jamais quand on parlait de Michel, car chacun savait de quoi il était question, chacun devinait son vice et sa lente déchéance, chacun appréhendait la fin, qui ne pourrait être que lamentable.

— Après tout, il a peut-être beaucoup souffert à cause de sa femme.

Mais il avait commencé avant, avec une bonne d'abord, puis avec Odette ! Alors ?

Philippe, le front collé à la fenêtre, guettait la voiture des Grindorge qui n'apparaissait pas. Les arbres de l'avenue s'égouttaient. Un agent, transi sous sa pèlerine, montait la garde à l'angle de l'avenue et du bois.

— Je fais servir du thé, maman ?

— Nous avons pris le thé chez moi. Je prendrais volontiers un porto.

Martine sonna le maître d'hôtel pour commander le porto. Puis elle vint se camper près de Philippe et on eût pu croire qu'il y avait à nouveau communion d'idées entre eux quand elle dit :

— Ils ne viennent toujours pas ?

— Vous attendez du monde ? questionna Mme Donadieu, de son fauteuil.

— Non. Nos amis Grindorge. Mais ils ne viendront peut-être pas...

Philippe tressaillit, se tourna vivement vers sa femme, s'en voulut de ce réflexe.

Car elle l'avait remarqué ! Elle ajoutait, comme pour s'excuser :

— Étant donné le temps qu'il fait... Surtout qu'Albert avait mal à l'estomac...

Philippe dut sortir. Elle le rappela :

— Tu ne prends pas de porto ?

— Je reviens à l'instant ! cria-t-il du corridor.

Il s'enferma chez lui et le hasard le plaça une fois de plus devant la glace. Après un regard à sa propre image, il décrocha le téléphone, demanda l'appartement des Grindorge.

— Allô !... Allô !...

Il feutrait sa voix, guettait la porte, guettait son reflet.

— Allô !... Qui est à l'appareil ?... C'est vous, Florence ? Ici M. Philippe. Est-ce que Monsieur et Madame sont rentrés ?

— Ils devaient rentrer ?

— Je ne sais pas.

— Parce que la cuisinière n'a rien préparé pour ce soir.

— Je vous dis que je ne sais pas. Je téléphonais à tout hasard...

En roulant, ne fût-ce qu'à quarante à l'heure, Grindorge aurait dû être arrivé ou chez lui, ou avenue Henri-Martin. Et, même s'ils avaient eu une panne, ils auraient téléphoné, puisqu'ils ignoraient que le ministre ne les attendait pas pour dîner en ville.

Philippe s'assit au bord du lit et remit machinalement l'appareil en place sur le guéridon. Jamais encore il n'avait connu pareil trouble. Il y avait plus d'une heure déjà que la sueur perlait sans cesse à son front.

Il entendit des pas dans l'entrée. Quelqu'un essaya d'ouvrir sa porte, qui était fermée à clef.

— Tu es là, Philippe ?

Alors il se leva, blême de rage, tourna la clef dans la serrure, tira l'huis à lui, vit sa femme debout dans l'encadrement.

— Je suis là, oui ! Et après ?

Il sentait qu'il avait tort, qu'elle venait plutôt poussée par son instinct, peut-être par un sourd désir de lui être utile ? Mais il était trop tard. Il était remonté. La phrase jaillit malgré lui, vulgaire, brutale :

— Est-ce que je n'ai même plus le droit d'aller aux cabinets, maintenant ?

A Great Hole City, il était midi et Donad se mettait gauchement à table, gêné par les regards que lui lançaient ses compagnons qui le considéraient comme le plus original des millionnaires.

Sa confusion atteignit au paroxysme quand Mme Goudekett le servit le premier, ostensiblement, en doublant sa ration sans que personne protestât.

VII

Peut-on prétendre qu'il y aurait eu quelque chose de changé sans ce vieux monsieur qu'on entendait piétiner au rez-de-chaussée ?

Mme Donadieu avait dîné avenue Henri-Martin et c'était Philippe, aussi bien que Martine, qui l'avait retenue. On avait, par exception, permis au petit Claude de manger avec les grandes personnes.

Puis voilà qu'en reconduisant sa mère jusqu'à l'ascenseur, Martine laissait soudain percer sa détresse.

— Au revoir, maman, balbutiait-elle, les yeux pleins de larmes

Et, au lieu de donner un baiser sur le front, elle se jetait dans les bras de sa mère, se pressait sur son abondante poitrine.

— Qu'est-ce qu'il y a, ma petite Martine ? questionnait Mme Donadieu. Dis à ta mère ce que tu as...

Mais Martine lui désignait la porte de l'appartement restée ouverte et, au lieu de parler, avalait un sanglot. Or, en sortant, elles avaient déjà, machinalement, appelé l'ascenseur. Celui-ci était arrêté à leur étage.

— C'est Philippe ? demandait encore Mme Donadieu.

Et sa voix était couverte par une sonnerie, car un vieux locataire, du rez-de-chaussée, appelait l'ascenseur.

— Martine ! Tu me fais peur...

Sonnerie encore. Le vieux monsieur s'impatientait.

— Non ! Non !... Ce n'est rien... expliquait Martine d'un mouvement de tête, car elle ne pouvait pas parler, sous peine de sangloter.

Et ce fut elle qui poussa sa mère dans l'ascenseur. Elle la vit descendre, se réduire à un buste, à une tête, à un chapeau, tandis qu'aux yeux de Mme Donadieu sa fille se raccourcissait en sens inverse, n'était plus que deux jambes, le bas d'une jupe...

Martine dut rester sur le palier un bon moment pour reprendre son sang-froid, puisqu'elle vit monter le vieux monsieur et qu'elle remarqua même, au passage, une verrue qu'il avait sur le nez.

Une fois dans l'appartement, elle gagna d'abord sa chambre, pour arranger ses cheveux et se mettre un peu de poudre. Philippe était resté au salon. C'est là qu'elle le rejoignit, hésitante, tournant autour de lui avec une fausse indifférence avant d'appeler tout à coup :

— Philippe !

Il faisait semblant de lire un magazine, mais elle voyait bien qu'il ne lisait pas, qu'il était aussi anxieux qu'elle, sinon plus.

— Philippe ! Tu m'entends ?

— Qu'est-ce qu'il y a ? soupira-t-il.

— Les Grindorge ne sont pas encore rentrés.

Elle épiait son visage, mais il leva les yeux vers elle avec assez de calme.

— Comment le sais-tu ?

— Parce que je viens de téléphoner.

— Pour quoi faire ?

— Pour rien. J'ai eu la femme de chambre. Philippe !

— Parle !

— Il faut que tu continues à me regarder...

Elle était parvenue à se dominer et sa voix était

443

nette, ses yeux pénétrants. Il était assis et elle était debout, le dominant, non seulement de sa taille, mais de l'indulgence qu'elle mettait dans son attitude, dans ses paroles.

— Écoute. Et ne me mens pas, Philippe ! Je te demande seulement ceci au nom de nous deux, de notre amour, au nom de ton fils, Philippe, n'as-tu rien à me dire ?

Jamais sa voix n'avait été aussi émouvante, sa gorge aussi gonflée. Et ses yeux ardents qui ne quittaient pas son mari, semblaient vouloir lui arracher un aveu.

— Il est encore temps, Philippe ! Réfléchis ! Je ne te rappelle pas ma chambre de La Rochelle, ni nos premières semaines à Paris. Je te demande, je te demande à genoux, Philippe : est-ce que tu n'as rien à me dire ?

Elle avait joint le geste à la parole. Elle était tombée sur les genoux et elle restait ainsi, les mains jointes devant lui, incapable de parler davantage.

Philippe essaya de détourner la tête, mais il ne put, en restant là, s'arracher au magnétisme de ce regard. Il lui fallut se lever, marcher vers la porte, parler en tournant le dos à sa femme, grommeler plutôt, sans savoir au juste ce qu'il disait :

— Qu'est-ce que j'aurais à te dire ? Je crois que tu deviens folle...

Il marchait toujours, franchissait la porte, que Martine était toujours à genoux. Il arrivait chez lui, l'entendait seulement se lever, sentait qu'elle allait se jeter vers lui dans un dernier élan d'espoir et tourna la clef dans la serrure.

Martine comprit, s'arrêta à mi-chemin, rentra chez elle, elle aussi.

Philippe, après avoir fait sa toilette de nuit avec un

soin machinal, laissa tomber dans un verre soixante gouttes de somnifère. Assis dans son lit, il ouvrit un journal, en attendant que la drogue fît son effet. Il ne lisait pas davantage que tout à l'heure au salon. Il était lucide, d'une lucidité semblable à certains éclairages plus crus que violents qui parfois soulignent les arêtes insoupçonnées des objets.

Il se voyait, lui, Philippe, dans sa chambre qu'éclairait une lampe en veilleuse et qui sentait toujours un peu le cuir de Russie, il se voyait pâle et mat, avec ses beaux cheveux bruns, entendait une phrase qu'il ne cessait de prononcer à l'intérieur de lui-même :

« Je ne veux pas !... Je ne veux pas... »

Il avait trente ans et il sentait qu'il pouvait encore réaliser de grandes choses. Il avait trente ans ! Trente ans ! Et il ne voulait pas...

« ... Il ne voulait pas !... » Sur cette pensée, il s'endormit d'un sommeil sans rêve qui ressemblait au néant.

Martine, elle, resta éveillée jusqu'à quatre ou cinq heures du matin et deux fois, pieds nus, elle vint jusqu'à la porte de son mari.

Quand elle s'éveilla en sursaut, il faisait jour et la tempête avait redoublé. Elle se dressa, angoissée, cherchant à rassembler en un instant tous ses souvenirs de la veille. Elle sonna sa femme de chambre.

— Rose ! Quelle heure est-il ? Est-ce que Monsieur est parti ?

— Oui, Madame. Il est neuf heures.

Elle fit une toilette sommaire, traversa l'appartement et pénétra chez Philippe, où elle vit la robe de chambre jetée en travers du lit, les gants de boxe sur un tabouret, le bain à peine tiédi et bleu de savon.

Ainsi, Philippe avait pris sa leçon comme d'habitude, en compagnie de Pedretti ! Cette constatation la calma et pourtant elle sentait confusément dans cette partie de boxe quelque chose de monstrueux.

Le maître d'hôtel tendait une carte de visite et son attitude n'était pas normale. Mais n'était-ce pas Martine qui voyait tout à travers un prisme déformant ?

Elle avait beau faire, cette matinée n'était pas comme les autres, pas même la lumière de l'appartement, ni le maître d'hôtel qui attendait, plus raide, lui semblait-il, que de coutume. Elle jeta les yeux sur le carton.

« *André Lucas* »
« *Commissaire divisionnaire à la Police Judiciaire* »

— Ce monsieur insiste pour voir Madame.
— Où est-il ?
— Je l'ai laissé dans l'antichambre.
— Faites-le entrer au salon.

Elle était en peignoir, mais cela n'avait pas d'importance. Elle pensait seulement qu'elle n'avait pas encore embrassé son fils et elle passa par la nursery, où l'enfant était nu dans sa baignoire.

Quand elle entra au salon, elle faisait, à son insu, très grande dame, et le commissaire se confondit en excuses.

— J'ai d'abord demandé à voir M. Dargens, dit-il. On m'a répondu qu'il était déjà sorti.

— Mon mari est toujours à son bureau à huit heures.

— C'est ce que m'a dit le domestique. J'irai le voir tout à l'heure. Auparavant, j'aurais une ou deux questions à vous poser.

— Asseyez-vous.

Elle-même s'assit et sa robe de chambre, d'un rose

446

très pâle, un peu nacré, la faisait paraître plus longue.

— Vous assistiez hier à une partie de chasse dans la forêt d'Orléans, je crois.

Martine n'y eut aucun mérite : elle n'était pas calme, mais figée. Les mots la frappaient comme des cailloux et elle se précipitait vers eux, essayait de les saisir avant qu'ils fussent prononcés.

N'empêche que le commissaire s'y trompa et murmura :

— Je crois que vous n'êtes pas au courant, que vous n'avez pas lu les journaux de ce matin...

Ils étaient là, pliés, sur un plateau d'argent.

— M. Albert Grindorge est mort hier après-midi, dans une clinique d'Arpajon.

Était-il possible qu'elle eût deviné tout cela ? Rien ne l'étonnait ! Elle attendait la suite ! Elle aurait juré qu'elle la savait aussi !

— Il est mort dans des circonstances particulièrement pénibles, empoisonné. La gendarmerie nous a avisés ce matin des détails du drame et...

— Vous permettez ? prononça Martine en se levant.

— Je vous en prie.

Comme un automate, elle passa dans sa chambre, saisit un manteau qu'elle jeta sur son peignoir. Le hasard voulut que ce fût son manteau de vison.

Sans bruit, elle se dirigea vers la porte d'entrée et, une fois sur le trottoir, chercha un taxi.

— Aux Champs-Élysées ! lança-t-elle.

C'était arrivé juste devant le marché couvert d'Arpajon. Depuis quelques minutes, déjà, Albert se montrait soucieux et il arrêta sa voiture en face d'un petit bistrot, car il n'apercevait pas d'autre café dans les environs.

— Il faut que je descende un instant, dit-il à sa femme. Tu ne veux pas boire quelque chose pour te réchauffer ?

Elle fit non de la tête. Il entra.

— Le petit endroit ? demanda-t-il avant même de commander une consommation.

— Au fond de la cour, à votre droite. Je ne sais pas si vous y verrez bien clair. C'est tout de suite après le poulailler.

On n'était ni à la campagne, ni à la ville. Ce que les braves gens appelaient la cour était une sorte de potager encombré de bouteilles vides, de caisses, de tonneaux, parmi lesquels erraient quelques poules.

— Il a trouvé, dit la femme, comme on n'entendait plus rien de ce côté.

Et le tenancier, accoudé au comptoir à large bordure d'étain, reprit la conversation avec un charretier.

— Comme je le lui ai dit, ce n'est pas parce qu'on est des commerçants qu'il faut que ce soit toujours nous qui trinquent ! On a voté pour lui une fois, mais...

Trois tables, quelques chaises, des chromos aux murs et un billard russe dans un coin.

— Écoute, Eugène...

— Quoi ?

— On ne dirait pas quelqu'un qui gémit ?

Ils tendirent l'oreille, tous les trois. Ils étaient impressionnés.

— Ma foi...

— Il est peut-être malade, cet homme !

448

N'était-ce déjà pas extraordinaire que des gens en auto s'arrêtassent devant leur bistrot ?

— Si tu allais voir ?

— Attends encore un peu.

Et il allait reprendre sa conversation.

— Je te dis qu'il appelle !

Si on pouvait prendre pour un appel cette plainte régulière, aussi lugubre que la sirène d'un port par temps de brume.

— Qu'est-ce que t'attends ?

— Vous venez avec moi ? proposa le patron au charretier.

— Prends la lampe électrique.

La pile était presque usée. Dans la cour, on entendait plus nettement les gémissements. Il n'y avait aucun doute possible. L'homme était malade.

Au fond, à droite, près du poulailler, comme la patronne l'avait dit, se dressait une baraque en planches, avec une lunette à l'intérieur, des morceaux de journaux accrochés à un fil de fer.

Grindorge, qui avait roulé par terre, se tordait en gémissant.

— Qu'est-ce que vous avez ? Ça ne va pas ?

Et la femme suivait à distance, prudemment.

— Si tu l'amenais dans la maison, Eugène ?

Seulement, il allait tout salir ! Ce fut le charretier qui retira Albert de sa position. En laissant traîner les jambes, il le tira jusque dans la maison, traversa la cuisine.

— Où est-ce que je le mets ?

— Dans le café. Il y a un banc...

Mais Grindorge tomba du banc et on le hissa sur le billard, tandis que sa femme était prévenue, qu'elle entrait, livide, s'approchait de lui comme quelqu'un qui a peur.

— Tu te sens mal, Albert ? Il faut que j'appelle un médecin ?

Ainsi que la femme du bistrot devait l'affirmer un peu plus tard, elle n'avait pas l'air de quelqu'un qui possède toute sa raison.

— Il y a un médecin dans les environs ? demanda-t-elle en se retournant.

La femme sortit pour aller en chercher un ; l'homme, aidé par le charretier, versa de l'alcool — du marc qui sentait très fort — entre les lèvres serrées de Grindorge.

— Donnez-m'en aussi, fit Paulette, qui s'était assise sur une chaise de paille et qui sursautait à chaque plainte.

Le marc était si fort qu'elle faillit vomir. On entendit des pas précipités, puis la femme rentra, suivie d'un jeune médecin qui tourna avec embarras autour du malade.

— Il vaudrait mieux le conduire tout de suite à la clinique, déclara-t-il enfin. Comment cela lui a-t-il pris ?

— Je ne sais pas... Il conduisait... Il a arrêté la voiture...

— Et en entrant il nous a demandé le petit endroit... continua la patronne.

Albert Grindorge dut mourir, à la clinique, à peu près au moment où Mme Donadieu arrivait avec le petit Claude avenue Henri-Martin.

On avait installé Paulette dans une salle d'attente ripolinée, où il n'y avait que des banquettes et un radiateur électrique. De cinq en cinq minutes, une infirmière venait lui donner des nouvelles, lui poser des questions.

— Vous ne savez pas ce qu'il a mangé en dernier lieu ?

450

Et elle répondait docilement, cherchait à se souvenir des moindres détails.

— ... puis, après le fromage, il a mangé une poire de l'espalier...

L'auto était restée en face du marché couvert. Le secrétaire du commissariat, averti par le bistrot, vint se renseigner à la clinique et, après un court entretien avec le docteur, se décida à saisir la gendarmerie.

Paulette était toujours assise, les mains sur les genoux, le regard fixe, dans la salle d'attente, où rien ne faisait ombre, sinon elle.

— Je crois, madame, qu'une enquête sera nécessaire. J'ignore ce que vous voulez faire. Y a-t-il des parents à prévenir ?...

Elle articula :

— Il faut prévenir son père.

Elle donna le nom, l'adresse, le numéro de téléphone.

— Quant à vous, nous pouvons vous donner un lit jusqu'à demain matin. Vous semblez avoir besoin de repos.

Oui ! Elle avait besoin de repos. Elle ne voulait pas rentrer chez elle. Le docteur, malgré lui, l'observait à la dérobée, puis regardait son assistante avec l'air de dire :

— Drôle de femme !

Quand on lui annonça la mort d'Albert, elle ne voulut pas aller le voir. On lui avait donné une petite chambre avec un lit de malade et elle s'était assise au bord. Puis, un peu plus tard, quand on vint pour lui demander si elle ne voulait pas manger quelque chose, on la trouva endormie.

451

Le chauffeur, qui voyait sa cliente dans le rétroviseur, se disait qu'il avait embarqué un drôle de numéro. Il avait aperçu, par l'entrebâillement du vison, la robe de chambre nacrée. Et la jeune femme, sans cesse, se penchait en avant, comme si de la sorte elle eût fait tourner les roues plus vite.

Elle n'avait qu'une idée : arriver à temps ! Sans se préoccuper du taxi, elle courut jusqu'à l'ascenseur, demanda au garçon en livrée qui pressait le bouton :

— Mon mari n'est pas sorti ?

— Je ne crois pas. Je ne l'ai pas vu.

Elle traversa le vaste hall en courant toujours, tandis que les employés se retournaient sur elle et, en passant devant la porte d'Albert Grindorge, elle eut un choc, réalisa seulement qu'il était mort, qu'on ne le verrait plus.

— Philippe !

Il était encore là. Elle le voyait. Elle le touchait.

— Il faut que tu viennes. La police est à la maison...

Ce fut lui qui la calma.

— Et après ? Pourquoi te mets-tu dans des états pareils ?

— Tu ne sais pas encore ?

— Grindorge est mort, oui. Après ?

Elle secoua la tête. Elle ne croyait pas à son calme. Elle répétait :

— Viens !

— C'est à la police de se déranger, si elle veut me demander des renseignements.

Mais elle répétait : « Viens ! » d'une voix telle qu'il préféra la suivre, après avoir annoncé à Caron :

— Je serai ici dans une heure.

452

— Je vous demande pardon de vous avoir fait attendre. Je voulais que mon mari soit présent.

Elle avait si froid qu'elle gardait son vison sur le corps, tandis que Philippe s'asseyait en face du commissaire, croisait les jambes, allumait une cigarette.

— Tu devrais nous laisser, Martine. Tu es trop nerveuse.

Et il mentit, il mentit d'une façon atroce, en disant au commissaire, comme une chose banale :

— Excusez ma femme, qui est dans une situation intéressante. La nouvelle que vous lui avez annoncée l'a mise dans tous ses états...

— C'est moi qui m'excuse. Cette affaire est très compliquée, par le fait que les intéressés habitent Paris, mais que l'accident est survenu à Arpajon et que le crime, si crime il y a, a eu lieu dans la forêt d'Orléans. Je n'ai lu, jusqu'ici, qu'un rapport de gendarmerie. Comme vous avez passé la journée d'hier avec les Grindorge...

— Il y avait aussi le ministre Pomeret, riposta Philippe.

— Oui. Je lui ai demandé audience pour onze heures.

Et le commissaire regarda sa montre.

— Donc, vous êtes partis de Paris tous ensemble et...

Philippe fit un récit minutieux des événements de la journée, en fumant cigarette sur cigarette. Martine, qui ne le quittait pas des yeux, ne le vit pas broncher une seule fois, même quand le commissaire questionna :

— Vous qui êtes intimes avec les Grindorge, pouvez-vous me dire si, dans la vie de l'un ou l'autre des époux, il y a quelque chose qui puisse...

453

— Je ne suis pas au courant.

— Vous n'avez jamais assisté à des scènes de ménage ?

— Jamais. N'est-ce pas Martine ?

Elle fit non de la tête.

— Je m'excuse d'insister. M. Grindorge père, que j'ai vu ce matin avant de venir ici, prétend que, depuis que le ménage fréquente chez vous, ses allures ont changé.

— En ce sens, j'en conviens, que les Grindorge ont mené une existence plus mondaine.

— Je vous remercie. Je suppose que, dans les quelques jours qui vont suivre, vous n'avez pas l'intention de vous éloigner de Paris ?

— Je ne le pense pas, répliqua Philippe d'une voix mate.

— Parce que, dans ce cas, je vous prierais de m'avertir par un coup de téléphone à la Police Judiciaire.

Il chercha partout son chapeau, que le valet de chambre lui avait pris en l'introduisant. Il s'excusa encore, marcha à reculons, fut enfin happé par l'ascenseur.

Et ce fut alors comme si le vaste appartement fût encore devenu plus vaste, mais vide, absolument, avec seulement deux êtres face à face, Martine et Philippe, Martine en manteau de vison, Philippe qui secouait la cendre de sa cigarette, s'énervait, écrasait enfin le bout incandescent sur la paroi du cendrier.

Quand, l'ascenseur redescendu, le valet de chambre retourné à son travail, le calme fut rigoureux, Philippe, lentement, leva la tête et regarda Martine.

Il comprit à l'instant même qu'il n'était plus temps de mentir. Il comprit pourquoi elle était allée le

454

chercher à son bureau, pourquoi elle l'avait ramené, presque de force.

On n'aurait pas pu dire, tant elle avait changé, si elle était plus implacable que désespérée. D'une voix méprisante, elle se contentait de laisser tomber :

— Que comptes-tu faire ?

Et elle était tellement plus grande que lui qu'il perdait contenance, marchait de long en large, voulait allumer une nouvelle cigarette, mais ne parvenait pas à tirer une flamme de son briquet.

— Tu as entendu ma question, Philippe ?

— Je ne comprends pas, grommela-t-il en détournant la tête.

— Philippe !

— Eh bien ?

— Regarde-moi. Ne sois pas lâche par surcroît. Je te demande ce que tu comptes faire.

— Et moi, je ne vois pas pourquoi tu me poses une question aussi stupide.

Aussitôt, il se passa une chose inouïe. Elle marcha vers lui, rendue plus solennelle par ce manteau de fourrure qui décuplait sa prestance. Comme il essayait encore de détourner la tête, elle le gifla, d'un geste instinctif.

— Philippe !

Il faillit frapper à son tour. Un instant, on put croire qu'ils allaient se battre comme des animaux, mais ce fut Philippe qui recula, tenta de se diriger vers la porte.

— Tu n'es pas dans ton état normal. J'aime mieux te laisser...

Mais elle le suivait. Elle le précédait même, lui barrait le passage

— Tu ne t'en iras pas, Philippe ! Tu n'as pas encore compris, non ?

— Je comprends que tu deviens folle...

— Ne sois pas odieux! Si quelqu'un est devenu
fou, tu sais bien que ce n'est pas moi, mais cette
pauvre femme. Je te répète ma question : que
comptes-tu faire?

— Rien ne prouve que ce soit Paulette qui...

— Imbécile! Tu n'as pas observé le commissaire,
non? Tu n'as pas senti son regard peser sur toi quand
il a parlé des accusations du père d'Albert?

— Je n'ai rien fait.

— Il ne s'agit pas de cela! La police n'est plus ici.
Je veux connaître tes projets.

Il tenta de se verser à boire, car il y avait une cave à
liqueurs dans un coin du salon, mais Martine lui
arracha le verre des mains et le lança par terre.

— Est-ce que tu es vraiment si lâche que ça?

— Les domestiques vont t'entendre... murmura-
t-il.

— Et qu'importe, au point où nous en sommes?
Avoue, Philippe, que ton idée était de partir.

En quoi elle se trompait. Il y avait bien pensé, oui,
mais le matin, plus calme, dans son bureau, il s'était
dit qu'il n'y aurait jamais aucune accusation possible
contre lui. Qu'avait-il fait? Était-ce un crime de
coucher avec une femme et de regretter qu'elle ne
soit pas libre?

— Cela, vois-tu, poursuivait Martine, je ne l'ac-
cepterai jamais!

Il ricana :

— C'est ce qu'on appelle de l'amour!

— Je ne sais pas si c'est de l'amour ou de la
haine... (et à ce moment sa voix faiblit)... Je sais
qu'ensemble nous avons commencé une existence...
Je sais que tu es capable d'en recommencer une autre
ailleurs... Et ça, non, non et non!

456

— Parle plus bas, veux-tu?

— Peu importe!

— Notre fils...

— *Ton* fils, Philippe, comme tu as toujours dit!
Une dernière fois, je te demande ce que tu comptes
faire.

Ils ne pouvaient savoir, ni l'un ni l'autre, qu'au
même instant Paulette était assise, dans un petit
bureau du quai des Orfèvres, en face d'un commissaire qui, depuis deux heures, revenait sans cesse,
comme Martine, à la même question.

— Pourquoi avez-vous empoisonné votre mari?

Paulette niait, depuis deux heures. Un gendarme,
qui était allé en moto à Chenevières, en avait
rapporté le témoignage de Noémie. Dans son rapport
on lisait :

« — Pendant la matinée de dimanche, votre maîtresse a-t-elle paru normale?

« — Non!

« — En quoi vous a-t-elle paru anormale?

« — En tout! On aurait dit une maison de fous.
L'invitée, Mme Dargens, est restée couchée tout le
temps dans le salon. Madame, elle, allait et venait
sans rien faire, entrait tout le temps dans la cuisine,
rôdait dans la cour.

« — Elle n'a pas eu de dispute avec son mari?

« — Elle n'aurait pas pu, vu que Monsieur était à
la chasse.

« — Avez-vous connaissance qu'elle ait eu un
amant?

« — Je ne peux pas répondre.

« — Vous oubliez que je vous questionne en vertu
d'une commission rogatoire. Vous serez interrogée à
nouveau, sous serment.

« — Je ne sais pas.

« — Avez-vous surpris quelque chose, dans l'attitude de Mme Grindorge, qui...

« — Je l'ai vue une fois glisser un billet dans la main de M. Philippe.

« — C'est tout ?

« — Une autre fois, je les ai surpris qui s'embrassaient sur le palier.

« — Dans quelles pièces Mme Grindorge est-elle entrée au cours de la matinée du dimanche ?

« — Je ne pourrais pas dire, mais je me suis demandé ce qu'elle faisait dans la buanderie... »

Plus loin le gendarme ajoutait :

« — J'ai fait l'inventaire des objets contenus dans cette buanderie, qui est transformée en remise. J'y ai découvert, entre autres, un flacon de taupicine dont le bouchon était humide, bien que le liquide n'arrivât qu'au milieu de la bouteille. Je l'ai saisi et joint au rapport. »

L'interrogatoire se poursuivait, quai des Orfèvres et, par la fenêtre, on voyait couler la Seine en crue, dont le flot était d'un brun sale.

— Vous connaissez ce flacon de taupicine ? Je vous préviens, avant que vous répondiez, que des empreintes digitales ont été relevées.

Le résultat ne fut pas celui que le commissaire attendait. Paulette Grindorge se raidit sur sa chaise, esquissa une grimace qui ressemblait à un sourire.

— J'accepte qu'on me tue, articula-t-elle comme si, à travers le décor de ce bureau, elle eût déjà entrevu des anges.

Martine, fixant son mari hagard, murmurait :
— Mon pauvre Philippe !

Pauvre Philippe, en qui elle avait cru et qui battait à nouveau en retraite, tentait d'atteindre sa chambre où il serait enfin seul! Mais elle le suivit, arrêta la porte à temps, si bien que ce fut elle qui tourna la clef dans la serrure, de l'intérieur.

— Tu ne comprends pas que tu en as trop fait pour que j'accepte de te laisser partir? Pense à Charlotte, Philippe! Pense à tous les Donadieu que... Non! Je ne te ferai pas ce reproche-là, puisque j'ai été ta complice. Mais c'est justement pour cela que, maintenant...

— Dis tout de suite ce que tu veux!

Et il fuyait devant elle. S'il eût trouvé une issue, il eût couru à perdre haleine.

— Calme-toi un moment. Essaie d'être un homme. Tout à l'heure, ce soir ou demain, on viendra te demander des comptes...

— Je n'ai rien fait!

— N'empêche, n'est-ce pas, que notre vie n'est plus possible?

— J'ai trente ans! lança-t-il comme un défi.

— Moi j'en ai vingt-deux, Philippe. Albert en avait trente-cinq, Paulette a deux petites filles...

— Tais-toi! Est-ce ma faute, à moi?

— Sois un homme! Ecoute! Maman s'occupera de Claude...

Il écarquilla les yeux.

— Qu'est-ce que tu dis?

— Je dis que maman s'occupera de Claude. Il faut savoir être vaincu. Regarde-moi, Philippe, je t'en conjure...

Jamais il n'avait eu vision pareille, jamais, dans les yeux de Martine, il n'y avait eu autant d'amour! Oui, au moment précis où il s'attendait à de la haine...

— Philippe!... Partons...

Il se méprit, faillit sourire. Mais d'un geste, elle lui tendit le revolver qu'elle venait de sortir du tiroir.

— Je ne veux pas me souvenir de tout ce que tu m'as fait. Il vaut mieux... J'y ai pensé presque toute la nuit. Je n'étais pas encore sûre, mais mon instinct ne me trompait pas... Ce matin, quand je ne t'ai pas trouvé ici, j'ai cru que tu étais parti pour toujours...

Une idée traversa le cerveau de Philippe : s'emparer de ce revolver et le lancer de toutes ses forces à travers la vitre.

Mais cette idée même fut devinée par Martine qui devint blême et cria d'une voix angoissée :

— Philippe !... Non, ne fais pas ça... Ne salis pas...

Et, comme il tentait de lui tordre le poignet, elle tira, une fois, deux fois, le regarda vaciller, la main sur sa poitrine, se pencha, répéta, mais d'une voix de détresse :

— Philippe !... Mon Philippe !...

Est-ce qu'il voyait ? Est-ce qu'il la voyait, ardente, penchée sur lui, parlant toute seule, laissant tomber une larme sur sa joue et tirant à nouveau, en tenant le canon de l'arme sur son sein ?

— Philippe !

Les domestiques essayaient d'ébranler la porte. La femme de chambre s'était précipitée sur le téléphone, alertait Police-Secours.

Et Martine, qui ne parvenait pas à mourir, tirait un dernier coup alors qu'elle était couchée sur le corps de son mari, le canon de l'arme dans sa bouche.

— Phi...

VIII

Donad eut juste le temps d'acheter à Paris un complet noir, en confection. Il n'était pas tout à fait à sa taille et on voyait la tige de ses bottines tandis que les manches de sa chemise dépassaient de beaucoup aux poignets.

Les gens de La Rochelle ne le reconnaissaient pas. On se le montrait. On murmurait :

— Il a même l'accent américain !

Ce qui était vrai car, depuis près de six ans, fût-ce avec Edmond, il ne parlait plus le français. Ses mouvements, dans cette petite ville toute peuplée d'individualités différentes, étaient gauches et il ne savait comment s'adresser aux gens, repris qu'il était par sa timidité de jadis.

— Comme il est fort ! s'extasiait-on.

D'après les règles écclésiastiques, un au moins des Dargens aurait dû se voir refuser les dernières pompes liturgiques. Mais l'affaire s'était passée à Paris ; ensuite, il n'était pas prouvé que c'était un des époux plutôt que l'autre qui s'était donné la mort et, dans le doute, on ne pouvait les priver tous les deux d'une sépulture chrétienne. Ainsi en avait décidé l'évêque.

D'un seul coup, la maison de la rue Réaumur s'était peuplée du haut en bas. La chapelle ardente était installée dans le grand salon, où des tentures noires voilaient le portrait d'Oscar Donadieu et de sa femme.

Mme Donadieu couchait dans l'annexe du jardin,

comme elle l'avait fait pendant plusieurs mois avant le départ de Philippe et de Martine.

Michel était seul, au premier étage, où rien n'avait été changé à l'appartement tel qu'il était du temps d'Eva. Son fils était arrivé de Grenoble, où il suivait les cours au lycée pendant la belle saison seulement car, l'hiver, il retournait en montagne.

— Pourquoi ne logeriez-vous pas chez nous ? avait dit Mme Donadieu à Frédéric.

Il avait préféré l'Hôtel de France et, le matin des obsèques, il téléphona pendant dix minutes à Odette pour la rassurer.

Car, la veille au soir, le père Baillet s'était encore saoulé et, dans un petit café du quai, avait proféré des menaces. Frédéric était allé voir le commissaire central, avait eu un long entretien avec lui.

— Vous trouverez bien une excuse pour le retenir, ne fût-ce que pendant trois heures.

L'excuse trouvée — le fait que le père Baillet coupait de l'herbe à lapins sur le champ de manœuvres, terrain militaire — n'était pas fameuse et avait mis le bonhomme en rage, surtout qu'avant de se laisser emmener, le matin, il avait eu le temps de boire un coup.

Il gueulait, à la maison d'arrêt, et on entendait ses vociférations de la rue du Palais.

Tout le monde assista à l'enterrement, les Mortier, les Camboulives, dont deux filles s'étaient mariées la semaine précédente, les Varin, l'avocat Limaille, Me Goussard, les pêcheurs, les équipages disponibles, groupés comme pour une manifestation, précédés de couronnes, les employés et les ouvriers, les dépositaires de boulets.

Jusqu'aux Krüger de Mulhouse, qui avaient envoyé

un long télégramme de condoléances à Mme Donadieu, qu'ils avaient pourtant perdue de vue.

Il y avait six ans qu'on n'avait pas vu les Donadieu réunis. Dans le public, on trouvait que Mme Donadieu était plutôt plus alerte que par le passé, mais on regardait avec gêne Michel, devenu plus gras que sa mère.

Les Olsen, eux, on en avait l'habitude et on n'y faisait pas attention, les regards se fixant davantage sur Kiki.

— Tu es sûr que c'est lui ?

Et des bruits fantaisistes circulaient.

— Il paraît qu'il s'est fait naturaliser américain.

D'autres allaient plus loin, et ayant eu sans doute de vagues échos au sujet du mysticisme du jeune homme, prétendaient qu'il était devenu mormon.

— Il travaille là-bas dans les mines d'or... Tel qu'il est, mal habillé, il est plus riche que toute la famille réunie...

Edmond, par crainte des reproches, était resté à Paris, où il attendait un coup de téléphone de Donad aussitôt après la cérémonie.

On avait craint du vilain, non seulement à cause du vieux Baillet, qu'on ne prenait plus guère au sérieux, mais à cause d'une grève des dockers qui avait éclaté trois jours plus tôt et à laquelle Olsen prétendait résister au nom des Donadieu.

Les journaux du matin avait annoncé :

« *Interrogée longuement par deux de nos plus éminents psychiatres, Mme Grindorge a été internée...* »

Il y avait deux cercueils, couverts de fleurs. Ils entrèrent tous les deux, à l'église, sous le même catafalque. Du côté des femmes, à gauche, dans un mauvais éclairage d'automne et de bougies, dans une odeur prononcée d'encens, c'était Marthe qui pleurait le plus, tandis que Mme Donadieu restait immobile et droite, à fixer l'autel et le Dieu qui s'y matérialisait.

Dans la travée de droite, Kiki, les bras croisés, se tenait debout et, à l'Élévation même, il oublia de s'agenouiller. Lui aussi regardait droit devant lui, mais ce n'était pas, comme sa mère, un regard de passion et de reproche : c'était un regard serein d'homme qui a trouvé sa voie.

Son âme était là-bas, à Great Hole City. Tout ceci n'était qu'une comédie de quelques heures et, dès demain...

Olsen, inquiet, lui demandait à mi-voix :

— Tu comptes rester longtemps en France ?

Et Michel, tandis que, soutenues par les orgues, les voix d'enfants chantaient le *Dies Irae,* pensait que Philippe n'avait peut-être pas inscrit dans ses livres les quinze mille francs (il en avait demandé vingt mille, mais Philippe rabattait toujours) qu'il lui avait prêtés la semaine précédente.

La foule se levait, se signait, s'agenouillait selon les rites liturgiques. Une clochette grêle emplissait de temps en temps l'église de ses sonorités argentines.

— *Libera nos, Domine...*

On avait demandé à Mme Donadieu s'il fallait faire une Offrande. Elle ne savait pas.

— On en fait d'habitude ?

— Six fois sur dix.

Et les assistants défilaient, les uns derrière les autres, baisait la patène que le prêtre essuyait d'un mouvement distrait, laissaient tomber leur obole dans le plateau tenu par un enfant de chœur.

— *Pater noster...*

L'officiant, lentement, contournait le catafalque où, dans deux cercueils, Philippe et Martine étaient couchés. Il les encensait d'abord, puis, au second tour, les aspergeait d'eau bénite.

— *Et ne nos inducas in tentationem...*

De grosses voix répondaient du jubé, soulignées par les orgues :

— *Sed libera nos a malo...*

— *A porta inferi...*

— *Erue Domine animas eorum...*

— *Amen !*

Puis soudain un vide, les orgues muettes, un enfant de chœur courant, une croix à la main, pour se placer devant le catafalque, les hommes noirs des pompes funèbres sortant, de la pyramide noire aux larmes d'argent, les deux cercueils qui paraissaient trop étroits.

Trois notes, là-haut, aux orgues, pour aider l'officiant, puis la voix de celui-ci s'élevant à nouveau, en mineur, les pieds de la foule glissant sur les dalles de l'église en faisant crisser la poussière, le cortège qui se formait sous la direction d'un maître de cérémonies en bicorne et enfin, sur le parvis, les voitures qui venaient se ranger les unes derrière les autres.

— *Erue me...*

Le prêtre continuait, à voix basse, dans la première voiture, où l'accompagnaient deux enfants de chœur.

Puis, dans la seconde, Mme Donadieu, Olsen, Marthe, Michel.

Kiki était dans la troisième, avec son oncle et le notaire, puis deux messieurs qu'il ne connaissait pas...

Les gens s'arrêtaient au passage du cortège. On passait par les quais, devant la maison du quai Vallin qui, ce jour-là, était fermée.

Mille personnes, peut-être, et des délégations avec des drapeaux, suivaient les dix voitures.

— Vous comptez retourner là-bas, M. Oscar ? demandait Maître Goussard.

— Je m'embarque après-demain sur l'*Ile-de-France*, affirmait Kiki, qui était dérouté qu'on ne l'appelât plus Donad et pour qui ces rites, qui avaient présidé à son enfance, étaient devenus incompréhensibles, presque indécents.

— Si vous vouliez, pourtant, fort comme vous êtes...

Des gens qui ne comprenaient pas que sa force, justement, était ailleurs !

Au bout du quai Vallin, il fallait franchir le canal. Et c'était là, précisément à dix mètres du pont-levis, qu'un soir, Oscar Donadieu, le père...

La foule, derrière, la foule à pied, évoquait cet événement mais, dans les voitures, la famille évitait d'en parler.

Olsen disait :

— Si on m'avait écouté...

Mme Brun avait pu se glisser dans un fiacre ; Charlotte allait à pied, malgré son cancer à la matrice, dont elle avait dit la veille au soir :

— C'est lui qui m'a fait ça ! Il était si brutal !

Et elle portait son cancer comme l'enfant de chœur portait la croix dorée, comme le prêtre, en d'autres circonstances, portait le Saint-Sacrement.

Tandis que les deux cercueils, identiques au point que les fossoyeurs se trompèrent, pénétraient dans le cimetière où Michel s'était opposé à ce qu'ils prissent place dans le caveau des Donadieu.

Porquerolles,
juillet-août 1936.

466

DU MÊME AUTEUR

COLLECTION FOLIO POLICIER

Impression Bussière Camedan Imprimeries
à Saint-Amand (Cher),
le 3 janvier 2003.
Dépôt légal : janvier 2003.
1ᵉʳ dépôt légal dans la collection : décembre 1999.
Numéro d'imprimeur : 025846/1.

ISBN 2-07-041256-3./Imprimé en France.